Eiskalte Stille

Das Buch

Es ist ein Anblick, den er nie vergessen wird: Marteinn findet seinen Vater bewusstlos und schwer verletzt beim Sommerhaus der Familie. In der Nacht zuvor war er nach einem Anruf Hals über Kopf davongefahren. Was ist passiert? Offenbar hatte der gutaussehende Architekt eine Affäre mit seiner jungen Mitarbeiterin Sunneva, und Marteinn vermutet, dass er sich mit ihr des Öfteren im Sommerhaus traf. Doch auch Sunneva ist verschwunden. Kurz darauf macht Marteinn eine weitere grauenhafte Entdeckung – und begeht, um seinen Vater zu schützen, einen folgenschweren Fehler.
Als in einem Waldstück Sunnevas Leiche gefunden wird, steht Kommissar Valdimar Eggertsson vor einem Rätsel. Ihm wird zwar bald klar, dass es eine Beziehung zwischen dem Architekten und seiner hübschen Assistentin gab, aber die Geschehnisse jener Nacht bleiben im Dunkeln. Offenbar haben einige Personen im Umfeld der beiden etwas zu verbergen, darunter auch Marteinn, der sich zunehmend verdächtig verhält …

Der Autor

Jón Hallur Stefánsson wurde 1959 geboren. Er arbeitete als Übersetzer, Radiomoderator und Musiker. Bereits sein Romandebüt *Eiskalte Stille* katapultierte ihn in die erste Riege der nordischen Krimiautoren.

Jón Hallur Stefánsson

Eiskalte Stille

Island-Krimi

Aus dem Isländischen
von Betty Wahl

List Taschenbuch

Besuchen Sie uns im Internet:
www.list-taschenbuch.de

Diese Übersetzung wurde gefördert von Bok.is
Bókmenntakynningarsjódur – Fund for the Promotion
of Icelandic Literature

Dieses Taschenbuch wurde auf FSC-zertifiziertem Papier gedruckt.
FSC (Forest Stewardship Council) ist eine nichtstaatliche, gemeinnützige
Organisation, die sich für eine ökologische und sozialverantwortliche
Nutzung der Wälder unserer Erde einsetzt.

Ungekürzte Ausgabe im List Taschenbuch
List ist ein Verlag der Ullstein Buchverlage GmbH, Berlin.
1. Auflage September 2007
2. Auflage 2007
© für die deutsche Ausgabe Ullstein Buchverlage GmbH, Berlin 2007
© Jón Hallur Stefánsson 2005
Titel der isländischen Originalausgabe: *Krosstré* (Bjartur, Reykjavík)
Umschlaggestaltung und Konzeption: RME Roland Eschlbeck und Rosemarie Kreuzer
Titelabbildung: Martin Geier/buchcover
Satz: Pinkuin Satz und Datentechnik, Berlin
Gesetzt aus der Sabon
Papier: Munkenprint von Arctic Paper Munkedals AB, Schweden
Druck und Bindearbeiten: Clausen & Bosse, Leck
Printed in Germany
ISBN 978-3-548-60726-9

1 *Mit Blicken fing es an. Fängt nicht alles mit Blicken an? Spöttische Blicke, die ich nicht ernst nahm, denn ich wäre nie auf die Idee gekommen, dass sie irgendetwas zu bedeuten hätten. Schließlich lief nichts zwischen uns, deshalb fing ich auch gar nicht erst an, über das Funkeln nachzudenken, das in seinen Augen blitzte, wenn er mich ansah. Oder war er tatsächlich hinter mir her? Seine Frau schaute er schließlich nie so an, für sie hatte er eher diesen verständnisvollen Blick, der liebevoll wirken sollte und das vielleicht auch war. Aber ganz sicher bin ich mir da mittlerweile nicht mehr.*

Eigentlich ist das eine meiner Grundregeln, schau nicht weg, weiche dem Blick nicht aus, sonst hast du die Machtspielchen von vornherein verloren, und so kam es, dass unsere Blicke aneinander haften blieben, denn auch er schaute nicht weg. Offenbar wollte er sich keine Blöße geben, schließlich war er es, der Bescheid wusste, der die Lebenserfahrung hatte, die Weisheit, die Macht. Und mir in meiner Unerfahrenheit fiel nicht auf, wie dreist er eigentlich war und dass er nicht einmal versuchte, seine Begierde zu verhehlen. Das ging mir erst viel später auf, als es schon zu spät war, um sich noch zu wappnen, erst, als ich selbst schon lichterloh in Flammen stand und mich nach seinen festen Umarmungen fast verzehrte. Damals konnte ich noch nicht ahnen, wie launenhaft sein Charakter und wie oberflächlich seine Gefühle für mich waren. Aber da war es schon zu spät, sich aus diesem Abenteuer unbeschadet wieder herauszuwinden, genau so leichtherzig und oberflächlich, wie er mit mir umging, auch wenn er dabei immer gern den Gutmenschen gespielt hatte, so als hätte er mich, indem er unsere Beziehung auf die leichte Schulter nahm, im Grunde vor dem sicheren Verderben bewahrt. Verdammt, am liebsten hätte ich es ihm mit gleicher Münze heimgezahlt, aber natürlich konnte ich ihn nicht auf dieselbe Art und Weise verletzen wie er mich.

Dann folgte die Phase der unwillkürlichen Berührungen, zu denen er vielleicht nicht so oft die Gelegenheit bekommen hätte, wenn ich sie ihm nicht gegeben hätte, aber plötzlich wollte ich es einfach wissen. Und als er mir dann zum ersten Mal die Hand auf die Schulter legte, war es, als würde mir ein Stromstoß durch alle Glieder fahren. Ich spürte ihn dicht hinter mir und hatte ihn im Stillen beschworen, es endlich zu tun. Er immer mit seinen spöttischen Blicken, jetzt würden wir ja sehen, dachte ich, ob er Manns genug war, Taten folgen zu lassen. Gleichzeitig hatte ich eine Höllenangst, aber die Angst war von glühendem Verlangen durchzogen – von Verlangen und von Schuldgefühlen: Was verdammt noch mal fiel mir eigentlich ein, diesen angejahrten Typen in mein Gefühlsleben hineinzulassen, noch dazu einen Mann, der im wahrsten Sinne des Wortes mein Vater sein könnte?

Er musste seinen ganzen Mut zusammennehmen, um mir die Hand auf die Schulter zu legen. Ich fand das wahnsinnig süß, und der Stromstoß, der mir dann den Rücken hinunterjagte, war so gigantisch, dass ich mich fragte, ob ich nicht tatsächlich einen Schlag bekommen hätte, wie wenn man jemanden berührt, der gerade auf Socken über einen Wollteppich gelaufen ist. Bestimmt wurde ich knallrot im Gesicht, und als ich mich umdrehte, traf mich sein spöttischer Blick, diesmal noch eine Spur ironischer als sonst; aber jetzt lag auch die Schwere der Ernsthaftigkeit darin, oder – ich wage es kaum auszusprechen – die Glut der Leidenschaft.

Und beim nächsten Mal war es dann so weit, er strich über meinen Handrücken, und wieder spürte ich dieses Kribbeln, wieder war ich wie elektrisiert, wieder prasselte ein Funkenregen auf mich herab. Ich versuchte, nicht vom Computer aufzublicken, starrte weiter geradeaus in den Bildschirm, aber seine Nähe knisterte, hinter mir und über mir. Hätte ich ihm damals doch nur in die Augen geschaut und ihm begreiflich gemacht, dass das, was er da tat, was wir beide da gerade taten, völlig unangemessen und verboten war, dass es uns alles andere als glücklich machen würde, im Gegenteil, dass es unser Unglück geradezu heraufbeschwor. Aber diese Warnsignale meldeten sich nicht; stattdessen warf ich mich mit zielstrebiger Besessenheit ins sichere Verderben, was nicht unbedingt so hätte kommen müssen, wenn er mich nur eine Spur mehr geliebt hätte oder ich ihn eine Spur weniger und wenn ich mich eine Spur mehr zurückgehalten hätte. Aber sollte man sich wirklich zurückhalten, wenn jemand Gefühle in einem weckt, die man bis dahin nie gekannt hatte, die fast etwas Anmutiges, etwas Heiliges an sich haben? Sollte man sich da wirklich einreden, dass alles bloß schmuddelig, hässlich, unmoralisch ist? Wohl kaum.

Freitag

2 Wohin geht man nach einem missglückten Einbruchsversuch an einem Freitagmorgen? Für Marteinn kam nur ein einziger Ort in Frage. Bei der Arbeit hatte er sich krankgemeldet, alle, die er kannte, schufteten entweder tagsüber in irgendwelchen Sommerjobs oder waren im Ausland, außer Hallgrímur, der Abends in einer Bar aushalf. Hallgrímur wohnte draußen im Vogar-Viertel in einem kleinen Reihenhaus, das seine Mutter von ihren Eltern geerbt hatte. Platz für Mutter und Sohn war dort genug, so dass Hallgrímur das obere Stockwerk für sich alleine hatte. Dort wären sie also vollkommen ungestört, selbst wenn die Mutter zufällig zu Hause war.

»Warst du das gerade auf meinem Handy? Kannst du Kaffee aufsetzen? Ich muss erst mal wieder Boden unter die Füße kriegen.«

»Wieso, warst du irgendwo im Weltraum oder was?«

»Könnte man so sagen.«

»Okay, komm vorbei. Wollte mich sowieso gerade bei dir melden.«

»Ich bin mit dem Rad unterwegs, in zwanzig Minuten oder so bin ich da.«

Marteinn war noch nie in eine Wohnung eingebrochen und hatte auch nicht vor, das in Zukunft je wieder zu tun; trotzdem hatte er sich irgendwie leicht und unbekümmert gefühlt, als er sich durch das Kellerfenster in der Fjólugata gezwängt hatte.

Plötzlich war es ihm scheißegal, ob man ihn schnappen würde oder nicht.

Seine Ausrüstung war minimal, er hatte Hammer, Zange und Schraubenzieher in der Tasche, für den Fall, dass kein Fenster offen stand und er irgendwo einen Rahmen aus den Angeln hebeln müsste. Das hatte sein Vater zu Hause mal so gemacht, da jedenfalls hatte es gut funktioniert, also hoffte er das Beste.

Kurz nach acht war er am Tatort erschienen, hatte sich ein paar Häuser weiter neben einen Laternenpfahl postiert und so getan, als wartete er auf jemand, was ja im Prinzip auch stimmte. Sein Fahrrad lehnte unabgeschlossen neben ihm an der Hauswand. Er versuchte ungeduldig auszusehen und möglichst oft und auffällig gestikulierend auf seine Armbanduhr zu schauen, daher konnte er es kaum glauben, dass niemand seine Theatervorstellung zu beachten schien. Ein paar schläfrige Gestalten krochen zu ihren Autos und fuhren davon, der Zeitungsausträger von *Fréttablaðið* schlurfte vorbei, ein bulliger Typ mit gepiercter Augenbraue, Ziegenbart und leicht verzweifeltem Gesichtsausdruck, so als käme er gerade zu spät zu einer wichtigen Verabredung, hätte aber vergessen, mit wem.

Um Viertel vor neun verließ die Familie aus dem oberen Stockwerk, die allem Anschein nach aus einem Elternpaar in den Dreißigern und zwei Kindern im Grundschulalter bestand, das Haus. Er wartete noch eine weitere halbe Stunde, mittlerweile war es nach neun, und das untätige Herumstehen machte ihn allmählich zappelig. Bald wäre es wieder Zeit für die alten Damen, die vorne und hinten Augen hatten und beim Anblick von Jugendlichen unter Laternenpfählen sofort misstrauisch wurden.

Schließlich holte er sein Handy heraus und wählte zur Sicherheit ihre Nummer. Er ließ es lange klingeln, ohne dass jemand abnahm, also musste sie aus dem Haus gegangen sein, bevor er gekommen war. Umso besser.

»Hast du ›Nummer verbergen‹ eingestellt?«, wollte Hallgrímur wissen, als Marteinn ihm davon erzählte.

»Nein, so weit habe ich ehrlich gesagt nicht gedacht, dazu war ich viel zu nervös.«

»Dann wundere dich nicht, wenn die Bullen demnächst bei dir aufkreuzen.«

Marteinn stapfte zielstrebig aufs Gartentor zu, schob sich durch den Spalt und stieg die Stufen zum Eingang hoch, als ginge er jeden Tag dort ein und aus. An der oberen Türklingel stand »Ingibjörg, Geirharður, Elliði, Birta«, auf dem Schild darunter: »Sunneva & Elvis«. Der zweite Name überraschte Marteinn. Er war davon ausgegangen, dass Sunneva allein dort wohnte. Am liebsten hätte er angesichts dieses unerwartet auftauchenden Mitbewohners sofort alles abgeblasen, aber dann riss er sich zusammen und drückte auf den Klingelknopf. Dass jemand offiziell Elvis hieß, war sowieso unwahrscheinlich. Er wartete lange. Klingelte noch mal ausgiebig. Niemand kam zur Tür. Soso, dann ist Elvis also außer Haus, dachte Marteinn und musste grinsen. Er stieg langsam die Treppenstufen hinunter, dann tat er so, als habe er etwas vergessen (er war tatsächlich ein exzellenter Schauspieler!), und ging nach hinten in den Garten. Ganz so, als ob er dort zu Hause wäre. Hatte er etwa Herzklopfen? Ja, sein Herz raste mit dumpfen Schlägen in seiner Brust, und in seinen Ohren dröhnte und sauste es. Vor Angst gaben seine Knie nach, aber gleichzeitig spürte er eine Art trotziger Entschlossenheit und kostete das Gefühl aus, es einfach darauf ankommen zu lassen. Hätte er nur einen Moment gezögert, wäre alles vorbei gewesen. Aber er zögerte keine Sekunde. Er zog die Sache durch.

»Moment, weshalb genau wolltest du da noch mal einbrechen?«, fragte Hallgrímur, sichtlich verblüfft über diese unbekannte Seite, die sein Freund da gerade an den Tag legte.

»Ich weiß. Wahrscheinlich die blödsinnigste Idee, die ich je hatte.«

Die Idee war ihm irgendwann im Laufe des Frühjahrs gekommen, als Marteinn, wie immer auf dem Heimweg von der Schule, die Fjólugata entlangradelte und plötzlich Sunneva aus einem Hauseingang kommen sah. Wie eine Göttin war sie in ihrem silbrigen Regenumhang aus der Tür geweht und dann wieselschnell im Auto seines Vaters verschwunden, das er im selben Moment dort vor dem Haus entdeckt hatte. Die Scheiben waren von innen beschlagen, aber so weit Marteinn erahnen konnte, schlang Sunneva seinem Vater die Arme um den Hals und küsste ihn heftig, bis er schließlich den Motor anließ und davonfuhr. Plötzlich wurden Marteinn ein paar Dinge klar, die er bisher nie verstanden hatte. Beispielsweise, warum sein Vater in letzter Zeit so oft unterwegs war und mindestens zwei Nächte pro Woche im Sommerhaus der Familie bei Þingvellir verbrachte, weil er da ungestört arbeiten könne. Marteinns Bemerkung am Abendbrottisch, so eine enorme Zeitersparnis sei das ja nun nicht unbedingt, Tag für Tag vierzig Minuten aufs Land hinaus- und wieder zurückzufahren, wurde mit eisigem Schweigen quittiert. Seine Mutter zog ein merkwürdiges Gesicht und sein Vater murmelte etwas über Leute, die in Hveragerði wohnten und von dort nach Reykjavík zur Arbeit pendelten. Aber nachdem er diesen Kuss gesehen hatte, drängte sich Marteinn der Verdacht auf, dass der Übernachtungsort seines Vaters vielleicht näher lag als angenommen.

Wer Sunneva war, wusste er genau. Sie war die Tochter von Gunnar, bis vor kurzem Freund und Kollege seines Vaters. Die beiden hatten zusammen ein Architekturbüro betrieben, das Björn, sein Vater, nun alleine weiterführte, nachdem Gunnar sich, so weit Marteinn verstanden hatte, buchstäblich aus dem Unternehmen herausgesoffen hatte. Sunneva studierte Architektur und hatte schon ein paar Sommer lang dort gejobbt, und das tat sie auch dieses Jahr wieder, obwohl Gunnar ausgeschieden war. Diesen Umstand hatte sein Vater sich offensichtlich zunutze gemacht. Natürlich war sie viel zu jung für

Björn, und dass sein Vater es geschafft hatte, sich diese Schönheit an Land zu ziehen, ließ Marteinn keine Ruhe. Er selbst war in dieser Hinsicht weniger erfolgreich gewesen, obgleich er zugeben musste, dass Björn noch immer ziemlich ansehnlich war, rank und schlank wie eh und je, schwarzes, schulterlanges Haar und dunkler Dreitagebart. In den Wochen danach war Marteinn ihr auf dem Heimweg von der Arbeit ein paarmal heimlich nachgeschlichen, weil er wissen wollte, ob sie sich wieder mit seinem Vater traf, aber ohne Erfolg. Auch hatte er versucht, irgendwelche Informationen über diese Fernbeziehung oder über eventuelle familiäre Veränderungen, die sich daraus ergeben könnten, aus ihm herauszulocken, aber alles, was man ihm serviert hatte, waren Ausflüchte und Unwahrheiten gewesen.

Er hatte die Schnauze voll von den ewigen Lügengeschichten seiner Eltern, Lügen über Dinge, die ihn genauso betrafen wie sie. Falls sie vorhatten, sich scheiden zu lassen, wollte er das wissen. Und um sich etwas mehr Klarheit über den Stand der Dinge zu verschaffen, hatte er beschlossen, nachzusehen, ob sein Vater vielleicht auf irgendeine Art bei Sunneva eingezogen war. In ein paar Minuten hätte er das abgehakt, sagte er sich, ein kurzer Blick in den Schlafzimmerschrank, ob dort Björns Hemden hingen, ob sein Rasierapparat, der zu Hause fehlte, mittlerweile dort im Bad deponiert war oder vielleicht ein Sixpack von seinem Lieblingsbier im Kühlschrank lagerte. Von einem echten Einbruch konnte deshalb auch gar keine Rede sein, schließlich hatte er nie vorgehabt, etwas zu stehlen. Und wenn sein Vater jetzt sowieso mehr oder weniger dort wohnte, wovon Marteinn mittlerweile überzeugt war, hatte er dann nicht sogar das Recht, mal kurz vorbeizuschauen? Falls ein Fenster offen stand.

Das erste, was Marteinn ins Auge stach, als er in den Garten kam, war das weit offene Fenster. Es schien, als bildete die ganze Umgebung, der Garten und die angrenzenden Häuser, nur den Rahmen zu dieser weit klaffenden Wohnungsöffnung, alles andere verwischte sich zu einem unscharfen Hintergrund. Es war ein altmodisches, viergeteiltes Fenster, fast zu ebener Erde, dessen rechtes oberes Viertel von einem Ausstellriegel offen gehalten wurde. Er ging schnurstracks auf das Fenster zu, trat vorsichtig ins Blumenbeet, wobei er darauf achtete, keine Pflanzen zu zertreten. Dann griff er mit der Hand durch den Fensterspalt nach innen, löste den Riegel vom Haltestift, und schon war der Weg frei. Dann hievte er seinen rechten Fuß auf den Fenstersims und schob sich zielstrebig mit dem Kopf zuerst durch die Fensteröffnung. Innen unter dem Fenster stand, wie er gesehen hatte, ein Bett, also konnte ihm nichts passieren, selbst wenn er abrutschen sollte.

Während er sich mit beiden Händen an der Fensterbank festklammerte und versuchte, seine Beine durch den Spalt zu bugsieren, rutschte sein Handy aus der Tasche seines Kapuzenshirts, prallte auf dem Schlaflager ab und landete mit einem unangenehmen Gepolter auf dem Parkettboden. Beim unwillkürlichen Versuch, das Telefon mit der Linken festzuhalten, verlor Marteinn das Gleichgewicht und schabte mit den Knien an der Fensterbank entlang, und schließlich blieb ihm nichts anderes übrig, als den Kopf einzuziehen, um mit einem eleganten Salto vorwärts auf der Matratze zu landen – und dann mit dem Steißbein auf der Bettkante aufzuschlagen. Es tat weh, aber ansonsten war er unverletzt. Er schaute sich um.

Das hier schien Sunnevas Schlafzimmer zu sein, wenn man die Möglichkeit ignorierte, dass auch dieser Elvis dort nächtigte. Eine quergestreifte Tagesdecke lag über dem Bett, genauer gesagt, über einer Matratze auf einem Lattenrost in jeweils anderthalbfacher Breite. Links an der hinteren Wand des Zimmers stand ein alter, weißlackierter Kleiderschrank mit einem Spiegel an der Innenseite der rechten Tür, der ihm, da der Schrank offen stand, sofort ins Auge fiel. Sein Spiegelbild blickte ihn mit weit aufgerissenen Augen an, wie jemand in einem Horrorfilm, dem gleich die Kehle durchgeschnitten wird. Er versuchte zu lächeln. Das misslang. Er kroch aufs Bett, ließ den Fensterriegel wieder einrasten und las dann ein paar Erdkrümel vom Teppich auf.

In diesem Moment klingelte das Handy auf dem Fußboden.

»Das war, als du mich angerufen hast«, erklärte er Hallgrímur.

»Verstehe. Deshalb hast du sofort ausgeschaltet, ohne zu antworten.«

Beim nächsten Einbruch unbedingt vorher Handy ausschalten, ermahnte Marteinn sich. Der Anruf hatte ihn völlig aus dem Konzept gebracht. Plötzlich hatte er das Gefühl gehabt, dass noch jemand in der Wohnung war, jemand, der auf der anderen Seite der Tür darauf wartete, dass er herauskäme. Er zog ernsthaft in Erwägung, einfach auf demselben Weg wieder hinauszuklettern, aber nun fehlte ihm der Mut dazu. Wie gelähmt saß er auf dem Fußboden und bemerkte plötzlich, dass er viel zu schnell und zu tief atmete, konnte aber nichts dagegen tun. Er konzentrierte sich darauf, flacher und gleichmäßiger zu atmen und dabei an etwas Entspannendes zu denken, so wie sie es einem immer beibringen wollten. Was war das Schrecklichste, das passieren konnte?

»Dann hattest du also richtig Muffe?«

»Ja. Besonders, weil ich mir ziemlich sicher war, dass ich im Nebenzimmer Geräusche gehört hatte.«

Das Gefühl, dass auf der anderen Seite der Tür jemand war, wurde immer bedrängender. Waren da nicht Schritte? Marteinn stand auf. Nein, das war unmöglich, er hatte sich doch mehrfach abgesichert, zuerst per Telefon und dann mit der Türklingel. Langsam in Richtung Zimmertür vorarbeiten. Keiner zu Hause. Vorsichtig die Türklinke herunterdrücken. Ruhig atmen. Absolute Stille. Jetzt die Tür öffnen. Niemand zu sehen.

Noch ein paar Schritte. Auf der anderen Seite schloss sich ein großes, helles, elegant möbliertes Wohnzimmer an. Plötzlich hörte er ein leises Kratzen auf dem Parkett hinter sich und wirbelte blitzschnell herum.

Mucksmäuschenstill hatte er hinter der Tür gelauert, pechschwarz und furchteinflößend, mit gefletschten Zähnen und konzentriertem Gesichtsausdruck. Marteinn schluckte einmal tief, brachte aber ansonsten keinen Ton heraus, bevor Elvis auf ihn zuschnellte und ihn mit einer einzigen Bewegung und ohne das geringste Knurren oder Bellen zu Boden warf.

»Und dann? Hat der Hund dich gebissen?«

»Nein, aber er hat mich angesprungen ... und ich bin hingefallen ... und dann stand er einfach bloß über mir, und ich habe mich nicht getraut, mich vom Fleck zu rühren«, erklärte Marteinn.

Stocksteif hatte er dort auf dem Rücken gelegen, dicht über ihm das klaffende, sabbernde Hundemaul. Die Zeit schien sich endlos in die Länge zu ziehen; es fühlte sich an, als wäre er irgendwo in einer anderen Welt, wo eine solche Konstellation der einzig denkbare Zustand war.

Die Bestie riss das Maul auf, grinste mit heraushängender Zunge, wie Hunde das ja gerne tun, und schien sehr zufrieden mit sich: Er hatte im eigenen Revier einen ungebetenen Gast gestellt und unter seine Kontrolle gebracht, jetzt brauchte er nur noch auf den Befehl seines Herrn und Meisters zu warten, wie weiterhin zu verfahren sei.

Ab und zu fiel ein schleimiger Tropfen in Marteinns Gesicht.

Jedes Mal, wenn Marteinn versuchte sich zu bewegen, klappte der Hund das Maul zu, und aus der Tiefe seiner schwarzen Hundekehle drang ein kaum wahrnehmbares Knurren. Dazwischen war es totenstill, bis auf die Atemzüge des Tieres, das gedämpfte Drosselgezwitscher aus dem Garten, das ferne, monotone Rauschen des Verkehrs auf der Hringbraut und das

Motorengeräusch einzelner Autos, das sich draußen auf der Straße näherte und sich dann wieder in der Stille verlor.

Während er dort lag, hatte Marteinn das Gefühl, als hätten alle seine Körperfunktionen nach und nach auf Sparflamme geschaltet. Er war eigentlich schon jenseits der Angst, wartete einfach ab, wohin diese seltsame Untätigkeit führen würde, und vertrieb sich die Zeit, indem er die schwarze Haut an den Lefzen des Tieres genau studierte, als könnten dort irgendwelche wichtigen Geheimbotschaften versteckt sein, die es dringend zu entschlüsseln galt, um später darauf zurückzugreifen.

Irgendwann brachte er sich einen kleinen Trick bei, der das Dasein auf dieser Welt enorm zu erleichtern schien, zumindest wenn dieses Dasein allein darin bestand, auf dem Rücken unter einem Hund zu liegen, der sich einer extrem gesunden Speicheldrüsenfunktion erfreut. Sobald man sieht, wie sich ein Speicheltropfen bildet und kurz davor ist, einem ins Gesicht zu fallen, zuckt man unmerklich zur Seite – anfangs vielleicht noch als unwillkürliche Reaktion, um den fallenden Tropfen nicht genau ins Auge zu bekommen, aber nach und nach lernt man aus Erfahrung, sich einen winzigen Augenblick früher zu bewegen, sobald der erste Ansatz eines Tropfens erkennbar ist. Und siehe da, der Hund zieht die Zunge ein und schließt das Maul, bevor er zu knurren anfängt. Dabei verschluckt er den Schleimtropfen, ehe dieser einem ins Gesicht fallen kann. Jeder Tropfen, dem Marteinn auf diese Art und Weise entkam, war ein kleiner Sieg. Der Speicheltropfenwettkampf war, genaugenommen, die einzig denkbare Chance, in dieser sonderbaren Welt überhaupt irgendeinen Sieg zu erringen, abgesehen davon, sich die Peinlichkeit zu ersparen, in die Hose zu pinkeln. Glücklicherweise endete Marteinns Aufenthalt auf dem Planeten Unter-dem-Hundemaul rechtzeitig, bevor es diesbezüglich zu unangenehmen Zwischenfällen kam.

»Wie lange hast du da gelegen?«

»Bestimmt 'ne Stunde oder so.«

»'ne Stunde? Und du hast kein einziges Mal versucht aufzustehen?«, fragte Hallgrímur ungläubig.

»Nein, ich hab mich nicht getraut«, gab Marteinn zu. »Erst, als der Hund weg war.«

Nach einer halben Ewigkeit wurde der Schlüssel von außen ins Schloss gesteckt. Unwillkürlich blickte Marteinn nach oben, zumindest aus seiner momentanen Perspektive gesehen, an den Maßstäben gewöhnlicher Raumwahrnehmung gemessen eher: den Fußboden entlang. Aus dem Hundegesicht über ihm drang ein leises Knurren, wie um ihn daran zu erinnern, dass er sich noch immer unter seiner Kontrolle befand. Trotzdem hatte Marteinn den Eindruck, als lasse ihm das Tier nicht mehr seine volle Aufmerksamkeit zukommen. Irgendwo am anderen Ende der Wohnung wurde eine Tür geöffnet. Dann rief jemand:

»Elvis!«

Der Hund über ihm bellte. Keine besonders angenehme Abwechslung, nach der Grabesstille zuvor ging ihm das gellende Geräusch durch Mark und Bein.

»Elvis!«, ertönte es zum zweiten Mal. Die Stimme war die von Sunneva. Der Hund bellte noch einmal, dann ließ er ein jämmerliches Jaulen folgen, das nicht im Geringsten zu der grimmigen Persönlichkeit passen wollte, die Marteinn ihm mittlerweile zuschrieb.

»Elvis Presley!«, klang es jetzt mit Nachdruck durch die offene Wohnzimmertür. Der Hund sprang auf, rannte zu seiner Besitzerin, und Marteinn schnellte wie eine gespannte Feder vom Boden hoch. Er blickte sich fieberhaft im Zimmer um, zur Wahl standen entweder das Fenster oder die Tür. Dann erstarrte er. Sunneva kam ins Zimmer. Noch hatte sie ihn nicht gesehen. Ohne nachzudenken, drehte er sich um, sie nahm die Bewegung wahr, fuhr zusammen und stieß dann, als sie ihn sah, einen gellenden Schrei aus. Hastig zog er die Kapuze übers Gesicht und versuchte, sich so schnell wie möglich davonzumachen. Sunneva schrie und schrie, und auch der Hund hatte angefangen zu knurren und zu kläffen. Marteinn gelang es, unbehelligt zu verschwinden, es war wie in einem unwirklichen Traum, das Ganze schien in Zeitlupe vor sich zu gehen, obwohl er davonstürzte, so schnell er konnte. Er zurrte die Kapuze vorne zusammen, bis nur noch ein winziges Guckloch übrig war. Elvis knurrte, Sunneva schrie, hielt aber, zu Marteinns großer Erleichterung, die Bestie fest im Klammergriff.

Er machte einen Satz auf Sunneva zu, oder besser gesagt, in Richtung der Wohnungstür, woraufhin sie kreischend aus dem Weg sprang und neben der Garderobe zu Boden sackte, ohne ihren Griff um das kläffende Tier zu lockern. Damit war der Fluchtweg frei. Marteinn stürmte nach draußen, bis die Treppenstufen zum Hauseingang vor ihm auftauchten.

»Was hättest du gemacht, wenn sie versucht hätte, dich aufzuhalten?«

»Weiß ich nicht, Mann«, brummte Marteinn. »Hätte sie weggestoßen oder so.«

Er war die Stufen vor dem Eingang schon zur Hälfte unten, da drehte er sich noch mal um und zog die Haustür hinter sich zu.

»Warum das denn?«, fragte Hallgrímur.

»Ich hatte auf einmal Angst, dass der Hund mir hinterherlaufen würde.«

Dann schwang er sich auf sein Rad und machte, dass er davonkam, die Straße entlang, den Hang hinunter und bis in den Park am Hljómskáli-Türmchen. In seinen Lungen keuchte und rasselte es, sein Asthma, er hätte es wissen müssen.

Als er den Fríkirkjuvegur entlangsauste, brach plötzlich ein schallendes Gelächter aus ihm hervor, ein unbändiges, hysterisches Lachen, wobei er zwischendurch einen Kloß im Hals, aber hauptsächlich Freude und Erleichterung verspürte; vor allem aber spürte er, wie die übergroße Anspannung von ihm abfiel.

Hallgrímur fand die Geschichte offenbar überhaupt nicht witzig, er war stinksauer.

»Du hättest beinahe ganz schön in der Scheiße gesessen«, sagte er. Er hob seine Tasse zum Mund und verzog das Gesicht, als er feststellte, dass der Kaffee inzwischen kalt geworden war.

3 »Ach, du bist's, Valdimar. Gibt's was Bestimmtes?«
»Ja, ich hab was mit dir zu klären.«
»Im Moment passt es mir aber nicht besonders.«
»Dauert nicht lange.«
»Na gut, dann komm halt rein, mein Junge«, knarzte es aus der Sprechanlage, dann summte der Türöffner. Valdimar knirschte mit den Zähnen, öffnete die Außentür und betrat mit zügigen Schritten das Treppenhaus des blaugestrichenen Wohnblocks an der Háaleitisbraut.
Als er im zweitobersten Stockwerk ankam, war die Wohnungstür angelehnt, Elvar stand schon hinter dem Türspalt. Valdimar wartete nicht ab, bis er hereingebeten wurde, sondern stieß die Tür auf, nicht grob, aber bestimmt.
»Was ist das denn für ein Benehmen?«, fragte Elvar. Valdimar grinste, drehte sich kurz um, zog die Tür hinter sich zu und landete dann einen festen, wohlplatzierten Schlag in Elvars Magengrube. Wie zu erwarten gewesen war, blieb Elvar die Luft weg, und Valdimar packte ihn schnell am Schlafittchen, bevor er in sich zusammensackte. Dann schlug er ihn mit der geballten Faust über den Schädel, so dass Elvar unsanft auf seinem Hinterteil landete, und trat ihm, als er mit gespreizten Beinen auf dem Fußboden saß, kräftig gegen das Schienbein. Erst jetzt gab Elvar wieder einen Laut von sich und ließ eine Art leises Winseln hören. Valdimar sah ihm in die Augen und

legte den Finger auf die Lippen, um ihm zu bedeuten, er solle sich zusammennehmen. Elvar blickte zurück, eher verdattert als entsetzt.

Er war ein Mann um die sechzig, schlank und noch ziemlich gut beieinander, wenn auch nicht mehr der knackigste, wie Valdimar festgestellt hatte. Sein Haar war einmal rotblond gewesen und nun von grauen Strähnen durchzogen, er trug einen langen, seidenen Morgenrock und an den bloßen Füßen elegante, vorne ausgeschnittene Lederpantoffeln.

»Hältst du das etwa für gute Manieren?«, stöhnte Elvar, während er sich mühsam aufrichtete und seine Frisur in Ordnung brachte. Valdimar beobachtete ihn mit drohendem Blick. »Und, war's das?«

»Nein.«

»Ganz wie du willst. Darf ich dir vielleicht einen Platz drinnen im Wohnzimmer anbieten, mein Junge?«, fragte er und ging voraus. Im Vorbeigehen nahm Valdimar eine zierliche, grün-weiße Glasvase von der Kommode neben er Tür und schmetterte sie gegen die Wand, haarscharf an Elvars Nacken vorbei, der erschreckt den Kopf einzog und versuchte, sich mit beiden Armen vor den herunterprasselnden Glasscherben zu schützen.

»Was sind das bloß für Unarten?«, zeterte er. Valdimars raues Benehmen hatte ihn mittlerweile doch etwas eingeschüchtert.

»Mir ist zu Ohren gekommen, dass mein junger Neffe Skúli das Wochenende bei dir verbracht hat«, knurrte Valdimar.

»Ja. Na und?«, entgegnete Elvar.

Offenbar brauchte der Kerl noch eine weitere Abreibung. Valdimar packte ihn am Kragen seines Morgenmantels und schüttelte ihn wie einen Hund. Während die Glasscherben unter seinen Absätzen auf dem Parkett knirschten, zog er Elvar dicht an sich heran, zwang ihn, ihm in die Augen zu blicken, und zischte: »Ich hoffe nicht, dass das jemals wieder vorkommt, verstanden? Wenn ich so was noch einmal hören muss, kommst du beim nächsten Mal nicht so glimpflich davon.«

»Ist ja gut, mein Junge, ist ja gut. Du weißt ja gar nicht, wovon du redest«, sagte er beschwichtigend, und Valdimar spürte die weichen, warmen Hände auf seinen eigenen. Urplötzlich ließ Valdimar den Kragen des Morgenrocks los, als hätte er sich daran die Handflächen verbrannt, und trat ein paar Schritte zurück.

»Vergiss nicht, dass ich weiß, wer du bist. Ich weiß haargenau, wer du bist, Elvar.«

»Offensichtlich hast du nicht die leiseste Ahnung, wer ich bin. Und jetzt rufe ich die Polizei an«, verkündete er und zog ein zierliches Mobiltelefon aus seinem Morgenrock. Valdimar schnellte vor, schnappte blitzschnell das Telefon, ließ es fallen und zermalmte es unter seinem Absatz.

»Bist du wahnsinnig?«, keuchte Elvar. »Das war ein nagelneues Fünfundvierzigtausend-Kronen-Handy!«

»Dann hättest du besser darauf aufpassen sollen«, gab Valdimar zurück.

»Und du willst Polizeibeamter sein!«, sagte Elvar, und es klang, als könne er kaum glauben, was er da gerade erlebte.

»Momentan bin ich in Privatangelegenheiten unterwegs«, erklärte Valdimar.

Während er nach seinen Zigaretten kramte, nahm er aus dem Augenwinkel eine Bewegung wahr. Er schaute blitzschnell zur Seite, sah aber nur sein Spiegelbild, bleich und grimmig in der schwarzen, abgewetzten Lederjacke, die Augen wie schmale Schlitze unter den wulstigen Augenbrauen. Er sah tatsächlich wie der typische Mörder aus, wie jemand, der nur auf die Gelegenheit wartet, gewalttätig zu werden. Er konnte förmlich sehen, wie der blinde Hass unter der beherrschten Oberfläche brodelte. Als er den Blick abwandte, leicht schockiert über seine äußere Erscheinung, stand ein schlaksiger junger Mann mit blonder Mähne in der Tür, die bis dahin geschlossen gewesen war und offenbar ins Schlafzimmer führte. Valdimar starrte den Jungen entgeistert an. Er trug weiße Baumwollhosen, war obenherum nackt, und in der weit von sich gestreckten Hand hielt er ein Handy wie eine Fernbedienung. Er zitterte und bebte, wahrscheinlich vor Angst, und ließ Elvar nicht aus den Augen, hin und wieder unterbrochen von einem kurzen Seitenblick auf Valdimar.

»S-soll ich die B-Bullen rufen?«, stammelte er.

»Nicht mehr nötig, Liebling«, antwortete Elvar. »Unser Valdimar hier wollte sich gerade verabschieden.«

Valdimar verstand sofort, weshalb Elvar so genau zu wissen glaubte, dass er im Aufbruch war. Dieser Bengel dort konnte alles bezeugen, was geschehen war – und noch geschehen konnte –, was die Situation natürlich grundsätzlich veränderte. Trotzdem machte er noch einen letzten Versuch, seine Drohgebärde aufrechtzuhalten.

»Und wie alt bist du?«

»G-geht dich das was an?«, gab der Jüngling zurück.

Valdimar musterte ihn genauer und kam zu dem Schluss, dass er gut und gerne über dreißig sein mochte. Er musste sich geschlagen geben und wandte sich zum Gehen. Auf dem Weg hinaus konnte er der Versuchung nicht widerstehen, einer Leinentasche, die im Weg stand, einen Tritt zu verpassen, was er allerdings sofort bereute, denn die Tasche war weich und bot keinerlei Widerstand, so dass er das Gleichgewicht verlor und fast hintenüberkippte. Er schaute noch einmal zurück, um zu sehen, ob die Männer ihn auslachten, aber dazu hatten beide wohl doch zu viel Respekt vor ihm.

»Ich komme wieder«, sagte er beim Rausgehen mit drohendem Unterton.

»Gerne, aber ruf nächstes Mal vorher an«, antwortete Elvar freundlich.

»Und sollte ich noch einmal mitbekommen, dass Skúli hier

allein mit dir ...«, begann er, brach dann aber angesichts des anwesenden Zeugen seinen Satz ab. Für einen Polizeibeamten war es bestimmt nicht ratsam, in der Gegend herumzulaufen und mit Drohungen um sich zu werfen, diesen oder jenen um die Ecke zu bringen.

»Und grüß deinen Vater von mir, ja?«

Zu Antwort spuckte Valdimar einmal herzhaft auf die Fußmatte, dann knallte er die Tür hinter sich zu.

Als Valdimar in den Hausflur trat, vibrierte sein Handy. Er nahm das Gerät heraus und warf einen Blick auf das Display, bevor er antwortete. Sein Magen krampfte sich spürbar zusammen.

»Hi«, sagte er matt und stieg die Treppen hinunter.

»Hi«, meldete sich eine zaghafte Frauenstimme. »Bist du im Dienst?«

»Ja, eben gerade habe ich einen Mann kurz und klein geschlagen«, antwortete er.

»Warum denn das?«, fragte sie etwas verwirrt.

»Warum? Weil ich Lust dazu hatte«, erwiderte er schroff, während er unten die Eingangstür öffnete und ins Freie trat.

»Aha«, sagte sie kühl.

»Wolltest du was Bestimmtes?«, fragte er ebenso kühl.

»Na ja, es ist nur wegen meinem Laptop«, fuhr sie etwas versöhnlicher fort, »du weißt schon, ich hatte dir die Wohnungsschlüssel doch zurückgegeben.«

Valdimar wusste das nur zu gut. Er stieg ins Auto. »Da sind auch noch ein paar Klamotten von dir. Unterhosen und so.«

»Willst du die nicht behalten, zum Andenken an mich?«, bemerkte sie spitz.

Er grinste bitter. Dieser Sarkasmus war typisch für sie, und auf einmal hatte ihn die Sehnsucht, die er versucht hatte zu besiegen, doch wieder eingeholt.

»Drífa? Bist du ganz sicher, dass du ...? Ich meine, ich

finde nicht, dass zwischen uns schon alles gesagt ist. Wir könnten es noch mal miteinander versuchen, du könntest bei mir wohnen und …« Er brach ab. Es war das erste Mal, dass er diese Gedanken aussprach, und es hatte ihn einige Überwindung gekostet, das, was da in ihm arbeitete, in Worte zu fassen.

»Ach Valdimar …«, sagte sie entnervt, »du warst es doch, der es abgelehnt hat, die Sache zu überdenken. Du hast doch von mir die Schlüssel zurückgefordert.«

»Ich kann das falsche Getue nun mal nicht ausstehen«, sagte er bitter. »Ich finde, man sollte die Dinge beim Namen nennen.«

»Was denn für ein falsches Getue?«, fragte sie gereizt. »Du wusstest doch von Anfang an, dass die Sache zwischen Baldur und mir vollkommen unverbindlich war. Und schließlich muss ich ja auch an Illugi denken.«

»Ich wusste, dass es vor langer Zeit mal so war, ja. Und schieb jetzt nicht das Kind als Ausrede vor«, setzte er hinzu. »Was für eine widerliche Heuchelei!«

»Soso. Ich danke für deine Aufrichtigkeit«, antwortete sie spitz. »Könnte ich dann bitte meinen Computer wiederhaben?«

»Ist ja gut«, antwortete er lahm. Dass er es bei dieser Frau auch nie schaffte, das letzte Wort zu haben! Und wenn es ihm ausnahmsweise mal gelang, sie zu verletzen, bekam er sofort Gewissensbisse.

»Wann bist du zu Hause?«

»Ruf einfach vorher an, dann versuche ich, mir kurz freizunehmen.«

»Sehr gut«, antwortete sie und legte auf, ohne sich zu verabschieden. Valdimar stellte plötzlich fest, dass der Schweiß nur so an ihm herunterlief: zuerst die körperliche Anspannung durch den Zwischenfall mit Elvar und dann gleich darauf Drífas Anruf, deren Stimme er nach vier Tagen erstmals wieder hörte. Die Kombination dieser beiden Faktoren ließ sein Leben plötzlich so unendlich sinnlos erscheinen, dass er alle Kraft zusammennehmen musste, den Zündschlüssel ins Schloss zu stecken und den Motor anzulassen.

4 Ingi Geir fuhr schweißüberströmt und tief verstört aus dem Schlaf hoch. Er hatte wieder von Sunneva geträumt, hässlich und widerwärtig war der Traum gewesen, und jetzt wusste er einfach nicht mehr weiter. Sie war auf ihn zugekommen, nackt bis zur Taille und mit furchtbar traurigem Blick. Als er sich zu erinnern versuchte, wie ihre Brüste im Traum ausgesehen hatten, wurde ihm klar, dass er sich genauso wenig daran erinnern konnte, wie ihre Brüste in Wirklichkeit waren; so lange war es nun schon her, dass sie sich getrennt hatten, dass er nicht einmal mehr wusste, wie ihre Brüste aussahen. Die Erkenntnis traf ihn tief und schmerzhaft; schließlich hatte er seitdem Tag für Tag viele Stunden damit zugebracht, über Sunneva nachzudenken – seit jenem eisigen Februartag, an dem sie ihm unter Tränen gestanden hatte, dass sie ihn zwar sehr gernhabe, es aber einfach nicht mehr länger mit ihm aushalte. Seitdem hatte er die Szene Tag für Tag im Geiste wiederholt und sorgfältig analysiert. Er hatte seine Seele darin gewälzt wie in grobem Salz, das man in eine offene Wunde reibt, um seinen Schmerz am Leben zu halten, um nur ja nichts zu vergessen und ja nichts zu verzeihen, vor allem aber, um zu vermeiden, dass es einem jemals besserging. Er hatte sie geliebt, heißer als alles andere auf der Welt, wie er sich Abend für Abend einredete, wenn er schluchzend im Bett lag, in dem Bett, in dem auch sie geschlafen hatte, wo sie zusammen geschlafen hatten, wo sie unter ihm gelegen hatte und er auf ihr und in ihr; dort, wo er ihre Brüste geküsst hatte, an die er sich jetzt kaum noch erinnern konnte, deren Bild verblasst war und überlagert wurde von unzähligen Bildern Tausender anderer Brüste, die allnächtlich über seinen Monitor flimmerten, unzählige Titten, Hintern und weit offene rosa Mösen, in denen steife Pimmel steckten. Es gab schwarze Mösen, asiatische und indische Mösen, haarige und rasierte, kleine und allzu winzige Mösen, aber keine davon bedeutete ihm irgendetwas, und oft weinte er, wenn er vor dem Bildschirm einen Orgasmus bekam, weinte und schluchzte leise ihren Namen. Manchmal setzte er noch »Du verdammtes Miststück!« hinzu, und dann schluchzte er erst recht. Wenn er das Browserfenster schloss, erschien sie als Desktophintergrund, lächelte schüchtern in die Kamera, aber so realistisch, dass er oft glaubte, er brauche nur die Hand ausstrecken, um sie zu spüren. So unschuldig saß sie dort auf der Böschung am Waserfall, kurz zuvor hatte sie ihn zum ersten Mal an sich herangelassen, und er hatte gesagt: »Und jetzt mache ich ein Foto von dir, damit ich nie vergesse, wie schön du gerade bist.«

In seinem Traum war sie ihm mit nacktem Oberkörper entgegengekommen – warum hatte er sie nicht einfach gezwungen, ihn ein Foto von diesen Brüsten machen zu lassen, damit er sie auf immer und ewig in Erinnerung behielt? Aber sie hatte den Mund aufgemacht und gesagt: »Hau ab, ich hab jemand anderen kennengelernt, ich will dich nicht mehr, du bist widerlich!« Laut weinend war er aus dem Schlaf geschreckt.

Wie konnte sie ihm zuerst versichern, wie gern sie ihn hatte, und ihn dann widerlich finden? Das hatte er nie verstanden. Und wie konnte sie ihn widerlich finden und sich dann mit so einem Scheißtypen einlassen, der alt genug war, ihr Vater zu sein?

5 Er war noch immer unter dem Namen »Der Porzellanjüngling« bekannt, obwohl er längst kein Jüngling mehr war – an manchen Stellen schimmerte sogar schon die Kopfhaut unter dem zurückgekämmten Haar hindurch, das er seit Jahr und Tag zum Pferdeschwanz gebunden trug. Sein Ausweis lautete auf den Namen Hananda Nau – sein ganz privates Wortspiel, denn der erste Mann, den er umgebracht hatte, war ein koreanischer Geschäftsmann namens Nau gewesen, Hananda wiederum war der Name eines Auftragskillers in einem alten Kriminalfilm aus seinem Heimatland Japan. Mister Nau hatte so sehr vor seiner Knarre gezittert, dass er ihm die Hände wieder auf dem Rücken festbinden musste, mit jenem weichen Seidentuch, das keine Spuren hinterließ. Es war dasselbe Tuch, das der Porzellanjüngling auch bei den Fesselspielen mit seinen Bettgenossinnen benutzte. Dann hatte er den zitternden Mann zu seinem 1800-Liter-Zierfischaquarium geführt. Am einen Ende befand sich ein erhöhtes Podest, dort war er hinaufgestiegen, den Geschäftsmann vor sich, dicht an die Glasscheibe gepresst. »Na, dann sag deinen Fischen mal lebewohl!«, wies ihn der Porzellanjüngling an. Mister Nau gab einen langgezogenen Klagelaut von sich, und im Schritt seiner hellgrauen Hose bildete sich ein dunkler, feuchter Fleck. »Bloß keine Angst«, sagte er munter, »du sollst dich doch nur von deinen Fischen verabschieden.« Sobald

Herr Nau mit erstickter Stimme seinen letzten Gruß hervorgepresst hatte, packte der Porzellanjüngling ihn mit der linken Hand unsanft am Genick und tauchte seinen Kopf ins Wasser des Aquariums, während er ihm den rechten Arm fest um die Taille legte, damit der Mann nicht gänzlich in den Tank kippte und ihm davonplanschte. Mister Nau zappelte kaum eine halbe Minute, dann wurde sein Körper schlaff, der Porzellanjüngling knüpfte das Seidentuch auf, hob ihn an Hosenboden und Hemdkragen an und ließ ihn dann langsam und vorsichtig zwischen die verschreckten Fische gleiten. Dort dümpelte er knapp unter der Wasseroberfläche, mit dem Gesicht nach unten, und der Porzellanjüngling fand es, wie er zugeben musste, ziemlich clever, dass der Wasserspiegel dadurch nun exakt mit der Oberkante des Aquariums abschloss. Während sein Opfer wild um sich schlug, hatte er eine plötzliche, fast schmerzhafte Erektion gehabt, wie so oft, wenn er einen anderen Menschen vollkommen in seiner Gewalt hatte. Mit einem Griff in die Hose brachte er seinen Schwanz wieder an Ort und Stelle; man hatte ihn angewiesen, das Ganze nach Selbstmord aussehen zu lassen, falls Mister Nau sich weigern sollte, einen Vertrag mit jemandem zu annullieren, der mit seinem Angebot einen Auftraggeber des Porzellanjünglings unterboten hatte. Nun, das hier dürfte wohl überzeugend genug sein, fand er, obwohl er genaugenommen vergessen hatte, dem Mann gegenüber die Sache überhaupt zu erwähnen.

Seit dieser Episode haftete dem Porzellanjüngling ein gewisser Ruf an, seine Arbeit trug ihre ganz eigene, unverwechselbare Handschrift, und seine Honorare schnellten dementsprechend in die Höhe. Er betrachtete sich selbst als eine Art Künstler, und er liebte seinen Job. Seiner Meinung nach hatten es sich seine Opfer hauptsächlich selbst zuzuschreiben, in eine Lage geraten zu sein, in der mächtigere Menschen sie unterdrücken und misshandeln durften. Genaugenommen konnten sie sich sogar glücklich schätzen, in den Genuss seiner Dienste zu kommen, anstatt irgendwelchen Stümpern in die Hände gefallen zu sein. Im günstigen Fall reichte die bloße Erwähnung seines Namens schon aus, um angesehene Männer in seinem Heimatland dazu zu bewegen, sich den Befehlen seiner Auftraggeber zu unterwerfen.

»Have a good day, Mister Nau«, sagte der Hotelangestellte, als er den Zimmerschlüssel entgegennahm.

»Thank you very much«, antwortete der Porzellanjüngling in seinem beruhigenden Bariton und richtete seine kalten Augen auf den schüchternen Jungen in der grünen Hoteluniform, dem er an seinen besseren Tagen mit einem Griff der linken Hand das Genick zermalmen konnte. Er selbst hielt sich für außerordentlich elegant in seinem schwarzen Anzug, dem Rollkragenpullover und seinem von jeher blassen Teint, der ihm seinen Spitznamen eingetragen hatte. Eigentlich war er mit dieser Leichenblässe fast eine Spur zu markant, noch dazu bei einer Körpergröße von gut einem Meter neunzig. Zum Ausgleich fürchtete er sich gewöhnlich vor den Menschen und die Menschen sich vor ihm.

Im Grunde genommen hatte er schon lange aufgehört, sich als Auftragskiller zu betrachten, und nur in einzelnen Ausnahmefällen sah er sich gezwungen, auf die Anwendung von Gewalt zurückzugreifen, aber wenn, dann erledigte er das gründlich.

Das hier dagegen waren Kinderspielchen; der Mann, den er sich vorknöpfen sollte, hatte sich erst einmal ins Ausland abgesetzt, bevor er ihn zur Rede stellen konnte. Die Hauptattraktionen hier hatte er bereits abgeklappert: den Gullfoss, den Großen Geysir und natürlich den Nationalpark Þingvellir. Heute wollte er nur das schöne Wetter ausnutzen und aus der Stadt herauskommen, sich einen ruhigen, friedlichen Ort jenseits des größten Touristenstroms suchen und die Natur genießen. Der Gullfoss hatte ihn beeindruckt, er hatte eine Schwäche für Wasserfälle. Einmal war er sogar einer Frau dabei behilflich gewesen, in einen Wasserfall zu springen, im Westen Kanadas war das gewesen, vor langer, langer Zeit. Nachdem er sich sicher glaubte, dass sie ertrunken war, hatte er dann aber selber um Hilfe gerufen – vielleicht etwas gewagt, sich so unmittelbar mit dem Vorfall in Verbindung zu bringen, aber er war gerade in der Laune dazu gewesen. Heiße Quellen als solche hatte er in diesem Zusammenhang noch nicht näher in Erwägung gezogen, aber auch sie boten mit Sicherheit einige interessante Möglichkeiten.

Während er das Radisson-Hotel verließ und über den Parkplatz auf seinen Autoverleih-Jeep zusteuerte, malte er sich zum Zeitvertreib einen solchen Geysir-Mord in allen Einzelheiten aus, mit der emporschießenden Wasserfontäne und allem Drum und Dran. So müsste es funktionieren, dachte der Porzellanjüngling. Er war Tag und Nacht im Dienst.

6 Valdimar setzte sich auf seinen Stammplatz am Fenster. Wie immer warf er als Erstes einen Blick zur Kantinenuhr und verglich sie mit seiner Armbanduhr. Wie er erwartet hatte, zeigten beide Ziffernblätter exakt dieselbe Uhrzeit. Dieses eingespielte Ritual stammte aus der Zeit, als er noch die alte Uhr trug, ein Erbstück seines Großvaters mit furchtbar unzuverlässiger Zeitmessung. Oft hatte er sich selbst für seine Zwanghaftigkeit verflucht, aber geholfen hatte es nie.

Heute ruhte die Uhr des Großvaters in einem kleinen Schubfach seines Schreibtischs, zusammen mit diversem anderem Kleinkram, der ihm aus verschiedenen Gründen ans Herz gewachsen war. Da war die Jakobsmuschel, die er am Strand in Griechenland aufgelesen hatte; er war jung und verliebt gewesen, hatte sich aber nie getraut, das Mädchen anzusprechen. Da war die Rabenfeder, die er einmal von einer Bergtour mitgebracht hatte, und die selbstgebastelte Postkarte, die er als Jugendlicher auf der Straße gefunden hatte, die Zeichnung einer Frau, die blaue Tränen weinte und die mit dem Text »Ich werde dich ewig lieben« verziert war. Da war der dreckverklebte Schlüssel, der mal irgendwelchen Nachbarn seiner Eltern im Hlíðar-Viertel gehört hatte. Da war die Postkarte vom Fischer-Spassky-Schachturnier in Reykjavík anno 1972, außerdem ein hautfarbenes, geruchsneutrales Kondom, für das Valdimar dann doch keine Verwendung gehabt hatte, als es so weit war, und schließlich der Brief, den seine Mutter ihm ins Sommerlager am Vestmanna-See geschickt hatte.

Ein paar junge Polizeibeamte am übernächsten Tisch machten sich mit brüllendem Gelächter über einen aus ihrer Runde lustig. Irgendwo hatte Valdimar gelesen, dass die Polizeiberufe zu denjenigen Berufssparten gehörten, in denen am schlimmsten gemobbt wurde. Auf der Seite gegenüber saßen zwei Typen aus dem Drogendezernat, machten geheimnisvolle Gesichter und steckten tuschelnd die Köpfe zusammen. Valdimar hatte von Anfang an eine gewisse Abneigung gegen diese beiden verspürt, aus Gründen, über die er lieber nicht allzu genau nachdenken wollte.

Die Morgenkonferenz am Wochenende war aufgrund der reduzierten Belegschaft meist etwas erträglicher als sonst. An den gewöhnlichen Werktagen dagegen, wenn die großen Grundsatzdiskussionen im Gange waren, wurde Valdimar nicht selten von einer heftigen inneren Unruhe befallen, die sich im schlimmsten Fall bis zu Beklemmungsgefühlen in der Brust und Atemnot steigern konnte. Heute fiel die Morgensitzung jedoch kurz aus; man ging knapp die Punkte des Tagesprogramms durch, Hafliði, Valdimars Kollege und derzeit Schichtführer, verteilte die einzelnen Aufgaben, und dann begann der Arbeitstag.

Zu den unerwarteten Zwischenfällen des Vormittags gehörte, dass Valdimar gebeten wurde, in seiner eigenen Angelegenheit vom frühen Morgen zu ermitteln; ein Unbekannter hatte in der Háaleitisbraut ein Handy zertrampelt, und man hatte den Verdacht, dass es sich um eine Art Geldeintreiber handelte; das Ordnungsamt hatte die Kollegen von der Kriminalpolizei gebeten, den Fall zu übernehmen. Auf Valdimars Oberlippe sammelten sich Schweißtropfen. Was hatte das zu bedeuten? Elvar hätte den Namen des Täters doch ohne weiteres angeben können, er war ein alter Freund seines Vaters und kannte ihn von Kindesbeinen an. Wahrscheinlich aber verfolgte Elvar einen speziell ausgeklügelten Racheplan; er verließ sich darauf, dass Valdimar von der Anzeige erfahren würde, und ließ ihn auf diesem Wege wissen, dass er es ihm jederzeit heimzahlen konnte. Oder aber es ging um Versicherungsbetrug. Wie auch immer, Valdimar musste unbedingt versuchen, sich aus der Angelegenheit herauszuwinden.

»Ich kenne den Betreffenden persönlich und möchte diesen Fall deswegen lieber nicht übernehmen«, sagte er. »Außerdem bin ich mit meinen Protokollen ziemlich im Verzug und bräuchte dafür noch etwas Zeit.«

Hafliði ließ die Argumentation gelten. Valdimar fiel auf, dass er ständig Blickkontakt suchte und plötzlich ungewöhnlich rücksichtsvoll mit ihm umging. Er versuchte deshalb, sich bei Sitzungsende gleich zu verdrücken, aber Hafliði rief ihn zurück, bevor er verschwinden konnte.

»Wie geht's dir? Du siehst ziemlich mitgenommen aus.«

»Mir geht's ausgezeichnet«, murmelte Valdimar zwischen zusammengebissenen Zähnen.

»Ich hab gehört, zwischen dir und Drífa hat es ziemlich gekracht«, fuhr Hafliði fort. »Das tut mir leid für dich. Ich hatte mich schon fast an den Gedanken gewöhnt, dass du demnächst zur Familie gehörst.«

»Wieso? Hat sie gesagt, dass zwischen uns Schluss ist, oder was?«, fragte Valdimar erstaunt.

»Ich hab sie direkt darauf angesprochen, weil Baldur am Telefon war, als ich anrief.«

Valdimar zuckte zusammen. Genau deshalb hatte er es vermieden, Drífa zu Hause anzurufen. Geahnt hatte er es schon lange, aber jetzt, als er es glaubhaft bestätigt bekam, dass Baldur dort eingezogen war, verletzte es ihn umso mehr.

»Ich hoffe jedenfalls, dass du bald über die Sache wegkommst«, sagte Hafliði in bemüht aufmunterndem Ton. Es war ein halbes Jahr her, dass er Valdimar und Drífa miteinander bekannt gemacht hatte. Damals war es ihr nicht gerade gut gegangen, nachdem ihr Freund Baldur sie und den gemeinsamen Sohn verlassen hatte und mit dieser jungen Thailänderin zusammengezogen war. Es war ein Samstagabend gewesen, als sie sich zum ersten Mal begegneten, und Valdimar hatte sich bemüht, anregend und witzig zu sein, aber eigentlich eher aus Mitleid mit Drífa, da er wusste, wie sehr sie unter der kürzlich erfolgten Trennung litt. Erst sehr viel später dämmerte es ihm, dass Hafliði es ganz gezielt darauf angelegt hatte, sie zu verkuppeln. Aber in jener Nacht wäre er nicht im Traum darauf gekommen, sonst wäre er höchstwahrscheinlich auf seinem Stuhl zu Eis erstarrt, anstatt diese sprühende Galavorstellung zu geben. Auf dem Weg hinaus hatte Drífa ihn dann gründlich verblüfft – auf einmal hatte sie ihm die Hand in den Nacken gelegt und ihn dann kurzerhand auf den Mund geküsst. Ob sie ihn mal besuchen dürfe? Er hatte ja gesagt, in der Annahme, dass er bis dahin genug Bedenkzeit bekäme, um sich die Sache zu überlegen. Eine halbe Stunde später stand sie vor seiner Tür. Doch jetzt, so stellte Valdimar plötzlich fest, erfüllte die Erinnerung an diese erste, unverhoffte Liebesnacht ihn mit genau so viel Schmerz, wie sie ihn noch bis vor einigen Tagen glücklich gemacht hatte, und diese Erkenntnis hellte seine Stimmung nicht gerade auf.

»Danke, ich komme schon klar«, sagte er mit fester Stimme und verließ eilig das Sitzungszimmer, um sich wieder seinen Protokollen zuzuwenden.

7 Ursprünglich hatte Hafliði vorgehabt, Valdimar mit dem Wohnungseinbruch in der Fjólugata zu beauftragen, während er selbst sich um die Handygeschichte in der Háaleitisbraut kümmern wollte, aber schließlich endete es damit, dass er beides übernahm. Der Háaleitisbraut-Fall roch ziemlich offenkundig nach Versicherungsbetrug oder etwas in dieser Richtung, und Hafliði war sich zu neunzig Prozent sicher, dass der Hausherr, Elvar Gestsson, das Telefon eigenhändig demoliert hatte, aber gerne jemand anderen die Zeche zahlen lassen wollte. Elvar schien beim besten Willen nicht in der Lage, den Eindringling zu beschreiben, genauso wenig, wie er erklären konnte, was er eigentlich von ihm gewollt hatte. Andererseits gab es jemanden, der den Tathergang genau bezeugen konnte, so dass es wohl darauf hinauslief, dass er alles zu Protokoll nehmen und dann dem Mann zu seinem Ziel verhelfen würde, falls er ihm den Schwindel nicht handfest nachweisen konnte. Woran er übrigens kein besonderes Interesse hatte, seiner Meinung nach konnte sich die Versicherungsgesellschaft des Mannes ruhig dazu herablassen, das gute Stück zu bezahlen.

Was in der Fjólugata vorgefallen war, schien ebenfalls ziemlich eindeutig auf der Hand zu liegen. Die Bewohnerin der Wohnung, Sunneva Gunnarsdóttir, war eine rothaarige Architekturstudentin von beunruhigender Schönheit. Sie war, wie zu erwarten, völlig aufgelöst gewesen, behauptete aber, sie sei auf dem Weg zur Arbeit und habe eigentlich überhaupt keine Zeit. Der Einbrecher, ein Jugendlicher, war durchs Fenster eingestiegen. Hafliði hielt es für mehr als wahrscheinlich, dass der Junge, auf der Suche nach Geld für sein Wochenend-Dope, rein zufällig vor diesem offenen Fenster gelandet war. Daraufhin hatte er wohl kurzerhand an der Tür geklingelt, um herauszufinden, ob jemand zu Hause war.

»Wissen Sie vielleicht, ob heute Morgen jemand Ihre Festnetznummer angerufen hat?«, erkundigte er sich.

»Wieso ist das wichtig?«, fragte sie zurück und blickte nervös im Zimmer umher.

»Na ja, es könnte ja sein, dass der Einbrecher vorher angerufen hat, um herauszufinden, ob jemand zu Hause ist. Hat Ihr Telefon einen Rufnummernspeicher?«

»Ja, den habe ich schon kontrolliert, aber es hat keiner angerufen.«

Hafliði nickte. Man konnte nicht immer Glück haben.

»Dann war es also purer Zufall, dass Sie ausgerechnet um diese Zeit nach Hause kamen?«

Zu seiner Verwunderung wurde das Mädchen bei dieser Frage rot, als hätte er ihr irgendwelche Unsittlichkeiten unterstellt.

»Eigentlich schon«, antwortete sie ohne weitere Erklärungen.

»Und der Hund hat ihn in der Zwischenzeit also in Schach gehalten?«, fragte er mit einem Grinsen, um die Situation etwas zu entspannen. Er kraulte das Tier, das jetzt an seinen Beinen herumschnüffelte. Mit Hunden kannte er sich aus.

»Ja, es schien so«, antwortete sie, und zum ersten Mal huschte ein kurzes Lächeln über ihr Gesicht.

Sie standen im Wohnungsflur; noch hatte sie ihn nicht hereingebeten, sondern ihm erst einmal die Stelle gezeigt, wo sie den Jungen entdeckt hatte, und das Fenster, durch das er wohl hereingeklettert war. Hafliði überlegte, ob es wohl Sinn hätte, nach Fingerabdrücken zu suchen, wenn ja, wären sie wohl am ehesten am Fensterrahmen zu finden. Oft dachten diese Drogenkids gar nicht so weit, schließlich hockten sie ja nicht ständig vor der Glotze und schauten diese Thriller und Krimiserien, in denen es dauernd um so etwas ging. Wir könnten die Wohnung nach Fingerabdrücken absuchen, obwohl ich nicht glaube, dass viel dabei herauskommt.«

»Nein, nein, überhaupt nicht nötig«, sagte sie hastig. Ihre Nervosität machte ihn stutzig. Sie wirkte, als wolle sie ihn in erster Linie so schnell wie möglich wieder loswerden, und hatte bis jetzt auch noch nichts davon gesagt, dass sie sich nun zu Hause nicht mehr sicher fühlte: die typische und weitverbreitete Reaktion alleinstehender Leute nach einem Wohnungseinbruch. Darüber würde er später genauer nachdenken, im Moment zuckte er nur mit den Schultern und hatte die Angelegenheit damit im Stillen bereits abgeschlossen. Er hatte sie um eine Personenbeschreibung des Einbrechers gebeten, doch das Einzige, was sie ihm dazu sagen konnte, war, dass er ein Kapuzenshirt getragen hatte, wobei sie sich aber noch nicht einmal an die Farbe erinnern konnte. Also konnte er im Moment nicht viel mehr unternehmen. Hafliði verabschiedete sich und ging hinaus, Sunneva und der Hund begleiteten ihn an die Tür.

Er wusste, er hätte das Mädchen ruhig etwas härter in die Mangel nehmen sollen, genau wie den Schwulen in der Háaleitisbraut, irgendetwas verschwieg sie ihm, und das durfte man bei solchen Straftaten wie einem Wohnungseinbruch nicht durchgehen lassen. Aber die Milde und Nachsicht, die Hafliðis Persönlichkeit mittlerweile bestimmten, hatten ihn in beiden Fällen daran gehindert, die Leute unter Druck zu setzen und ihre Aussagen anzuzweifeln. Doch es waren nicht nur die Jahre, die ihn so sanftmütig gemacht hatten: An jedem einzelnen Tag dankte er Gott aus tiefstem Herzen dafür, dass er heute nicht als Mörder hinter Gittern saß.

Als Sigrún, seine Frau und die Mutter seiner beiden Kinder, ihn an jenem Sonntag zu Hause in Egilsstaðir gebeten hatte, sich mit ihr zusammenzusetzen, weil sie etwas mit ihm zu besprechen hätte, hatte Hafliði an nichts Böses gedacht. Er hatte nicht die geringste Ahnung gehabt, was sie auf dem Herzen haben könnte. Sein Leben verlief mittlerweile in angenehmen, vorhersehbaren Bahnen: Er fühlte sich im Polizeidienst ausgesprochen wohl, konnte sich allenfalls darüber beschweren, dass es im Dienst so wenig zu tun gab. Er war auf dem Land aufgewachsen und kannte nichts außer dem dörflichen Leben, das er auch keinesfalls missen wollte. Zum Zeitvertreib ging er hin und wieder auf die Jagd; im Herbst stellte er mit seinen Kumpels den Graugänsen nach, mehr oder weniger immer auf demselben Gelände, wo ein alter Schulfreund das Anwesen seiner Vorfahren bewohnte, und kurz darauf war dann alles voller Schneehühner; man brauchte im Prinzip nur vor die Haustür zu gehen, und etwa jedes zweite Jahr kam ihm sogar das ein oder andere Rentier vor die Flinte. Sigrún hatte er in der Theatergruppe kennengelernt, der er ein paar Jahre lang angehörte. Seinen größten Erfolg hatte er dort bereits im ersten Jahr zu verzeichnen gehabt; damals hatte er gerade bei der Polizei angefangen und gab auf der Bühne den »Dummen Wachtmeister«. Ein Winter an der Polizeischule in Reykjavík hatte ihn ein für alle Mal davon überzeugt, dass die Hauptstadt, genauer gesagt der Großraum Reykjavík, als Wohnsitz niemandem zuzumuten war, und er kam dort in seiner Ein-Zimmer-Mietwohnung in Kópavogur vor Langeweile und Einsamkeit fast um. Als er endlich wieder »in heimatliche Gefilde« zurückkehrte, wie er es bei seinen Theaterfreunden gerne ausdrückte, war er der glücklichste Mensch der Welt, und die dämliche Visage des Wachtmeisterclowns war nach wie vor der Lacherfolg jeder Vorstellung. Er hatte diese Grimasse bis heute im Repertoire, hatte sie aber nicht mehr versucht, seitdem ihn seine geliebte Ehefrau an jenem Aprilsonntag zu einer Aussprache gezwungen hatte, infolge deren er dann nach Reykjavík hinuntergezogen war. Sigrún war ein fröhliches, unkompliziertes Mädchen aus dem Norðfjörður und lebte seit ein paar Jahren mit ihren Eltern dort in der Gegend. Als der örtliche Theaterverein ihre Wege schließlich zusammenführte, war sie gerade achtzehn, er vier Jahre älter. In den Theaterproben hatten sich ihre Blicke immer häufiger getroffen, und wenn er ihr melodisches Lachen aus dem Zuschauerraum hörte, während er und der Regisseur an seiner Wachtmeistergrimasse und den verrutschten Blicken herumfeilten, spürte er jedes Mal ein seltsames Kribbeln im Nacken. Auf der Premierenparty saßen sie sich an der langen Tafel direkt gegenüber. Damals hatte er gegrübelt, ob das wohl ein Zufall war oder nicht, aber wie sie ihn später wissen ließ, hatte sie heimlich beobachtet, wo er mit seinem Teller hinsteuerte, und dann blitzschnell reagiert. Was ihm natürlich schmeichelte zu hören. In dieser Nacht liebten sie sich in seinem alten Kinderzimmer im Haus seiner Eltern, wo er immer noch wohnte, obwohl er längst eine eigene Wohnung besaß. Sie waren beide leicht angeheitert und ziemlich aufgekratzt gewesen, vor allem sie, und er erinnerte sich noch genau an seine Angst, der Lärm könne seine Eltern aufwecken. Am nächsten Morgen gegen sieben hauchte sie ihm einen Kuss auf die Nasenspitze und ging nach Hause. Die folgenden Wochen vergingen mit langwierigen Diskussionen, die Hafliði belastend fand; sie wusste nicht genau, ob sie sich schon so fest binden wollte, wie sie später erklärte. Er dagegen wusste nur eins: dass er verliebt war und nichts anderes wollte, als sich Tag und Nacht an Sigrúns Nähe zu berauschen. Das Problem löste sich sehr bald von selbst, denn sechs Wochen später stellte sich heraus, dass sie schwanger war. Hafliði war mit dieser Entwicklung der Dinge äußerst zufrieden. Sie heirateten noch im selben Sommer, und zwei Jahre darauf meldete sich noch ein Kind an. Sie arbeitete auf der Gemeindeverwaltung und sprach davon, unten in Reykjavík ein Studium zu beginnen, aber da es nun zwei Kinder waren, ein Mädchen und ein Junge, ging das nicht mehr ganz so einfach. Er war glücklich und sie nicht, wie sich an diesem Sonntag herausstellte, nachdem sie sich endlich dazu durchgerungen hatte, mit ihm zu reden. Sie wollte die Karten ganz neu mischen, so nannte sie es, vielleicht hatte sie ihn auch nie geliebt. Am meisten schmerzte es ihn, als sie ihm gestand, nicht sicher zu sein, ob er der Vater ihres Sohnes war oder nicht. Sie beteuerte, dass ihr diese Sache schon lange im Magen gelegen habe und sie ihm auf keinen Fall antun wolle, dass er die Wahrheit erst Jahre später durch irgendeinen dummen Zufall erfuhr. Wer als Vater noch in Frage kam, wollte sie nicht sagen; als er aber genauer nachhakte, oder besser gesagt, als er so genau nachhakte, dass er sie zu Boden schleuderte und drohte, sie umzubringen, da beichtete sie ihm eine kurze Affäre mit einem Ingenieur aus Keflavík, der mal eine Zeitlang im Ort ein paar Jobs gehabt hatte. Das Schlimmste dabei war, dass ohne Zweifel die halbe Stadt davon wusste, aber auch er hätte wahrscheinlich grinsen müssen, wenn einem anderen so etwas passiert wäre.

Während er noch damit beschäftigt war, das alles zu verdauen, hatte Sigrún sich wutschnaubend und mit blutender Nase hochgerappelt und ihm mitgeteilt, der Ingenieur sei nicht der Erste gewesen und bestimmt auch nicht der Letzte. Sie habe ein für alle Mal genug von diesem Leben, werde die Kinder schnappen und ihn verlassen, denn sie wäre lieber tot, als noch einen Tag länger mit ihm zusammenzubleiben. In diesem Moment hatte er sie an der Kehle gepackt und mit seinen kurzen, kräftigen Fingern einfach zugedrückt. Er schaute ihr direkt in die Augen, beobachtete, wie sie erst rot und dann blau anlief, wie sie vollkommen hilflos mit den Armen schlenkerte und damit kraftlos gegen seinen Körper schlug. Ohne die kleinste Gefühlsregung nahm er den flehenden Ausdruck in ihren Augen zur Kenntnis, doch als ihre Zunge zwischen den Zähnen hervorquoll und sie die Augen verdrehte, da bekam er es plötzlich mit der Angst zu tun und lockerte seinen Griff. Mit einem pfeifenden Laut zog sie die Luft ein, stolperte hustend davon und sank dann wimmernd auf dem Ledersofa zusammen. Er stakste ins Bad hinüber und wusch sich die Hände, brachte es aber nicht fertig, sich dabei im Spiegel in die Augen zu sehen. Also starrte er ins Waschbecken und sah zu, wie das Wasser über seine Finger rann. Der Ausdruck »Blut an den Händen« kam ihm in den Sinn, und zum ersten Mal dankte er Gott dafür, dass er seine schützende Hand über Sigrún und die Kinder gehalten hatte und über ihn selbst. Dann legte er sich ins Ehebett und schlief so augenblicklich ein, als hätte man ihm eine Betäubungsspritze verpasst.

Als er aufwachte, war sie gegangen. Er meldete sich bei der Arbeit krank, auch wenn er nicht davon ausging, jemals wieder dort zu erscheinen, doch sie hatte ihn nie angezeigt, und dafür war er ihr trotz allem dankbar. Er wusste besser als sie, dass es hier um gefährliche Körperverletzung ging und was das für ihn bedeutet hätte, wäre sie sofort ins Krankenhaus gefahren, anstatt sich zu Hause bei ihrer Mutter zu verkriechen. Von dort aus zog sie nach Reykjavík, um Krankenpflege zu studieren, wovon sie offenbar schon lange geträumt hatte. Er folgte ihr, oder besser gesagt seinen Kindern, nach Süden, besorgte sich einen Job bei der Reykjavíker Kriminalpolizei und half bei der Kindererziehung, so gut es ging, bis sie ihr Studium abgeschlossen hatte und es sie wieder zurück nach Nordosten zog.

Ihm jedoch stand, als es so weit war, dieser Weg nicht offen. Er hatte alle Bezugspunkte dort verloren, sein Leben in Egilsstaðir existierte einfach nicht mehr. Die Stelle, auf die er geglaubt hatte, zu warten, war längst anderweitig vergeben, und seine Kinder waren alt genug, um alleine hin- und herzupendeln, wann immer sie wollten. Der Junge sah ihm tatsächlich nicht ähnlich, aber er hatte nicht vor, die Blutsverwandtschaft zwischen ihm und seinem Sohn durch einen Vaterschaftstest nachprüfen zu lassen.

8 Marteinn saß im Wohnzimmer am Klavier, klimperte gedankenverloren ein paar Melodiefetzen vor sich hin und grübelte darüber nach, ob Sunneva ihn wohl erkannt hatte, ob sie vielleicht bei ihm anrufen würde, um zu fragen, was er gewollt hatte, und was er darauf antworten würde. Er bereute die Einbruchs-Geschichte zutiefst, bereute, dass er überhaupt auf die dämliche Idee gekommen war, bereute, dass er sich, als sie nach Hause kam, nicht einfach zu erkennen gegeben und ihr erklärt hatte, in welcher Angelegenheit er dort war. Und erst recht bereute er, dass er Hallgrímur die ganze Sache auf die Nase gebunden hatte, nicht unbedingt das mit dem Einbruch als solchem, nein, es hatte Spaß gemacht, seinem Kumpel von diesem Abenteuer zu erzählen, nur hatte er seinem Freund damit auch die ganze Familienproblematik anvertraut: über seinen Vater, der ständig unterwegs war, weil er eine junge Geliebte hatte, und seine Mutter, die deshalb fast ausfreakte. Es kam ihm vor, als hätte er dadurch etwas von sich preisgegeben oder vielleicht sogar seine ganze Familie in Gefahr gebracht.

Er schob diese Gedanken von sich, um erst einmal das nächstliegende Problem anzugehen: was er Sunneva antworten würde, wenn oder falls sie anrief. Er würde einfach behaupten, er habe einen Zettel mit ihrer Telefonnummer hier zu Hause gefunden und gedacht, es sei die Nummer seines Zahnarztes oder so. Über diesen Einfall musste er ziemlich grinsen, dann müsste Sunneva nämlich erklären, wie es dazu kam, dass ein Zettel mit ihrer Nummer bei ihm zu Hause in der Wohnung herumlag. Todsicher würde sie seinem Vater dafür gründlich die Leviten lesen, und der hätte keine Ahnung, was eigentlich los war.

»Na, was gibt's zu grinsen?«

Björg war ins Wohnzimmer gekommen und ließ sich gemütlich im Fernsehsessel nieder; sie schlang den einen Arm um ihre angezogenen Knie und stützte sich auf den anderen seitlich auf.

Marteinn musterte seine Schwester, die keine Antwort zu erwarten schien, sondern angefangen hatte, in einer Illustrierten zu blättern.

»Was glaubst du, wozu wir auf der Welt sind?«, fuhr sie übergangslos fort, ohne von ihrer Lektüre aufzublicken. »Wozu hat man uns hier auf diese Erde geschickt? Also meiner Meinung nach, um aus unseren Erfahrungen zu lernen. Deshalb sollten wir auch versuchen, das, was wir erleben, zu genießen und davon zu profitieren, so gut es geht.«

»Ja klar, natürlich«, antwortete Marteinn, erstaunt über derartige Lebensweisheiten. Hatte sie das gerade in ihrer Zeitschrift gelesen? Björg hatte ihre Augen tiefschwarz geschminkt, und über die eine Wange zog sich eine Träne aus dunklem Kajalstift. Sie war barfuß, trug schwarze Leggings und ein weites Flatterhemd aus schwarzer Spitze. Marteinn kam kaum hinterher, mit den rasanten Veränderungen Schritt zu halten, die seine Schwester in den letzten Monaten vollzog. Es schien erst gestern gewesen zu sein, dass sie und ihre Freundinnen sich in der Kleiderkammer eingeschlossen und Mutters alte Klamotten durchprobiert hatten. Als sie sich eine Haarsträhne hinters Ohr strich, sah er auf der Innenseite ihres Unterarms eine blauschwarze Zacke aufblitzen, und da wurde ihm schlagartig klar, dass er in der Entwicklungsgeschichte seiner Schwester mindestens eine Seite hinterherhinkte.

»Du hast dir ein Tattoo machen lassen?«, fragte er ungläubig.

Sie schob den Ärmel hoch und streckte ihm ihren Arm entgegen. Es war ein längliches, verschlungenes Kreuz, das aussah wie aus feinem Draht gewoben.

»Haben Papa und Mama dir das erlaubt?«

»Es ist schließlich mein Körper«, sagte sie trotzig.

»Dann hast du's ihnen also noch nicht mal gezeigt«, schlussfolgerte er und seufzte entnervt. Sie zuckte mit den Schultern.

»Ich warte noch auf die passende Gelegenheit.«

»Konntest du nicht warten, bis du sechzehn bist? Dann ist das wenigstens legal. Davor ist es verboten, zumindest soweit ich weiß.«

»Na und? Ich lebe jetzt. Und außerdem bin ich nicht wie du.«

»Hey, was soll das denn jetzt heißen?«

Wieder strich sie sich das schwarze, schulterlange Haar hinters Ohr.

»Du bist 'ne trübe, zurückgebliebene Tasse. Lässt dich von Papa und Mama immer noch herumkommandieren wie ein Kleinkind.«

»Schwachsinn.«

»Hast du jemals was Verbotenes gemacht? Die ganze Nacht unterwegs gewesen, ohne Bescheid zu sagen? Mit jemand zusammen gewesen, den du nie hier nach Hause an den Kaffeetisch mitbringen und Papa und Mama vorstellen könntest? Warst du überhaupt schon mal mit irgendwem zusammen? Ich meine, mit irgend*einer*? Oder vielleicht bist du ja auch schwul. Kann es sein, du bist schwul? Ist Hallgrímur vielleicht dein Lover?«

»Jetzt reicht's aber, Björg.«

»Aber was Festes hattest du noch nie, oder? Ich hab dich jedenfalls noch nie mit 'nem Mädel zusammen gesehen.«

»Ich lebe mein Leben und du deins, also hör endlich auf, dich in Angelegenheiten einzumischen, die dich nichts angehen.«

»Du hast immer noch nicht meine Frage beantwortet: Hast du schon mal was Verbotenes gemacht?«

»*You have no idea* ...«, sagte er vieldeutig.

»Aha, du führst also ein geheimes Verbrecherdasein, von dem wir anderen nichts erfahren dürfen? Hättest du Papa und Mama aber ruhig mal stecken können, vielleicht hätte mir das ein bisschen den Weg geebnet. Es wäre so praktisch, wenn ich ihnen irgendwas vorhalten könnte, was du gemacht hast. Immerhin bist du ein Junge, und Jungs kommen doch mit fast allem durch – außer solche Waschlappen wie du. Aber nein, ich muss ja alles selber machen und bei null anfangen.«

»Wo hast du dich denn eigentlich tätowieren lassen?«

»Mein Freund hat das gemacht.«

»Spinnst du jetzt, oder was? Dein Freund!«, regte Marteinn sich auf. »Jetzt ist der Typ also schon dein Freund, ja? Du bist wirklich nicht mehr zu retten. Weißt du nicht, dass es lebensgefährlich sein kann, solche Erstklässler mit Gerätschaften hantieren zu lassen, von denen sie keine Ahnung haben?«

»Er ist kein Erstklässler. Außerdem ist er *top professional*, hat sich drüben in den Staaten in 'nem Studio ausbilden lassen.«

Marteinn fehlten die Worte; er starrte seine Schwester nur fassungslos an, aber Björg tat, als sei nichts gewesen, strich wieder ihr Haar zurück und schaute weiter aus dem Fenster.

»Wie alt ist der Typ denn?«

»Eldar. Er heißt Eldar.«

»Okay. Und wie alt ist Eldar?«

»Zweiundzwanzig.«

»Jetzt hört's aber auf. Der ist ja älter als ich!«

»Na und?«

Marteinn hämmerte wieder auf das Klavier ein. Irgendwie

schien alles um ihn herum auseinanderzufallen. Sein Vater war so gut wie ausgezogen und gab es nicht mal zu, Mutter wurde immer sonderbarer und zog sich zusehends in sich zurück, und jetzt war auch Björg anscheinend mit Tempo hundert dabei, sich aus dem Familienleben auszuklinken. Plötzlich hatte er das Gefühl, dass er die Menschen, die normalerweise als die nächsten Anverwandten gelten, kaum noch kannte. Fehlte nur noch, dass man ihn wegen Einbruchs festnahm, dachte er und schlug einen dramatischen, schrägen Akkord in die Tasten. Er beschloss, Hallgrímur anzurufen und ihn zu bitten, vorbeizukommen und die Lage zu besprechen. Er hatte vergessen, seinem Freund das Versprechen abzunehmen, keiner lebenden Seele jemals von der Sache zu erzählen.

»Kannst du nicht mal was Hübscheres spielen?«, nölte Björg.

»Nee, kann ich nicht.«

9 »Nein, was du nicht sagst, Kind!«, rief Hildigunnur entsetzt, während Sunneva versuchte, möglichst wenig Wind um ihre Geschichte zu machen. Mutter und Tochter saßen mit einer Tasse Tee am Schreibtisch in Hildigunnurs Büro, nachdem Sunneva unangekündigt dort hereingeschneit war.

»Das ist wirklich halb so wild, Mama, das war bloß so ein Jugendlicher. Elvis hat ihn sicher zu Tode erschreckt, und dann kam ich und hab ihm mit meinem Gekreische fast das Trommelfell zerfetzt. Der überlegt sich zweimal, ob er sich noch mal bei mir blicken lässt.«

»Und wie …?«

»Ich wollte nur eben die Sporttasche zu Hause abstellen, und da saß er, der Trottel.«

»Und was hat die Polizei gesagt?«

»So gut wie nichts. Aber sie wollen nach ihm fahnden. Ist Papa verreist?«

»Ja, ich nehme an, er ist gerade in London.«

Sie schauten beide leicht verlegen in verschiedene Richtungen.

»Und den Kindern geht's gut?«

»Wie? Jaja, natürlich«, antwortete Hildigunnur. »Willst du nicht heute bei uns übernachten, für alle Fälle?«

Sie hatte das unbestimmte Gefühl, dass irgendetwas nicht stimmte. Sunneva rieb sich immer wieder die Augenbraue, wie gewöhnlich, wenn ihr etwas Kopfzerbrechen bereitete, und sie vermied es, ihr direkt in die Augen zu sehen.

»Liebste Mama, glaub mir, es ist wirklich alles in bester Ordnung«, versicherte Sunneva und legte ihr den Arm um die Schulter. Hildigunnur versuchte noch immer, ihren Blick einzufangen, und diesmal wirkte es ziemlich aufgesetzt, wie sie mit weit aufgerissenen Augen und ihrem süßesten Engelslächeln versuchte, ihre Mutter davon zu überzeugen, dass sie nichts zu verbergen hatte. Hildigunnur kannte ihre Tochter viel zu gut, um sich davon aufs Glatteis führen zu lassen.

»Ganz sicher?«, vergewisserte sie sich noch einmal, aber jetzt nur noch pro forma. Sie hatte es aufgegeben, um das Vertrauen ihrer Tochter zu betteln. Sie waren äußerlich derselbe Typ und sich auch sonst in vieler Hinsicht ähnlich, standen sich aber nicht so nah, wie Hildigunnur es sich gewünscht hätte. Es war, als gäbe es in Sunneva noch eine andere, düstere Seite, die sie aber nicht zeigen wollte, so als müsse sie ihr noch immer beweisen, dass sie Mutters kleines, wohlerzogenes Mädchen war. Und dieses Versteckspiel bedeutete, dass Hildigunnur keine Ahnung hatte, was unter der Oberfläche brodelte, wer diese *andere* Sunneva war, die sie zwar undeutlich wahrnahm, aber ohne zu wissen, ob es sich einfach um eine etwas dunklere Variante ihrer Sunneva handelte, die sie von klein auf kannte, oder aber um ein Wesen mit Eigenschaften, die Hildigunnur völlig fremd waren. Ein altbekanntes Gefühl des Widerwillens stieg in ihr auf und färbte ihren Tonfall, als sie jetzt zu Sunneva sagte: »Und, willst du nach dem ganzen Schlamassel heute noch zur Arbeit?«

»Nein. Ich werde den Zwischenfall zum Vorwand nehmen, um mal einen Tag auszuspannen, das hab ich schon lange nötig. Ich denke, ich geh dann mal langsam.«

»Komm doch morgen zu uns zum Frühstück, mein Liebes, wir haben uns seit Ewigkeiten nicht mehr in Ruhe gegenübergesessen! Deine Geschwister haben auch schon nach dir gefragt.«

Auch wenn diese letzte Aussage genaugenommen nicht ganz stimmte, hatte sie doch gewissermaßen einen wahren Kern, also würde ihr sicher niemand diese kleine Schwindelei ankreiden.

»Mach ich, Mamaschatz.«

10 In der rechten unteren Fensterecke hockten zwei Spinnen in der Sonne und pflanzten sich fort. Hallgrímur beobachtete ihr Tun mit einer solchen Konzentration, als gäbe es nichts Wichtigeres auf der Welt. Die kleinere Spinne, die er für das Männchen hielt, krabbelte auf die dickere drauf, bearbeitete sie mit den Beinen und sprang dann mit einem Satz wieder herunter. Gab es nicht eine Spinnenart, die *Schwarze Witwe* hieß, bei denen das Weibchen seinen Sexualpartner tötete und auffraß, nachdem es ihm zum Höhepunkt verholfen hatte? Eigentlich genau wie bei den Menschen: Die Weiber lauern doch nur darauf, sich einen Mann zu angeln, ihn auszusaugen und dann im Netz der Ehe zu verstricken, bis er nicht mal mehr über seinen eigenen Körper verfügen kann.

Schließlich riss er sich vom Sexualleben der Spinnen los und sah an sich selbst hinunter, und plötzlich empfand er Ekel vor seinem gutgebauten nackten Männerkörper mit dem stattlichen Penis, auf den er beim Duschen immer so stolz war, und vor seiner bronzefarbenen Sonnenbräune, die er seit dem Strandurlaub im letzten Sommer kultivierte, indem er sich einmal pro Woche auf die Sonnenbank legte – mehr brauchte er dafür nicht zu tun –, und die sein blondes Haar noch heller leuchten ließ. Obwohl die meisten Leute glaubten, er würde sich die Haare färben, war es tatsächlich seine natürliche Haarfarbe. Fein waren sie, seine Haare, wie sein Friseur immer sagte; einmal im Monat ließ er sie dort nachschneiden, und immer versicherte ihm der Friseur, dass er mit diesen Haaren wohl nie Probleme kriegen würde; er habe die Art von Haar, das bis ins Alter dicht und kräftig blieb, höchstens grau wurde, aber selbst das ließe sich ja herauszögern, und davon abgesehen sei es noch die leichteste Übung, die ersten grauen Strähnen zu kaschieren. Nicht dass Hallgrímur sich normalerweise so viele Gedanken über die ferne Zukunft machte.

Doch, mit seinem Körper konnte er wirklich mehr als zufrieden sein, und es war auch nicht so, dass er jemals Schwierigkeiten gehabt hätte, sich so viele Frauen zu angeln, wie er wollte. Spätestens im letzten Spanienurlaub war ihm klargeworden, wie lächerlich einfach das war. Der Strand voller Mädels, die begehrlich in seine Richtung schauten. Und dann die beiden Schwulen am Pool: Es hatte ihm Spaß gemacht, sie zu ärgern, indem er sich in immer neuen aufreizenden Stellungen in seinem Liegestuhl fläzte oder sich auf einem der Schwimmbretter treiben ließ. Seinetwegen konnten sie glotzen, bis ihnen die Augen rausfielen, die Brüder, solange sie ihn dabei in Ruhe ließen. Die Mädels jedenfalls verfolgten ihn wie Mückenschwärme, und in diesen drei wunderbaren Wochen war er zumindest weit weg von seiner Mutter und ihrem ständigen Gezicke und mehr oder weniger auf Dauersauftour gewesen. Eines Tages war er dann endgültig ausgerastet; an jenem Abend hatte er gleich drei Mädels hintereinander aufgerissen und es nicht einmal für nötig gehalten, dazwischen unter die Dusche zu gehen. Die erste vernaschte er auf der Toilette einer Diskothek; er ging vor ihr in die Knie und leckte sie durch den Slip, dann drehte er sie um und nahm sie von hinten, gleich dort auf dem Klodeckel. Engländerin war sie gewesen, und ziemlich hässlich. Er tanzte noch eine Weile mit ihr, dann zeigte er mit einer vagen Handbewegung hinter sich ins Leere und klinkte sich einfach aus. Anschließend ging er in eine Pizzeria, um sich einen Imbiss zu holen, und dort fing auf einmal eine Spanierin am Nebentisch an, mit ihm zu flirten, klapperdürr und mit streichholzkurzen Haaren wie ein Junge. Sie war mit ihrer Clique unterwegs, aber ihre Blicke waren so, dass er beschloss, aufs Ganze zu gehen. Er rief den Kellner und ließ für sie einen Cocktail kommen. Nicht dass sie nun direkt sein Typ gewesen wäre, aber er wollte es einfach wissen. Sie holte ihn an ihren Tisch, und dann schleppte sie ihn in einen völlig abgedrehten Rockschuppen, wo er entdeckte, dass sie ein Brustwarzenpiercing hatte: aussehen wie die unschuldigste Konfirmandin – aber dann einen Ring durch die Brustwarze haben! Als seine Hand gerade auf dem Oberschenkel der Spanierin in Aktion treten wollte, tauchte plötzlich die Engländerin aus der Diskothek am Eingang auf und warf wieder mit genau denselben Blicken um sich, aber er lachte bloß. Bildete sie sich vielleicht ein, irgendwelche Vorrechte zu haben, nur weil sie ihn vorhin auf dem Klo an sich rangelassen hatte, und zwar von hinten? Die Spanierin wohnte mit einer Freundin zusammen, also lag es natürlich nahe, anschließend dorthin zu gehen. Die Freundin dackelte auf dem Heimweg die ganze Zeit mit, sie war aber ebenfalls nicht übel. Hallgrímur hatte plötzlich Lust, es mit den beiden gleichzeitig zu versuchen, aber er traute sich nicht, das vorzuschlagen, um den frisch eingeholten Fang nicht gleich wieder zu verschrecken. Vielleicht war dieses unerfüllte Verlangen daran schuld, dass er auf dem Weg zurück ins Hotel plötzlich beschloss, Nummer drei, die ihm dort begegnete, auch noch flachzulegen. Die Kurzgeschorene musste am nächsten Morgen früh raus und wollte ihn deshalb hinterher gleich loswerden, was absolut in seinem Sinne war, da er auf Morning-after-Romantik am Frühstückstisch sowieso keinen großen Wert legte. Auf dem Nachhauseweg jedenfalls quatschte ihn so eine minderjährige Schönheit an, also nahm er sie kurzerhand mit auf sein Hotelzimmer. Leider endete die Sache mit einem kompletten Reinfall, da sich die Lady oben auf dem Zimmer als Junkie entpuppte und Geld für ihre Dienste haben wollte. Es war ihm unbegreiflich, wie jemand auf die Idee kommen konnte, dass ausgerechnet er für Sex bezahlen würde. Aber er hatte sich nun mal in den Kopf gesetzt, seinen persönlichen Rekord zu brechen – drei in einer Nacht – also gab er ihr alles, was er bar in Euro einstecken hatte und ließ sich von ihr einen blasen. Sobald er steif war, befahl er ihr, auf alle viere runterzugehen, während er vor dem Bett stand und sich den Schwanz mit Aloe-Vera-Creme einschmierte, um besser in sie eindringen zu können. Es dauerte eine Ewigkeit, bis er kam, und er hatte eine Heidenangst, vorzeitig schlaff zu werden, deshalb packte er das arme Girl ziemlich brutal an, drückte mit der linken Hand ihr Gesicht auf die Matratze, während er ihr mit der rechten den Hintern versohlte. Als er dann endlich so weit war, kniff er sie so heftig in die Brustwarzen, dass sie vor Schmerz aufheulte. Da tat sie ihm fast ein bisschen leid, und als sie an ihm vorbei aus dem Zimmer ging, wollte er ihr über die Wange streicheln, aber sie drehte sich weg. Wie sie wollte, es war schließlich ihr Metier, nicht seins.

Wenn er heute daran dachte, wurde ihm übel. Obwohl das immerhin zeigte, dass er Mädels haben konnte, wann immer und so viele er wollte, in diesem Punkt machte ihm keiner was vor. Seine Klamotten von gestern lagen ordentlich gefaltet auf einem Stuhl. Wenn man seine Kleider nicht in Ordnung hielt, war das oft ein Anzeichen dafür, dass man die Kontrolle über sein Leben verlor, das hatte er neulich erst in einem Interview gelesen. Mal wieder typisch, fand er, dass die dümmsten Kleinigkeiten, die man irgendwo aufschnappte, sich einem sofort ins Gehirn einbrannten und einen beherrschten, denn seit er das gelesen hatte, verfolgte ihn dieser Gedanke fast täglich.

Seine Mutter war nach Hause gekommen und hantierte unten in der Küche vor sich hin. Er hätte sich gerne dort etwas zu essen gemacht, ohne dass sie ständig um ihn herumwuselte.

»Hallo«, sagte er, als er die Treppe herunterkam.

»Hallo, Grímur-Schatz!«, rief sie ihm munter entgegen.

Bei dieser Anrede verdrehte er innerlich die Augen, wenn auch, ohne sie dabei anzuschauen. Trotzdem war es ihr anscheinend nicht entgangen, denn zum Zeichen ihrer Missbilligung hörte er ein ärgerliches Schnauben. Bei diesem altbekannten Geräusch schüttelte es ihn, während seine Mutter eine Packung Schokoladenkekse im Küchenschrank verstaute.

»Willst du nicht was essen?«, fragte sie mit ihrer monotonen Stimme, die ihm von Tag zu Tag mehr auf die Nerven ging. Selbst wenn sie ihn anherrschte, hörte sie sich zittrig und unentschlossen an, wurde höchstens schrill, aber klang nach wie vor erbärmlich.

»Doch doch, ich mach mir gleich was.«

Es waren noch Cheerios da.

»Warst du gestern Abend noch lange bei der Arbeit?«

Er sah sie erstaunt an. Es war normalerweise nicht ihre Art, sich für diese Dinge zu interessieren.

»Ja. Warum fragst du?«

»Ach, es ist nur ... Jakob hat sich gestern mal wieder ein bisschen aufgeregt. Ich wollte nur wissen, ob er dich vom Schlafen abgehalten hat.«

Himmelnochmal. Mutter und ihre Lover, ein Kapitel für sich. Oder besser gesagt, eine Fortsetzungsgeschichte mit unzähligen Episoden, die alle mit einem vielversprechenden Tarotkartenlegen im Internet begannen und meist damit endeten, dass irgendjemand irgendjemand anderen des Betrugs, Ehebruchs, Diebstahls oder wessen auch immer bezichtigte, und nicht selten lief das Ganze auf Streit und Handgreiflichkeiten hinaus. Es war Hallgrímur ein Rätsel, wie sie sich immer wieder auf diese Typen einlassen konnte, hinterher endete doch jedes Mal alles im Chaos.

»Nein, ich bin ziemlich spät heimgekommen und dann wie ein Stein ins Bett gefallen.«

Er musterte sie an der Cheerios-Packung vorbei, die er wie

einen Schutzwall vor sich aufgebaut hatte. Wenigstens hatte sie kein blaues Auge.

»Sag mal, Grímur, könntest du mich vielleicht eben ins Árbær-Viertel rausfahren?«

Nein, konnte er nicht.

»Ich hab was mit Marteinn zu erledigen.«

»Dieser Marteinn schon wieder. Braucht ihr dazu das Auto?«

»Ja.«

Wenn sie jetzt den Wagen mitnähme, würde er sie für den Rest des Tages nicht mehr zu Gesicht bekommen, und da sie kein Handy hatte, konnte man sie auch nicht erreichen. Versprechen hatten für sie keinerlei Gültigkeit, und wenn er sie daran erinnerte, starrte sie ihn an, als wäre er unzurechnungsfähig, und sagte so etwas wie »Ja, aber Ásta hatte doch Geburtstag!« oder »Kommt schließlich selten genug vor, dass ich mal zum Schlussverkauf ins Mjódd komme!« Solche Rechtfertigungen hielt sie für absolut einleuchtend, so dass sie fast beleidigt wirkte, wenn er nachfragte. Ihn störte das nicht sehr, er hatte längst gelernt, wie er sie zu nehmen hatte. Sie war schon immer so gewesen. Er wusste noch sehr gut, dass sie, als er klein war, manchmal tagelang verschwunden war, und wie tödlich beleidigt sie immer reagiert hatte, wenn er ihr beim Heimkommen Vorwürfe machte. War der Kühlschrank denn nicht voller Essen? Hatte er denn nicht genug Computerspiele, um die Zeit auch alleine rumzukriegen?

»Ach komm, Grímur-Schätzchen, kannst du deiner Mama nicht diesen klitzekleinen Gefallen tun?«, bettelte sie in weinerlichem Ton. »Selten genug, dass man dich um was bittet … Du könntest mich doch einfach auf dem Weg dorthin absetzen …«

»Ich bin verabredet, Mama. Du wirst wohl den Bus nehmen müssen.«

Sie schnaufte wieder.

»Ich hab aber solche Rückenschmerzen.«

Diese Bemerkung war eine Art Geheimcode, der für etwas ganz anderes stand. Die Rückenschmerzen hatte sie angeblich schon seit seiner Geburt, das hielt sie ihm seit seiner frühesten Kindheit vor. Mit anderen Worten: Es war im Grunde seine Schuld, dass sie sich mit diesen Schmerzen plagte.

»Solltest du dich dann nicht vielleicht besser hinlegen?«

Sie sah ein, dass sie so nicht weiterkam, und versuchte es mit einer anderen Masche.

»Dein Vater hat gestern angerufen.«

»Aha.«

Er wusste, dass sie log. Wenn sie von ihm enttäuscht war, brachte sie das Gespräch meist früher oder später auf seinen Vater, man konnte fast die Uhr danach stellen. Und es war nicht das erste Mal, dass sie plötzlich einen geheimnisvollen Anruf seines Vaters ins Feld führte, nachdem er ihr eine Bitte abgeschlagen hatte.

»Er wollte wissen, wie's dir geht.«

»Jaja.«

Sie war so leicht zu durchschauen. Sie wusste ganz genau, dass Hallgrímur sich nicht mal bequemte, ans Telefon zu kommen, wenn sein Vater nach ihm fragte, auch wenn er zu Hause war. Ihrer Meinung nach hasste er seinen Vater, was er aber gar nicht tat, ganz im Gegenteil konnte er es sehr gut nachvollziehen, dass Papa seinerzeit die Flatter gemacht hatte. Auch er hätte es auf die Dauer nicht ertragen, mit seiner Mutter zusammenzuleben. Eher verachtete er ihn dafür, dass er es überhaupt so lange mit seiner Mutter ausgehalten hatte. Allein das zeigte doch, was für ein erbärmlicher Loser er war. Hallgrímur hatte schlichtweg keine Lust, irgendetwas mit dieser Witzfigur gemein zu haben. Vielleicht hätte er ihn damals gut gebrauchen können, als er noch jünger gewesen war, aber jetzt war es zu spät.

»Bis dann«, rief er ihr zu und verließ das Haus.

11 Beim Schwimmen fühlte sich Valdimar so richtig befreit. Manchmal vergaß er sich regelrecht und schwamm mehrere Kilometer am Stück, zumindest der Zeit nach gerechnet, er genoss es, einen kurzen Spurt im Kraulstil einzulegen und den Widerstand gegen seine Handflächen zu spüren, wenn er mit den Armen durchs Wasser pflügte. Er genoss es, mit den Fußrücken so kräftig auszuschlagen, dass seine Oberschenkel und Schienbeine hinterher schmerzten und er förmlich zu spüren glaubte, wie jeder Muskel durch die Anstrengung gestählt und zurechtgemeißelt wurde. Trotzdem war er nicht der Fitnessstudio-Typ, eigentlich ließen ihn solche Äußerlichkeiten völlig kalt – das alles war ja sowieso nicht von Dauer. Valdimar war ein wuchtiger Mann mit schweren Knochen, leicht schiefem Mund und großer Nase, doch beim Schwimmen verschwanden seine Gesichtszüge im Wasser, und der massige Körper bekam eine majestätische Geschmeidigkeit, zu der er sonst niemals fähig war. Er war jetzt siebenunddreißig und seit sechs Jahren bei der Kriminalpolizei. Davor war er »bloß ein gewöhnlicher Feld-Wald-und-Wiesen-Polizist« gewesen, wie er es selbst gerne ironisch ausdrückte, wenn er über seinen beruflichen Erfolg sprach, obgleich zu befürchten war, dass diese subtile Ironie an den meisten seiner Arbeitskollegen völlig vorbeiging – im Job nahm man das, was er sagte, für bare Münze und beurteilte ihn entsprechend.

Er hatte sein abendliches Schwimmtraining beendet und beim Duschen mit seinem treuen Kumpel Jóhannes ein Schwätzchen gehalten, den er immer dort antraf, wenn er abends im Schwimmbad war, und der ihn regelmäßig mit medizinischen Details über seinen Gesundheitszustand versorgte. Besonders Operationen hatten es Jóhannes angetan, und es war nicht nur seine eigene Herzoperation, die ihm als stets aktuelles Gesprächsthema und nie versiegende Stichwortquelle diente, nein, er hatte sich auch in Ärztejournalen einiges an medizinischem Wissen angelesen, immer mit dem Ziel, wenigstens in Grundzügen zu erfassen, worum es ging.

Als Valdimar aus der Schwimmhalle trat, leuchteten am Himmel flammende Wolkenbänke; sie bildeten ein Muster aus unzähligen Borten und Girlanden, zahllosen Schichten feiner, orange-grau leuchtender Wolkenfetzen, die sich am Nordosthimmel auftürmten. Da es ihn noch nicht nach Hause zog, fuhr er hinaus nach Seltjarnarnes und unternahm dort am Strand einen Abendspaziergang. Zum hunderttausendsten Mal sagte er sich, dass ein Mann wie er sich unbedingt irgendein Hobby zulegen sollte, und sei es bloß Lesen oder Musikhören. Aber für etwas anderes als Zeitschriften war er viel zu ungeduldig, er brauchte kleine Häppchen, und selbst dann fühlte er sich bei längeren Artikeln schon überfordert.

Auf dem Gebiet der Musik hatte er durchaus ernsthafte Anläufe gemacht, die letztlich alle in die Frage mündeten: Welche Art von Musik sollte ein Mann wie er überhaupt hören? Mit dem alten Hippiezeug konnte er nichts anfangen, davon hatte er in seiner Jugend wahrscheinlich eine ausreichende Dosis abbekommen. Er konnte diesen chaotischen Gitarrenklängen sowieso nicht das Geringste abgewinnen, und es kam ihm vor, als hätten die Beatles und all die anderen Bands, um die seine Eltern damals so viel Wirbel gemacht hatten, nur eine Art Maskerade betrieben und Ideale besungen, an die im Grunde sowieso kein Mensch je geglaubt hatte. Die moderne Rockmusik, die manchmal bei ihm in der Arbeit lief, konnte er genauso wenig leiden, dieses computergenerierte, erotisierende Gehämmer mit den jaulenden Gitarren und kreischenden Sängerinnen, die keinen einzigen Ton trafen, und den dumpfen Schlagzeugbeats, die seiner Meinung nach nichts als pure Sexbesessenheit zum Ausdruck brachten. Er verstand kein Wort von dem, was die Rapper zwischen den Zähnen hervorblafften, und es war ihm ein Rätsel, wie so etwas als Musik durchgehen konnte. Auch dem Jazz hatte er versucht, eine Chance zu geben, aber das meiste dieser Musik war für ihn ein Buch mit sieben Siegeln, und als er schließlich glaubte, in Miles Davis und dessen Album *Kind of Blue* sein Ding gefunden zu haben, musste er feststellen, dass von der disziplinierten Ausgewogenheit, die ihn dort angesprochen hatte, auf der nächsten Platte des Künstlers schon nichts mehr zu spüren war. Als er außerdem las, dass der Musiker den größten Teil seines Lebens drogensüchtig gewesen war, machte das seinem Interesse an der Musik, die dieser Mensch hinterlassen hatte, endgültig den Garaus. Trotzdem hörte er *Kind of Blue* bis zum Abwinken, das Album hatte etwas, ohne dass er genau hätte definieren können, was es war. Als Nächstes nahm er sich die Klassik vor, dabei hatte er von Anfang an das Gefühl, dass ihm die Grundlage fehlte, auf die er sich stützen konnte, eine Art von Verständnis oder Empfänglichkeit, die für einen Liebhaber klassischer Musik unerlässlich waren. Nicht einmal Bachs Cellosuiten bedeuteten ihm etwas, auch wenn ihn diese Art von Musik vielleicht noch am ehesten ansprach. Als er auf der CD-Hülle las, dass die Suiten in ihrem Charakter sehr unterschiedlich seien, erstaunte ihn das, denn für ihn klangen sie allesamt gleich, angenehm zum Zuhören, aber ohne irgendetwas in ihm zu bewegen, wie sie das ohne Zweifel hätten tun sollen.

Er stand auf dem gischtfeuchten Sandstrand und schaute zum Snæfellsjökull hinüber. Schon seit Jahren hatte er den Vorsatz, diesen Gletscher zu besteigen; er wusste, dass er nur einmal die

Entscheidung treffen und die Firma anzurufen brauchte, die solche Motorschlitten-Fahrten auf den Gletscher organisierte, und innerhalb weniger Stunden würde er tatsächlich oben auf dem Gipfel stehen. Aber die Jahre vergingen, ohne dass er diesen Plan in die Tat umsetzte, genauso wenig wie so viele andere Pläne, die er gerne verwirklicht hätte, es aber nie tat. Er hatte auch überhaupt nichts dagegen, eine Familie zu gründen und sein Leben in jeder Hinsicht auszuschöpfen, aber derzeit schien es ihm so gut wie ausgeschlossen, dass daraus jemals etwas werden könnte.

So wie die Dinge im Moment lagen, versuchte Valdimar so viel wie möglich zu arbeiten. Wenn er Abends in seine leere Wohnung nach Hause kam, schaltete er zuallererst den Fernseher ein, und obwohl das Programm ihn selten interessierte, fand er das leise Stimmengewirr im Hintergrund ausgesprochen angenehm, falls er nicht den Ton ganz abschaltete, so dass die Leute auf dem Bildschirm nur stumm hin- und herglitten, in ihr Leben versunken, so wie auch er gerne in seins versunken gewesen wäre.

Als er zu seinem Wagen zurückging, joggte eine junge Frau in glänzenden Lauftights vorbei. Sie hatte schwarzes, zerzaustes Haar und leicht fremdländische Gesichtszüge. Valdimar beobachtete, wie sie näher kam, als plötzlich direkt vor ihr eine weiße Katze über den Weg rannte. Sie blieb stehen und rief das Tier mit, soweit Valdimar hören konnte, englischen Koseworten. Die Katze sprang herbei und ließ sich streicheln. Während die Frau das Tier kraulte, lächelte sie ihm zu, und er lächelte verlegen zurück. Er spürte, wie sich seine Kehle zusammenschnürte, und wusste genau, was ihm sein Körper damit sagen wollte. Aber er sprach die Frau nicht an.

12 Es wurde ein Abendessen, das Marteinn noch lange im Gedächtnis behalten sollte. Seine Mutter hatte Grillhähnchen besorgt, dazu gab es Reis, Champignonsauce und Salat. Das Hähnchen lag auf einer flachen Platte, in Fett und Brühe schwimmend, die über den Rand lief und auf den Tisch tropfte, was seiner Mutter, die noch in der Küche herumhantierte, entgangen war. Marteinn wollte gerade einen Lappen holen, um aufzuwischen, entschloss sich aber einen Augenblick zu spät und stieß im Aufstehen mit seiner Mutter zusammen, die gerade den Reistopf auf den Tisch stellen wollte. Sie glitt auf dem glatten Boden aus, die Füße rutschten ihr förmlich unter dem Körper weg, und sie landete mit einem dumpfen Schlag auf dem Fußboden. Nichts von alledem hätte passieren müssen, wenn sie sich nicht vorher ein Bier genehmigt hätte, was in Kombination mit ihren Tabletten bei ihr recht weitreichende Folgen haben konnte.

Marteinn und Björg sprangen auf, um ihr zu helfen, aber glücklicherweise war sie nicht verletzt. Auf dem Weg zum Tisch hatte sie noch mit dem Löffel im Reistopf gerührt, und im Fallen war ihr dann der Kochlöffel in hohem Bogen aus der Hand geflogen, so dass sich nun der gekochte Reis kreuz und quer in der Küche verteilte. Während die Geschwister auf dem Küchenboden herumkrochen, um die Reiskörner so gut es ging aufzulesen, kicherte Björg noch immer vor sich hin, und auch Marteinn konnte ein Grinsen nicht unterdrücken.

Marteinns Vater erschien als Letzter bei Tisch, setzte sich wortlos an seinen Platz und ließ den Blick missbilligend über die Tafel schweifen, so als vermisse er etwas, um das er ausdrücklich gebeten hatte.

In diesem Moment entdeckte Marteinn im Ohr seiner Mutter ein Reiskorn. Er schaute zu, wie sie den Reis auf die Teller häufte, wobei sie versuchte, sich einen möglichst würdevollen Anstrich zu geben und so ihr peinliches Missgeschick zu überspielen, aber dabei hing ihr dieses Reiskorn im Gehörgang, kein zusammengepapptes Klümpchen aus mehreren Reiskörnern, nein, ein einzelnes Reiskorn war es, denn es handelte sich um diese amerikanische Marke, die angeblich nicht zusammenklebt. Bei diesem Anblick wurde er plötzlich von einem unkontrollierbaren Lachanfall geschüttelt. Die ganze Anspannung, alle Probleme des Tages schienen sich nun mit einem Mal in diesem Ausbruch zu entladen, der so übermächtig war, dass er keine Chance hatte, seiner Familie zu erklären, weshalb er so lachte. Sein Vater starrte ihn an und bekam vor Verärgerung den Mund nicht zu.

»Was ist eigentlich mit dir los, Junge?«, fragte er, während Björg noch immer vor sich hin gluckste und seine Mutter so tat, als ginge sie das alles gar nichts an, und sich umso eifriger den Reisportionen auf den Tellern widmete.

»Da ist Reis ...«, stöhnte er schließlich mühsam beherrscht, bekam den Satz aber nicht zu Ende. Sein Magen schmerzte vor Lachen.

»Typisch. Der Junge lacht sich kaputt«, knurrte der Vater. Marteinn fragte sich zwischen zwei Lachsalven, was er wohl damit gemeint haben könnte, doch dann fiel sein Blick wieder auf das Ohr seiner Mutter, in dem immer noch das Reiskorn hing.

Mittlerweile hatte seine Mutter das Tattoo auf dem Unterarm seiner Schwester entdeckt, obwohl Björg, wie er bemerkte, sich bemühte, diese Tatsache zu vertuschen, indem sie in regelmäßigen Abständen den Pulloverärmel nach unten zog.

»Mein Gott, Kind, wie siehst du denn aus?«

Björg warf einen flehenden Blick zu Marteinn herüber, aber was hatte denn er damit zu tun? Dieses Schlamassel hatte sie sich doch wohl einzig und allein selber zuzuschreiben. Seine Lachkrämpfe kamen allmählich zur Ruhe.

»Du hast Reis im Ohr, Mama«, sagte er, um wenigstens irgendetwas zu sagen. Sie drehte sich zu ihm um und sah ihn gereizt an.

»Was hast du gesagt?«

»Du hast Reis im Ohr.«

Sie starrte ihn wortlos an. In diesem Moment, wenn auch nicht zum ersten Mal, brannten bei seinem Vater die Sicherungen durch.

»Was ist überhaupt in dich gefahren, du kleiner Querulant? Hast du vielleicht vor, uns die gemeinsame Familienmahlzeit zu verderben?« Er sprang von seinem Stuhl auf, und das schulterlange schwarze Haar hing ihm wirr ins Gesicht.

»Ich bin nicht kleiner als du!«, schnappte Marteinn zurück. »Und was weißt du schon über unsere gemeinsamen Mahlzeiten, du bist ja dabei fast nie anwesend! Schöne Familienmahlzeiten sind das, bei denen der sogenannte Herr Familienvater regelmäßig durch Abwesenheit glänzt!«

»Ich ernähre diese Familie immerhin! Ist das vielleicht verboten oder was?«, rief Björn und setzte sich wieder.

»Bist du dir ganz sicher, dass du jedes Mal bei der Arbeit bist, wenn du über Nacht nicht nach Hause kommst?«, brüllte Marteinn.

Sein Vater starrte ihn einen Moment völlig entgeistert an, doch das brachte Marteinn erst recht auf hundertachtzig.

»Meine lieben Jungs, macht doch um Himmels willen nicht so einen Lärm! Ich hab fürchterliche Kopfschmerzen!« Evas

Stimme schien aus irgendeiner fernen Welt zu kommen, in der Björn und Marteinn noch immer ihre »lieben Jungs« waren und nicht die blindwütigen Menschenaffen, zu denen sie, wie es Marteinn vorkam, gerade mutierten. Das Reiskorn war inzwischen von selbst aus ihrem Ohr gefallen. Björg stand schweigend daneben und beobachtete das Spektakel. Ihr Tattoo war in den Hintergrund getreten.

»Wirst du wohl aufhören, deine Nase in Angelegenheiten zu stecken, die dich nichts angehen!«, kläffte Björn, besinnungslos vor Wut.

»Mich nichts angehen?«, schrie Marteinn.

»Ja, die dich nichts angehen!«

»Ach, geht es dann vielleicht auch Mama nichts an, wo du deine Nächte verbringst?«

»Du bist ein erwachsener Mann, ich bin ein erwachsener Mann, deine Mutter ist ebenfalls erwachsen, und basta! Ich versuche ja auch nicht, euch in eure Beziehungen hineinzureden, also hör du gefälligst auf, dich in die Beziehung zwischen deiner Mutter und mir einzumischen!« Björn klang nun etwas ruhiger, aber in seinen Augen blitzte es noch immer gefährlich.

»Und ich? Ich zähle wohl nicht zu dieser Familie oder was?«, rief Björg dazwischen, hätte das aber wohl besser seinlassen.

»Du bist keine erwachsene Person, und deshalb will ich sehr hoffen, dass das, was ich da auf deinem Unterarm zu sehen glaube, nicht das ist, wofür ich es halte«, knurrte Björn mit zusammengezogenen Brauen.

»Reg dich ab«, gab sie mit einem kurzen Seitenblick auf ihren Bruder zurück. »In drei Wochen ist das wieder weg. War mir so was von klar, dass ihr gleich ausrastet deswegen. Andere Kids kommen mit 'nem Ring durch die Nase oder gepiercten Augenbrauen heim, und keiner sagt einen Mucks.«

»Mucks?«, kicherte Marteinn.

Björg verdrehte die Augen.

»So einen Ring kann man wenigstens wieder rausnehmen, wo immer er sitzt«, trug Eva jetzt zur Diskussion bei: eine Stimme der Vernunft aus unerwarteter Richtung. Aus unerklärlichen Gründen hatte die Auseinandersetzung in ruhigere Bahnen zurückgefunden. Selbst Björns Laune, die wie eine Gewitterwolke den Abendbrottisch verdunkelt hatte, begann sich langsam aufzuhellen.

Doch schon in derselben Nacht ging die nächste Bombe hoch. Diesmal war es Eva, die völlig außer Rand und Band geriet, während Björn sich eher zurückhielt. Kurz darauf hastete er aus dem Haus, setzte sich ins Auto und fuhr davon. Marteinn zog sich die Decke über den Kopf, und es gelang ihm, wieder einzuschlafen.

13

»Your little joke is not so funny any more«, Mister Gretarson.

Gunnar lief es kalt den Rücken hinunter. Er hatte gar nicht versucht, witzig zu sein.

»Ich habe es Ihnen doch schon erklärt«, sagte er auf Englisch. »Es war alles ein großes Missverständnis.«

»Wenn das so ist, dann werden Sie eben versuchen, das Missverständnis so schnell wie möglich auszuräumen.«

»Ich werde das Geld abliefern, sobald ich kann.«

»Um Ihr geliebtes Geld geht es uns nicht, kapieren Sie das doch endlich!«

Gunnar saß in seinem alten Zimmer auf dem Bett; hier hatte er als kleiner Junge geschlafen. An der Wand hingen drei seiner Gemälde aus der Zeit, als er noch Maler werden wollte. Eins der Bilder zeigte eine Art stählernen Vogel, der mit weit aufgerissenem Schnabel und gequältem Gesichtsausdruck zwischen blutroten Wolkenbänken hin und her flatterte. Das Bild war etwas verschwommen, aber mit genügend Fantasie konnte man sich einbilden, Feuerzungen aus dem Vogelschnabel lodern zu sehen, als ob er innerlich brannte oder so etwas. Gunnars momentaner Zustand kam dem des Vogels ziemlich nahe. Seit dem Morgen hatte er einen halben Liter Genever in sich hineingeschüttet. Ihm war etwas übel, aber nicht so sehr, dass es ihn davon abgehalten hätte, weiterzutrinken. Hauptsächlich spürte er es in der Speiseröhre. Am frühen Abend hatte er ein paar Tabletten eingeworfen und offenbar nicht sorgfältig nachgespült. Es brannte wie Feuer und fühlte sich so an, als wäre ihm zumindest die Speiseröhre durchgeschmort. Wie auch immer, selbst dann hätte er noch einige Tage, bis er Blut spucken würde, sein persönliches Limit zum Aufhören. Vielleicht hätte er die Frist verlängern können, wenn er sich zwischendurch hin und wieder etwas Nahrung zugeführt hätte; aber auf Essen hatte er weder Lust noch Appetit, und er redete sich ein, dass er mit einem Bier am Morgen und ein paar Likören zwischendurch zumindest ein ausreichendes Minimum an Nährstoffen zu sich nahm. Hätte sich seine Mutter nicht gerade bei einer Kur im Naturheilkunde-Zentrum in Hveragerði aufgehalten, hätte sie jetzt sicherlich dafür gesorgt, dass er etwas zwischen die Kiemen bekam, aber andererseits säße er, wenn sie nicht verreist wäre, jetzt auch nicht hier.

Eigentlich hätten diese Anrufe ihn schon längst nicht mehr irritieren dürfen, so häufig, wie sie mittlerweile kamen. Aber nach wie vor war er hinterher jedes Mal fix und fertig und erlag sofort dem Drang, dieses Problem, wie alle seine anderen, mit Alkohol herunterzuspülen.

Er hatte schon beim ersten Klingeln des Telefons genau gewusst, wer der Anrufer war, und sich, bevor er abnahm, so gut es ging zusammengerissen, um nicht allzu verwaschen zu klingen, und das hatte mehr oder weniger funktioniert. Er spürte, wie sich der kalte Schweiß unter seinen Achselhöhlen sammelte, langsam an ihm hinablief und im Hosenbund versickerte. Das Gespräch war kurz, wirkte aber so ernüchternd, dass er sich sofort noch einmal nachgießen musste.

»Es war wirklich nichts weiter als ein harmloses Spielchen«, versicherte er. »Ich hab es doch schon hundertmal erklärt, ich wollte nur das Terrain abstecken, sonst nichts. Und was das Geld angeht, da arbeite ich dran«, log er.

»In der Geschäftswelt gibt es keine harmlosen Spielchen,

das sollten Sie mittlerweile wissen. Wenn du etwas zum Verkauf anbietest, musst du auch liefern. Und Ihr Geld lassen Sie stecken, ich kann das ständige Gezeter davon langsam nicht mehr hören.«

Gunnar beschloss, an jenen winzigen Rest Menschlichkeit zu appellieren, der irgendwo auch in diesem Mann schlummern musste.

»Ich hatte an dem Abend einfach zu viel getrunken.«

Das erwies sich als Fehler.

»Ihre Familie ist Ihnen doch sicher lieb und teuer, oder?«, fragte der Mann mit butterweicher Stimme. Gunnar konnte in seinem Englisch keinerlei Akzent ausmachen. Was für ein Landsmann diese Bestie wohl war?

»Ja, natürlich«, antwortete Gunnar eingeschüchtert. Er hätte gerne gewusst, was seine Familie wohl mit dieser Angelegenheit zu tun hatte, bekam aber keine Gelegenheit zu fragen.

»Dann sind Sie gut beraten, Ihr Versprechen zu halten!«, gab sein Gegenüber in merkwürdig triumphierendem Ton zurück und knallte den Hörer auf.

Gunnar nahm einen großen Schluck Genever. Plötzlich kam ihm die Idee, sich ein Glas Vollmilch aus seinem amerikanischen Retro-Kühlschrank zu holen. Es schüttelte ihn zwar bei dem Gedanken, aber er hatte die vage Hoffnung, dass sich der brennende Schmerz in seiner Kehle vielleicht mit ein paar Schlucken kalter Milch beruhigen ließ. Danach überlegte er, Hildigunnur anzurufen und zu fragen, wie es ihr und den Kindern ging, verwarf diesen Gedanken aber gleich wieder. Selbst wenn es zum Schlimmsten käme, würde heute Nacht noch nichts passieren. Er goss Genever nach. Am liebsten wollte er diese Unterredung so schnell wie möglich vergessen. Und das gelang ihm auch.

14 *Beim ersten Mal fühlte es sich merkwürdig an. Schon seit längerer Zeit tauchte er ständig durch Zufall irgendwo in meiner Nähe auf, Zufälle, die keine Zufälle waren, das wusste ich genau, und er wusste, dass ich es wusste, ich sah es in seinem Blick. Lange hatte ich geglaubt, auch ihm selbst sei vollkommen klar, dass aus uns niemals mehr werden konnte, mehr werden durfte. Und ich rechnete auch nicht damit, dass er den Mut haben würde, die Sache konkret werden zu lassen, aber genauso wenig wollte ich den ersten Schritt tun. Er war es schließlich gewesen, der das Ganze angezettelt hatte, mit seinen Blicken, seinen Berührungen, also lag es jetzt auch bei ihm, weiterzumachen oder nicht – falls er sich traute. Außerdem war ich mir noch gar nicht sicher, ob ich wirklich etwas mit ihm anfangen wollte. Die Vorstellung, diesen Mann zu berühren, war mir eher unangenehm, und anfangs war mir schon der bloße Gedanke, in seiner Nähe zu sein, regelrecht zuwider. Aber trotzdem machte ich weiter, und mit der Zeit gewöhnte ich mich daran, mir seinen Körper vorzustellen. Irgendwann fand ich ihn gar nicht mehr abstoßend und fing an, mich nach ihm zu sehnen. Das muss er gespürt haben. Gleichzeitig hasste ich mich, verachtete meinen Körper dafür, dass ich ihn begehrte, aber ob er das ebenfalls gespürt hat, da bin ich mir nicht sicher. Ich fing an, auf die abwegigsten Ideen zu kommen, klemmte mir zum Beispiel unter dem T-Shirt oder* *dem Pullover die Brustwarzen mit Wäscheklammern ab und lief damit in der Wohnung herum. Allerdings musste ich sie vorher etwas aufbiegen, sonst hätte es einfach zu sehr wehgetan, aber gleichzeitig tat es gut, sich diese fast unerträglichen Schmerzen zuzufügen. Ich bestrafte mich selber dafür, dass ich so an ihn dachte, wie ich es tat, obwohl ich es zur gleichen Zeit genoss. Ich fand es nicht richtig, was wir taten, und mir war von Anfang an klar, dass das, worauf wir zusteuerten, offen oder verdeckt, die Menschen verletzen würde, die uns nahestanden. Und trotzdem waren es gerade meine Schuldgefühle diesen Menschen gegenüber, die alles nur noch spannender zu machen schienen. Allmählich verzehrte ich mich immer stärker danach, Sex mit ihm zu haben, wenigstens ein einziges Mal, das würde ausreichen, bildete ich mir ein. Sobald dieser vierzigjährige Männerkörper auf mir läge, wäre ich sofort wieder von Ekel erfüllt, wie damals, als ich anfing, unzüchtige Fantasien über ihn zu haben.*

Ich stand am Fenster und hatte nicht im Geringsten mit ihm gerechnet, als er plötzlich hinter mir stand und mir seine Hand auf den Bauch legte. Ich flog herum und sah ihm direkt in die Augen, dann schaute ich weg und ließ meinen Blick nervös über seine Schulter irgendwo ins Leere schweifen.

»Keine Angst«, beruhigte er mich. »Alles ist okay.«

Seine Finger hatten ihren Weg unter meinen Pullover gefunden und fingen an, meinen Bauch zu streicheln. Ich schaute starr aus dem Fenster und ließ ihn alles tun, was er wollte. Er strich über meine nackte Haut und stöhnte leise. »Wie zart deine Haut ist«, flüsterte er. »Am liebsten würde ich dich jetzt überall berühren. Darf ich?«

»Ich weiß nicht«, antwortete ich. »Vielleicht.«

In diesem Moment hörte man draußen eine Tür, irgendwo ging jemand aufs Klo, und er zog schnell seine Hand weg. Ich zitterte. »Ich ruf dich an«, sagte er.

»Okay.«

Später am Telefon versuchte er zu tun, als sei nichts gewesen, schwatzte über Gott und die Welt, aber eine Spur zu redselig. Die Anspannung machte sich bemerkbar, doch anscheinend traute er sich nicht, den eigentlichen Grund seines Anrufs auszusprechen.

»Hättest du vielleicht Lust auf 'ne kleine Spazierfahrt?«, fragte er in einem munteren, beiläufigen Plauderton.

»Ja ... warum eigentlich nicht?«, antwortete ich mit klopfendem Herzen. Ich fragte nicht, wohin. Da ich gerade in der Stadt unterwegs war, schlug er vor, mich in der Hverfisgata aufzulesen. Aber als sich das altvertraute Auto näherte, war ich plötzlich hin- und hergerissen, ob ich einsteigen sollte oder nicht. Ich spürte, dass ich an einer Art Wendepunkt stand: Was auch immer passierte, mein weiteres Leben würde davon abhängen, ob ich mich nun in dieses Auto setzte oder nicht. Durchs offene Wagenfenster lächelte er mich an. Ich bekam ein ganz merkwürdiges Gefühl, dann öffnete ich die Tür und stieg ein.

Während der Fahrt sagte er nur wenig, im Radio lief Kanal 1, ein Sender, den ich so gut wie nie hörte. Es war seltsam, diesen spießig klingenden Radiosprechern zuzuhören, wie sie ihre vorformulierten Texte herunterlasen. Das waren Leute seiner Generation, die sich hier an ihre Altersgenossen wendeten, eine Party, auf der ich nichts zu suchen hatte, die mich aber auch nicht sonderlich interessierte. Dann waren wir an unserem Fahrtziel irgendwo am Ufer des Elliðavatn, und er parkte den Wagen auf dem Parkplatz an der kleinen Brücke. Wir stiegen aus. Ich nahm an, dass er etwas Bestimmtes geplant hatte.

»Sollen wir einen kleinen Spaziergang machen?«, fragte er. Noch hatte er mich nicht berührt. Er hatte einen kleinen Rucksack dabei, und ich rechnete fast damit, dass sich alles letztlich als Vorwand erweisen würde, dass er Proviant dabeihatte und mich einfach nur zum Picknick einladen wollte. Aber weit

gefehlt! Wir gingen den Weg entlang, ein älteres Ehepaar kam uns entgegen und grüßte mit einem Kopfnicken. Wir nickten zurück, wahrscheinlich hielten die beiden ihn für meinen Vater. Dann bog er vom Weg ab und steuerte auf ein dichtes Gebüsch zu. Ich stapfte hinterher. Plötzlich drehte er sich um und legte die Arme um mich. Ich schaute zu Boden.

»*Bist du ganz sicher, dass du das hier willst?*«

»*Hör auf mit dem Geschwätz*«, *antwortete ich. Er hörte auf mit dem Geschwätz. Als er mich berührte, hatte ich das Gefühl, im nächsten Moment in Ohnmacht zu fallen. Er küsste mich auf den Handrücken, dann die Handfläche. Sanft und rücksichtsvoll. Als ich spürte, wie ängstlich und unsicher er war, verschwand auch meine eigene Angst und Unsicherheit. Wenn er hierzu den Mut hatte, würde ich ihn auch haben.*

SAMSTAG

15 Am nächsten Morgen wurde Marteinn von seiner Schwester aus dem Tiefschlaf gerissen.

»Mit Papa ist was passiert«, sagte sie, sobald sie ihn für ansprechbar hielt. »Los, mach irgendwas!«

Daraufhin stürmte sie ohne weitere Erklärungen aus dem Zimmer. Über dem Inlandsflughafen setzte ein rot-weißes Propellerflugzeug zum Landeanflug an. Marteinn saß aus alter Gewohnheit auf der Bettkante und schaute der Maschine nach, bis sie hinter der Dachrinne des Nachbarhauses verschwand. Dann stieg er hastig in seine Unterhose und ging nach unten. Von Björg war nichts zu sehen. Er ging in die Küche, schüttete wie jeden Morgen Cornflakes in eine Schale, griff im Vorbeigehen nach einem Milchkarton und steuerte die Essecke an, einen Erker mit einem an der Wand verschraubten Küchentisch und Bänken zu beiden Seiten.

Es hätte nicht viel gefehlt, und er hätte die Cornflakes-Schale fallen lassen, als er seine Mutter in der hintersten Ecke der Küchenbank entdeckte, wo sie schon die ganze Zeit stumm gekauert hatte, anstatt ihm einen guten Morgen zu wünschen.

»Tut mir leid, mein Junge«, sagte sie mit einem missglückten Lächeln. »Ich wollte dich nicht erschrecken.«

»Stimmt irgendwas nicht, Mama?«, fragte er und hatte das Gefühl, als hätte sich das Gewicht seines Kopfes innerhalb weniger Sekunden verdoppelt. Sie bot einen entsetzlichen

Anblick, hatte offensichtlich kaum geschlafen, vielleicht überhaupt nicht, die Augen waren von dunklen Ringen gerändert, das Haar war ungekämmt und strähnig, sie hatte ihren orangefarbenen Frotteebademantel um sich gewickelt und war, soweit er sehen konnte, barfuß. Offenbar hatte sie in der Nacht lange geweint.

»Stimmen? Was sollte denn nicht stimmen?«

Den beißenden Tonfall kannte er gut, auch wenn sie nicht damit rechnete, dass er ihre Ironie verstand, und wenn er sie dazu bringen wollte, ihre hingeworfenen Andeutungen zu erklären, tat sie immer so, als hätte sie keine Ahnung, was er meinte. Vielleicht war auch das nichts weiter als eine ihrer ganz normalen Marotten, aber diesmal schien es unter der Oberfläche heftiger zu brodeln als sonst.

»Wo ist Papa? Björg glaubt, dass ihm was zugestoßen ist.«

»Dein Vater? Der dürfte mittlerweile im Büro eingetrudelt sein«, antwortete sie. Sie sprach leise und bewegte kaum die Lippen, ein Fremder hätte sie sicherlich nur mit Mühe verstanden.

»Mittlerweile im Büro eingetrudelt, was soll das denn heißen?«

Seine Mutter starrte ihn begriffsstutzig an. Auf einmal fiel ihm das Stimmengewirr wieder ein, das er in der Nacht durch die Wand gehört hatte.

»Ist Papa heute Nacht irgendwann weggefahren?«, fragte er. Sie antwortete nicht, schlang die Arme um den Körper und wickelte sich fester in ihren Bademantel. Die Antwort lautete also ja.

»Wo ist er hingefahren?«

»Er hat einen Anruf gekriegt«, sagte sie dumpf.

»Und wer hat angerufen?«

Auch diesmal gab seine Mutter keine Antwort, stützte den Kopf in die Hand und rieb sich gedankenverloren die Schläfe. Marteinn kannte diese Reaktion.

Er rief nach seiner Schwester, bekam aber keine Antwort. Er ging zum Telefon, das am Durchgang zur Diele an der Wand hing, und wählte die Handynummer seines Vaters. Keine Antwort. Dann versuchte er es bei seinem Vater im Büro. Auch dort hob niemand ab. Er ging nach oben in sein Zimmer, zog ein Paar Jeans und ein kurzärmeliges T-Shirt über und ging dann wieder hinunter in die Küche, wo seine Mutter sich in der Zwischenzeit nicht vom Fleck gerührt hatte. Die Cornflakesschale und der Milchkarton standen noch auf dem Tisch. In einer spontanen Anwandlung goss er Milch über die Flakes und stellte fest, dass er überhaupt keinen Hunger hatte. Dann schaute er aus dem Fenster und sah, dass der Wagen seines Vaters wie erwartet nicht auf seinem Platz stand.

»Wo, sagst du, ist Papa hingefahren?«

»Er wollte raus nach Þingvellir, zum Sommerhaus«, hörte er Björgs Stimme plötzlich direkt hinter ihm. Er drehte sich um, denn er hatte sie nicht kommen hören. Dann ging er nach nebenan ins Computerzimmer und bedeutete ihr mit einer kurzen Kopfbewegung mitzukommen.

»Wieso nimmst du an, dass ihm was zugestoßen ist?«

»Ich hab's irgendwie im Gefühl.«

»Jetzt sag nicht, dass du mich am frühen Samstagmorgen aus dem Tiefschlaf reißt, bloß weil du was im Gefühl hast.«

»Und was, wenn das Gefühl stimmt? Dann wärst du doch hinterher stinkbeleidigt, wenn ich dir nichts gesagt hätte, oder?«

Er schwieg.

»Was ... wann ist Papa denn weggefahren?«

»Irgendwann in der Nacht.«

»Und hat er dir gesagt, dass er nach Þingvellir rauswill?«

»Ich bin aufgewacht und runtergegangen, da ist er gerade durch die Tür. Und als ich ihm nachgerufen habe, wo er hinwollte, hat er gesagt, er müsste ganz dringend ins Sommerhaus. Er hat ein ziemlich komisches Gesicht gemacht, so als ob er gleich in Tränen ausbrechen würde.

Keiner von beiden hatte den Vater jemals weinen sehen.

»Aha. Und er hat nicht gesagt, warum er da unbedingt hinmuss?«

»Nein, er hat gesagt, das würde er mir dann später erklären.«

»Und ab wann genau hattest du dieses ... Gefühl?«

»Bin schon damit aufgewacht. Los, lass uns hinfahren und nachschauen, was da los ist.«

»Mal sehen.«

Dann ging er zurück in die Küche.

»Willst du dir nicht mal was Anständiges anziehen, Mama?«, sagte er gereizt. Sie warf ihm einen schiefen Blick zu, als sähe sie ihn zum ersten Mal.

Eine Stunde verging. Gemeinsam hätten sie diese Zeit vielleicht angenehmer verbringen können, aber stattdessen litt jeder von ihnen allein vor sich hin, jeder auf seine Weise. Seine Mutter verschwand nach oben. Marteinn setzte sich ans Klavier und hämmerte hirnlos auf den Tasten herum. Björg hörte nicht auf davon, dass sie zum Þingvalla-See rausfahren sollten. Er versuchte noch ein paarmal, seinen Vater anzurufen, ohne Erfolg. Als Björg auf dem Klo war, nutzte er schließlich die Gelegenheit, schnappte sich den Ersatzschlüssel zum Auto seiner Mutter aus dem Schlüsselkästchen und stieg in seine Schuhe.

»Ich bin mal eben mit dem Honda weg«, rief er die Treppe hinauf. Er war nicht sicher, ob sie ihn gehört hatte, gab ihr aber genaugenommen auch keine Gelegenheit zu antworten. Mit einem Satz war er aus der Tür, sprang ins Auto und gab Gas. Als er die Suðurgata entlangfuhr, klingelte sein Handy. Er fummelte das Gerät aus der Hosentasche, sah seine eigene Festnetznummer auf dem Display und schaltete aus. Er hatte weder Lust, jetzt mit seiner Mutter zu telefonieren, noch mit Björg, wer von den beiden es auch war.

Als er den Hang am Ártún hinunterfuhr, kamen ihm plötzlich ernsthafte Zweifel. Wie würde sein Vater reagieren, wenn er dort hereinplatzte und Sunneva bei ihm war, wovon mit ziemlicher Sicherheit auszugehen war? Wenn er das Auto heranfahren sah, würde er erst mal auf Eva tippen. Obwohl es eher unwahrscheinlich war, dass er den Honda erkannte, bevor er sehen konnte, wer am Steuer saß. Das Haus stand zurückgebaut an einem Abhang, und von dort zur Straße war es ein ziemliches Stück. Das aber bedeutete wiederum, dass Marteinn aus heiterem Himmel bei ihm auftauchen würde – wie er fand, auch keine sehr verlockende Vorstellung. Auf der anderen Seite war es höchste Zeit, diese Mauer aus Lügen, die sich im Lauf der letzten Monate scheinbar zwischen ihnen aufgebaut hatte, ein für alle Mal niederzureißen. Er fuhr zweimal durch den Kreisverkehr bei Mosfellsbær, bevor er sich dazu durchringen konnte, weiterzufahren. Er würde einfach versuchen, sein Kommen so früh wie möglich anzukündigen, damit sein Vater sich nicht ertappt vorkäme.

Während der Autofahrt hatte er immer wieder das Gefühl, als verginge die Zeit unerträglich langsam und zugleich unwirklich schnell. Marteinn stellte sich vor, wie es wäre, wenn diese Fahrt nie enden würde, wenn er in einem Auto säße, mit dem man niemals anzuhalten brauchte, sondern einfach endlos auf der Nationalstraße weiterfahren konnte, die sich irgendwo in unbestimmter Ferne verlor. Er fürchtete sich davor anzukommen, fürchtete sich davor umzukehren, nur hier im Auto ging es ihm gut.

Schließlich bog er nach rechts in den Weg ein, der zum See hinunter und bis fast zum Nationalpark Þingvellir selbst führte. Als er auf dem Parkplatz hielt, stand dort nur ein einziges Auto, das seines Vaters. Er atmete auf, es war also nicht gesagt, dass Sunneva mit ihm dort war. Trotzdem beschloss er, sich noch einmal telefonisch zu vergewissern, schaltete das Handy ein und ließ es mehrere Male klingeln, während er den kurzen

Fußweg entlanglief, der zum Haus führte. Auch diesmal nahm niemand ab.

Das Sommerhaus war bereits in die Jahre gekommen und sah dementsprechend aus. Marteinns Großvater hatte es irgendwann in den fünfziger Jahren des vorigen Jahrhunderts aus windigem Baumaterial zusammengezimmert. Von der Straße führte ein mit Gestrüpp bewachsener Abhang zum Haus hinunter, so abschüssig, dass man dort eine lange und abenteuerlich steile Holztreppe angebracht hatte. Im Grunde war das Haus nichts weiter als eine kleine, schwarze, eingeschossige Hütte, bestehend aus einer L-förmigen Wohnfläche, die sich in eine kleine Küche, ein Wohnzimmer mit Kamin und Stockbetten entlang der Wände aufteilte; von dort ging noch ein separates Schlafzimmer ab. Hinter dem Haus, in Richtung See, schloss sich ein kleines Rasenstück an, das in einen weiteren Steilhang überging, der bis an das felsige Seeufer hinabreichte.

Als Marteinn aus dem Auto stieg, flog ein Rabe auf ihn zu und kreiste krächzend über seinem Kopf. Zu seiner Verwunderung war die Vordertür abgeschlossen. Auch der Schlüssel lag nicht am gewohnten Platz auf der Querverstrebung bei einem bestimmten Terrassenpfeiler. Halbherzig klopfte er an die Tür, ohne Erfolg. Dann rief er: »Papa! Ich bin's, Marteinn!«, doch auch jetzt blieb alles still. Sein Herz hämmerte wie verrückt. Ein Spaziergang war natürlich die einfachste Erklärung, aber Björn hatte nicht die Gewohnheit abzuschließen, wenn er nur kurz aus dem Haus ging. Dann kam ihm die Idee, die Handynummer seines Vaters anzurufen. Wenn er sich wirklich da drinnen verkrochen hatte, würde man es hier draußen sicher klingeln hören.

Von irgendwoher zirpte kaum hörbar eine Tonfolge. Marteinn presste sein Ohr an die Haustür. Nein, von drinnen kam es nicht. Er ging hinter das Haus, hier unten war das Signal etwas deutlicher zu hören. Wenn er richtig gehört hatte, schien es unten vom Seeufer zu kommen. Warum verdammt noch mal antwortete sein Vater nicht?

»Papa?«, rief er und ging dem Klingelton nach.

Da lag er, dort unten im Geröll, kreideweiß im Gesicht, mit geschlossenen Augen und blutverklebtem Hinterkopf. Im niedrigen Gestrüpp am Ufer zwitscherten die Drosseln, Mückenschwärme tanzten, und die Sonne strahlte vom wolkenlosen Himmel. Der menschliche Körper dort zwischen den Felsen wirkte wie eine Karikatur, wie ein ironischer Widerspruch zu der friedlichen Naturszenerie.

Marteinn hielt den Atem an, während er, wie schon unzählige Male zuvor, vorsichtig den steinigen Hang hinunterstieg. Sein Wunsch, so schnell wie möglich zu dem reglosen Körper dort unten zu gelangen, kämpfte gegen einen unüberwindlichen Drang, auf der Stelle kehrtzumachen und Hals über Kopf davonzulaufen, so als könne er dadurch das Bild auslöschen, das sich ihm dort unten am Wasser geboten hatte. Er kletterte weiter abwärts; unten am Ufer angekommen, schlich er sich so behutsam heran, als befürchte er, den Mann aufzuwecken, der dort so hilflos und verlassen im Geröll lag.

Marteinn erschrak, als er seinen Vater atmen hörte, schnell, flach und holprig. Sein Gesichtsausdruck wirkte friedlich, man hätte meinen können, er mache dort in der Sonne einfach ein Nickerchen. Er trug Leinenschuhe, schwarze Cordhosen und ein weißes, ziemlich dickes Kurzarm-Shirt mit einem kleinen, blau-gelben Anker auf der Brust. Ein Arm hing ausgestreckt über die Uferlinie, so dass drei Finger der Hand ins Wasser eintauchten. Marteinn zog sie hastig heraus und versuchte sie auf Björns Brustkorb zu legen, aber sie blieb dort nicht liegen und sackte sofort mit einem leisen Platschen ins Wasser zurück. Bei diesem Geräusch schien Marteinn endlich zur Besinnung zu kommen. Er zog sein Handy aus der Hosentasche und wählte. Doch die Szene kam ihm umso unwirklicher vor, als sich eine junge Männerstimme am anderen Ende der Leitung meldete.

»Notrufzentrale?«

Nachdem Marteinn eine Weile am Ufer gesessen und vollkommen ratlos auf seinen Vater gestarrt hatte, rief er seine Mutter an. Er wollte ruhig und überlegt mit ihr sprechen, spürte aber sofort, wie seine Stimme schon bei den ersten Worten versagte.

»Mama. Vater hatte einen Unfall, ich hab ihn hier unten am See gefunden, er scheint gestürzt zu sein.«

»Was? Was sagst du?«, fragte sie.

»Papa ... ich glaube, er ist ernsthaft verletzt«, presste er mühsam hervor.

»Oh, was hab ich bloß getan?«, heulte sie auf.

»Mama!«, sagte er mit Tränen in der Stimme. »Du hast überhaupt nichts getan! Papa ist einfach gestürzt und hat sich verletzt. Ich hab schon den Rettungsdienst verständigt.«

»Ist er dort bei dir?«

»Ja, Mama, die sind unterwegs.«

»Lass mich mit ihm reden!«, sagte sie plötzlich in seltsam forderndem Ton.

»Das geht jetzt nicht, Mama.«

»Alles meine Schuld!«, rief sie verzweifelt.

»Mama, wir treffen uns im Krankenhaus, ja?«, sagte er ziemlich hilflos.

Als Marteinn eine Stunde später in absolut verkehrswidrigem Tempo hinter dem Krankenwagen herraste, ohne sich nur einen Moment lang Gedanken darüber zu machen, tobte in ihm noch immer ein heilloses Gefühlschaos. Am liebsten wäre er so nah wie möglich bei seinem Vater geblieben, aus Angst, er könne auf der Fahrt sterben. Aber einer der Sanitäter hatte zu bedenken gegeben, dass es nicht sonderlich praktisch sei, dann zu Hause in Reykjavík ohne Auto dazusitzen, und dieses Argument hatte sich trotz allem den Weg durch seine verwirrten Hirnwindungen gebahnt und ihn schließlich dazu bewogen, sich selbst ans Steuer zu setzen. Eigentlich hatte man ihn gebeten, vor Ort auf den Streifenwagen zu warten, um die Beamten herumzuführen, aber das kam für ihn gar nicht erst in Frage.

Plötzlich wurde eine Erinnerung greifbar, die vage durch sein Unterbewusstsein gespukt war, seit er seinen Vater dort am See hatte liegen sehen und ihn für tot gehalten hatte.

Es war an einem Sommerabend vor vielen Jahren gewesen, kurz vor Marteinns siebtem Geburtstag. Die Sonne stand schon tief, und die Wolken leuchteten im abenteuerlichsten Rosa und Violett. Marteinn und sein Vater hatten fast den ganzen Tag beim Fischen verbracht, waren aber nicht direkt hinter dem Sommerhaus gewesen, sondern hatten ergiebigere Angelplätze am Seeufer entlang aufgesucht. Seine Mutter war mit Björg, die noch ein Kleinkind gewesen war, im Haus geblieben. Es war einer jener vollkommenen Tage, vollkommen in jeder Hinsicht – außer, dass Marteinn die geangelten Fische so unendlich leidtaten. Björn hatte damals versucht, seinem Sohn das Fliegenfischen schmackhaft zu machen, aber das hatte Marteinn todlangweilig gefunden. Dagegen schaute er jedes Mal fasziniert zu, wie der glitzernde Angelhaken durchs Wasser gezogen wurde, erschrak dann aber umso mehr, wenn er auftauchte und tatsächlich ein Fisch daran hing, und sein Vater schnaubte missbilligend, wenn sich herausstellte, dass der Haken ihn wieder mal in den Kiemen erwischt hatte.

»Na, mein Junge, dann mach ihn mal tot!«, hatte er Marteinn aufgefordert und ihm einen Stein in die Hand gedrückt. Marteinn hatte seinen Vater mit flehenden Augen angestarrt, aber der hatte nur gelacht.

»Na komm schon. Nicht so zimperlich.«

Marteinn brauchte eine halbe Ewigkeit, bis er dem Fisch endlich den Garaus gemacht hatte, und danach war ihm übel.

Aber am schlimmsten war es, wenn er sah, wie sein Vater dem Fisch ein Drahtstück durch beide Augen spießte. Es war das erste Mal, dass er ein Tier hatte sterben sehen. Ein quicklebendiges, fröhlich zappelndes Lebewesen war plötzlich zu einem toten Fisch geworden und würde ab jetzt nie mehr im See herumschwimmen, wegen etwas, was er selbst getan hatte.

Sie grillten die Forelle draußen auf der Terrasse und aßen sie mit Pellkartoffeln. Aus irgendeinem Grund erkannte Marteinn keinen Zusammenhang zwischen dem Filet auf seinem Teller und seinem Erlebnis mit dem sterbenden Fisch. Während der Fisch auf dem Grill schmorte, hatte sein Vater sich ein Bier geholt und sich dann zum Essen noch zwei weitere Flaschen genehmigt. Anschließend goss er sich noch einen Whisky ein, um »die Wärme zu speichern«, wie er sagte. Und tatsächlich wurde es gegen Abend ziemlich kühl, obwohl es Marteinn immer noch warm genug fand, um im kurzärmeligen T-Shirt draußen zu sitzen. Dann ging seine Mutter ins Haus, um Björg ins Bettchen zu bringen, und Vater und Sohn blieben zu zweit auf der Terrasse zurück.

»Aus dir wird nie ein anständiger Angler, bevor du nicht alle Methoden kennengelernt hast«, sagte sein Vater plötzlich in die Stille. Marteinn sah ihn erwartungsvoll an, die ganze Zeit hatte er schon geahnt, dass ihm irgendetwas im Kopf herumging.

»Vielleicht will ich ja gar kein anständiger Angler werden«, erwiderte Marteinn trotzig.

»Nein, vielleicht nicht«, hatte Björn mit einem unbehaglichen Lachen erwidert. Dann schwiegen sie wieder, während das Farbenspiel am Himmel immer prächtiger wurde.

»Ich finde es überhaupt nicht lustig, Tiere totzumachen, Papa«, erklärte er. Björn lachte wieder.

»Der Mensch muss töten, um zu überleben, mein Junge. Wir leben von toten Tieren, der Tod ist ein Teil des Lebens. Auch wir selbst sterben irgendwann.«

»Wann denn?«

»Irgendwann müssen wir alle sterben. Wenn unsere Zeit gekommen ist.«

Marteinn verstand nicht ganz, was sein Vater meinte, aber damals begann sich in ihm eine unbestimmte Angst auszubreiten.

»Und wann kommt deine Zeit?«, wollte er von seinem Vater wissen.

»Ich hoffe, noch nicht so bald, mein Junge«, sagte er lächelnd. »Nicht allzu bald.«

Mehr hatten sie über das Thema damals nicht gesprochen, aber in dieser Nacht hatte Marteinn lange schlaflos in seinem Stockbett neben der Tür gelegen. Zum ersten Mal hatte er den Gedanken bewusst zu Ende gedacht: dass seine Eltern irgendwann nicht mehr da sein würden. Diese Vorstellung war ihm unerträglich, und oft hatte er sich damals abends in den Schlaf geweint, von der ständigen Angst verfolgt, seinen Eltern könnte etwas Schreckliches zustoßen.

Und nun war es eingetreten. Seine Mutter kämpfte mit einer akuten Depression; soweit er wusste, bekam sie Medikamente verschrieben, aber entweder hatte sie die abgesetzt, oder sie hatten aufgehört zu wirken, denn nun schien sie von einem Abgrund in den nächsten zu stürzen, was den Umgang mit dieser sonst so umgänglichen und liebenswerten Frau äußerst schwierig machte. Er hatte keine Ahnung, wie sie auf das, was hier gerade passierte, reagieren würde, aber eigentlich kam nur zweierlei in Frage: Entweder würde der Schock sie aufrütteln – oder sie würde endgültig daran zerbrechen. Dass sie sich an allem selber die Schuld geben würde, war abzusehen gewesen. Nun war es an ihm, ihr mit Rat und Tat zur Seite zu stehen.

Für seinen Vater dagegen konnte er nichts tun, der musste

aus eigener Kraft aus dem Abgrund herausfinden, in den er sich hineinlaviert hatte. In letzter Zeit hatte er oft erschöpft und angespannt gewirkt, gefühlskalt, reizbar und ganz offensichtlich mit den Gedanken überall sonst, nur nicht zu Hause, auch nicht während der seltenen Stunden, die er dort verbrachte. Auf gewisse Weise benahm er sich wie ein bockiger Teenager, der seine Reife auf anderen Baustellen unter Beweis stellt und seine Familie einfach nur lästig findet. Aber ein Jugendlicher, dachte Marteinn, ist dabei, sich abzunabeln und sich von seiner alten Familie zu lösen. Nun, vielleicht war Abnabeln genau das, was Björn im Moment tat. In seinem Fall waren die Begleitumstände natürlich völlig andere, und Marteinn wurde den Gedanken nicht los, dass sein Vater sich das alles irgendwie selbst zuzuschreiben hatte.

Marteinn kam es vor, als ob dieser Tag schon Ewigkeiten dauerte, doch als die beiden Autos vom Þingvallavegur in den Vesturlandsvegur einbogen, war es erst kurz nach zwölf. Er bremste und blieb etwas zurück, denn er traute sich nicht, noch länger direkt hinter dem Krankenwagen herzufahren.

16 Sie rief noch einmal an, nur zur Sicherheit. Wieder mit demselben Ergebnis – keine Antwort. Hildigunnur gefiel die Sache nicht. Normalerweise schaltete Sunneva den Anrufbeantworter ein, wenn sie zu beschäftigt war, um ans Telefon zu gehen. Für heute hatte sie sich zum Frühstück angesagt, und es sah ihr überhaupt nicht ähnlich, so etwas zu vergessen.

Hildigunnur ging in die Küche zurück, und in einer plötzlichen Anwandlung fing sie an, den Frühstückstisch abzuräumen, den Brötchenkorb, die Platte mit dem Käse, die beiden blauen Kaffeebecher, den unbenutzten stellte sie wieder in den Schrank, obwohl sie ihn viel lieber auf dem Tisch gelassen hätte, als Zeichen, dass ihre Tochter gleich hier wäre. Sie versuchte, ihre Nervosität zu unterdrücken, es war nichts als pure Hysterie, redete sie sich ein. Vielleicht hatte Sunneva ja einen neuen Freund, und wie man weiß, neigen frisch Verliebte dazu, Verabredungen zu vergessen, ganz besonders solche mit der eigenen Mutter. Sie beschloss, eine Ladung Wäsche zu waschen, obwohl die Maschine noch halb leer war. Doch auch das beruhigende Surren der Wäschetrommel konnte ihre Nervosität nicht beruhigen.

Es klingelte an der Haustür. Hildigunnur sprang auf.

»Gunnar Grétarsson?«

»Es tut mir leid, aber er ist leider zurzeit im Ausland«, gab sie enttäuscht Auskunft.

An der Tür stand ein schlaksiger junger Mann in einer roten Uniform-Windjacke.

»Ich habe hier ein Einschreiben für ihn, könnten Sie das vielleicht entgegennehmen und unterschreiben?«

»Ich werd's versuchen«, sagte Hildigunnur und holte tief Luft. Einschreibebriefe bedeuteten selten etwas Gutes, am allerwenigsten gerade jetzt. Sie würde den Brief nicht öffnen, schließlich war er nicht an sie adressiert. Sie würde noch früh genug erfahren, was darin stand. Der Postbeamte grüßte und ging. Hildigunnur setzte sich in den Sessel am Telefon, betrachtete den Brief einen Moment und legte ihn dann auf das Ablagegestell mit den abgetrennten Fächern für unerledigte Post und unbezahlte Rechnungen. Dann verkniff sie sich, noch einmal Sunnevas Nummer zu wählen.

Die Sonne fiel durchs Wohnzimmerfenster und beleuchtete die Berglandschaft mit Schafen auf dem Gemälde von Stefán frá Möðrudal. Übermorgen war ihr Geburtstag. Aus irgendeinem Grund durchzuckte sie die Vorahnung, dass sie da vielleicht schon nicht mehr am Leben wäre. Sie verwarf diesen Gedanken sofort wieder: Spielte das jetzt noch eine Rolle? Und wenn es so wäre: Was könnte sie dagegen tun? Überhaupt nichts. Sie lebte gesund, ernährte sich vernünftig, machte Gymnastik. Sie war eine attraktive Frau, in ihren Bewegungen lag etwas, das selbst jüngere Männer dazu brachte, sich auf der Straße umzudrehen und ihr hinterherzustarren; sie brauchte nicht einmal verstohlen nach hinten zu schielen und nachzusehen, sie spürte es ganz einfach. Nein, sie lebte gern, aber sie hatte auch keine Angst vor dem Tod. Sie versuchte nicht die unerschrockene Heldin zu spielen, die sich vor nichts fürchtete, eher hielt sie es mit der verbreiteten Binsenweisheit, dass die Angst das Einzige sei, das der Mensch zu fürchten habe. Und genau diese Angst war es, die sie nun überfiel und sie bedrohte, das einzige Gefühl, das sie aus dem Gleichgewicht bringen konnte.

17 Valdimar hatte die Anweisung bekommen, sich den Unfall am Þingvallavatn vorzunehmen und sich im Zweifelsfall an Hafliði zu wenden, falls er Unterstützung brauchte. Von Anfang an hatte es bei den Ermittlungen nichts als Pannen gegeben: Der Notfallsanitäter hatte die Polizei in Selfoss verständigt, doch dort war niemand zuständig, da sich sämtliche Beamten gerade um schwere Verkehrsunfälle auf der Nationalstraße eins kümmern mussten. Als die Kollegen aus Selfoss dann endlich anrückten, war alles längst gelaufen, sie fanden nicht einmal das richtige Sommerhaus, weil sie davon ausgingen, dass die Kollegen sie vor Ort erwarteten. Irgendwann hatten sie aufgegeben und sich an die Kripo in Reykjavík gewandt, wie sie das von Anfang an hätten tun sollen. Für Unglücksfälle dieser Art galten dieselben Regeln wie für Mord: Hier ging es um ein Verbrechen, und das war Sache der Kriminalpolizei.

Es war kurz vor vier, als Valdimar im Krankenhaus eintraf. Der Verunglückte war noch im OP. Die Ehefrau und die Tochter waren nach Hause gegangen, der Sohn Marteinn hielt als einziges Familienmitglied die Stellung. Man ließ ihn im Wartezimmer Platz nehmen.

»Bist du Marteinn?«, fragte er den Jungen, der dort saß und zur Antwort nickte. Der Junge war dunkelhaarig, klein und schmächtig und wohl kaum älter als achtzehn, hatte Sommersprossen und eine Kartoffelnase. Er machte ein verängstigtes Gesicht, und plötzlich tat er Valdimar leid.

»Ich hab gehört, du bist heute Morgen rausgefahren, um nach deinem Vater zu sehen. Wie kam das denn? Hattest du irgendeinen Grund anzunehmen, dass ihm etwas passiert sein könnte?«

»Na ja, das war alles irgendwie total seltsam. Mitten in der Nacht hat er einen Anruf gekriegt, dann ist er sofort weg, Richtung Sommerhaus, und ab da ist er nicht mehr ans Handy gegangen. Also hab ich beschlossen hinzufahren, um zu sehen, was da los ist.«

»Du hast recht, das hört sich wirklich alles etwas merkwürdig an«, sagte Valdimar. »Hast du irgendeine Idee, wer der Anrufer sein könnte?«

»Nein«, erwiderte Marteinn vielleicht eine Spur zu schnell und schüttelte den Kopf. Valdimar musterte ihn genauer. Er wirkte bedrückt, was unter den Gegebenheiten ja nur zu verständlich war.

»Wir wollen bei nächster Gelegenheit nach Þingvellir rausfahren und uns den Unfallort mal genauer ansehen. Könntest du uns vielleicht einen Schlüssel zum Sommerhaus zukommen lassen?«

»Ist gut. Papa hatte den Schlüssel zwar höchstwahrscheinlich bei sich, aber wir müssten zu Hause noch einen Ersatzschlüssel haben«, sagte der Junge.

»Am besten wäre es ja, du würdest gleich mitfahren und uns dort alles zeigen.«

»Natürlich, kein Problem«, murmelte er. »Aber ich will hier nicht weg, bevor Papa aus dem Operationssaal kommt.«

Dagegen hatte Valdimar nichts einzuwenden. Dann fuhr er hinaus an den Skerjafjörður, um die Ehefrau zu vernehmen.

»Ja bitte, worum geht es?« Die Frau in der Tür war klein und auffallend hübsch, ihr blondes Haar fiel frischgewaschen auf ihre Schultern, sie hatte blaue Augen, war ungeschminkt und barfuß, außerdem trug sie Jeans und darüber ein dünnes, weißes Flatterhemd mit V-Ausschnitt und einem feinen, aufgestickten Perlenmuster quer über die Brust. Sie wirkte verunsichert, was sicher nicht nur auf die momentanen Umstände zurückzuführen war, dazu hatte sich dieser Zug viel zu sehr in ihr Gesicht eingegraben. Sie sah aus, als würde sie im nächsten Moment entweder lächeln oder in Tränen ausbrechen. Valdimar verspürte das plötzliche Bedürfnis, sie fest in die Arme zu nehmen und zu trösten, unterdrückte diese Anwandlung aber sofort, wie eine unangenehme Vision.

»Valdimar mein Name. Kriminalpolizei.«

»Aha«, sagte sie dumpf und ließ ihn eintreten.

Sie ging voraus und führte ihn in ein Wohnzimmer, in dem alles in Weiß gehalten war: die Sitzgruppe um einen weißen Tisch, auf dem ein weißer Marmoraschenbecher stand. Auch die Wände waren weiß, der Fußboden war aus geschliffenen, weiß lackierten Holzdielen, selbst die beiden Gemälde an der Wand waren in so blassen Farben gemalt, dass sie fast weiß wirkten.

»Das hier ist Björn ...«, murmelte sie unbestimmt, so dass Valdimar nicht wusste, ob sie sich auf eins der beiden Porträts bezog – das andere zeigte eine Frau – oder andeuten wollte, dass Björn für den Stil der Wohnungseinrichtung verantwortlich war. »Kann ich Ihnen etwas anbieten?«, fragte sie dann und klang auf einmal so fürsorglich, als hätte sie plötzlich in die Rolle der gastfreundlichen Hausfrau zurückgefunden. Valdimar lehnte dankend ab.

»Es gibt da ein paar Kleinigkeiten, die ich Sie gerne gefragt hätte.«

»Ja, natürlich«, seufzte sie, so als wüsste sie genau, wovon er sprach. »Wenn es schnell geht. Ich muss gleich noch mal raus zum Krankenhaus.«

»Ich weiß«, antwortete Valdimar, der gerade von dort kam. »Es dauert nicht lange. Wir versuchen nur gerade herauszufinden, was sich da draußen am Þingvallavatn genau abgespielt hat.«

»Ja«, sagte sie noch einmal. »Also, es war so, ich bin davon aufgewacht, dass das Telefon geklingelt hat, und ... plötzlich hörte ich, wie Björn dranging und mit jemand sprach, und dann ...«

»Am Festnetzapparat?«

»Ja.«

»Konnte man denn verstehen, worum es in dem Gespräch ging?«

»Nein, dazu war es zu undeutlich, aber ...«

»Aber man konnte was hören?«

»Ja, ich habe gehört, wie er wütend und ganz aufgebracht ins Telefon zischte und ... wahrscheinlich wollte er nicht das ganze Haus aufwecken.«

»Konnten Sie verstehen, was gesagt wurde?«

»Vielleicht einen Satz.«

»Und was für ein Satz war das, erinnern Sie sich?«

»Ich glaube, er hat so was Ähnliches wie ›Bist du jetzt komplett übergeschnappt?!‹ gebrüllt und ... dann hat er noch irgendwas von der Polizei gesagt.«

»Von der Polizei?«

»Ja, wenn ich's richtig verstanden habe.«

»In welchem Zusammenhang?«

»Weiß ich nicht. Ich war ziemlich verwirrt ... und noch nicht ganz wach.«

»Und was passierte dann?«

»Björn kam ins Schlafzimmer zurück und fing an, sich anzuziehen. Ich fragte ihn, ob er wegwollte, aber er gab keine Antwort«, berichtete die Frau bitter. Tränen liefen ihr übers Gesicht.

»Äh, was?«, fragte Valdimar irritiert und rutschte unruhig

auf seinem Stuhl herum. Wenn Frauen in seiner Gegenwart anfingen zu weinen, wusste er nie, wie er sich verhalten sollte. Eine vage Vorstellung davon, was man in so einem Fall tat, sagte ihm, dass eine Berührung hier wohl das Beste war: eine Hand auf die Schulter oder den Arm gelegt, um Wärme und Mitgefühl zu vermitteln. Doch jedes Mal machten ihm seine eigenen Gefühle einen Strich durch die Rechnung: Seine angeborene oder erworbene Berührungs-Phobie meldete sich zu Wort, stärker als je zuvor, und er brachte es nicht über sich, sich der weinenden Person auch nur zu nähern, ob er sie nun kannte oder nicht. »Hat er nicht gesagt, wo er hinwollte?«

»Zu mir hat er nichts gesagt, obwohl ... obwohl ich nicht lockergelassen habe. Aber Björg ... unsere Tochter ... ist von dem Lärm aufgewacht, und als sie nachfragte, erwähnte er das Sommerhaus. Mich hat er dagegen total ignoriert ...«, schloss sie, und ihre Stimme blieb fest, obwohl ihr die Tränen übers Gesicht liefen. Valdimar spürte, wie sich allmählich ein Gefühl der Beklemmung in ihm ausbreitete. Seine Kleidung schien ihm plötzlich zu eng zu werden, so dass er sie sich am liebsten vom Leib gerissen hätte, und der bloße Gedanke daran machte alles nur noch schlimmer. Aber noch musste er sich zusammennehmen.

»Und haben Sie ihn gefragt, wer da am Telefon war?«

Die Gesichtszüge der Frau verhärteten sich, und sie starrte wie versteinert vor sich hin.

»Ja, das habe ich, aber auch darauf wollte er mir keine Antwort geben. Aber ich habe es ziemlich schnell selbst herausgefunden«, fügte sie hinzu. »Sobald er weg war, habe ich im Nummernspeicher nachgeschaut, wer zuletzt angerufen hatte. Keine Rufnummernunterdrückung eingestellt oder so was.«

»Aha. Und wer hatte zuletzt angerufen?«, fragte er.

»Sunneva heißt sie. Sunneva Gunnarsdóttir.«

Der Name kam ihm entfernt bekannt vor, aber er konnte sich nicht erinnern, wo er ihm schon einmal begegnet war.

»Sie ist die Tochter von alten Freunden von uns und ... sie studiert Architektur und ... sie jobbt bei Björn in der Firma.«

»Haben Sie irgendeine Idee, was Sunneva um diese Tageszeit von Björn gewollt haben könnte?«, erkundigte sich Valdimar vorsichtig.

»Das müssen Sie sie schon selber fragen«, gab sie zurück und sah über seine Schulter hinweg an ihm vorbei.

Immer wenn es auf den Sommer zuging, wurde Valdimar von einer inneren Rastlosigkeit befallen, am besten nahm er sich dann irgendetwas vor, auf das er sich konzentrieren konnte. Arbeit, Arbeit und nochmals Arbeit war das Einzige, was ihn dann davor bewahrte, sich in düsteren Grübeleien zu verlieren und das Opfer negativer Gefühle und Zwangshandlungen zu werden. Schon vor langer Zeit war ihm klargeworden, wie sehr seine Persönlichkeit von den Jahreszeiten abhing, und mit den Jahren schien sich das noch zu verstärken. Der Winter war die Zeit der Beständigkeit, da verlief sein Leben in gewohnten Bahnen, und er verschwendete nicht allzu viele Gedanken daran, was aus ihm geworden war und wo er hinsteuerte. Doch mit dem Frühjahr erwachten in ihm alle möglichen Hoffnungen und Erwartungen, vollkommen unrealistische Zukunftspläne, die ferne Schauplätze und radikale Veränderungen in seinem Leben umfassten, und in den hellen Sommernächten lief sein Gehirn auf Hochtouren, und er fand überhaupt keinen Schlaf mehr. Die Welt lag ihm zu Füßen, er vibrierte vor sprühendem Optimismus, und hätten sein Scharfsinn und Tatendrang nicht immer gerade dann ihre Bestform erreicht, wäre er wohl längst dem Rat seines Arztes gefolgt und dieser Daueranspannung mit entsprechenden Gegenmitteln zu Leibe gerückt. Im Laufe des Sommers meldeten sich dann Schlaflosigkeit und Erschöpfung zu Wort, und über Wochen hinweg fühlte er sich kraftlos und übermüdet. Doch sobald sich das im Herbst wieder halbwegs gelegt hatte, begann sein Lebensgefühl ins andere Extrem zu kippen, und anstelle von Optimismus machten sich Lebensüberdruss und Depression breit. Diese natürliche Veranlagung verstärkte sich zusätzlich durch das Bewusstsein, dass er in diesem Punkt, wie in vielen anderen auch, nach seiner Mutter schlug. Frauen in wilder Raserei, die ihre Ehemänner gerade beim Fremdgehen erwischt hatten, erinnerten ihn immer unweigerlich an sie, ganz besonders jetzt, wo ihre Jahreszeit herannahte.

Es musste auf der letzten Party vor dem Tod seiner Mutter gewesen sein, das Haus platzte aus allen Nähten, so dass ein paar Leute, die rauchen wollten – unter anderem sein Vater und ein paar seiner Kumpels – aus dem Wohnzimmer flüchteten und sich mit ihren Joints in Valdimars Zimmer niederlassen wollten. Er hatte sich sofort beschwert, woraufhin sie sich nach unten in die Waschküche verzogen. Sein Vater dagegen war in ausgezeichneter Partylaune, ging jeder Frau, die in seine Nähe kam, gleich an die Wäsche, aber die Mädels lachten nur und stießen ihn weg. Schließlich bekam seine Magga alles mit. Nur Vigdís ließ ihn unter ihren Rock, schlug ihm zwar ein paarmal anstandshalber auf die Finger, aber mehr oder weniger pro forma. Als ihr Geplapper plötzlich verstummte und sie so tat, als interessiere sie sich brennend für die Unterhaltung, die drüben auf dem Sofa im Gange war, wusste Valdimar, dass sein Vater mit seinen Fingern jetzt in ihrem Slip angekommen war. In dieser Hinsicht ließ er nämlich nichts anbrennen. Valdimar lag derweil unter dem Sofa und schaute sich im Fernsehen bei abgeschaltetem Ton irgendeinen alten Cowboyfilm in Schwarzweiß an, in dem gerade eine Art Belagerung herrschte: Der böse Gutseigentümer und seine Männer hatten das Dorf umstellt und wollten den Sheriff und andere rechtschaffene Dorfbewohner, die hinter ihm standen, einen Kopf kürzer machen. Von seinem Platz aus brauchte Valdimar seine Blickrichtung nur eine winzige Spur zu verändern, und er hatte wieder Vigdís im Visier, wie sie dort breitbeinig in dem alten

Lehnsessel hing, das eine Bein über die Armlehne baumeln ließ und sich den Grapschfingern seines Vaters hingab, der vor ihr auf dem Boden kniete. Was dachten sich die beiden eigentlich dabei?, hatte sich Valdimar später noch oft gefragt und nie verstanden, wie man sich nur so benehmen konnte, scheißegal, ob man bekifft war oder nicht. Sein Vater war ein echter Playboy oder »Fickhengst«, wie er sich in seinem berüchtigten zweifelhaften Humor selbst gerne nannte, aber das hier war eindeutig zu viel, mitten im Wohnzimmer, am helllichten Abend und direkt vor Valdimars Augen. Wenigstens war seine Schwester schon im Bett. Er achtete nicht mehr auf den Film, kauerte einfach dort in seinem nicht besonders geheimen Versteck und beobachtete, wie Vaters Hand sich unter Vigdís' Rock zu schaffen machte. Fast sah es aus, als ob seine Finger in sie hineinschlüpften, während sie ihm durchs Haar wühlte, ihn dann spielerisch wegstieß und anschließend wieder so tat, als lausche sie andächtig dem Gespräch über ihm auf dem Sofa. Dort saß Óli, ein Freund seines Vaters, der einmal mit Vigdís liiert gewesen war und jetzt eine neue Freundin hatte, die aber nirgends zu sehen war. Neben ihm saß eine Blondine, die Valdimar noch nie gesehen hatte; sie trug einen Minirock und versperrte ihm mit ihren unruhigen Beinen immer wieder die Sicht auf den Fernseher. Von oben wurde Valdimar dafür von dichten Staubwolken eingenebelt, sobald Óli mit der Faust auf das Sofapolster klopfte, um seinem letzten Redebeitrag besonderen Nachdruck zu verleihen, wobei »Rede« hier wirklich wörtlich zu nehmen war. Wenn er sprach, konnte man die Ausrufezeichen förmlich hören, und wenn ihm etwas besonders am Herzen lag, bezog es sich immer irgendwie auf die großen Probleme dieser Welt. Valdimar hatte Staub ins Gesicht bekommen, und als er sich die Augen reiben wollte, sah er plötzlich seine Mutter im Türrahmen stehen. Sie trocknete ihre Hände an einem Küchenhandtuch ab und starrte mit einem merkwürdigen Lächeln zu seinem Vater hinüber, mit einer

Mischung aus Ungläubigkeit, Trauer und Verzeihen – ob sie damals überhaupt selber wusste, was es genau war? Aber wie auch immer, schließlich verschwand sie ohne ein Wort wieder in der Küche, obwohl sie sicher nur hereingekommen war, um mit seinem Vater zu reden. Und kurz darauf sah Valdimar, wie der sich die Finger innen an Vigdís' Rock abwischte, mit anzüglichem Grinsen in die Runde blickte und dann auf den Flur hinausging, wo die Schlafzimmer und die Toilette waren. Valdimar beachtete ihn nicht weiter, sondern versuchte, in seinem Western den Faden wiederzufinden. Inzwischen war Vigdís aufgestanden und verschwand ebenfalls. Kurze Zeit später kam seine Mutter wieder aus der Küche herein, und während sie sich suchend im Zimmer umblickte, befiel ihn plötzlich eine düstere Vorahnung. Er schoss unter dem Sofa hervor und rannte auf den Gang hinaus. Die Klotür war abgeschlossen, er hämmerte von außen dagegen, bekam aber keine Antwort. »Hallo, ist jemand da drin? ... Papa?«, rief er, aber es war zu spät. Seine Mutter war ihm auf den Gang gefolgt und stand jetzt neben ihm, wieder mit diesem sonderbaren Lächeln auf den Lippen, das eigentlich gar nicht wie ein Lächeln aussah. Auf einmal fiel ihm auf, dass seine Mutter dünner geworden war, oder älter, ihr Gesicht war angespannt, die Falten um ihre Mundwinkel tief eingegraben – wann war das bloß alles geschehen?, und sie sagte: »Geh auf das andere Klo, Schatz, ja?« Natürlich musste er gehorchen, aber er wusste, nun war sein Vater zu weit gegangen, diesmal hatte er den Bogen überspannt, und in diesem Moment kam eine Fliege und wollte sich auf ihrem Gesicht niederlassen. Mit einer schnellen Bewegung schlug sie nach dem Insekt, und in dieser Geste lag eine Kraft, vielleicht auch blinde Wut, die in ihren weichen Gesichtszügen nirgends zu entdecken war. »Nun geh schon!«, sagte sie und schob Valdimar weg, genau wie die Fliege. Dann klopfte sie an die Badezimmertür. Valdimar schob sich widerwillig den Gang entlang, ohne die Klotür aus den Augen zu lassen, bis seine

Mutter ihm einen strengen Blick hinterherschickte. Dann verzog er sich wieder unter das Sofa, aber nicht, um den Western zu Ende zu schauen, der interessierte ihn schon lange nicht mehr, sondern weil er nicht wusste, wo er sich sonst hätte verkriechen sollen. Er hatte Angst, auch wenn sie diesmal unbegründet war, denn nichts von dem, wovor er sich fürchtete, trat ein: Nach einer Weile kamen sie beide wieder ins Wohnzimmer, sein Vater ungewöhnlich kleinlaut, seine Mutter mit finsterem Blick und dieser neuen, tief eingegrabenen Furche. Dann tauchte auch Vigdís wieder auf, verabschiedete sich hastig und ging. Was er befürchtet hatte, eine Szene mit Gebrüll und Handgreiflichkeiten, war ausgeblieben, obwohl das, wie er heute fand, noch das kleinere Übel gewesen wäre, vielleicht sogar die beste Lösung überhaupt. Schon nach kurzer Zeit war sein Vater wieder komplett in seinem Element, seine Mutter schickte Valdimar auf sein Zimmer und verkündete, sie werde jetzt auch selber schlafen gehen.

Ob das nun im Nachhinein irgendeine Rolle spielte oder nicht, jedenfalls waren diese Szenen immer die ersten, die ihm in den Sinn kamen, wenn er an jenen Spätsommer dachte, den seine Mutter unvergesslich gemacht hatte, indem sie sich im Badezimmer die Pulsadern aufschnitt. Er hatte nicht die leiseste Ahnung gehabt, wie unglücklich sie war, so perfekt hatte sie ihre Gefühle kaschiert. Dieses eine sonderbare Lächeln war das Einzige gewesen, was ihn damals nachdenklich gemacht hatte.

18 Marteinn hatte sich darauf verlassen, dass Hallgrímur ihn hinaus nach Þingvellir fahren würde. Dann könnte er Vaters Auto abholen und bei der Gelegenheit die Polizeibeamten auf dem Gelände herumführen.

»Wow, ich glaub's nicht!«, sagte Hallgrímur sichtlich beeindruckt, als Marteinn ihm am Telefon von den Geschehnissen erzählte. Er schien gerade in der Arbeit zu sein, wie Marteinn an den Hintergrundgeräuschen erkannte. »Und wie ... Ich meine, haben die gesagt, er kommt durch, oder was?«

»Sie können nichts versprechen. Auf jeden Fall wird es lange dauern, wenn überhaupt Hoffnung besteht«, antwortete Marteinn und spürte plötzlich einen Kloß im Hals. Das war der Stand der Dinge, den der Arzt ihm nach der Operation mitgeteilt hatte.

»Tut mir echt leid, aber ich kann hier unmöglich weg«, sagte Hallgrímur. »Du kommst doch auch so klar, oder?«

»Jaja, kein Problem«, log er. Ihm fiel niemand sonst ein, den er noch hätte fragen können, aber andererseits konnte er sich auch nicht vorstellen, den ganzen Weg nach Þingvellir bei den Beamten mit im Auto zu sitzen. Also nahm er kurzerhand den Wagen seiner Mutter. In seinem Kopf drehte sich alles, und als er den größten Teil der Strecke hinter sich hatte, klingelte sein Handy. Es war Valdimar, sie hatten Telefonnummern ausgetauscht, um sich kurzschließen zu können.

»Na, wie sieht's aus bei dir?«, erkundigte er sich.

»Jaja, ich bin unterwegs. Hatte ganz vergessen, mich noch mal zu melden«, sagte Marteinn schuldbewusst.

»Schon gut. Wir beeilen uns«, sagte der Kommissar und legte ohne weitere Grußfloskeln auf.

Wie Marteinn vorausgesehen hatte, bekam er Herzklopfen, als er rechts neben dem Wagen seines Vaters hielt, genau so parkten sie auch zu Hause in der Skerjabraut nebeneinander. Trotzdem wirkte es irgendwie befremdlich, die beiden Autos hier in derselben Konstellation stehen zu sehen wie an anderen, glücklicheren Tagen. Er stellte den Motor ab und stieg aus.

Es ging auf den Abend zu, hinter ihm versank die Sonne in den Wolkenbänken, die ganz ähnlich waren wie diejenigen, aus denen sie in der entgegengesetzten Himmelsrichtung am Morgen emporgestiegen war. Es war vollkommen windstill. Die Mückenschwärme waren noch immer unterwegs. Als er sich über den Zaun schwang und zum Sommerhaus hinunterstieg, zogen plötzlich Wolken auf. Marteinn hatte das Gefühl, dass es gleich anfangen würde zu regnen, er trug ein kurzärmeliges T-Shirt und eine dünne Jacke, und auf einmal fröstelte ihn.

Als er unten auf der Terrasse an der Eingangstür stand, wanderte sein Blick unwillkürlich zu dem Abhang, den die Rettungssanitäter seinen Vater am Morgen mühsam hinaufgehievt hatten. Das Gelände dort war so steil, dass sie erwogen hatten, ein Boot zu beschaffen und ihn stattdessen über das Wasser zu befördern. Nur an der Unglücksstelle selbst war der Hang noch steiler, dort ging es ein paar Meter fast senkrecht in die Tiefe. Wie in aller Welt hatte sein Vater es nur fertiggebracht, ausgerechnet dort hinunterzustürzen, er, der jeden Quadratmeter im Umkreis des Sommerhauses in- und auswendig kannte?

Er versuchte, sich das Ganze bildlich vor Augen zu führen. Sein Vater war offensichtlich auf die Idee gekommen, mitten in der Nacht ans Ufer hinunterzuklettern. Wozu? Es musste jemand bei ihm gewesen sein, er hatte diesen Anruf gekriegt, und Marteinn glaubte auch zu wissen, wer das gewesen war. Aber warum hatte Sunneva dann keine Hilfe geholt, nachdem sie Zeugin dieses Unfalls geworden war? Hatte sie vielleicht nachgeholfen? Marteinns Gesicht begann zu glühen. Zumindest musste sie doch in der Nähe gewesen sein, oder hatte sie ihn einfach hilflos dort zurückgelassen, ihn verraten, sterbend seinem Schicksal überlassen – bloß um zu vertuschen, dass die beiden sich privat kannten? Bei genauerem Nachdenken fand Marteinn das ziemlich verachtungswürdig. Sein Vater mochte egoistisch und selbstbezogen sein, aber so etwas hätte Björn nie getan. Während er dort stand und auf die Polizeibeamten wartete, empfand er plötzlich einen bisher nie gekannten Hass auf diese junge Frau. Seine Gedanken wanderten zurück zu dem Tag, an dem, so kam es ihm vor, alles angefangen hatte, dieser Regentag, an dem er beobachtet hatte, wie Sunneva und sein Vater sich im Auto küssten.

Durchnässt und zitternd war Marteinn nach Hause gekommen. Seine Mutter saß im dämmrigen Wohnzimmer hinter geschlossenen Vorhängen.

»Mama, bist du da?«, fragte er in die Dunkelheit hinein.

»Ja, Marteinn-Schatz. Mir geht's heute nicht so gut«, antwortete sie.

»Wo ist Papa?«, erkundigte er sich vorsichtig.

»Ich weiß nicht. Er hat gesagt, es könnte heute spät werden bei ihm.«

Marteinn hatte unschlüssig im Türrahmen gestanden und nicht genau gewusst, wie er sich verhalten sollte. Kurz darauf stand Eva auf und kam auf ihn zu. Plötzlich betrachtete er seine Mutter mit ganz neuen Augen.

»Was ist los, Marteinn?«, fragte sie erstaunt. »Warum starrst du mich so an?«

Ja, was war eigentlich los? Das hätte er selber gern gewusst, und dann fragte er sich, ob er irgendetwas für sie tun konnte.

Warum er sie so anstarrte? Zum ersten Mal in seinem Leben hatte er seine Mutter an den allgemein geltenden Maßstäben weiblicher Schönheit und erotischer Attraktivität gemessen. Und da schien sie ihm gar nicht mal schlecht abzuschneiden. Sie hatte zwar mittlerweile etwas Bauchansatz, aber ihre sanfte, anmutige Ausstrahlung hatte sie nie verloren und sah noch fast so aus wie auf ihrem Hochzeitsbild.

»Nichts«, sagte er. »Ich war bloß in Gedanken.«

Eva strich ihm über die Haare, als sie auf dem Weg in die Küche an ihm vorbeiging. Er drehte sich nicht weg, wie er es sonst meistens tat.

»Und, mein Junge, was gibt's Neues?«, erkundigte sie sich.

»Nichts, alles in Ordnung«, antwortete er lahm.

»Hunger?«, fragte sie und öffnete die Kühlschranktür.

»Eigentlich nicht«, murmelte er.

Als Mutter und Sohn zwei Stunden später gerade ihr Abendessen beendeten, hörten sie endlich den Schlüssel in der Haustür.

»Na, gab's viel zu tun bei der Arbeit, Liebling?«, fragte Eva, als Björn sich gesetzt hatte. Marteinns Herz fing an zu rasen.

»Ja, zurzeit geht es mal wieder rund«, antwortete er. »Und hinterher habe ich mich noch mit Sunneva hingesetzt und ihr geholfen.«

Eva stand auf und ging zum Backofen, in dem sie Björns Abendessen warm gehalten hatte.

»Meinst du Sunneva, die Tochter von Gunnar und denen?«, fragte Marteinn schnell dazwischen. »Bei was hast du ihr denn geholfen?«

Sein Vater musterte ihn mit einem merkwürdig geistesabwesenden Blick.

»Sie jobbt den Sommer über bei mir im Büro. Und sie schreibt ihre Abschlussarbeit über ein ganz ähnliches Thema wie etwas, was wir dort gerade machen.« Marteinn spürte einen Stich in der Brust. Sein Vater sagte nur die halbe Wahrheit, und er hatte das Gefühl, dass er die Rede nur deshalb auf Sunneva gebracht hatte, um herauszufinden, ob man sie zusammen gesehen hatte. Vielleicht hatte er Marteinn ja dort in der Fjólugata entdeckt und sich bloß nichts anmerken lassen.

Björn sah ihn kurz von der Seite an und machte ein ernstes Gesicht. Für einen Moment hatte Marteinn das Gefühl, als versuche sein Vater sich zu distanzieren, alles zu durchtrennen, was ihn mit seiner Familie verband. Aber im nächsten Augenblick warf er ihm ein fast verschwörerisches Grinsen zu, als habe er ihn zum Verbündeten erklärt und ihm ein Geheimnis anvertraut, das seine Mutter nicht erfahren durfte. Und Marteinn grinste unwillkürlich zurück, wie um seine Schweigepflicht anzunehmen.

Den ganzen Winter über hatten sie sich glänzend verstanden. Sein Vater hatte ihm und Hallgrímur erlaubt, in der Garage ein Tonstudio einzubauen; er hatte es selbst entworfen und sogar beim Einrichten mit angepackt. Auch für ihre Musik hatte er Interesse gezeigt, und ein paarmal hatten sie ihn sogar gebeten, ihnen bei den Recordings zu helfen. Anfangs war noch ein Schlagzeuger mit dabei gewesen, der dann aufgehört hatte, aber zum Glück hatten sie jede Menge Tracks gespeichert, die sie später verwenden konnten. Marteinn hatte es seltsam, aber auch ganz witzig gefunden, seinen Vater auf der anderen Seite der Glasscheibe zu beobachten, während er sich mit Hallgrímur im Aufnahmeraum verausgabte. Es war fast, als ob sein Vater ihn in diesem Winter zum ersten Mal gewissermaßen als ebenbürtig betrachtete, vielleicht, weil er Interessen entwickelt hatte, mit denen sich auch Björn identifizierte und ihn deshalb darin bestärken konnte. Sein Vater hörte selber alle möglichen Musikrichtungen, und oft saß er noch bis spätabends mit ihnen in der Küche, während sie gerade Kaffeepause machten, und sie redeten über Gott und die Welt. Aber jetzt schien ihm sein Vater auf einmal so weit weg wie nie zuvor. Sicher, Papa hatte viel zu tun und ließ sich sowieso schon länger nicht mehr im Studio blicken – auch sie selbst waren nicht mehr so eifrig wie am Anfang, Marteinn steckte mitten in den Prüfungen, und Hallgrímur hatte jetzt den Job in der Bar, so dass seine freien Abende rar geworden waren. Aber wie dem auch sei, endgültig abgerissen war der Draht zwischen Vater und Sohn in dem Moment, als Marteinn seinen Vater mit Sunneva gesehen hatte. Und dass er ihm dann auch noch so schamlos ins Gesicht gelogen hatte, traf ihn besonders tief. Seitdem machte sich ein düsterer Pessimismus in ihm breit. Wem konnte man überhaupt noch vertrauen, wenn der eigene Vater einem ins Gesicht log, wie es ihm gerade passte? Trotzdem fand er, dass die Ablehnung nicht allein von seiner Seite kam. Er hätte sich seinem Vater gerne wieder angenähert und zu einem gemeinsamen Nenner zurückgefunden, auch ohne dass sie diese Seitensprung-Geschichte unbedingt zur Sprache bringen mussten. Aber Björn brachte ihm nun mal keine Spur von Interesse entgegen, hing tagein, tagaus in seinem Büro herum und arbeitete. Falls er sich dort nicht gerade anderweitig die Zeit vertrieb.

Diese Gedanken gingen Marteinn jetzt durch den Kopf, und plötzlich kam ihm das alles merkwürdig belanglos vor. Als er den ersten Regentropfen ins Gesicht bekam, zog er den Schlüssel aus der Tasche und schloss die Tür zum Sommerhaus auf.

19 Als er die knapp formulierte Aufforderung bekam, sich in einem Hinterzimmer des Einkaufszentrums Glæsibær einzufinden, hätte Hafliði mit allem Erdenklichen gerechnet – nur nicht damit, dort seinen Sohn Eiríkur vorzufinden, den er zu Hause in Egilsstaðir in der sicheren Obhut seiner Mutter gewähnt hatte. Außerdem war ein Freund von Eiríkur da, den Hafliði flüchtig von dort oben kannte, der aber wie er gehört hatte, mittlerweile in die Hauptstadt gezogen war. Der Freund weinte, und Eiríkur saß mit hochrotem Kopf daneben und regte sich furchtbar auf.

»Diese beiden hier haben wir beim Ladendiebstahl erwischt«, erklärte ein etwa fünfzigjähriger, breitschultriger Polizist und unterdrückte ein ironisches Grinsen.

»Wir haben nichts geklaut!«, sagte der Junge trotzig. »Das war nur ein Missverständnis, Papa.«

»Da haben mir die Verkäufer aber was anderes erzählt«, entgegnete der Polizist und zwinkerte Hafliði hinter dem Rücken des Sohnes zu. »Auf frischer Tat hätte man sie geschnappt!«

»Das war doch bloß ein Joke! Wir wollten nur mal sehen, ob man eigentlich mit einen Arm voller Waren einfach so durch eine Supermarktkasse marschieren kann, ohne angehalten zu werden. Nicht, dass bei den Sachen irgendwas dabei gewesen wäre, was uns wirklich interessiert hätte. Sollte man nicht annehmen, dass Jungs in unserem Alter, wenn sie schon klauen gehen, was Spannenderes einstecken würden als Klopapier und ein paar Packungen Müsli? Wir wollten echt nur die Reaktion testen, Papa, und dann alles wieder zurücklegen. Ich schwör's!«

»Diese Erklärung ist wohl zu weit hergeholt, um gelogen zu sein«, sagte Hafliði zu dem Beamten, der vor sich hin schmunzelte. Dann wandte er sich an seinen Sohn: »Hallo, Eiríkur. Seit wann bist du denn in der Stadt?«

»Seit heute Morgen«, antwortete der Junge kleinlaut. »Ich wollte später bei dir vorbeischauen, wenn du von der Arbeit wieder da bist.«

»Tja, zu dumm aber auch. Ich bin das ganze Wochenende im Außendienst unterwegs«, sagte Hafliði und dachte an den Unfall am Þingvallavatn. Der mysteriöse Anruf, den Valdimar erwähnt hatte, lag ihm im Magen. Was, wenn die Ermittlungen letzten Endes auf einen Mordfall hinausliefen? Hoffentlich würde sich alles aufklären, sobald Valdimar den Schauplatz inspiziert und diesen Anrufer ausfindig gemacht hatte. Aber davor hatte er noch dieses kleine Problem hier zu klären.

»Dann sollten wir vielleicht mal hören, was der Geschäftsführer dazu zu sagen hat?«, sagte er stirnrunzelnd.

»Der will von einer Anzeige noch mal absehen«, sagte der Beamte. »Aufgrund des jugendlichen Alters der Täter und ihrer mangelnden Zurechnungsfähigkeit«, setzte er mit einem scharfen Seitenblick auf die Jungen hinzu. »Wenn ihr vorhabt, in diese Branche einzusteigen, habt ihr keine Zukunft, so viel steht jedenfalls fest. Besser, ihr bleibt von vornherein auf dem rechten Weg.«

»Wir wollen in überhaupt keine Branche einsteigen!« Eiríkur war fuchsteufelswild. Der Junge war unglaublich leicht aus der Fassung zu bringen, das hatte offenbar auch der Polizist bereits festgestellt.

»Na umso besser. Wenn keine Strafanzeige erhoben wird, dann ist ja jetzt alles in Butter, oder?«, sagte Hafliði gelassen.

»Ja, eigentlich schon. Dann werden wir die beiden mal mit einer Verwarnung davonkommen lassen. Wenn sie versprechen, sich ab jetzt zu benehmen.«

Die Jungen versprachen es hoch und heilig. Der Freund hatte sich inzwischen beruhigt.

»Ich kenn da ein paar Typen, die haben hier im Glæsibær schon ganz andere Sachen mitgehen lassen«, meldete er sich jetzt zu Wort. »Massenweise Sportartikel und so.«

»Soso. Dann richte denen mal aus, dass damit jetzt Schluss ist. Wir haben solche Kerle nämlich im Visier.«

»Und wie genau macht ihr das?«

»Tja, wir haben unsere Mittel und Wege.«

»Soll ich euch im Auto mitnehmen, Jungs?«, fragte Hafliði, erleichtert, dass sich die Angelegenheit ohne ernstere Komplikationen erledigt hatte. »Und besten Dank auch für die Benachrichtigung!«, fügte er, an den Kollegen gewandt, hinzu, der wieder blinzelte.

Als sie vorne durch den Laden gingen, knöpfte er sich die Jungen vor: »Ich muss wohl kaum darauf hinweisen, dass so was nie wieder vorkommen darf. Ist das klar?«

»Nein, natürlich nicht«, sagte Eiríkur niedergeschlagen.

»Unser Ehrenwort!«, fuhr der Freund vorlaut dazwischen.

Hafliði legte seinem Sohn die Hand auf die Schulter, und plötzlich breitete sich ein tiefes Glücksgefühl in ihm aus.

20

Wie vereinbart sollte Valdimar zusammen mit Björgvin von der Spurensicherung nach Þingvellir hinausfahren. Er war eigentlich startklar und wartete nur noch auf Nachricht von Marteinn, der versprochen hatte, sich zu melden, sobald er loskäme. In diesem Moment bekam er einen Anruf von Drífa.

»Es ist noch mal wegen dem Laptop. Eigentlich bräuchte ich ihn heute.«

Valdimar zögerte. Er hätte das gerne in aller Ruhe erledigt, vielleicht bekam er nie mehr wieder die Gelegenheit, Drífa alleine zu treffen. Aber manchmal hat man eben keine Wahl.

»Ja, wenn du jetzt sofort vorbeikommst, müsste es gehen.«

»Gut, ich komme«, sagte sie knapp. Auf einmal wurde ihm klar, wie sehr er sich davor fürchtete, Drífa wieder zu begegnen. Er versuchte seine Schultern zu lockern und tief durchzuatmen, sich einen Moment ganz bewusst zu entspannen, aber es wollte ihm nicht richtig gelingen. Wie so oft verspürte er den Wunsch, seinen Körper jetzt einfach abstreifen zu können wie ein unbequemes Kleidungsstück. Er verpasste dem Drehstuhl einen kräftigen Tritt, sprang auf und verließ seinen Arbeitsplatz. Björgvin von der Spurensicherung hob die Augenbrauen, als er ihm mitteilte, er müsse noch mal kurz weg, aber Valdimar ließ sich nicht beirren.

Drífa wartete schon vor dem Haus, als er kam. Er stellte den

Motor ab und stieg aus dem Auto. Sie trug Jeans und spitze Cowboystiefel, die er noch nie an ihr gesehen hatte. Wollte sie damit andeuten, dass sie sich verändert hatte? Er verwarf den Gedanken gleich wieder, plötzlich angewidert von seinen eigenen Fantasien.

»Hi!«, sagte sie leise.

»Hi«, antwortete er knapp, bereute es aber sofort und fügte etwas freundlicher hinzu: »Wie geht's dir?«

»So la-la«, antwortete sie reserviert.

Die Frage war unglücklich gestellt. Zu forsch, zu indiskret, sie drängte sich in einen Privatbereich hinein, zu dem er möglicherweise gar keinen Zugang mehr besaß. Als sie sich zuletzt gesehen hatten, hatte er seine Wohnungsschlüssel zurückgefordert und ihr gesagt, sie solle verschwinden und sich nicht mehr blicken lassen. Er konnte nicht anders, aber nachdem sie die Tür hinter sich zugeknallt hatte, war er in Tränen ausgebrochen.

»Was macht Illugi?«

Wie er gehofft hatte, hellte sich ihre Miene sofort auf. »Der ist zurzeit in Hochform. Sein Vater ist ja auch gerade in der Stadt!«, setzte sie verschmitzt hinzu, doch ihr Gesichtsausdruck blieb undurchdringlich.

»Ja, klar. Wohnt er bei euch?«

»Ja.«

»Schläfst du mit ihm?«

Die Frage war ihm versehentlich herausgerutscht, es war das letzte, was er sie hätte fragen wollen. Sie schob das Kinn vor und ließ sich Zeit, bevor sie antwortete.

»Das geht dich nichts an. Und davon abgesehen lautet die Antwort nein.«

Es war, als würde ihm eine Zentnerlast von der Brust gewälzt. In letzter Zeit hatte er fast jede Nacht wachgelegen und sich ausgemalt, was Drífa und Baldur wohl miteinander taten. Er versuchte, sich die Erleichterung möglichst wenig anmerken zu lassen, doch seine Stimme klang trotzdem eine Spur zu fröhlich, als er sagte: »Na, was ist? Wollen wir hier draußen Wurzeln schlagen?«

Er schloss die Haustür auf und ging voran. Dabei warf er einen kurzen Blick durch die offene Küchentür, die Cornflakes und der Milchkarton standen noch genau so auf dem Tisch, wie er sie am Morgen in der Eile dort zurückgelassen hatte. Zum Glück war das Wohnzimmer einigermaßen aufgeräumt.

»Nimm doch Platz«, forderte er sie auf. Der förmliche Ton zwischen ihnen klang seltsam. Sie nahm das Angebot nicht an, sondern ging zum Fenster und schaute hinaus. Er verschwand schnell nach nebenan ins Schlafzimmer, in der Kommodenschublade lagen noch ein paar Kleidungsstücke von ihr, die er vor ein paar Tagen mit einem Kloß im Hals sorgfältig gefaltet und gestapelt hatte. Der Laptop lag auf dem Schreibtisch in der hinteren Ecke des Wohnzimmers. Er legte den Kleiderstapel obendrauf und lehnte sich seitlich gegen den Arbeitsstuhl. Sie stand noch immer am Fenster.

»Und warum schläfst du nicht mit ihm?« Auch diesmal war ihm die Frage spontan entschlüpft, ohne dass er es geplant hatte. Sie drehte sich seufzend zu ihm um. Und da drängte sich ihm der Verdacht auf, dass sie zurzeit auch nicht sehr viel mehr Schlaf bekam als er.

»Weil ich darin keine Zukunft sehe, darum.«

»Dann hast du also das, was du neulich zu mir gesagt hast, gar nicht so gemeint? Dass ihr es noch mal miteinander versuchen wolltet, und so?«

Sie ging langsam zu ihm hinüber und lehnte sich neben ihn an den Stuhl.

»Doch. Damals dachte ich das. Aber mittlerweile scheint es mir sinnlos.«

»Und was ist mit uns?«, fragte er und spürte ein Ziehen in der Brust.

Sie schwieg lange, bevor sie antwortete. »Ich hab dich wirklich sehr gern. Aber ich glaube, auch das mit uns hat keine Zukunft.«

»Ich könnte versuchen, an mir zu arbeiten«, sagte er.

»Ach, Valdimar!«, seufzte sie und legte ihre Hand auf seine. Er zuckte zusammen, als hätte er sich verbrannt, und zog schnell seine Hand weg. Er zuckte unwillkürlich mit dem Kopf. Sie ließ ihre Hand fallen. Er schaute weg. Dann stand sie auf, stellte sich vor ihn hin und sah ihn mit feuchten Augen an.

»Küss mich, Valdimar.«

Er wollte sich umdrehen, sich zu ihr hinunterbeugen, sie küssen. Aber er konnte es nicht. Als er die glühende Hitze ihrer Haut auf seinem Gesicht spürte, wurde er von einem so heftigen Unbehagen erfasst, dass er befürchtete, gleich ohnmächtig zu werden. Platzangst und Berührungsphobie hatten sich in diesen wenigen Tagen seit ihrer Trennung ins Unermessliche gesteigert, er hatte jegliche Kontrolle über die Symptome verloren. Drífa streckte ihm die Handflächen entgegen, um sie auf seine Wangen zu legen. Er wand sich heraus und kehrte ihr den Rücken zu, dann sank er auf die Knie und vergrub sein Gesicht in den Händen. Er wünschte sich nichts mehr auf der Welt, als dass sie ihn jetzt an der Schulter berührte, genauso wie er sich vor nichts in der Welt mehr fürchtete. Sie tat es nicht. Er hörte sie lautlos weinen, während sie Laptop und Kleider zusammenpackte und aus der Wohnung ging.

Als Valdimar schließlich aufstand, fühlte er sich müde und ausgelaugt. Sein Brustkorb schmerzte und seine Schultermuskulatur war so verspannt, dass alle Lockerungsübungen umsonst waren. Am liebsten hätte er sich auf der Stelle hingelegt und ein paar Tage nur geschlafen, hätte sich einfach für eine Weile ausgeklinkt und nicht mehr mitgespielt. Stattdessen holte er sein Handy heraus und rief Marteinn an. Nur um zu erfahren, dass der Bengel doch tatsächlich vor ihnen in Richtung Þingvellir losgefahren war.

21 Ein eigenartiger, säuerlicher Geruch schlug Marteinn entgegen, als er die Tür zum Sommerhaus aufschloss. Er trat ins Haus, und das Erste was ihm ins Auge fiel war der Pulli, der über der Lehne des alten, ausrangierten Lehnstuhls hing, der schließlich hier gelandet war. Ein schwarz-weißer, grob gestrickter Damenpullover mit auffälligem Dreiecksmuster. Ihm war ziemlich klar, wem der Pulli gehörte, und sein Herz begann zu rasen. Sie war also hier gewesen, wie er vermutet hatte. Bis jetzt hatte er gefunden, sie müsse für alles, was sie im Zusammenhang mit dem mysteriösen Unglücksfall getan oder unterlassen hatte, gnadenlos zur Rechenschaft gezogen werden, doch auf einmal bereitete ihm der Gedanke, dass sein Vater tatsächlich ein Verhältnis mit dieser jungen Frau haben könnte, gewaltiges Unbehagen. Wie würde seine Mutter reagieren? Hatte sie nicht schon genug andere Sorgen?

Er ging zum Sessel hinüber und rieb die Maschen des Pullovers zwischen seinen Fingern. Dieses Kleidungsstück hatte sein Vater berührt, vor Augen gehabt, an diesem Abend, bevor er verunglückte und der vielleicht der letzte Abend seines Lebens sein würde, den er bei vollem Verstand zugebracht hatte. Denn so viel hatten die Ärzte ihm klargemacht: Zunächst einmal war es nicht sicher, ob sein Vater überhaupt jemals wieder zu Bewusstsein käme, und selbst dann war nicht vorauszusehen, wie sich die schweren Kopfverletzungen auf seinen allgemeinen Zustand künftig auswirken würden.

Marteinn sah auf die Uhr und fragte sich, wann die Beamten wohl eintreffen würden. Valdimar, der Kommissar, hatte ihm bei ihrem Gespräch eingeschärft, bloß nichts anzufassen, trotzdem hielt er neugierig nach weiteren Anzeichen Ausschau, dass Sunneva und sein Vater sich hier im Haus getroffen hatten. Sich umschauen war ja wohl erlaubt.

Im Wohnzimmer war nichts Ungewöhnliches zu entdecken, auch die Kochnische war sauber und aufgeräumt; offenbar hatten sie sich in dieser Nacht nichts mehr zu essen gemacht. Er warf einen kurzen Blick zum Etagenbett neben der Tür, wusste aber schon vorher, dass es auch dort nichts Außergewöhnliches zu sehen gab.

Blieb noch das Schlafzimmer. Vom Wohnraum aus zeichnete sich der Türspalt undeutlich im Halbdunkel ab, und er verspürte eine merkwürdige Abneigung, dort hineinzugehen und nachzusehen. In seiner Erinnerung war das immer Papas und Mamas Schlafzimmer gewesen, die Privatsphäre seiner Eltern, und er hoffte inständig, sein Vater habe diesen Ort jetzt nicht besudelt, indem er sich dort mit einer anderen vergnügt hatte. Er nahm allen Mut zusammen und stieß die Tür auf.

Die Vorhänge waren geschlossen, der Raum lag im matten Dämmerlicht. Das Erste, was seine Sinne registrierten, war, dass der säuerliche Geruch dort aus dem Zimmer kommen musste. Er wollte Licht machen und tastete nach dem Schalter, aber die Glühbirne war hinüber. Als Nächstes erkannte er ein paar Kleidungsstücke auf dem Fußboden. Dann sah er einen nackten Fuß unter der Bettdecke hervorragen.

Er erstarrte, vor Entsetzen wie gelähmt. Dann rief er:

»Hallo! Wer ist das? Hallo, aufwachen!«

Er rief ein paarmal laut und deutlich und gab schließlich auf. Dann zog er die Vorhänge zurück und starrte fassungslos auf den leblosen Körper dort im Bett. Sunneva.

Sie lag mit dem Kopf auf dem Kissen, die Augen geschlossen, die Mundwinkel verkrustet. Marteinn zweifelte kaum daran, dass sie tot war, und als er ihr zur Sicherheit den Puls fühlen wollte und die kalte Haut berührte, ließ er ihre Hand erschreckt wieder fallen. Er war vollkommen irritiert. Sein sorgfältig konstruierter Tathergang schien plötzlich komplett auf den Kopf gestellt. Sunneva musste also zu Tode gekommen sein, bevor sein Vater verunglückt war. Zweifellos war auch das hier eine Art Unfall gewesen, oder aber sie hatte ganz einfach einen Herzinfarkt oder Schlaganfall oder sonstwas bekommen. Aber warum hatte sein Vater dann nicht sofort Hilfe geholt, anstatt waghalsig draußen am Seeufer herumzuklettern? War es denkbar, dass er versucht hatte, die Leiche verschwinden zu lassen, aus derselben Angst heraus, die Marteinn zuvor Sunneva angedichtet hatte – die Angst, man könne ihrem Verhältnis auf die Spur kommen? War sein Vater wirklich so ein Feigling? Die verschiedenen Möglichkeiten jagten wild durch Marteinns Kopf, doch eine Version schob sich hartnäckig immer wieder in den Vordergrund, sosehr er auch versuchte, sie zu verdrängen: der Verdacht, dass sein Vater dem Mädchen absichtlich etwas angetan hatte. Nein, das war unmöglich. Es sei denn, durch ein Versehen … In Windeseile spielte Marteinn alle möglichen Versionen durch, und bald hatte er eine Theorie zusammengezimmert, die die Geschehnisse der vergangenen Nacht erklären konnte: Sunneva hatte seinen Vater angerufen, daran bestand kein Zweifel. Sie musste sich in einem Zustand größter Bedrängnis befunden haben, um auf die Idee zu kommen, einen verheirateten Mann, mit dem sie ein Verhältnis hatte, nachts zu Hause anzurufen. Bisher war Marteinn davon ausgegangen, dass es Sunneva gewesen war, die den Schlussstrich unter die Affäre gezogen hatte – sie war ja viel jünger als er und hatte das Leben noch vor sich, während er mit Ehefrau und zwei Kindern dasaß. Aber mittlerweile neigte er zu der Auffassung, dass Björn die Sache schließlich beendet hatte, auch wenn es ihm sichtlich schwergefallen war, seiner Gemütsverfassung in letzter Zeit nach zu urteilen. Und der Umstand, dass sie Kollegen waren und sich täglich bei der Arbeit sahen, hatte die Sache gewiss nicht erleichtert. Sein Vater hatte Schluss gemacht, da war er sich ganz sicher, und sie musste darüber so verzweifelt gewesen sein, dass sie an Selbstmord dachte. Vermutlich hatte sie Tabletten genommen, aber darauf spekuliert, sich von Björn in allerletzter Minute retten zu lassen, und zwar im Sommerhaus, ihrem Liebesnest, in dem sie so viele romantische Stunden miteinander verbracht hatten; dann war offenbar irgendwas schiefgelaufen, und als sein Vater dort eintraf, war sie tot. In seiner Verzweiflung hatte es ihn hinunter ans Wasser getrieben – in einem Seelenzustand, in dem ihm alles zuzutrauen war, so dass er dann auf dem steilen Uferweg unglücklich ausgerutscht war oder sich absichtlich ins Wasser stürzen wollte.

Vielleicht würde er sich später dafür schämen, aber in diesem Moment brachte es Marteinn nicht fertig, für die Frau, die da lag, irgendwelches Mitgefühl zu empfinden: kein Gedanke daran, dass diese Frau eine Familie hatte und Freunde, die sie liebten, oder daran, dass hier ein Menschenleben nun einfach zu Ende war, ein Leben, das genauso heilig war wie sein eigenes und das seines Vaters und seiner Mutter und seiner Schwester. Es war, als hätte Marteinn seinen Beitrag an Mitleid für diesen Tag bereits geleistet, nun war dieses Mädchen für ihn im Grunde nichts weiter als ein toter Gegenstand, der nur noch mehr Unglück über seine Familie bringen würde. Die Polizei war auf dem Weg hierher, sie würden die Leiche, die hier offen herumlag, finden und – was lag näher? – sofort in irgendeiner Weise mit seinem Vater in Verbindung bringen, und bevor er wusste, was los war, würde er als Sohn eines Mörders oder im besten Fall des Mannes dastehen, der eine junge Frau ins Verderben gestürzt und es dann nicht fertiggebracht hatte, die Verantwortung für sein Tun zu übernehmen. Und seine Mutter wäre die Ehefrau eines Mörders. Plötzlich hasste er Sunneva mehr als je zuvor. Das war ihre Rache, offenbar hatte sie ihren Plan mit allen möglichen Auswirkungen im Voraus minutiös ausgearbeitet. Was für eine bittere Ironie, seinen Vater nachts anzurufen und ihn hierherzuzitieren – um sie dann hier tot vorzufinden! Und was für ein Schock das für ihn gewesen sein musste! Sein Inneres krampfte sich zusammen bei dem Gedanken, dass sein armer Vater versucht hatte, eine neue Seite aufzuschlagen und alles wieder ins Lot zu bringen, und zwar seiner Familie zuliebe, aber keine Gelegenheit mehr dazu bekommen hatte. Und das alles nur wegen dieser kleinen Schlampe, die dort auf dem Bett lag und ihm jedes Mal, wenn sein Blick auf sie fiel, einen Schauder über den Rücken jagte. Die Beamten würden in Kürze hier sein. Bald wäre das Leben seines Vaters verpfuscht, nicht genug, dass er ohne Bewusstsein und vielleicht mit schweren Hirnverletzungen im Krankenhaus lag. Bald würden ihn alle, die er kannte und die er nicht kannte, verachten und ihm den Tod dieses jungen Mädchens anlasten, und er hätte keine Chance, sich zu rechtfertigen. Und Björg, die bei aller Rebellion im Grunde noch immer Papas kleines Mädchen war, sie wäre plötzlich die Tochter eines Verbrechers. Die Kids in der Schule würden tuscheln, auch dort wäre ihr Vater nur noch der »Mörder von Þingvellir« oder zumindest der Mann, der die Tochter seines Freundes verführt und dann in den Tod getrieben hatte. Diese Überlegungen wirbelten so rasend schnell durch seinen Kopf, dass er später nicht mehr sagen konnte, wann genau er beschlossen hatte, etwas zu unternehmen: die Pläne seines Vaters unter allen Umständen zu Ende zu führen, um das Ansehen der Familie zu retten.

Die Zeit wurde allmählich knapp. Die Polizei konnte jeden Moment hier sein. Er raffte Sunnevas Kleider vom Boden, warf sie auf das Kopfkissen und bedeckte damit ihr Gesicht. Dann zog er das Laken heraus und verknotete die beiden unteren Enden miteinander. Draußen hörte man ein Auto. Er hatte eigentlich anders vorgehen wollen, aber nun packte er den Knoten am Fußende und zerrte mit aller Kraft, bis der Körper des Mädchens Stück für Stück aus dem Bett sackte. Als jedoch ihr Kopf auf die Bettkante zurutschte, reagierte er zu spät, und obwohl er wusste, dass sie keinen Schmerz mehr spürte, ging ihm das Geräusch, mit dem ihr Hinterkopf auf dem Boden aufschlug, durch Mark und Bein. Das Auto bremste und parkte auf dem Vorplatz. Er hatte damit gerechnet, dass die Beamten vorher anrufen würden, aber natürlich waren ihnen die Kennzeichen der beiden anderen Fahrzeuge bekannt, und so brauchten sie keine weiteren Anweisungen. Marteinn zögerte einen Moment und war drauf und dran, einfach alles hinzuschmeißen. Aber war es dazu jetzt nicht zu spät? Er griff das Laken am Kopfende und schleifte die schwere Last erstaunlich schnell aus dem Schlafzimmer, quer durch den Wohnraum und hinaus an die Tür. Eine Autotür wurde zugeschlagen, während er die Leiche auf die Terrasse hinauszerrte. Er sah sich fieberhaft um. Viel kam als Versteck nicht in Frage. Doch die Schritte, die jetzt den Kiesweg entlangknirschten, schienen ihm übermenschliche Kräfte zu verleihen, so dass er, die Leiche im Schlepptau, fast im Laufschritt auf die Böschung unterhab des Hauses zusteuerte. Das Haus war so in den Steilhang hineingebaut, dass der vordere Teil und die Terrasse von Pfeilern gestützt waren, an der höchsten Stelle etwa anderthalb Meter hoch. Dieser Hohlraum unter dem Haus war daher tote Fläche, nichts als nackter Untergrund, mit sehr viel gutem Willen allenfalls als Erdboden zu bezeichnen, außerdem hatte sich dort jede Menge Unrat angesammelt: ein alter Handrasenmäher, noch aus den Zeiten seines Großvaters, ein Karton Ersatzfliesen, die mal für die Kochnische gedacht waren, und vieles mehr. Um einen abgeschlossenen Stauraum zu erhalten, hatte man waagrechte Planken zwischen die Terrassenpfeiler genagelt und an einer Seite eine primitive Luke mit Vorhängeschloss eingebaut. Diese Öffnung peilte Marteinn jetzt an, in der schwachen Hoffnung, dass das Schloss offen war oder der Riegel sich mit bloßen Händen aus seiner Befestigung reißen ließ. Er hörte zwei Männerstimmen, die sich dem Haus näherten. Natürlich war das Schloss versperrt und bombenfest verschraubt. Der Schlüssel hing an einem Nagel neben der Terrassentür.

Ein paar Jahre zuvor, als Marteinn und Björg mit ihren Eltern hier Ferien machten, hatte eine Schneehuhn-Mutter mit ihren Jungen dort unten für einige Tage Unterschlupf gesucht. Die Mutterhenne brach immer wieder zu Beutezügen auf, wohl, um ihre Kinderschar mit Nahrung zu versorgen, und Marteinn und Björg hatten sich damals gewundert, wie beständig sie jedes Mal an denselben Ort zurückkehrte. Die Geschwister hatten diese gefiederte Familie schon bald liebgewonnen, und oft pressten sie sich von außen gegen den Bretterverschlag und spähten angestrengt zwischen den Planken hindurch, wo sich die Vögel in der Dämmerung aneinanderdrängten. Ein ausgewachsenes Schneehuhn konnte fast überall bequem unter den Latten hindurchschlüpfen, an einer Stelle war der Abstand zum Boden sogar so groß, dass selbst ein Kind ohne weiteres hindurchpasste, und so hatte der Aufenthalt der Schneehuhnfamilie ein abruptes Ende gefunden, als Björg sich dort hineingezwängt hatte, um den Vögeln guten Tag zu sagen. Auf dieses Schlupfloch, das sich auf der vom Hauseingang abgewandten Seite befand, steuerte Marteinn nun voller Verzweiflung zu. Er war erschöpft vom Herumwuchten der Leiche, befürchtete, jeden Augenblick einen Asthmaanfall zu kriegen, und versuchte, möglichst flach zu atmen, damit man ihn nicht hörte.

Aber vorerst traute er sich nicht, die Leiche um die Hausecke zu bugsieren, denn über ihm wurde an die Tür geklopft. Dann war es totenstill. Er wagte nicht, auch nur einen Finger zu bewegen, atmete mit weit offenem Mund und hätte schwören können, dass die beiden Männer seinen Herzschlag hörten.

»Marteinn!«, rief einer der beiden. »Bist du da drin?«

Die Tür stand offen, wie er sie zurückgelassen hatte, als er die Leiche dort herauszerrte. Falls die Beamten gleich das Seeufer ansteuerten, um den eigentlichen Ort des Geschehens genauer zu inspizieren, würden sie direkt hier an seinem Versteck vorbeikommen, in dem er, die eingewickelte Mädchenleiche neben sich, auf dem Boden kauerte. Spätestens wenn sie um die Hausecke kamen, würden sie ihn entdecken, das leuchtend weiße Laken musste ihnen förmlich ins Auge springen.

»Hallo! Marteinn! Bist du da irgendwo?«

Diesmal riefen sie zum Wasser hinunter, lauter als beim ersten Mal. Marteinn verspürte einen fast übermächtigen Drang, so schnell er konnte davonzustürzen. Doch es gelang ihm, diesen Urtrieb zu bezwingen, und er blieb regungslos liegen.

Zum Glück schienen sich die Männer nun dafür zu interessieren, was es hinter dieser offen stehenden Eingangstür zu sehen gäbe, und sie verschwanden im Sommerhaus. Ihre Schritte hallten auf dem Fußboden. Marteinn wagte nicht, sich zu bewegen, tat es aber dann doch. Er kroch auf den Spalt zu, noch nie war er auf die Idee gekommen, sich hier hineinzuzwängen, wusste nicht mal, ob er überhaupt hindurchpasste. Im Zeitlupentempo drehte er sich um und schob sich, mit den Füßen zuerst, ins Dunkel hinein.

Es erwies sich als unendlich mühsam, rückwärts auf allen vieren dort hineinzukriechen und das Leichenbündel hinter sich herzuziehen, und als er seinen Hintern gerade durch die Öffnung gezwängt hatte, bemerkte er mit Schrecken, dass der Knoten am Kopfende direkt über der Stirn des Mädchens sich gelockert hatte. Er konnte sich nicht mehr darauf verlassen, dass das Laken hielt, also blieb ihm nichts anderes übrig, als die Leiche an den Füßen zu packen.

Die beiden Männer hatten einen Rundgang durch alle Zimmer gemacht und dabei ein paar knappe Kommentare ausgetauscht. Nun traten sie, soweit er hören konnte, wieder ins Freie. Er starrte mit Grausen auf die Füße direkt vor ihm. Ihre Zehennägel waren dunkelgrün lackiert, im Lack glitzerten winzige Goldschnipsel. Vom Schock noch immer wie betäubt, registrierte Marteinn, dass ihre mittleren Zehen über den großen Zeh hinausragten. Wofür stand das noch mal? Glück im Leben schien es jedenfalls kaum zu bringen, sinnierte er verworren. Dann schloss er die Augen, packte die eiskalten Zehen und zog aus Leibeskräften. Plötzlich spürte er einen Widerstand und war gezwungen, die Augen zu öffnen, ihr Kinn war an der untersten Planke hängengeblieben und steckte fest. Das Federbett unter ihr hatte sich zu einem dicken Wulst zusammengeschoben, nun war sie nackt. Es war das erste Mal, dass Marteinn eine nackte Frau berührte. Er musste sich auf ihrem Bauch abstützen, um sich nach vorne zu hangeln, und fast hätte er laut aufgeschrien, als der Leiche plötzlich ein heiseres Seufzen entwich, das, als er den Kopf des Mädchens endlich ins Innere des Verschlags gezerrt hatte, von einer widerwärtigen Duftwolke begleitet wurde, die ihm alle Sinne vernebelte. Sunnevas langes rotes Haar schaute, zusammen mit einem Stück vom Kopfkissen und einem Zipfel des Bettlakens, noch immer unter den Brettern hervor, als die beiden Polizisten nun wieder auf der Vorderseite des Hauses erschienen und dann den Uferweg einschlugen. Marteinn, der dort im Versteck auf der Leiche kauerte, musste sich plötzlich übergeben und konnte gerade noch verhindern, dass sich sein Mageninhalt über den Bauch des Mädchens ergoss.

22 Im Großen und Ganzen konnte der Porzellanjüngling der Welt außerhalb Japans nicht viel abgewinnen, auch wenn er aus beruflichen Gründen mitunter gezwungen war, sich im Namen seiner Auftraggeber in anderen, langweiligen Ländern aufzuhalten, wozu er auch die gesamte westliche Welt zählte. Aber von allen diesen Scheißländern war Island wirklich das unsäglichste, mit seiner Miniaturhauptstadt, seinen furzenden Quellen, lächerlichen Wasserfällen und unberechenbaren Winden, seinen bösartigen Seen und seinem hinterlistigen Klima. Es war ein Fehler gewesen, diesen Island-Job überhaupt anzunehmen.

»There is a telegram for you, Mr. Nau.«

Mit finsterem Blick drehte er sich zu dem Mädchen an der Hotelrezeption um. Sie sah aus, als würde sie bei der kleinsten Berührung tot umfallen. Als er auf sie zuging, schaute sie so verängstigt, dass er ihr ein aufmunterndes Lächeln zukommen ließ. Doch das schien den genau gegensätzlichen Effekt zu haben, denn sie riss die Augen noch weiter auf und wich ängstlich von der Theke zurück. Es war doch immer dasselbe in diesem Land.

»The telegra*bb*, please«, schniefte er, seine sonore Stimmlage von verschleimten Nebenhöhlen und akuter Halsentzündung entstellt. Seit Jahren war er nicht mehr krank gewesen, und genaugenommen betrachtete er jede Art von Krankheit und

Unpässlichkeit nur als äußeres Anzeichen seelischer Schwäche. Sein Körper war wie ein Kräutergärtlein in einem Mönchskloster, er pflegte jeden Quadratzentimeter mit größter Gewissenhaftigkeit, genoss es, über sämtliche Muskeln und Sehnen zu streichen und zu spüren, dass sie allesamt in Bestform waren, denn er allein wollte das so, und genau so sollte es sein. Er ging niemals aus dem Haus, ohne für einen ausreichenden Vorrat der drei verschiedenen Seetang-Arten zu sorgen, die er für unerlässlich hielt, um Körper und Geist im Gleichgewicht zu halten. Wenn es die Umstände erlaubten, begann er den Tag mit einer Meditationsstunde, wie er es nannte, die jeder Außenstehende, der Zeuge dieser Morgenaktivität geworden wäre, aber wohl für normale Gymnastikübungen gehalten hätte.

»Certainly, Mr. Nau.«

Das verschreckte Mädchen hielt ihm das Telegramm entgegen, er streckte die Hand danach aus, mit der Handfläche nach unten wie ein Priester, der die Gemeinde segnet, schnappte sich den Umschlag mit Zeige- und Mittelfinger und steckte ihn in seine Innentasche.

Er konnte sich nicht erklären, was schiefgelaufen war, und ging die Geschehnisse der letzten vierundzwanzig Stunden noch einmal ganz genau durch.

Er war aus der Stadt hinausgefahren, ohne auch nur einen Blick auf die Karte zu werfen. Sein Fahrtziel hatte er einfach dem Zufall überlassen, war bei jeder Gelegenheit von der Nationalstraße abgebogen und schmale Schotterpisten entlanggeholpert, die dann im Nichts endeten. Er hatte sich über die Kahlheit des Landes gewundert und sich gefragt, wo eigentlich die Bewohner alle steckten. Island war wirklich ein Paradies für Auftragskiller. Nirgends sonst in der Welt hatte er so viele Orte entdeckt, an denen man ungestört und unter ästhetisch angemessenen Umständen jemand umbringen konnte, ohne befürchten zu müssen, dass die Schaulustigen in Scharen herbeiströmten. Wo immer man wollte, konnte man einen »Unfall« herbeiführen, ohne dass irgendjemand stutzig würde, der nicht persönlich anwesend war – und hier war meistens weit und breit niemand anwesend. Vor ein paar Tagen hatte er sich einer Tagesexkursion zum Gullfoss und zum Großen Geysir angeschlossen, beides aber sofort abgehakt. Die Höhe des Wasserfalls war zwar durchaus geeignet, jemand zu Tode zu bringen, und selbst wenn man in den Fluss stürzte, der unten vorbeifloss, hatte man nur eine minimale Chance, mit dem Leben davonzukommen. Der Große Geysir dagegen war die komplette Enttäuschung, mit dieser Badewanne war wirklich nicht viel anzufangen, fand er, keine echte Bedrohung, keine Schönheit, bloß ein bisschen Wasser, das in die Luft spritzte.

Beide Orte kamen schon allein wegen der Menschenmassen nicht in Frage. Umso erfreulicher war es, festzustellen, wie einfach es sein musste, mit dem zukünftigen Opfer irgendwo in die Einsamkeit hinauszufahren. Die Binnenseen des Landes schienen ihm dafür besonders geeignet. In Japan wären die Ufer um diese Jahreszeit von geschäftigem Strandleben bevölkert, hier dagegen war oft kilometerweit kein Lebenszeichen zu entdecken, allenfalls ein verlassenes Sommerhaus hier und da. Die Tatsache, dass Menschen unter Wasser ertranken, fand der Porzellanjüngling schon seit langem ungeheuer praktisch, persönlich schätzte er den Tod durch Ertrinken ganz besonders, und er hatte gehört, dass ihn auch die Opfer im Allgemeinen sehr genossen, sobald der erste Schock überwunden war.

Auf der Suche nach immer neuer Inspiration hatte er sich im Land schon etwas umgesehen, als er auf einen flachen, harmlos wirkenden kleinen See stieß, der ihm zunächst kaum geeignet erschien, um dort jemanden zu ertränken; das Ufer war von zahlreichen Ferienhäusern gesäumt, und außerdem befand sich ein Bauernhof in nächster Nähe. Trotzdem übte der See eine unbestimmte Faszination auf den Porzellanjüngling aus, das sandige Ufer und die Wiesen schienen lang verschüttete Kindheitserinnerungen in ihm wachzurufen. Er parkte den Jeep, schwang sich über den Weidezaun, überquerte ein Stück Heideland und setzte sich auf einen Grashügel einige Meter von der Uferlinie entfernt. Keine Menschenseele war zu sehen, aber irgendwo bellte ein Hund, und in der Ferne hörte er Raben krächzen. Er schlug die Beine übereinander und genoss die Stille. Es war, als bliebe die Zeit stehen; er ließ die Augenlider sinken und hörte zu, wie das Blut durch seine Adern strömte. Dann näherte sich ein Reisebus. Das Motorengeräusch durchbrach die Stille. Der Bus bog um das Ende des Sees und fuhr dann auf den Bauernhof zu. Hananda Nau verfolgte ihn mit seinem Blick und zuckte dann mit den Schultern, als er hinter den Nebengebäuden verschwand. Dort stand er einige Minuten im Leerlauf, das Motorengeräusch dröhnte über das Wasser bis zu ihm herüber, und er hörte zwei Männer laut miteinander reden. Dann tauchte der Bus zwischen den Scheunen wieder auf, fuhr ein kleines Stück die Straße entlang und ratterte anschließend über unwegsames Gelände auf ein Sommerhaus am anderen Ufer zu. Zu seiner Verwunderung sah Hananda Nau, wie dem Bus eine Kinderschar entströmte, gefolgt von ein paar Erwachsenen. Es war, als ob die Geräusche der spielenden Kinder die Stimmung in gewisser Weise erst vollkommen machten. Plötzlich glaubte er, den kleinen See mit dem Sandstrand, wo er vor vielen, vielen Jahren einmal sehr glücklich gewesen war, förmlich vor sich zu sehen. Er schloss noch einmal die Augen und träumte sich in die Vergangenheit zurück.

Als er sie wieder öffnete, sah er ein paar kleine Jungen, die am Ufer unterhalb des Ferienhauses spielten. Am See entlang verlief ein Drahtzaun, so dass die Kinder nicht einfach ungehindert zum Wasser hinunterlaufen konnten, doch wie es schien, hatten sie sich am Zaun entlanggehangelt und beim Bootshaus ein Stück weiter unten ein Schlupfloch entdeckt.

Auf einmal fingen die Jungen an zu rennen und stürmten vom Sommerhaus weg am Ufer entlang. Der Kleinste konnte nicht mithalten, er wackelte mit unbeholfenen Schritten auf seinen kurzen Beinchen hinterher und blieb bald weit zurück. Die größeren Jungen rannten voraus, bis einer von ihnen auf die Idee kam, direkt ins Wasser hineinzulaufen, und die anderen, auch der Kleinste, folgten sofort seinem Beispiel. Sie liefen vielleicht einen Meter weit in den See hinein, das Wasser reichte ihnen kaum bis an die Knöchel. Der Letzte und Kleinste war erst ein paar Schritte weit gekommen, als er plötzlich kopfüber ins Wasser fiel, die Strömung hatte anscheinend ausgereicht, um ihn zu Fall zu bringen. Er versank sofort und tauchte vollständig unter. Hananda Nau sprang auf und rief quer über den See.

»Hey!«, schrie er, doch im selben Moment wurde ihm klar, dass sein sonorer Bass wohl kaum durch das Kindergeschrei bis zum anderen Ufer dringen würde.

Der Porzellanjüngling hatte im Lauf seiner Karriere noch nie einem Kind ein Haar gekrümmt, was aber eher ästhetische als moralische Gründe hatte. Er sah ein, dass auch hin und wieder Kinder umgebracht werden mussten, doch persönlich hielt er das einfach für unter seiner Würde. Aber sich zu weigern, einem Kind etwas anzutun, war eine Sache, einem Kind das Leben zu retten eine andere, und dazwischen lagen Welten. Wer jemand aus einer Lebensgefahr rettete, erregte in den allermeisten Fällen viel Aufsehen. Und wenn es etwas gab, was der Porzellanjüngling unter allen Umständen und wo immer er sich aufhielt zu vermeiden suchte, dann war es, mehr Aufmerksamkeit auf sich zu ziehen als die, die er durch Körperbau, Aussehen und Hautfarbe ohnehin schon erregte. Seine natürliche Reaktion wäre deshalb gewesen, zu bleiben, wo er war, und vom gegenüberliegenden Ufer aus mit rein beruflichem Interesse zu beobachten, ob das Kind aus eigener Kraft wieder an die Oberfläche käme oder nicht. Aber anstelle von kalter wissenschaftlicher

Neugier wurden in seinem Inneren plötzlich Gefühle lebendig, die er weder verstand noch einordnen konnte. Er sprang auf die Füße, streifte die Jacke ab und sprintete ins Wasser hinaus. Es war viel kälter, als er erwartet hatte, seine Erinnerungen hatten ihm ein völlig verzerrtes Bild vorgegaukelt. Als er ein paar Meter in den See hinausgewatet war, hatte er das Gefühl, als würden ihm die Füße unter dem Körper weggezogen, und sobald das eiskalte Wasser ihm bis zur Brust reichte, stieß er sich ab und schwamm mit kräftigen Stößen auf den Jungen zu. Als er am anderen Ufer wieder festen Boden unter den Füßen hatte, richtete er sich zu voller Länge auf. Das Wasser reichte ihm noch knapp bis zu den Oberschenkeln, sein Haar und der schwarze Rollkragenpullover waren mit grünem Tang überzogen. Er schaute suchend über die Wasseroberfläche, doch der See war spiegelglatt. Zum Glück hatte er sich einen schief stehenden Zaunpfahl als Anhaltspunkt gemerkt, und plötzlich entdeckte er dicht neben sich den Jungen, der mit dem Gesicht nach unten reglos im Wasser trieb. Er watete mit großen Schritten dorthin, zerrte den Kleinen aus dem Wasser, hielt ihn mit dem Kopf nach unten und presste ihm beide Fäuste kräftig auf den Rücken. Ein Wasserschwall schoss aus ihm heraus, und sobald Hananda ihn husten hörte, nahm er ihn in beide Arme und brachte ihn an Land, alles, ohne auch nur einmal darüber nachzudenken. Auf einmal spürte er, wie unermesslich kostbar dieser kleine Junge war, den er aus dem See gefischt hatte. Die größeren Kinder waren schreiend und offenbar zu Tode erschreckt vor ihm davongelaufen, aber das kümmerte ihn wenig. Der Junge bewegte sich noch immer nicht, aber jetzt hörte man ihn leise wimmern. Und als Hananda ihn genauer untersuchte, stellte er völlig verblüfft fest, dass seine Gesichtszüge japanisch wirkten.

Der Porzellanjüngling war sich bewusst, dass es jetzt wohl am klügsten wäre, das Kind über den Zaun zu heben und zu verschwinden. Aber noch bevor er diesen Gedanken zu Ende gedacht hatte, war er schon hinübergeklettert und steuerte mit dem Jungen im Arm auf die Leute und die anderen Kinder zu. Als er sich den Weg durch das niedrige Gebüsch am Rand des Grundstücks bahnte, erstarb das Stimmengewirr und es wurde totenstill. Dann stieß eine blonde Frau einen Schrei aus und lief auf ihn zu.

»Er ist ins Wasser gefallen«, erklärte Hananda Nau, während die Frau ihm das Kind abnahm. Der Junge weinte und die Frau weinte auch. Es war offensichtlich ihr Sohn, adoptiert oder Kind eines asiatischen Vaters. Der Porzellanjüngling hörte das Knipsen eines Auslösers und schnellte herum. Eine Frau mit einer Kamera lächelte ihn an und schoss noch ein Foto. Für einen Moment wollte er ihr den Apparat aus der Hand reißen und ihn ins Wasser schleudern, doch dann besann er sich. Die Mühe konnte er sich sparen, schließlich war sie nicht von der Presse. Die Leute strömten herbei, schüttelten ihm die Hand und dankten ihm. Er verbeugte sich höflich und wandte sich zum Gehen in Richtung See hinunter. Jemand bot ihm trockene Kleider an, er lehnte dankend ab, schließlich war es nicht sehr wahrscheinlich, dass jemand von den Anwesenden trockene Kleider in seiner Größe besaß. Er würde sich einfach so schnell wie möglich ins Auto setzen. Die Frau, die ihm den Jungen abgenommen hatte, kam hinterher und fragte ihn nach seinem Namen. Fast wäre ihm sein richtiger Name herausgerutscht, doch im letzten Moment biss er sich auf die Zunge und nannte den Namen, der in seinem Ausweis stand, Hananda Nau. Sie nahm seine Hand zwischen ihre warmen Handflächen und bedankte sich mit Tränen in den Augen. Dann reckte sie sich, fiel ihm um den Hals und küsste ihn, der Kuss brannte heiß auf seiner kalten Wange.

Die ganze Heimfahrt über saß ihm der Schreck noch in den Gliedern, in seinen tropfnassen Kleidern kauerte er hinter dem Steuer und war so durcheinander, dass er nicht einmal auf die Idee kam, die Heizung einzuschalten.

Wachte am nächsten Morgen früh auf. Besorgte sich Ingwerwurzel, um seiner Erkältung zu Leibe zu rücken. Unternahm den ganzen Tag nichts Nützliches, schlenderte planlos durch dieses sonderbare Spielzeugstädtchen, wo die Häuserwände mit Dachmaterial verkleidet waren.

Oben in seinem Hotelzimmer riss er das Telegramm auf. Die Botschaft war eindeutig: »Verhandlungsgespräche gescheitert. Bring den Job zu Ende.«

23 »Papa, was hast du bloß getan? Sag, dass es nur ein Unfall war, Papa.«

Björn lag auf dem Rücken, mit Schläuchen im Arm, einem Schlauch in der Nase, einem im Mund. Seine Augen waren geschlossen und sein Gesichtsausdruck leer. Trotzdem hatte Marteinn das dringende Bedürfnis, mit ihm zu reden, eine Antwort von ihm zu fordern, ihm alles anzuvertrauen, über das er mit niemand sonst reden konnte.

»Ich hab sie im Verschlag unter dem Haus versteckt, Papa. Kann sein, das war ein Fehler. Na ja, ich hab's halt gemacht. Und jetzt weiß ich nicht mehr weiter. Hätte ich sie offen rumliegen lassen sollen, damit sie drüberstolpern? Soll ich ihnen alles sagen?«

All das flüsterte er seinem Vater ins Ohr. Obwohl eigentlich kaum Gefahr bestand, dass in diesem Bereich der Intensivstation jemand zuhörte, der Patient im Nachbarbett war entweder bewusstlos oder schlief, und Ärzte und Pflegepersonal hatten mit den anderen Schwerkranken sicher genug zu tun. Björns Zustand war, wie man es nannte, stabil, und er schwebte nicht mehr in akuter Lebensgefahr, aber das konnte sich natürlich jederzeit wieder ändern und so oder so ausgehen.

»Wenn sie sie finden, dann sag ich ihnen, dass ich sie dort unten hingetan habe. Sonst denken sie noch, du wärst es gewesen.«

Marteinn hatte die Erlaubnis bekommen, eine Weile bei seinem Vater zu sitzen. Als er nach Hause gekommen war, hatte er sofort gebadet; trotzdem hatte er nach wie vor das Gefühl, als ob irgendein widerlicher Schmutz an ihm klebte und er es nicht verdiente, mit unschuldigen und unbefleckten Menschen überhaupt Kontakt zu haben, mit Menschen, die keine Leichen unter Sommerhäusern versteckten. Es kam ihm vor, als bedeutete er für jeden Unglück, der auch nur in seine Nähe kam. Der einzige Mensch, der in gewisser Weise seine Welt teilte, die Welt des Unglücks, in der nackte junge Frauen tot im familieneigenen Sommerparadies herumlagen, war sein Vater. Er hatte sie selbst dort liegen sehen. Nur er wusste, was es für die Familie bedeutet hätte, sie den Spürnasen der Polizei zu überlassen.

Er hatte ein Kreuzzeichen über ihr gemacht, bevor er sie unter dem Haus zurückgelassen hatte, mehr oder weniger unwillkürlich, aber es war, als würde er durch diese kleine Geste irgendwie menschlicher, als erhebe er Anspruch auf seine eigene Tragödie, die mit der seines Vaters nichts zu tun hatte: Sie war nicht nur tot, sie war durch Björns unverzeihliches Verhalten auch erniedrigt worden; und jetzt lag sie da wie ein totes Tier, einsam und versteckt, und ihre Familie hatte keine Gelegenheit, um sie zu trauern und das tragische Schicksal zu beklagen, das ihr Leben beendet hatte.

Die Männer von der Kripo verlangten von ihm keinerlei Erklärungen, als er schließlich zu ihnen stieß, nachdem er sich, so gut es ging, die Erde von den Kleidern geklopft hatte. Überhaupt schienen sie sich nicht weiter um ihn zu kümmern. Sie hatten das Sommerhaus, als es so weit war, auch auf eigene Faust problemlos gefunden, und der eine von ihnen, den Marteinn noch nicht kannte, stand breitbeinig über dem blutverschmierten Felsen, auf dem Marteinns Vater gelegen hatte. Marteinn bestätigte ungefragt, dass sie dort am richtigen Ort seien, und beide nickten.

Valdimar kroch oben an der Felskante herum, offenbar auf der Suche nach weiteren Indizien. Die Beamten warfen Einwortsätze hin und her, Marteinn versuchte nicht einmal zu verstehen, worum es ging. Er stand untätig daneben und überlegte gerade, ob er nicht einfach gehen sollte, aber in diesem Moment sprach Valdimar ihn an.

»Also, dann erzähl doch mal, was passiert ist, als du hier ankamst.«

»Ich hab das Auto gesehen und deshalb gleich gewusst, dass er hier war.«

»Ah ja.«

»Und dann hab ich seine Nummer angerufen, und dann hab ich sein Telefon von da unten klingeln gehört«, sagte Marteinn und seine Zähne schlugen plötzlich wie wild aufeinander.

»Ist dir denn so kalt?«

»Nein, bloß die Aufregung und alles«, antwortete Marteinn und versuchte, sein Unbehagen loszuwerden. Valdimar unternahm einen Anlauf, ihm die Hand auf die Schulter zu legen, überlegte es sich dann aber anders, ohne die Hand gleich wieder fallen zu lassen. Marteinn starrte an ihm vorbei auf die Hand, denn für einen Augenblick sah es wie eine Drohgebärde aus. Plötzlich fühlte sich Valdimar verunsichert und beeilte sich, die nächste Frage zu stellen. »Die Vordertür war also abgeschlossen, sagst du?«

»Ja.«

»Und man konnte von außen nicht erkennen, ob dein Vater im Haus war oder nicht?«

Marteinn zögerte einen Moment, er hatte Angst, etwas Falsches zu sagen.

»Nein, ich hab nichts gesehen«, antwortete er dann. Seine Zähne klapperten immer noch, und sein Mund schmeckte nach Erbrochenem.

»Willst du nicht lieber nach Hause fahren, mein Junge?«, fragte Valdimar. »Wir ziehen die Tür hinter uns zu, wenn wir gehen.« Ihm war wohl nicht entgangen, dass es Marteinn nicht gutging.

»Die müssen das Haus von vorne bis hinten durchgekämmt haben, Papa. Gut möglich, dass sie was gefunden haben.«

Er brach ab, weil ihm die Tränen kamen, überwältigt von Angst, Trauer und Entsetzen darüber, was er getan hatte. »Die haben auch jede Menge Fingerabdrücke genommen. Papa! Von ihr werden auch welche dabei gewesen sein. Es ist ja nicht so, dass sie zum ersten Mal mit dir dort war«, setzte er nicht ohne Bitterkeit hinzu und starrte auf seinen Vater, der dort vor ihm lag.

Auf einmal fing sein Vater an zu zittern, er warf sich auf seinem Bett hin und her und aus seiner Kehle drang ein hässliches Gurgeln. Marteinn erschrak und starrte auf die Zackenlinie auf dem Monitor rechts über dem Kopfende des Betts. Er wollte gerade Hilfe holen, als eine blonde Krankenschwester mit kantig geschnittenem Gesicht hereinkam und ihn bat, falls es ihm nichts ausmache, kurz aus dem Zimmer zu gehen.

»Ist das was Schlimmes?«, fragte er ängstlich und sah zu, wie der Brustkorb seines Vaters zuckte und bebte.

»Nein, nein«, beruhigte sie ihn. »Er hustet bloß. Ich muss ihm jetzt ein bisschen Schleim absaugen«, erklärte sie freundlich. »Willst du nicht nach Hause gehen und dich eine Weile hinlegen, mein Junge? Wir passen inzwischen gut auf ihn auf.«

Als Marteinn den Bústaðavegur entlangfuhr, knallten die Sonnenstrahlen ihm so unerträglich grell ins Gesicht, dass er am liebsten die Augen geschlossen hätte und blind weitergefahren wäre, zumindest dort, wo die Straße keine Kurven machte. Er hatte das Gefühl, ein unverzeihliches Verbrechen begangen und damit sein Leben zunichtegemacht zu haben.

24 »Tut mir leid, dass ich so spät dran bin«, sagte Valdimar, »ich hatte draußen am Þingvallavatan einen Termin.« Auf dem Rückweg in die Stadt hatte er gerade genug Zeit gehabt, kurz bei sich zu Hause Station zu machen und sich umzuziehen. Ein Sandwich und eine Flasche Malzbier in der Cafeteria des Þingvellir-Besucherzentrums waren sein Abendessen gewesen.

»Kein Problem«, sagte Birta friedfertig.

»Geht wohl mal wieder rund bei euch auf dem Revier, was?«, tönte es aus dem Lehnsessel in der Zimmerecke.

Valdimar ignorierte die Bemerkung. Eggert, sein Vater, hatte sich nie mit seiner Berufswahl anfreunden können und versah jede Äußerung, die sich in irgendeiner Weise auf die Polizei bezog, mit einem verächtlichen Unterton.

»Gerade heute musste ich an dich denken«, sagte er.

»Na, dann hoffe ich, es waren wenigstens angenehme Gedanken«, gab Eggert ironisch zurück. Valdimar rang sich ein Grinsen ab. Seine Schwester Birta hatte ihn für den Abend zum Kaffee eingeladen, und er hatte nicht damit gerechnet, dass noch weitere Gäste da sein würden, aber als er auf das Haus zuging, stand sein Vater auf dem Balkon und rauchte, wahrscheinlich die zwanzigste Zigarette des Tages. Valdimar rechnete nach, wann er und sein Vater sich zum letzten Mal gesehen hatten, und kam zu dem Ergebnis, dass es wohl ein oder zwei Monate her sein musste. Es kam nicht mehr oft vor, dass sie sich zu dritt trafen, seitdem sie nicht mehr zusammen Weihnachten feierten. Eggert war einmal gekommen, um sich die Wohnung anzusehen, die Valdimar gerade angeschafft hatte, aber seitdem hatte er sich dort nie mehr blicken lassen, und Valdimar selbst war in dieser Beziehung auch nicht viel gewissenhafter. Hin und wieder schaute er bei seinem Vater vorbei, wenn er zufällig in der Nähe war, fühlte sich dort an den Stätten seiner Jugend aber eher unwohl. Er kam sich immer vor wie eine Art Museumsstück, ein ausgestopftes Tier aus vergangenen Zeiten, und hoffte schon seit langem, sein Vater würde sich endlich aufraffen und die Wohnung abstoßen, die für ihn allein sowieso viel zu groß war. Seine Schwester besuchte er dagegen regelmäßig, nicht zuletzt, um das Wachsen und Gedeihen seiner Neffen und Nichten zu verfolgen, und er wusste, dass auch sein Vater dort manchmal zu Gast war.

Birta war auch jetzt wieder im Elternurlaub; ihr drittes Kind, ein Junge von knapp einem halben Jahr, thronte vergnügt quietschend in seinem Stühlchen mitten im Zimmer und beobachtete den Großvater, der nach seiner Zigarettenpause nun wieder an seinem Platz saß und den Kleinen ab und zu mit ein paar Grimassen bei Laune hielt, während dessen ältere Schwester auf seinen Knien herumturnte. Das Ganze wirkte wie eine kitschige Reklame für eine Lebensversicherung, fand Valdimar, der Großvater im Lehnsessel im Kreise seiner Enkel.

»Und bei dir? Auch genug zu tun?«, erkundigte sich Valdimar bei seinem Vater. Zwischen seinem vierzehnten und zwanzigsten Lebensjahr hatte er jeden Sommer für seinen Vater gearbeitet, gemeinsam hatten sie so viele Hauswände gestrichen, dass er es aufgegeben hatte, genau mitzuzählen.

»Na ja, Kleinvieh macht auch Mist«, antwortete Eggert. Das bedeutete, dass er zurzeit noch bis in den späten Abend zu tun hatte. Wenn es um seinen Job ging, drückte er sich gerne etwas landwirtschaftlich aus.

»Sonst irgendwelche Neuigkeiten?«

»Na ja, das Übliche«, sagte Eggert. Was das bedeutete, war in seinem Fall schwer zu sagen. Und doch gab es gewisse Dinge, die sich nie änderten. Valdimar hätte schwören können, dass er noch immer den penetrant süßlichen Haschischdunst aus Vaters Sonntagsklamotten riechen konnte, und für einen Augenblick gab er sich in Gedanken der Frage hin, wie sein Vater wohl mittlerweile vorging, wenn er den Frauen nachstellte. Doch dann verbot er sich solche Überlegungen, schließlich ging ihn das nichts an.

»Kommt Ívar nicht?«, fragte Eggert. Valdimar schaute ihn an. Sollte das heißen, dass er sich nun doch mit seinem Schwiegersohn abgefunden hatte, der nicht nur Wirtschaftsprüfer und Rechtswähler war, sondern zu allem Überfluss auch noch in einer Death-Metal-Band spielte.

»Doch, er müsste eigentlich bald hier sein«, antwortete sie, während sie den Kaffeetisch mit frischgebackenem Kuchen und haufenweise anderem Gebäck deckte. Es wäre wirklich unverzeihlich gewesen, eine von Birtas legendären Kaffeetafeln zu schwänzen.

»Na, viel zu tun bei dir, Valdi?«, erkundigte sich Eggert, diesmal etwas freundlicher.

»Ja, schon.« Er hatte beschlossen, das Friedensangebot anzunehmen und sich etwas zugänglicher zu zeigen. »Aber man könnte natürlich rund um die Uhr schuften.«

»Auch wieder wahr«, stimmte Eggert zu und musterte seinen Sohn unter seinen buschigen Augenbrauen hervor.

»Hallo, allerseits!«

Nun war auch Ívar eingetrudelt, im blauen Anzug, munter und gutgelaunt wie immer. Valdimar und Eggert begrüßten ihn, das Mädchen ließ sich unbeholfen von Eggerts Knien herunterplumpsen und lief zu seinem Papa.

»Setzt euch doch und greift zu!«, rief Birta aus der Küche.
Valdimar konnte nicht genau sagen, ob die Stille am Kaffeetisch als verlegenes Schweigen zu interpretieren war oder ob alle nur in ihr Gebäck vertieft waren. Eggert saß ihm gegenüber, in schneeweißem Hemd, schwarzer Sommerjacke und unter dem Tisch die unvermeidlichen Jeans. Seine graue Mähne, die er lang trug wie eh und je, wucherte um sein Gesicht, und der dichte Schnurrbart schlug Wellen, wenn er kaute. Die Kleine war wieder auf den großväterlichen Schoß geklettert, der älteste Sohn hatte sich neben ihn gesetzt. Valdimar spürte einen winzigen Stich, für den er sich im selben Moment schämte: Kinder rannten ihm nun mal nicht in Scharen hinterher.

»Und, was gibt's bei dir Neues, Eili?«, erkundigte Birta sich jetzt bei Valdimar. Sie war die Einzige, die ihn so nennen durfte.

»Eigentlich nicht besonders viel«, log er. Er hatte seine Familie ja nicht einmal von Drífas Existenz in Kenntnis gesetzt, also hatte es auch wenig Sinn, jetzt davon anzufangen, dass sie nun offenbar endgültig genug von ihm hatte.

»Ja, Magga-Schatz, geh spielen«, sagte Eggert zu der Kleinen und setzte sie auf dem Boden ab. Magga-Schatz, diesen wohlvertrauten Kosenamen aus Eggerts Mund zu hören, rief in Valdimar seltsame Gefühle wach. Keine Bitterkeit, stellte er fest, eher eine Art wehmütige Sehnsucht. Unwillkürlich stellte er sich vor, wie es wäre, wenn seine Mutter jetzt hier mit ihnen am Tisch säße. Er sah zu seinem Vater hinüber, der zweifellos ahnte, was er gerade dachte, denn er sah in eine andere Richtung und räusperte sich verlegen.

»Herzlichen Glückwunsch übrigens«, sagte er dann ins Leere hinein.

»Danke, euch auch!«, antwortete Birta. Valdimar schaute verwirrt in die Runde, bis Birta schließlich darauf kam, dass er überhaupt nicht wusste, worum es ging.

»Aber Eili, heute ist doch Mutters Geburtstag, fünfundfünfzig wäre sie geworden«, sagte sie in gespielt vorwurfsvollem Ton.

Valdimar druckste herum.

»Ach so, natürlich. Glückwunsch.«

Er war überrascht, dass sein Vater sich an dieses Datum erinnerte, aber vielleicht hatte Birta es erwähnt, als sie ihn eingeladen hatte, ihm gegenüber aber nichts davon gesagt.

Die Kuchenschmatzgeräusche waren plötzlich viel lauter als vorher. Ívar beendete das Schweigen.

»Leckere Torte.«

Dem konnten alle nur zustimmen.

Valdimar besaß ein Foto von seiner Mutter, darauf war sie zehn Jahre alt und trug ein Robin-Hood-Kostüm, mit Pfeilen, Bogen und allem Drum und Dran. Das Kostüm selbst gab es noch, es hing irgendwo bei seinem Vater im Schrank, aber er hatte keine Ahnung, was aus Pfeil und Bogen geworden war. Dieses Foto seiner Mutter war sein Lieblingsbild von ihr, spitzbübisch lächelte sie in die Kamera, als sie den Vogelfreien spielte, der für die Rechte der Besitzlosen eintrat und die Ungerechtigkeit hochmütiger Machthaber bekämpfte.

Auf die Ungerechtigkeit im Leben und in der Liebe hatte sie dagegen keine Antwort gewusst und letztendlich den Kürzeren gezogen. Valdimar erinnerte sich an Szenen am Abendbrottisch in der Hverfisgata, wenn sein Vater seine diversen Betthäschen mit nach Hause brachte, die dann kichernd und mit vernebeltem Blick neben ihm am Tisch saßen: zu wenig Schlaf und zu viele Joints. Seine Mutter knallte ihnen das Essen mit derart grimmigem Gesicht auf den Teller, dass Valdimar jedes Mal ganz verängstigt danebensaß und befürchtete, gleich würde etwas Schreckliches passieren. Später wurde ihm klar, dass das

Schreckliche gerade darin bestand, dass eben nichts passierte, dass sie einfach ohne viele Worte zusammen zu Abend aßen, bevor sein Vater und seine Beischläferin sich wieder zurückzogen und die Party weiterging.

Etwas später hatte eine dieser Gespielinnen versucht, Valdimar seine Unschuld abzuluchsen. Mit seinen fünfzehn Jahren hatte er wie ein Löwe kämpfen müssen, um die Bettdecke an ihrem Platz zu halten, konnte aber nicht verhindern, dass sie ihre Hand zwischen seine Oberschenkel schob, um zu sehen, ob »es bei ihm schon was zu fühlen gab«. Sein Vater stand daneben, beobachtete die Prozedur und grölte vor Lachen, diesmal sturzbesoffen und höchst zufrieden mit sich und seinem Leben. Tags darauf sagte er, dieses Mädchen sei immerhin als die »Allmännerschlucht« bekannt, ein echtes Nationalheiligtum eben, und konnte sich nicht erklären, warum sein Sohn sich dieses einmalige Angebot hatte entgehen lassen. »Vögeln musst du in diesem Leben schon selber, mein Junge«, sagte er. Er selbst war, wie er es gerne formulierte, schon mit zwölf »spitz wie Nachbars Lumpi« gewesen.

Aber Valdimar hatte keine Lust auf ein solches Hundeleben, und dass sein Vater seine Frau zu ihren Lebzeiten wie ein Tier behandelt hatte – alles unter dem Deckmantel der freien Liebe –, damit würde er sich nie abfinden können. Seine Eltern waren damals stadtbekannt gewesen, sie waren das coolste Hippiepärchen von Reykjavík und führten, wie sein Vater immer wieder betont hatte, von Anfang an eine »offene und freie« Beziehung. Doch Valdimar wusste genau, dass seine Mutter von dieser angeblichen Freiheit schon lange keinen Gebrauch mehr machte, falls sie das überhaupt je getan hatte, während sein Vater sich einfach auf diese alte Abmachung berief, um dann fröhlich schwanzwedelnd weiterzurammeln und ihre Gefühle links liegen zu lassen. »Das waren nun mal andere Zeiten, Eili!«, war seine Standardrechtfertigung gewesen. Kurz darauf hatte Valdimar, er war knapp zwanzig, den verhassten Vornamen Eilífur abgelegt und sich in der Kirche auf den Namen seines Großvaters Valdimar taufen lassen.

Von seiner Mutter hatte er die Gerechtigkeitsliebe geerbt, das redete er sich zumindest ein, außerdem das eigentümliche Äußere und seinen überaus sensiblen Charakter. Von väterlicher Seite hatte er, sei es vererbt oder erworben, einen Sinn für Individualismus und eine gewisse Unverfrorenheit mitbekommen, die er bedenkenlos einsetzte, um zu Recht und Ordnung in der Welt beizutragen: Während sein Vater es als seine heilige Pflicht ansah, den Kelch der Freiheit hochzuhalten, um ihn dann mit ein paar Kumpels schließlich selber auszutrinken, hatte Valdimar sich sehr bewusst dazu entschieden, der Regellosigkeit dieser Welt die Stirn zu bieten, denn ungezügelte Freiheit, davon war er schon immer überzeugt gewesen, führte zu nichts als Missbrauch und war letztlich für niemanden gut. So gingen sie beide, jeder auf seine Weise, ihren Weg und scherten sich einen Dreck darum, was der andere davon hielt.

Das bedeutete aber nicht, dass Valdimar für den von ihm eingeschlagenen Weg den Segen seines Vaters hatte, und genauso wenig bedeutete es, dass er seinerseits den Lebenswandel seines Vaters billigte. Mittlerweile herrschte zwischen ihnen eine Art Waffenstillstand, der auf der Grundlage von Maggas Selbstmord funktionierte. Valdimar wusste, dass sich sein Vater von diesem Schicksalsschlag nie erholt hatte, auch wenn er auf seine Weise versuchte, damit klarzukommen.

Zuletzt hatte man ihr die Jahre angesehen, obwohl sie noch nicht besonders alt war, aus der coolen Hippiebraut war eine feiste Matrone geworden. Valdimar würde nie den Tag vergessen, an dem sie sich das lange Haar abschneiden ließ, wie zum Zeichen, dass ihre Jugend nun endgültig vorbei war. Sie hatte versucht, dieser Tatsache tapfer ins Auge zu sehen, aber es gelang ihr nicht besonders gut – mit ihrem abgeschnittenen Haar und dem leeren Blick hatte sie ausgesehen wie zum Tode verurteilt.

Auf einmal begann der Schnurrbart auf der andere Seite der Kaffeetafel heftig zu zucken. Eggert kicherte vor sich hin.

»Was hast du denn?«, fragte Birta und musste ebenfalls lächeln.

»Ach, ich musste gerade an das mit der Torte damals an deiner Taufe denken«, gluckste er. Es ging um eine ihrer alten Familienanekdoten, über die sie sich früher, als die Mutter noch lebte, oft zusammen amüsiert hatten, bevor sie in den letzten Jahren dann etwas in Vergessenheit geraten war. Da Ívar die Geschichte noch nicht kannte, fasste Eggert sie für ihn zusammen: An Birtas Taufe hatte Magga eine Torte im Backofen vergessen. Die Feier fand bei ihnen zu Hause statt, und in letzter Minute hatte Magga sich in den Kopf gesetzt, noch einen weiteren Kuchen zu backen, doch auf einmal stand der Pfarrer vor der Tür. Sie vergaß die Torte und kümmerte sich um andere Dinge. Als die eigentliche Taufzeremonie bereits im Gang war, roch es plötzlich ganz fürchterlich verbrannt, und als Magga aufsprang und die Küchentür aufriss, quoll ihr dicker schwarzer Rauch entgegen, woraufhin sich die Gesellschaft auflöste und die Zeremonie vertagt wurde, bis die Wohnung ausgelüftet war.

Birta und ihr Vater lachten, Ívar schmunzelte. Nur Valdimar lachte nicht. Plötzlich überkam ihn das unbezähmbare Verlangen, aufzustehen, zu seinem Vater hinüberzugehen und ihn zu schütteln. Gefühle, die jahrelang in ihm geschlummert hatten, begannen nun zu brodeln und brachen völlig unerwartet aus ihm heraus, so war es ihm seit Ewigkeiten nicht mehr gegangen. Plötzlich hatte er große Lust, die Torte und das übrige Backwerk vom Kaffeetisch zu fegen, auf seinen Vater loszugehen und ihn zu verprügeln, falls er überhaupt gegen ihn ankam, bärenstark, wie er war, aber das Grinsen zumindest würde er ihm von der Backe putzen. »Du musst gerade lachen, du erbärmlicher Idiot«, würde er ihm ins Gesicht brüllen, »du hast sie doch in den Tod getrieben, oder nicht?! Du bist wirklich der Letzte, der hier grinsend wie ein Honigkuchenpferd rumhocken sollte!«

✶

Er hatte sich doch eine Waffel genommen.

»Reichst du mir mal die Marmelade rüber?«, bat er seine Schwester.

»'tschuldige, Eili.«

»Da gibt's nichts zu entschuldigen.«

Die Waffel war sicherlich ausgezeichnet, aber für Valdimar schmeckte sie wie Hundescheiße. Die Atmosphäre am Kaffeetisch war zum Schneiden.

»Wirklich unglaublich, aber euer Kleiner ist schon wieder gewachsen!«, sagte Eggert.

»Ja ja, diese Kinder, die schießen ins Kraut, so schnell kann man gar nicht gucken«, sagte Ívar.

Und dich schieß ich gleich sonst wohin, du Affe, dachte Valdimar. Jetzt hatte ihn diese gottverdammte Marmelade auch noch an die Geschichte erinnert, wie er seinen Vater einmal unter einem Auto vorgezerrt hatte, weil seine Mutter im Keller saß und ein Marmeladenglas nach dem anderen auslöffelte. Valdimar hatte lange nicht mehr an die Zeit gedacht, als der unsägliche Kerl immer an irgendwelchen Scheißkarossen rumschraubte, wenn er sich nicht gerade einen Joint drehte oder durch die Stadt vögelte. Und jetzt saß er hier, grinste über beide Ohren, stopfte sich mit Sahnetorte voll und machte sich über die Frau lustig, die er umgebracht hatte, während die Maden sich durch sie hindurchfraßen, falls außer dem Skelett überhaupt noch etwas von ihr übrig war.

»Kann es sein, dass du ein bisschen schlecht gelaunt bist, Eili?«

»Wer, ich? Äh, nein nein«, antwortete er schnell. Plötzlich empfand er eine tiefe Wärme und Zuneigung für seine Schwester, die es auf sich genommen hatte, das zusammenzuhalten, was sie als ihre Familie bezeichnen musste: Diese beiden Sonderlinge waren alles, was sie vorzuweisen hatte. Ívar dagegen hatte vier Geschwister, alles gesunde und muntere Leute in guten Positionen, dazu zufriedene Eltern, die in ihrem Einfamilienhaus mit Garten hockten, ihren Sohn liebten und ihm sogar diese wunderbare Wohnung hier im Hlíðar-Viertel, mit Fernblick und allem, mitfinanziert hatten. Und da er befürchtete, dass Birta irgendwann genug von seinen Launen haben könnte, beschloss er, dieses ganze grauenvolle Gefühlschaos, das da unversehens in ihm aufgebrochen war, bis auf weiteres auf Eis zu legen. Es war ja keineswegs so, dass es ihm permanent so ging, warum also sollte er sich ausgerechnet jetzt diesen Gefühlen hingeben?

25 *Er war so sanft zu mir, aber er konnte mich auch hart rannehmen, männlich, fordernd und rücksichtslos, er nutzte mich aus und ich genoss es. Es war unbeschreiblich, wenn er auf mir lag und mich überwältigte, ich genoss es, mich zu öffnen und ihm ganz hinzugeben, mich nehmen zu lassen und mich dabei seiner Männlichkeit und Stärke schutzlos auszuliefern. Er war ungeheuer stark dafür, dass er nicht besonders groß war, und es gab mir einen echten Kick, wenn ich ihn seine Triebe an mir austoben ließ. Ich verlangte sogar, er solle alles mit mir machen, was er wollte; ich empfand das keineswegs als Erniedrigung oder Missbrauch, für mich war es ein Teil unserer Liebe und unserer Leidenschaft, alle Schleusen zu öffnen für alles, was kam und noch kommen würde.*

Und dasselbe galt auch für ihn, denke ich, schließlich wäre es vollkommen sinnlos gewesen, wenn ich mich bedingungslos hingegeben hätte und er nicht, wenn er an mir nur seine, wie man sagt, niederen Triebe befriedigt hätte. Aber zum Glück gab es da noch eine andere Seite in ihm, etwas, das ich als feminin bezeichnen würde, obwohl das keine Frage des Geschlechts ist. Er liebte es einfach, sich an mich zu kuscheln, wenn wir endlich mal allein waren. Manchmal hatte er von allem die Nase voll, seine Arbeit machte ihn fertig, die ganze Zeit über, wenn wir zusammen waren, schuftete er wie ein Pferd, und ich bekam das alles hautnah mit. Dann wurde er richtig aggressiv, fiel über mich her und vögelte mich so gründlich durch, dass ich mich unter ihm wand und schrie. Dann wiederum sollte ich über ihn herfallen, genauer gesagt, sollte ihm Schmerzen zufügen; er verlangte Dinge von mir, auf die ich selber nicht im Traum gekommen wäre und die ich bei mir selbst nie zugelassen hätte. Trotzdem war ich mir sicher, dass er meine Grenzen respektierte, denn er kam ihnen zwar oft verdammt nahe, hat sie aber nie überschritten.

Er redete mit mir ganz offen über seine Frau und seine Eheprobleme und versicherte mir, dass er sie noch liebte, aber die Leidenschaft zwischen ihnen war erloschen. Die größte Lebensaufgabe sei doch, das Feuer der Leidenschaft nicht ausgehen zu lassen – »Leidenschaft« schien übrigens eins seiner Lieblingswörter zu sein –, denn ein Leben ohne Leidenschaft, das sei etwas, was er sich überhaupt nicht vorstellen könne. Bevor er mich kannte, gab er zu, habe ihm das große Angst gemacht, er habe jeden Anflug von Leidenschaft bekämpft und in geradezu gefährlichem Maße unterdrückt. Tief in seinem Inneren brodelte es, aber er ließ es nicht zu, sondern bestrafte sich im Stillen für seine Wünsche und Begierden, die er so krampfhaft im Zaum hielt. Bevor es mich gab, habe er seine Frau nur ganz selten betrogen, und ich glaubte ihm das. Er war wie ein Vulkan widersprüchlicher Lust, und nach allem, was er erlebt hatte, muss ich für ihn so eine Art reinigende Naturtherapie gewesen sein, die mit seinem Seelenmüll und dem ganzen Gefühlschaos, das in ihm wütete, ein für alle Mal aufräumte. Sicher, er war in vieler Hinsicht gestört, aber ich war fest davon überzeugt, dass wir, gerade indem wir uns hemmungslos auslebten, eine Art von Unschuld bewahrten und es letztendlich schaffen würden, ihn zu heilen. Das sagte mir mein Gefühl, und ich bin sicher, dass ich damit richtiglag, auch wenn das Ergebnis dieser Heilung dann nicht ganz so ausfiel, wie ich erhofft hatte.

Natürlich litt seine Frau unter Depressionen, zum Teil gab er sich selbst und den Problemen in ihrer Beziehung die Schuld an ihrem Zustand, wobei er, indem er sich diesen Schuh anzog, alles nur noch schlimmer machte. Aber genauso nahm sie es auf ihre Kappe, wenn es ihm schlechtging, und so war zwischen den beiden ein Gefühlswirrwarr entstanden, in dem sich alles um Schuld und Verachtung drehte und es irgendwann nur noch darum ging, den endgültigen Zusammenbruch zu verhindern. Er war sogar dabei, ernsthafte Potenzprobleme zu kriegen, das war, bevor er mich kennenlernte; mir war in dieser Richtung nie etwas aufgefallen, also habe ich ihm anscheinend auch in dieser Hinsicht gutgetan.

Das Sommerhaus seiner Familie war unser Versteck. Am Anfang schien er Probleme damit zu haben, da er diesen Ort mit so vielen Familienerinnerungen verband, teils noch aus seiner Kindheit, als er mit seinen Eltern dort die Ferien verbrachte, und dann aus späteren Zeiten, als er selber eine Familie hatte und das Haus auf ihn übergegangen war. Ich erinnere mich noch gut an unsere erste Fahrt dorthin, er war so bedrückt, dass er am liebsten wieder umgekehrt wäre und mich nicht mal anfassen wollte. Natürlich betrog er sie, indem er mit mir dort hinfuhr, heute verstehe ich das sehr gut. Damals jedoch hat mich seine Sentimentalität nur unendlich genervt, und so habe ich ihm auf dem Weg zum Parkplatz hinauf dann kurzerhand ein Bein gestellt, worauf er auf dem Rücken im Heidekraut landete. Dann warf ich mich auf ihn und nahm durch den Stoff seiner Hose hindurch seinen Schwanz zwischen meine Zähne. Ihm schien das äußerst gut zu gefallen, er streichelte meinen Hinterkopf und bekam sofort eine Latte. Ich hätte nichts lieber getan, als ihm an Ort und Stelle einen zu blasen, und auch er hätte sicher nichts dagegen gehabt, aber die Stelle war von der Straße aus gut sichtbar, so dass er sich auf nichts einlassen wollte. Also gingen wir einfach Hand in Hand zum Sommerhaus zurück. Danach war das Eis gebrochen, aber trotzdem musste er sich jedes Mal überwinden, mich im Ehebett zu ficken.

SONNTAG

26 Gunnar schreckte in aller Herrgottsfrühe aus dem Schlaf und hatte das unbestimmte Gefühl, dass etwas passiert war. Etwas Schreckliches. Zunächst einmal schob er das Gefühl mitsamt seinen übrigen Alkoholfantasien weit von sich, schüttete den Rest aus der Rotweinflasche vom Vorabend in ein Wasserglas und leerte es in einem Zug. Dann ging er Zähne putzen. Das war eins seiner Grundprinzipien: keinen starken Alkohol vor der Mittagszeit. Er betrachtete sich im Badezimmerspiegel wie einen Fremden: das lange aschblonde Haar, das aus unerklärlichen Gründen trotz seines Alters immer noch nicht grau wurde – trotz seines Alters und trotz seines Lebensstils, ergänzte er in Gedanken. Seine alte Selbstverachtung lag ihm so sehr im Blut, dass sie beim kleinsten Anflug von Stress sofort das Ruder übernahm. Und dazu reichte schon der Blick in den Spiegel nach ein paar durchsoffenen Tagen.

Während er sein Leben nach weiteren Gründen durchforstete, sich selbst zu verachten, fiel ihm plötzlich das letzte Telefongespräch wieder ein, und er erstarrte. *Do you love your family?*, hatte der Anrufer gefragt. Zunächst hatte er versucht, das nicht allzu ernst zu nehmen, hatte sich gewissermaßen grinsend neben sich und die Umstände gestellt, nachdem ihm die groteske Tatsache klargeworden war, dass ihm da jemand mit Gewalt gegen seine Angehörigen drohte, zwar zwischen den Zeilen, aber deutlich genug. Er unterdrückte das Verlangen, noch eine Flasche Rotwein aufzumachen, ging ins Wohnzimmer hinüber und rief Hildigunnur an. Sie war sofort am Apparat und meldete sich mit schriller Stimme, was nicht unbedingt dazu beitrug, seine Nervosität zu beruhigen: Keine Spur von dem verschmitzten Charme, hinter dem sie sich sonst so gerne versteckte, nein, diesmal lagen Anspannung und Besorgnis in ihrer Stimme.

»Ist was passiert?«, fragte er ohne Einleitung.

»Ich hoffe, nicht«, antwortete sie weder streng noch ironisch, fast klang sie erleichtert, dass er sich meldete.

»Ja, und?«

»Es ist nur ... wegen Sunneva. Ich weiß nicht, wo sie steckt. Vielleicht bin ich auch nur hysterisch«, fügte sie hinzu, korrigierte sich aber sofort: »Nein. Das ist keine Hysterie. Sie wollte gestern Morgen vorbeikommen und ist nicht aufgetaucht. Ans Telefon geht sie nicht. Und der Hund war auch nicht gefüttert. Ich kann mir einfach nicht erklären, wo sie sein könnte. Ich hab heute Nacht kein Auge zugetan.«

Gunnar versuchte nicht, sie zu beschwichtigen. »Ich komm vorbei«, sagte er einfach.

»Bist du nicht in London?«

»Keine Kohle«, gab er zu. »Ich bin bei meiner Mutter.«

27

»Na, bist du im Þingvellir-Fall schon weitergekommen?«, erkundigte sich Hafliði. Sie saßen sich in seinem Büro gegenüber und teilten die Aufgaben unter sich auf.

»Hm, na ja. Björn ist immer noch bewusstlos, und es ist offenbar auch nicht damit zu rechnen, dass er in nächster Zeit zu sich kommt. Die Frau, die ihn in der Nacht davor angerufen hat, heißt Sunneva Gunnarsdóttir«, sagte Valdimar.

»Ach, wirklich?«, rief Hafliði erstaunt. »Das ist aber merkwürdig.«

»Wieso?«

»Ist das nicht die, bei der am Freitagmorgen eingebrochen wurde? Mit der hab ich doch schon gesprochen.«

»Das ist ja 'n Ding. Wusste doch gleich, das ich den Namen schon mal gehört hatte. Bis jetzt habe ich sie noch nicht erreicht, habe ihr aber eine Nachricht auf dem AB hinterlassen und ihr auf die Mailbox gesprochen, also nehme ich mal an, dass sie sich früher oder später meldet. Wenn wir bis zum Mittag nichts von ihr gehört haben, werde ich versuchen, ihre Eltern oder Geschwister ausfindig zu machen. Glaubst du, es gibt eine Verbindung zwischen den beiden Fällen?«

»Das weiß der Himmel. Wenn nicht, ist es ein ziemlich komischer Zufall. Ihr seid doch nach Þingvellir rausgefahren, oder? Habt ihr vor Ort irgendwas gefunden, das erklären könnte, was da genau abgelaufen ist? Irgendeinen Hinweis darauf, dass er nicht alleine dort war, vielleicht?«

»Nein, um ehrlich zu sein, haben wir verdammt wenig gefunden«, sagte Valdimar zögernd. »Natürlich liegt es nahe, dass Sunneva und Björn sich nach Sunnevas Anruf dort getroffen haben. Mit anderen Worten, wir sollten das Mädchen so schnell wie möglich in die Finger kriegen. Aber angenommen, es war so, ich meine, dass die beiden dort die Nacht verbracht haben, dann wundert mich nur eins: Auf dem Bett im Schlafzimmer war kein Bettzeug, was auch immer das bedeutet. Und auch sonst nichts, was ausdrücklich darauf hindeutet, dass jemand da übernachtet hat.«

»Und was ist mit diesem Jungen, dem Sohn? Wie kam es, dass der dort rumhing?«, fragte Hafliði.

»Dem war es komisch vorgekommen, dass sein Vater mitten in der Nacht fluchtartig das Haus verlassen hat und ab da nicht mehr ans Telefon gegangen ist.«

»Weiß man denn inzwischen, wann sich der Unfall genau ereignet hat? Könnte es nicht sein, dass die beiden, ich meine Vater und Sohn, sich in der Wolle hatten?«, bemerkte Hafliði. »So was soll es ja geben.«

»Da hast du recht«, stimmte Valdimar zu. »Aber vielleicht sollten wir mit solchen voreiligen Schlussfolgerungen noch etwas warten. Schließlich haben wir bisher noch keinen einzigen handfesten Beweis, dass hier überhaupt ein Gewaltverbrechen vorliegt.«

Um die Mittagszeit wählte Valdimar die Nummer von Sunnevas Eltern. Schon nach dem ersten Klingeln wurde abgenommen, eine Frauenstimme atmete tief durch, bevor sie sich meldete.

»Ist Sunneva etwas zugestoßen?«, fragte sie sofort, noch bevor er sich vorgestellt hatte. Valdimar war leicht irritiert.

»Äh ... darüber kann ich nichts sagen. Aber ich würde Ihnen

gerne ein paar Fragen stellen, in einer Angelegenheit, die wir gerade untersuchen. Wie kommen Sie darauf, dass ihr etwas zugestoßen sein könnte?«

»Weil ich vor zehn Minuten bei der Polizei angerufen habe, um sie als vermisst zu melden. Die Beamtin am Telefon hat versprochen, in allen Krankenhäusern nachzufragen, ob sie irgendwo eingeliefert wurde, und da dachte ich, es hätte damit zu tun. Oder geht es vielleicht um den Einbruch bei ihr in der Wohnung? Hat man den Einbrecher mittlerweile geschnappt?«

Valdimar schwieg. Er war nicht sicher, ob Sunneva so begeistert wäre, wenn er ihrer Mutter gegenüber gewisse Details erwähnte, die sie vielleicht lieber für sich behalten hätte. Andererseits war es auffällig, dass die Mutter des Mädchens sich solche Sorgen machte. »Also gut, dann fangen wir mal ganz von vorne an«, sagte er. »Wann haben Sie Ihre Tochter zum letzten Mal gesehen?«

»Am Freitag. Ich hatte sie für gestern Morgen zum Frühstück eingeladen, aber sie ist nicht gekommen. Zuerst dachte ich, sie hätte es sich anders überlegt und nur vergessen abzusagen, obwohl ihr so was gar nicht ähnlich sieht, aber dann habe ich heute Morgen bei ihr in der Arbeit angerufen, und da war sie auch nicht. Sie hat doch diesen Hund, der wäre längst verhungert, wenn ich nicht dort vorbeigegangen wäre und ihn gefüttert hätte. Und zu Hause geschlafen hat sie letzte Nacht auch nicht.«

»Deswegen würde ich nicht gleich das Schlimmste befürchten. Es kommt vor, dass junge Leute woanders übernachten. Es wäre nicht das erste Mal, dass sich Eltern aus solchen Gründen an uns wenden. Im Allgemeinen tauchen die Leute irgendwann von selbst wieder auf.«

»Zuerst hab ich das ja auch gedacht. Aber dann hätte sie doch zumindest dem Hund was zu fressen hingestellt. Sie hätte zum Beispiel die Nachbarn anrufen können, ihre Vermieter, die haben einen Wohnungsschlüssel. Und die Tochter von denen ist ganz vernarrt in diesen Hund, sie darf ihn manchmal zum Gassi-Gehen ausleihen. Das Kind wäre also sicher liebend gerne eingesprungen!«

»Wären die Nachbarn denn zu Hause gewesen?«

»Ja, waren sie. Ich hab dort angerufen. Aber was ... ich meine, um was für eine Angelegenheit geht es hier eigentlich? Ich dachte, Sie ermitteln wegen des Einbruchs?«

Valdimar zögerte. Jetzt musste er ihr doch reinen Wein einschenken. Die Frage war nur, wie viel. Die Frau merkte, wie er herumdruckste, und plötzlich klang ihre Stimme streng.

»Um Himmels willen, jetzt rücken sie doch endlich raus mit der Sprache! Ich habe schließlich ein Recht darauf zu wissen, was hier vor sich geht! Hat meine Tochter vielleicht ein Verbrechen begangen oder was?«

»Nein, nichts dergleichen. Aber wir sind nun mal nicht befugt, jede Information gleich weiterzugeben. Auch dann nicht, wenn es sich, wie in diesem Fall, um Angehörige von Zeugen handelt. Aber bevor Sie sich noch mehr unnötige Sorgen machen, kann ich Ihnen zumindest so viel sagen: Es geht um einen Unfall, für den es keine Zeugen gibt. Und wie es aussieht, hat Sunneva mit dem Betroffenen kurz vorher noch telefoniert.«

»Ein Unfall? Wer ist denn verunglückt?«

Valdimar zögerte wieder. Eigentlich war das schon mehr, als er ihr in diesem Zusammenhang hätte sagen dürfen. Und der Name tat wohl kaum etwas zur Sache.

»Der Mann heißt Björn Einarsson. Kennen Sie ihn?«

»Was, der Björn? Und ob ich den kenne, ziemlich gut sogar. Und der hatte einen Verkehrsunfall, sagen Sie?«

»Nein, einen Verkehrsunfall eigentlich nicht.«

»Sunneva jobbt bei ihm jetzt über den Sommer. Der Anruf hatte sicher mit der Arbeit zu tun.«

»Soso, das ist ja interessant. Sie arbeitet bei ihm im Architekturbüro?«

»Ja, sie studiert auch Architektur. Ist er ernsthaft verletzt?«

»Er hat schwere Kopfverletzungen und ist im Moment immer noch bewusstlos.«

»O mein Gott, wie furchtbar!«, rief sie, beruhigte sich aber sofort wieder. »Nun ja, darüber werden sich jetzt wohl andere den Kopf zerbrechen müssen. Ich habe im Moment meine eigenen Sorgen. Was mich zum Beispiel mehr interessiert, ist, was denn nun in Bezug auf Sunneva geschehen soll. Haben Sie denn nicht vor, sie zu suchen?«

Valdimar versuchte, seinen Ärger darüber zu verbergen, dass diese Frau ihm offenbar vorschreiben wollte, was er zu tun hatte. »Wir wollen mal hoffen«, sagte er so einfühlsam wie möglich, »dass es nicht so weit kommt. Meiner Erfahrung nach lohnt es sich, noch etwas abzuwarten.«

»Meiner Erfahrung nach sollte man das Schicksal nicht herausfordern. Wenn Sie nicht umgehend eine Polizeifahndung einleiten, werde ich die Angelegenheit selbst in die Hand nehmen.«

»Was soll denn das heißen?«, fragte Valdimar, verblüfft über diese plötzliche Anwandlung von Eigenmächtigkeit.

»Das werden Sie schon sehen.«

»Dann werde ich wohl meinen Vorgesetzten informieren müssen.«

»Tun Sie das. Auf Wiederhören«, sagte sie und legte auf.

28 »Bist du jetzt komplett durchgeknallt, oder was?«, rief Hallgrímur und sprang auf.

»Du bist der Einzige, den ich fragen kann. Außer dir weiß ich keinen«, sagte Marteinn und sah seinen Freund an.

»O Mann, ich glaub's nicht! Wie kann man nur auf so eine bescheuerte Scheißidee kommen?!«

Hallgrímur war kalkweiß im Gesicht, Marteinn konnte nicht sagen, ob vor Wut, Empörung oder vielleicht sogar vor Angst. Er selbst zitterte vor Kälte, obwohl die Sonne wärmend auf die Steine dort am Öskjuhlíð schien, wo sie wie so oft zusammensaßen, auch wenn das in letzter Zeit etwas seltener vorkam, besonders, seit Hallgrímur umgezogen war. Marteinn hatte seinen Freund gerade gebeten, ihm dabei zu helfen, Sunneva unter dem Sommerhaus hervorzuholen und fortzuschaffen. Die Leiche konnte und durfte auf gar keinen Fall dort bleiben. Sobald Sunneva als vermisst galt, würde man sich daran erinnern, dass sie in jener Nacht bei seinem Vater angerufen hatte, und der nächste Schritt wäre eine ausgedehnte Polizeifahndung im Sommerhaus und der näheren Umgebung.

»Ich versteh ja, dass du mit dieser Sache lieber nichts zu tun haben willst.«

»Wenn du's genau wissen willst, bin ich Galaxien davon entfernt, mich in so was reinziehen zu lassen, das kannst du dir überhaupt nicht vorstellen. Lass es, Mann! Das ist doch der pure Wahnsinn!«

»Das geht nicht. Ich muss den Job zu Ende bringen. Sorry, dass ich dich gefragt habe, das war unfair. Aber tu mir einen Gefallen und behalt's für dich, ja?«

»Für mich behalten? Was glaubst du denn, wer ich bin? Fuck, fuck, fuck, fuck!!«

Hallgrímur sprang vor Zorn und Hilflosigkeit auf und ab und konnte sich nur mit größter Mühe beherrschen. »Ist dir überhaupt klar, was du da von mir verlangst?«

»Ja. Aber du musst nicht. Das Einzige was du musst, ist den Mund halten.«

»Weißt du was? Du hast doch keine Ahnung, um was du mich da bittest. Keinen blassen, verdammten Schimmer hast du!«

»Dann entschuldige, dass ich davon angefangen habe«, sagte Marteinn. Ihn selbst ließ das Gespräch erstaunlich kalt, er war in erster Linie erleichtert, dass das Schlimmste vorbei war. Was jetzt kam, war nur noch unvermeidliches Nachspiel, und er hatte nicht einmal das Gefühl, dass er jemand damit Unrecht tat. Ganz im Gegenteil. Sunnevas Leiche käme in die Hände ihrer nächsten Angehörigen, ohne dass sein Vater, und ganz besonders seine Mutter, dafür bezahlen müssten.

»Und was machst du, wenn dein Vater wieder zu sich kommt und erzählt, wie es wirklich war?«

»Erstens ist es nicht gesagt, dass er überhaupt jemals wieder zu sich kommt. Leider. Zweitens bin ich nicht mal unbedingt sicher, ob er mitgekriegt hat, dass Sunneva tot ist. Und drittens, auch wenn er offenbar ...«, Marteinn schluckte, bevor er den Satz etwas milder formulierf als geplant zu Ende führte, »auch wenn er etwas getan hat, was er besser nicht getan hätte, dann kann man fast hundertprozentig davon ausgehen, dass er sich nicht daran erinnert. Ganz bestimmt hat er einen Blackout von mindestens ein paar Stunden. Weißt du noch, als ich von dem Auto angefahren wurde, oben im Efstasund? Ich war höchstens eine Minute im Schock oder so, bin dann sogar noch alleine heulend nach Hause gelaufen, so hast du's mir jedenfalls später erzählt. Aber am nächsten Tag wusste ich nicht mal, wie ich heimgekommen war. Wie gesagt, hinterher fehlen dir ein paar Stunden. Und du kannst dir ausrechnen, wie das erst bei schweren Kopfverletzungen sein muss.«

»Du hast dir wohl alles genau zurechtgelegt, was?«, murmelte Hallgrímur.

»Behältst du's nun für dich oder nicht?«, fragte Marteinn leise.

»Jetzt hör endlich auf, mir davon die Ohren vollzusülzen!«, schrie Hallgrímur und war schon wieder kurz davor, die Fassung zu verlieren. »Siehst du mich vielleicht auf die Wache rennen, um dich bei den Bullen anzuschwärzen? Glaubst du im Ernst, ich hätte vor, dich zu verpfeifen? Wie gut kennst du mich eigentlich?«

Marteinn lächelte matt. Er spürte, dass Hallgrímur langsam weich wurde, wie er gehofft hatte.

»Aber dann trägst du die Konsequenzen!«, brüllte Hallgrímur weiter. Sie hörten Schritte auf dem Kiesweg, wahrscheinlich ein Jogger. Marteinn legte den Finger auf die Lippen und Hallgrímur senkte die Stimme. »Ich seh's kommen, zum Schluss bin ich sowieso wieder der, der die Arschkarte gezogen hat. So ist es doch immer.«

»Schwachsinn!«, knurrte Marteinn.

29 Hallgrímur stand auf ewig in Marteinns Schuld. Was auch immer zwischen ihnen vorfiel, es war, als ob Marteinn von vornherein etwas bei ihm guthatte.

Sie hatten sich zu einer Zeit kennengelernt, als Hallgrímur es nicht besonders leicht hatte. Er war ein zurückgebliebener, schmächtiger Knirps, der mit seinen Eltern bis vor kurzem in Schweden gelebt hatte, ein miserables Isländisch redete und sich auch auf Englisch nicht anständig ausdrücken konnte. Natürlich hatte er sofort seinen Stempel weg, und die Ausgrenzung steigerte sich immer mehr, bis die Situation irgendwann völlig aus dem Ruder lief. Der Anführer der Klasse, Axel, hatte damals dafür gesorgt, dass man ihn zweimal in derselben Woche in die Putzmittelkammer eingesperrt hatte. Beim ersten Mal war es noch halbwegs erträglich gewesen, Hallgrímur hatte die Aktion mehr oder weniger als Witz aufgefasst. Er wartete einfach ab, bis man ihn wieder rausließ, weil er nicht damit rechnete, dass sie ihn die nächste Schulstunde verpassen lassen würden. Aber genau das passierte. Ein paar Minuten nach dem Klingeln wurde er allmählich unruhig dort in seinem fensterlosen Verlies, und als er von innen an die Tür hämmerte, kam der Hausmeister angerannt. Der ließ ihn raus und hielt ihm eine Standpauke als hätte er sich dort selber eingeschlossen, und er war zu klein und schüchtern gewesen, um sich zu verteidigen.

Beim nächsten Mal waren es zwei Jungen und ein Mädchen gewesen, die ihn in die Besenkammer stießen. Er hatte sich zwar gewehrt, aber das hatte ihm nichts als eine blutige Nase eingebracht. Dabei hatte er nicht mal einen Schlag ins Gesicht abgekriegt, aber damals kam es oft vor, dass er einfach so aus heiterem Himmel Nasenbluten bekam. Als er spürte, wie sich seine Nasenlöcher mit Blut füllten, legte er unwillkürlich den Kopf in den Nacken, wie man es ihm beigebracht hatte. In diesem Moment wurde die Tür zugeknallt, und er saß allein im Dunkeln. Er tastete nach dem Lichtschalter neben der Tür, fand ihn auch gleich und versuchte Licht zu machen, aber nichts tat sich. Er knipste noch ein paarmal hin und her, aber es war und blieb stockfinster. Blinde, ohnmächtige Wut stieg in ihm auf, so dass ihm für einen Moment fast die Luft wegblieb, und während er sich die Linke vor die Nase presste, bearbeitete er mit der anderen Hand die Tür. Das Klopfen war kaum zu hören, also versuchte er es mit der flachen Hand, aber auch das brachte nicht viel. Er hatte zu weinen angefangen, tastete in der Dunkelheit herum, bekam zuerst den Stiel eines Wischmopps zu fassen, der aber zu lang war, also suchte er weiter und fand schließlich einen schweren Kanister, den er mit voller Kraft gegen die Tür schlug. Das Gefäß zersplitterte, ein Schwall ätzend riechendes Reinigungsmittel spritzte ihm entgegen und lief ihm so beißend in die Augen, dass er Angst hatte, blind zu werden. Er ließ sich auf den Boden sinken und landete in einer Pfütze. Hatte er sich etwa die Hosen vollgepinkelt? Nein, anscheinend nicht, obwohl das dann am Tag darauf behauptet wurde. Er hörte nicht auf, den leeren Kanister gegen die Tür zu donnern, brüllend vor Schmerz und Verzweiflung. Die Zeit schien sich ins Unendliche zu dehnen, und irgendwann begann er zu befürchten, der Schultag könnte zu Ende gehen, ohne dass ihn jemand dort entdeckte. Dann müsste er da drin vor sich hin schmoren, bis die Putzkolonne das nächste Mal hereinkam und ihre Ausrüstung brauchte. Er hatte aufgehört zu brüllen, was er jetzt von sich gab war eher eine Art leises Jaulen. Seine Nase war hoffnungslos verstopft, er hatte rasende Kopfschmerzen und seine Augen brannten wie Feuer, außerdem tobte sein Herz so wild, dass er überzeugt war, gleich sterben zu müssen. Ihm wurde schwindlig und irgendein Zentnergewicht drückte seinen Brustkorb zusammen. Immer noch schlenkerte er mit dem leeren Kanister gegen die Tür. Er wusste, dass auch Kinder herzkrank werden konnten. Dachte an seine Cousine, die mit zehn Jahren gestorben war. Wartete darauf, dass sein Herz einfach stehenblieb. Und dann blieb es tatsächlich stehen. Er merkte nicht, wie er bewusstlos wurde, konnte sich aber daran erinnern, wie er wieder zu sich kam. Sein Herz schien sich etwas beruhigt zu haben, obwohl er immer noch das Gefühl hatte, einen Sandsack auf der Brust liegen zu haben. Schlug mit dem Kanister an die Tür. Machte dann einen Versuch, die Tür mit dem Fuß aufzutreten, schlug sich dabei aber bloß die Ferse wund.

Zuletzt kam der Hausmeister und befreite ihn. Seine wütende Grimasse verschwand sofort, und mit entsetzt aufgerissenen Augen starrte er auf den Jungen, der dort mit blutverschmiertem Gesicht in der Besenkammer kauerte, zitternd, mit rotgeränderten Augen und in einer Wolke aus Putzmittelgestank.

Hallgrímur hatte sich geweigert, irgendwelche Namen zu nennen. Er wollte lieber abwarten und es denen, die ihn so zugerichtet hatten, später selber heimzahlen.

Der Schulrektor hielt eine grimmige Donnerrede vor der gesamten Schülerschaft, aber Hallgrímur hatte nicht das Gefühl, dass das irgendetwas mit ihm zu tun hatte. Es war offensichtlich, wie gern der Rektor sich selber reden hörte, so als komme ihm der Vorfall gerade recht, um Zucht und Ordnung zu predigen. Oder besser gesagt, um so zu tun, als würde er Zucht und Ordnung predigen. Alles drehte sich um den schönen Schein.

So wäre es wahrscheinlich bis in alle Ewigkeiten weitergegangen, wenn Marteinn sich nicht irgendwann eingeschaltet hätte. Hallgrímur hatte sich später oft gefragt, was in ihm damals wohl vorgegangen war.

Ein paar Tage nach dem Abenteuer in der Besenkammer hatten Axel und zwei seiner Kumpels Hallgrímur aufgelauert und ihn bei den Toiletten in eine Ecke getrieben.

»So, mein Kleiner, dann wollen wir dich mal zum Christenmenschen taufen!«, höhnte Axel und baute sich vor ihm auf. In diesem Moment kam Marteinn aus der Klotür. Da standen sie plötzlich Seite an Seite, Marteinn und Hallgrímur, beide klein und schmächtig. Ohne nachzudenken, so schien es zumindest, ging Marteinn schnurstracks auf Axel zu, tat so, als wolle er sich seitlich an ihm vorbeidrücken und verpasste ihm dann einen gut gezielten Tritt zwischen die Beine. Der Junge heulte auf und sackte in sich zusammen, seine Kumpels beugten sich kurz über ihn und wollten dann auf Marteinn losgehen, der aber sprang einfach zur Seite, zwar einen Kopf kleiner, aber dafür flink und beweglich wie ein junger Hund.

»Ich werd euch verpetzen! Ich geh zum Rektor und sage ihm, dass ihr das wart, die Hallgrímur eingesperrt habt! Und dann fliegt ihr alle von der Schule!«

»Wir haben damit nichts zu tun«, knurrte der eine der Jungen, was ausreichte, um den anderen zum Schweigen zu bringen.

»Ich lass euch alle rausschmeißen!«, schrie Marteinn triumphierend. »Ihr seid das nämlich, ihr seid diese Schandflecken, die unsere Schule in Verruf bringen, genau wie es der Rektor gesagt hat!

Um sie herum war ein Grüppchen von Schülern zusammengelaufen, die hofften, dass sie eine Schlägerei zu sehen kriegten. Axel lag immer noch am Boden, die Hände zwischen die Beine geklemmt. Die beiden anderen halfen ihm hoch, und das Dreigestirn zog von dannen. Ein paar Mädels kicherten, irgendwo murmelte jemand »Loser!«

So hatten sie sich kennengelernt. Hallgrímur fing an, sich so oft wie möglich in Marteinns Nähe herumzudrücken, anfangs immer davon überzeugt, dass Marteinn eigentlich keine Lust hatte, sich mit ihm abzugeben, aber das gab sich mit der Zeit. Und eines Tages, als Hallgrímur schon etwas selbstsicherer geworden war, sagte Marteinn plötzlich:

»Scheiße. Ich hab meine Sporttasche unten im Gymnastikraum vergessen. Sag mal Grímur, hast du nicht Lust, sie mir schnell zu holen?«

»Nope. Hol sie dir selber.«

»Ach, und ich dachte, du willst mein Freund sein, war's nicht so?«, entgegnete Marteinn schnippisch, aber ein gebieterischer Unterton in seiner Stimme hatte damals bewirkt, dass Hallgrímur lostrottete und die Tasche holte. Und seitdem, so schien ihm, hatte er diese Tasche schon unzählige Male geholt, auch wenn es mittlerweile längst um ganz andere Dinge ging.

30 Da lag er auf seinem weißen Laken, unendlich ausdruckslos und zugleich stattlich wie die Statue eines schlafenden Gottes, mit dem dunklen, graumelierten Haar und dem exakt getimeten Dreitagebart, so dass es unmöglich war zu sagen, ob er rasiert war oder nicht. Wie sie sich jetzt danach sehnte, dieses Gesicht mit irgendeinem schweren Gegenstand, einem Metzgerbeil oder einem Vorschlaghammer, zu einer blutig grinsenden Hackfleischfratze zu zermalmen, vor der jede Frau, jung oder alt, schreiend davonlaufen würde. »Dann verreck doch, du Hund, wenn es das ist, was du unbedingt willst«, schleuderte sie ihm im Geiste entgegen, »dann lass uns doch hier zurück, mit der ganzen Schuld, der Blamage und allen Konsequenzen deiner miesen Gaunereien und deiner grenzenlosen Geilheit.« Dann brach sie in Tränen aus und küsste seine Fingerspitzen, denn trotz allem liebte sie ihn heiß und innig. Und sie wünschte sich nichts sehnlicher, als dass er die Augen aufschlug, als sei er eben erst davon aufgewacht, dass sie sich an ihn gekuschelt hatte, genau wie früher, damals in ihrem ersten gemeinsamen Frühling, als sie sich in diesen jungen Kerl mit den femininen Zügen verliebt hatte. Ihr Bruder hatte ihn in Akureyri kennengelernt und ihn zuerst für schwul gehalten, aber sie hatte beschlossen, es auf einen Versuch ankommen zu lassen, und einfach drauflosgeflirtet, an diesem warmen Sommertag, als sie sich zu viert ein Ruderboot gemietet hatten und in der Bucht von Akureyri herumgepaddelt waren. Lange war er ihrem aufmunternden Blinzeln ausgewichen, hatte mit flackerndem Blick überall sonstwo hingeschaut, so als wüsste er nicht, wohin mit seinen Augen. Doch dann hatte er schließlich aufgegeben und sie direkt angeschaut, und sie hatte sich in seine Augen versenkt, die genauso spiegelglatt glänzten wie das Wasser im Hafen von Akureyri. Als sie das zu ihm sagte, musste er lachen. »Sind Augen denn nicht immer glatt? Oder hast du schon mal gekräuselte Augen gesehen?«, und sie hatte geantwortet: »Aber niemand hat so spiegelglatte Augen wie du!« Sie erinnerte sich auch, wie sein Blick dann wieder flackerig wurde, als sein Mitbewohner aus dem Wochenendurlaub zurückkam und er sie ihm als »Eva, meine Freundin aus Reykjavík« vorstellte. Da wurde ihr mit einem Mal zweierlei klar: Das eine war, dass sie diesen Jungen jederzeit wieder verlieren konnte, dass er ihr beim geringsten Anlass davonrennen würde wie ein scheuendes Fohlen, und sei es nur aus purer Unsicherheit. Und das andere war, dass sie ihn nie, nie verlieren wollte. Sie vertraute darauf, dass sie ihn in einem gleichmäßigem Abstand wie in einer Art Umlaufbahn um sich herum kreisen lassen könnte, aber sie wusste auch, sobald ihre Anziehungskraft nachließe, würde die Fliehkraft ihn ihr entreißen und weit weg ins Weltall hinausziehen. Sie hatte noch nicht mit allzu vielen Männern geschlafen und keiner von den bisherigen war so rücksichtsvoll mit ihr umgegangen wie er, gleichzeitig benahm er sich ganz natürlich und entspannt. Er schien es nicht nötig zu haben, das anfällige Macho-Image zu kultivieren, das so viele Typen ständig glaubten, ihrer Umwelt um die Ohren hauen zu müssen. Sie verstand, warum ihr Bruder ihn für einen Schwulen gehalten hatte, und fand es zugleich vollkommen abwegig: Kaum einer war so maskulin wie er, keiner der Männer, die sie kannte, war so vollkommen im Einklang mit seinem Körper. Aber gleichzeitig war er extrem schüchtern und zierte sich wie ein wohlerzogenes Fräulein, bis es ernst wurde; dann öffnete er sich wie eine Blüte und gab sich ihr voll und ganz hin. Sie waren noch so jung gewesen damals. Seitdem waren viele gute Jahre vergangen. Anfangs hatte sie ihn manchmal mit einem langen, scharfen Messer in einer Scheide verglichen, wobei sie selbst die Scheide des Messers war, zugleich aber auch das, was das Messer durchtrennte und zerstörte, sobald die Klinge freilag. Sie bekamen einen Jungen, dann ein kleines Mädchen, und sie wurde etwas selbstsicherer, als sie feststellte, wie gut sie darin war, ihr kleines Sonnensystem in Gang zu halten, ihre Anziehungskraft einzusetzen, die sie von Anfang an in sich gespürt hatte und die auf gar keinen Fall nachlassen durfte. Aber irgendwann musste es so kommen: Sie ließ locker, nur für einen einzigen Moment. Das reichte aus. Sie glaubte es fast körperlich zu spüren, wie er davondriftete und auf andere Planeten zuraste. Das war der Anfang vom Ende. Vielleicht hatte sie von vornherein geahnt, dass es nicht leicht werden würde, ihn zu halten. Aber das hier war etwas ganz anderes, dieses Gefühl, wie er sich von ihr löste und sich zu anderen Ufern aufmachte, ohne sie davon wissen zu lassen, ohne ihr die geringste Chance zu geben. Und durch ihren Zusammenbruch hatte sie das, was geschehen war, erst recht besiegelt. An irgendeinem Punkt ihres gemeinsamen Weges war sie von ihm abhängig geworden, und das wurde ihr nun zum Verhängnis. Sie war eine verlöschende, ausgebrannte Sonne, mit der er sogar Mitleid hatte – das Schlimmste, was ein Mann einer Frau antun kann, die ihn liebt. Und während sie immer tiefer stürzte, spürte sie, wie er aufblühte und zu neuem Leben erwachte, wie seine ganze Abgestumpftheit, die demnach ihre Schuld gewesen sein musste, von ihm abfiel. Er hatte aufgehört, das mit ihr zu teilen, was ihn beschäftigte, so wie in Zeiten, als sie noch die Sonne in seinem Leben gewesen war. Das war bevor die messerscharfe Klinge freigelegt wurde und ihr tief ins Fleisch schnitt, während er sich in der Welt der Messerklingen ein neues Leben aufbaute – oder seine Klinge woanders unterbrachte, was von beidem, konnte sie nicht sagen. Jedenfalls teilte er mit ihr nichts mehr von Belang. Sie wusste, dass ihr gemeinsames Leben als solches beendet war, aber er brachte es nicht fertig, einen Schlussstrich zu ziehen, war nicht Manns genug, um sich vor sie hinzustellen und klipp und klar auszusprechen: »Es ist zu Ende.« Stattdessen redete er um den heißen Brei herum, tat sogar, als sei alles in Butter oder zumindest nicht auszuschließen, dass sich alles wieder einrenken ließ – irgendwann, später, wenn es ihm in den Kram passte und er sich wieder beruhigt hatte. Das alles hatte sie von innen heraus aufgezehrt, sie zerfiel zu einem Nichts, war nur noch eine leere Hülle, die Hülle einer Frau, in der nichts anderes mehr Platz hatte als eine verletzte, blutende Liebe, eine Liebe wie eine Krankheit, ein Krebsgeschwür, das ihren Körper und ihre Seele fest in seinen Klauen hatte. All das zog sich schon viel zu lange hin, und es ging ihr immer schlechter. Und anstatt dass sie nun, nachdem etwas Einschneidendes passiert war, vielleicht Erleichterung empfunden hätte, dachte sie nur mit Grausen daran, dass ihr nun plötzlich die Angehörigen-Rolle eines Behinderten zufallen könnte, der sich kaum artikulieren konnte und jetzt ausgerechnet von der Person abhängig geworden war, von der er sich um jeden Preis hatte befreien wollen. Nein, das wäre doch eine zu grausame Rache, dachte sie. Dann würde sie ihn lieber umbringen.

»Hast du gehört?«, sagte sie jetzt laut zu ihm. »Dann würde ich dich lieber umbringen.«

Dort lag er in diesem Krankenhausbett, bewusstlos, flach auf dem Rücken, von Schläuchen umgeben und im sogenannten künstlichen Koma gehalten, doch wie man ihr versichert hatte, nicht in akuter Lebensgefahr.

31 Sie hatte geweint, das sah er sofort. Ihre Augen waren groß und glänzend, und auf ihrem Hals sah man rote Flecken. Hildigunnur war eine gutaussehende Frau in den Vierzigern, mit feiner, sommersprossiger Haut, rotblondem Haar und ausladenden Hüften. Sie trug blaue Jeans und einen flauschigen Wollpullover in fröhlichem Hellrot, so als wolle sie von der Angst ablenken, die ihr ins Gesicht geschrieben stand.

Hafliði stellte sich vor, und sie bat ihn, Platz zu nehmen. Das Wohnzimmer war hell und spärlich möbliert; an den hohen Wänden hingen nur vereinzelte Bilder, alle vom selben Künstler, so schien es Hafliði, großflächige Gemälde mit nackten Menschen, Tieren und Früchten in verschiedenen Konstellationen. Er nahm das Kaffee-Angebot an, damit die Frau sich etwas entspannter fühlte, und entschied sich für einen dunkelbraunen Ledersessel gegenüber einer freistehenden Couch, was er aber sofort bereute, denn der Stuhl gab bei der kleinsten Bewegung ein geräuschvolles Knarren von sich. Hildigunnur kam umgehend zurück und brachte ihm seinen Kaffee in einem kleinen braunen Tässchen, bedeckt von einer Haube aus hellbraunem Milchschaum. Dann setzte sie sich, wie er erwartet hatte, auf das Sofa gegenüber und kam ihm mit der ersten Frage zuvor.

»Wie geht es Björn?«

»Sein Zustand ist offenbar unverändert. Ist Ihre Tochter schon weit mit ihrem Studium?«, erkundigte er sich höflich.

»Ja, sie ist im letzten Studienjahr.«

»Und, kommt sie gut zurecht?«, fragte er weiter. Sie sah ihn forschend an, blieb aber stumm. Hafliði wurde rot und lehnte sich in seinem Sessel nach vorne, aber dabei knarrte es so fürchterlich, dass er noch verlegener wurde.

»Ich versuche bloß, ein paar grundsätzliche Informationen über Sunneva zusammenzutragen«, erklärte er vorwurfsvoll.

»Wann werden Sie anfangen, nach ihr zu suchen?«

»Möchten Sie, dass sofort eine Fahndung eingeleitet wird?«

»Ja.«

»Gut, dann werden wir das tun.«

»Na, Gott sei Dank!«, stieß sie hervor und starrte für einen Moment ins Leere, bevor sie hinzufügte: »Ihr Kollege hat am Telefon erwähnt, dass Sie auch diesen Unfall am Þingvallavatn untersuchen. Hab ich es in der Zeitung richtig gelesen, war es wirklich Björn, der da verunglückt ist?«

»Ja. Björn Einarsson.«

»Und Sie ermitteln also in diesem Fall. Glauben Sie denn, dass … dass Sunnevas Verschwinden in irgendeinem Zusammenhang steht mit dem, was dem armen Björn zugestoßen ist?«

»Das ist nicht auszuschließen«, bestätigte Hafliði. »Zumindest ist da die unbestreitbare Tatsache, dass sie ihn um kurz nach zwei in der besagten Nacht angerufen hat. Und wie es aussieht, ist Björn direkt nach diesem Anruf schnurstracks zu seinem Sommerhaus nach Þingvellir rausgefahren und hat sich kurze Zeit später am Ufer des Sees den Schädel gebrochen.«

»Wie bitte? Sie hat ihn mitten in der Nacht angerufen?«, fragte Hildigunnur erstaunt.

»Ja, ich denke, so war das. Und seitdem haben Sie also, wenn ich es richtig verstehe, von Ihrer Tochter nichts mehr gehört?«

»Genau. Und wie würden Sie sich das erklären?«

»Ich kann mir das überhaupt nicht erklären. Ich hatte gehofft, dass Sie uns helfen könnten, etwas Licht in diese Angelegenheit zu bringen. Zum Beispiel würde mich interessieren, wie eng der Kontakt zwischen Ihren beiden Familien ist. Sie scheinen Björn ja ziemlich gut zu kennen.«

»Ja, er und Gunnar, mein Mann, sind alte Klassenkameraden und seit Jahr und Tag befreundet. Übrigens haben sie bis vor ein paar Jahren auch zusammen dieses Architekturbüro geführt, das Björn noch heute betreibt. Seitdem hat sich unser Kontakt etwas reduziert, aber Sunneva jobbt weiterhin jeden Sommer bei ihm, wie schon damals, als ihr Vater noch zur Firma gehörte.«

»Wie kam es denn, dass diese Zusammenarbeit beendet wurde?«, erkundigte sich Hafliði neugierig.

»Tja, wie es eben so geht. Sie hatten wohl unterschiedliche Vorstellungen in der Schwerpunktsetzung«, sagte sie mit einem Achselzucken. »Björn hat Gunnar ausbezahlt, und kurz darauf hat Gunnar dann sein eigenes Büro aufgemacht.«

»Können Sie sich vorstellen, weshalb Sunneva mitten in der Nacht bei Björn angerufen haben könnte?«

»Nein, tut mir leid. Aber seitdem das Büro in diesem *Sport-World*-Projekt mit drinhängt, ist sozusagen alles möglich.«

Hafliði wollte keine Diskussion vom Zaun brechen, und davon abgesehen schien es ihm ziemlich eindeutig, was dieser Anruf über die Beziehung zwischen Björn und Sunneva verriet. Auch Hildigunnur konnte kaum so unbedarft sein, dass sie nicht ebenfalls genau wusste, was er dachte, selbst wenn sie diese Möglichkeit vielleicht verdrängte. *SportWorld* war ein Projektwettbewerb zum Bau einer Sportanlage, die die größte des Landes werden sollte, ausgeschrieben und finanziert von der Stadt Reykjavík und den angrenzenden Vorortgemeinden, außerdem von einer großen Bank und weiteren Sponsoren. Geplant war eine Sporthalle für Handball und andere Indoor-Sportarten samt einer Leichtathletikanlage, einem Schwimmbad mit Wettkampfmaßen und einem Fußballfeld unter freiem Himmel; außerdem sollte auf demselben Gelände ein Nobel-Sporthotel entstehen.

Nun sollten sich verschiedene Planerteams um Aufträge in den Bereichen Gestaltung und Entwurf, Konstruktion und Statik sowie Verwaltung und Betrieb bewerben, und die von den Kommunen und Sponsoren ausgelobte Preissumme sollte in jährlichen Zahlungen erfolgen. Der Wettbewerb war zwar auf internationaler Ebene ausgeschrieben worden, aber es war bekannt, dass man sich als Bewerber aus dem Inland von vornherein die besseren Chancen ausrechnen konnte.

»Und Sunneva ist also auch an diesem Abenteuer beteiligt?«

»Soweit ich weiß, waren im letzten halben Jahr fast alle Mitarbeiter im Büro rund um die Uhr in dieses Projekt eingespannt«, gab Hildigunnur Auskunft. »Außerdem mussten alle eine sogenannte Geheimhaltungsvereinbarung unterschreiben, schließlich dürfen bei solchen internationalen Projekten während der Planungsphase keine Details nach außen durchsickern.«

»Ach, bevor ich es vergesse: Haben Sie vielleicht ein Foto von Sunneva?«, fragte Hafliði.

Hildigunnur beugte sich nach vorne und griff auf die Ablage unter dem niedrigen Couchtisch zwischen ihnen. Dort lag ein Foto, das sie, wahrscheinlich extra für ihn, auf Glanzpapier ausgedruckt hatte.

»Hier. Das neueste Foto, das ich finden konnte.«

Sunneva schien eine ausgeglichene, glückliche junge Frau zu sein. Sie saß auf einem Esstischstuhl mit hoher Lehne und trug eine weiße Bluse mit weit ausgeschnittenem Kragen. Das rote Haar war dunkler als das ihrer Mutter, überhaupt war sie von beunruhigender Schönheit. Auf dem Foto grinste sie breit in die Kamera, als müsse sie mühsam ein Lachen unterdrücken. Hafliði ging davon aus, dass er später noch Gelegenheit bekommen würde, das Bild genauer zu studieren, legte es auf dem Couchtisch ab und sah zu Hildigunnur hinüber.

»Ist es tatsächlich bisher noch nie vorgekommen, dass Sunneva sich eine Zeitlang nicht gemeldet hat?«

»Nein. Bis vorletztes Jahr hat sie sowieso noch hier gewohnt, und da hat sie mich immer wissen lassen, wo sie war. Hin und wieder hat sie bei ihrem damaligen Freund übernachtet, aber auch dann hat sie vorher immer Bescheid gesagt, weil sie genau wusste, dass ich mir sonst Sorgen mache.«

»Können Sie mir über diesen Freund ein bisschen mehr erzählen?«

»Er heißt Ingi Geir und ist der Sohn unserer Nachbarn hier in der Straße. Das zwischen Sunneva und ihm, das war eine alte Jugendfreundschaft, aber die Beziehung hat nicht funktioniert. Direkt nach dieser Trennung ist Sunneva übrigens hier ausgezogen, da sie keinen großen Wert darauf gelegt hat, weiterhin nur ein paar Meter entfernt von ihm zu wohnen. Ich mag ihn, den guten Ingi, aber er hat sich nie besonders gut damit abfinden können, dass Sunneva mit ihm Schluss gemacht hat. Hat damals zu allen Tages- und Nachtzeiten hier angerufen und so getan, als ob sie nur mal eine Pause voneinander eingelegt hätten.«

»Soso, ja. Diesen Jungen müsste ich mir eventuell mal vornehmen.«

»Das können Sie gerne tun, wenn Sie es für richtig halten, aber es sind jetzt gut zwei Jahre her, dass sie auseinander sind. Als Sunneva nicht mehr hier wohnte, haben seine Anrufe sehr bald aufgehört.«

»Hat Sunneva seitdem keine feste Beziehung mehr gehabt?«

»Nein«, antwortete Hildigunnur bestimmt. »Sie wollte sich ganz auf ihr Studium konzentrieren, manchmal hat sie sogar zum Spaß gesagt, dass sie für einen festen Freund einfach überhaupt keine Zeit hätte.«

»Trinkt sie?«

»Ja, aber nur in Maßen.«

»Ist Ihnen bekannt, dass sie irgendwelche Drogen konsumiert?«

»Nein, und ich bezweifle auch stark, dass sie welche nimmt«, antwortete Hildigunnur mit fester Stimme.

»Leidet sie unter irgendwelchen Krankheiten?«

»Nein.«

»Und nun zu ihrer seelischen Verfassung. Neigt sie vielleicht zu Depressionen? Oder hysterischen Zuständen?«

»Sie mag etwas überspannt sein, aber nicht auf krankhafte Weise. Meistens ist sie ausgeglichen, vielleicht ab und zu ein klein wenig unbeherrscht. Sie ist temperamentvoll, kann beim geringsten Anlass aus der Haut fahren, aber es dauert nie lange, und schon ist sie wieder besänftigt.«

»Hat sie viele Freunde?«

»Ja, sie hat viele Freundinnen und Freunde, daran hat es noch nie gefehlt. Viele der jungen Leute hier aus dem Viertel sind bei uns ein und aus gegangen, und ihre beste Freundin kennt sie seit ihrer frühesten Kindheit.«

»Wie heißt diese Freundin?«

»Sie heißt Rúna. Die ganze Schulzeit über waren sie Klassenkameradinnen, bis zum Studium. Mittlerweile studiert Rúna Biologie.«

»Vielleicht sollte ich mir die Telefonnummer notieren«, sagte Hafliði. Sicher konnte es nicht schaden, mit dem Mädel ein paar Worte zu wechseln. Wenn er sich ein genaueres Bild von Sunneva machen wollte, sollte er sich nicht ausschließlich auf das verlassen, was ihre Mutter sagte.

»Kein Problem. Ich glaube, ich hab sie sogar hier in meinem Handy.«

»Haben Sie vielleicht bemerkt, dass Sunneva in letzter Zeit irgendwie verändert schien im Vergleich zu sonst?«, fragte Hafliði, nachdem sie die Nummer gefunden und ihm diktiert hatte. Hildigunnur musterte ihn mit finsterem Blick. Wie sorgfältig er seine Worte auch wählte, immer schwebte der unausgesprochene Verdacht im Raum, dass Sunneva sich etwas angetan haben könnte. Es war wie ein giftiger Dampf, den keiner von ihnen einatmen wollte.

»Sie ist nicht depressiv, meine Sunneva!«, sagte Hildigunnur mit fester Stimme.

»Ist der Hund eigentlich noch in der Wohnung?«, wollte Hafliði plötzlich wissen. Er fand, es wurde Zeit, sich dort mal umzuschauen, und da konnte der Hund zum Problem werden.

»Nein, ich habe ihn mit hierher genommen«, antwortete sie mit einem leichten Zittern in der Stimme. »Da unten liegt er.«

»Dürften wir uns in der Wohnung vielleicht mal umsehen? Am besten wäre es ja, ich würde einfach den Schlüssel mitnehmen.«

»Selbstverständlich!« Sie stand auf und ging zu einer antiken Kommode hinüber, die unter einem Spiegel an der Wand hinter dem Sofa stand. Sie zog die oberste Schublade auf und fing an, darin zu kramen. Der Spiegel war im selben antiken Stil gehalten wie die Kommode und so befestigt, dass er mit dem oberen Rand schräg von der Wand abstand. Von seinem Platz aus konnte Hafliði die obere Hälfte von Hildigunnurs Gesicht im Spiegel beobachten; ihre Maske war gefallen, sobald sie sich von ihm weggedreht hatte, nun war ihr Gesicht von stummer Verzweiflung verzerrt. Hafliði rutschte in seinem Stuhl hin und her, was erneut ein lautes Knarren hervorrief, und einen Moment lang trafen sich ihre Blicke im Spiegel. Als sie sich wieder zu ihm umdrehte, hatte sie ihre Gesichtszüge fest im Griff.

32 In den letzten zwei Jahren schien Gunnars Leben immer mehr aus dem Ruder zu laufen, und schuld an allen diesen Schicksalsschlägen war niemand anders als Björn. Alles hatte damit angefangen, dass man ihn aus seiner eigenen Firma, seinem Architekturbüro *Kunst am Bau*, herausgedrängt hatte, und zwar mit einer Begründung, die er bis heute nicht akzeptieren konnte. Zugegeben, er hatte die Firma als Deckmantel benutzt, seine Sauftouren ins Ausland zu finanzieren, aber er hatte angeboten, alles zurückzuzahlen, um Geld ging es also nicht. Sicher, er war auch in unmöglicher Verfassung bei der Arbeit erschienen, aber hatte er nicht verdammt noch mal versprochen, sich in Zukunft zusammenzureißen, und sogar angeboten, eine Therapie zu machen? Und dann *war* er ja auch in Therapie gewesen, um Björn zu beweisen, dass es vollkommen unnötig war, den Betrieb auseinanderzureißen. Aber als Björn nicht einen Millimeter nachgeben wollte, hatte Gunnar, obwohl er wusste, dass er Björn damit im Grunde rechtgab, sich danach umso mehr gehen lassen. Björn hatte ihn vor zwei Alternativen gestellt: Entweder würde er Gunnar aus der Firma ausbezahlen oder aber seinen eigenen Anteil verkaufen, entweder an Gunnar selbst, falls der interessiert wäre, oder an jemand anderen. Björn wusste zu diesem Zeitpunkt sehr gut, dass Gunnar nicht in der Lage gewesen wäre, ihn auszubezahlen, also würde er verkaufen, daran zweifelte er keine Minute. Leider war es ihm aber damals nicht gelungen, die Gunst der Stunde zu nutzen und noch mal ganz von vorne anzufangen. Gewiss, anfangs ließ sich die Sache vielversprechend an: Er engagierte ein paar fähige Leute, einen jungen Architekten, einen technischen Zeichner und eine Bürokraft, aber schon bald ging alles drunter und drüber. Es war, als hätte niemand mehr Vertrauen in ihn, er bekam kaum neue Aufträge, stürzte immer öfter ab, erschien morgens verkatert im Büro und fuhr wegen allem und jedem aus der Haut. Die Schulden häuften sich wieder an, und nach und nach schien alles, auch wenn er das nicht verdient hatte, komplett aus dem Ruder zu laufen. Innerhalb von zwei Jahren hatte er es geschafft, sich finanziell zugrunde zu richten, und stand kurz vor dem Bankrott. Bei Björn dagegen liefen die Geschäfte bald ausgezeichnet, und *Kunst am Bau* blühte und expandierte wie nie zuvor.

Vor gut vier Wochen war Sunneva an einem Samstagabend, wie so oft, zum Essen gekommen. Sie war munter, fast aufgekratzt gewesen und wirkte ungeheuer stolz. In der Woche zuvor waren die Ergebnisse der ersten Auswahlrunde für Gestaltung und Entwurf im *SportWorld*-Projekt bekanntgegeben worden, und das Gestaltungs-Team von *Kunst am Bau* arbeitete mit dem einzigen isländischen von insgesamt vier Bewerbern zusammen, die im Kampf um den entscheidenden Auftrag noch im Rennen waren. Sunnevas Augen leuchteten. Seit Beginn ihres Architekturstudiums hatte sie jeden einzelnen Sommer in der Firma verbracht. Das hatte sich auch nach dem Ausscheiden ihres Vaters nicht geändert, und so konnte sie dieses Ergebnis auch als ihren eigenen Sieg verbuchen. Sie hatte ihren Teil dazu beigetragen, dass die Firma nun solche durchschlagenden Erfolge erzielte.

Natürlich war Gunnar furchtbar neugierig, aber Sunneva hatte ihren Schweigevertrag unterschrieben und durfte über die Gestaltungspläne nichts sagen. Nach dem Abendessen köpften sie noch eine weitere Flasche Rotwein und setzten sich zu zweit hinaus in die Gartenlaube, während Hildigunnur die Küche aufräumte und die beiden Geschwister vor dem Fernseher verschwanden. Bei Gunnar steckte nichts anderes als ehrliches Interesse und Freude über den Erfolg seiner Tochter dahinter, als er sie über die Bewerbung löcherte und schließlich dazu brachte, ihr Schweigegelübde zu brechen. Ihm entging nicht das Funkeln, das in ihren Augen aufblitzte, als sie Björns Namen erwähnte.

Später, nach einem dreitägigen Dauerbesäufnis auf einer Architektenkonferenz in Rotterdam, brannten bei ihm dann allerdings endgültig die Sicherungen durch, und eine ganze Nacht lang faselte er irgend etwas über Verrat, Gerüchte, Geld, Gerechtigkeit, unverzeihliche Verbrechen und gerechte Strafe. Draußen wurde es schon wieder hell, und in dem grünlichen Dämmerlicht, das durch die Vorhänge sickerte und sein Hotelzimmer in ein eigentümliches, fremdartiges Licht tauchte, bekam er plötzlich so was wie Halluzinationen und nahm alles um sich herum nur noch wie in Zeitlupe wahr. Wie so oft starrte er auf seine Handflächen und Unterarme, und auch jetzt konnte er es kaum glauben, dass diese aufgedunsenen Hände mit den geschwollenen Adern, die sich seine Arme hinaufschlängelten, wirklich seine eigenen waren.

Der Gedanke hatte schon lange in den Tiefen seines Bewusstseins geschlummert, doch plötzlich war er da, trat voll ausgereift an die Oberfläche, ohne dass er ihn zu Ende denken musste. An diesem Morgen war er mit einem spanischen Architekten namens Navarro ins Gespräch gekommen, einem schwarzhaarigen, schlanken Andalusier um die vierzig, der einen hellen Leinenanzug trug und für einen japanischen Bautechnologie-Konzern arbeitete. Dieser sei gerade dabei, sich auf dem europäischen Markt zu behaupten, und habe kürzlich bei einem Projekt-Wettbewerb für den Bau einer Sportanlage in Island einen Entwurf eingereicht. Navarro staunte nicht schlecht, als Gunnar sich als der Gründer des Unternehmens vorstellte, das den isländischen Gegenvorschlag konzipiert hatte, und er außerdem erwähnte, dass seine Tochter dort arbeite. Der Spanier war sofort furchtbar neugierig, aber Gunnar grinste nur, als er versuchte, Näheres über den isländischen Entwurf herauszubekommen. Navarro grinste zurück, schließlich wusste er ebenso gut, dass es gerade jetzt absolut darauf ankam, die eigenen Pläne vor den Mitbewerbern geheim zu halten.

Ob es nun Zufall war oder nicht, beim Abendessen landete Navarro an Gunnars Tisch. Er erwähnte den Wettbewerb jedoch mit keinem Wort, in dieser Hinsicht konnte man ihm nichts vorwerfen. Vielmehr war es Gunnar selbst, der das Thema wieder aufs Tapet brachte und sich derart in Fahrt redete, bis er jenen aberwitzigen Vorschlag aussprach, der schon lange in ihm geschwelt hatte wie eine lauernde Giftschlange, die nur auf die Gelegenheit wartet, zuzubeißen.

»Glauben Sie, dass es die Japaner interessieren könnte, welche Zahlen die Isländer bei ihren Berechnungen zugrunde gelegt haben?«, fragte er und lehnte sich zu Navarro hinüber.

»Selbstverständlich. Sie glauben, dass die Einheimischen da einen Vorsprung haben«, antwortete der Spanier grinsend. »Und außerdem glauben sie, dass die Jury ihren Landsleuten gewisse Details über ihre ausländischen Konkurrenten zuspielt«, fügte er hinzu.

»Ich gehe mal davon aus, dass sie nicht abgeneigt wären, wenn jemand ihnen interne Informationen über das isländische Angebot zum Kauf anbieten würde«, sagte Gunnar und brach in schallendes Gelächter aus. Navarro lächelte mit höflicher Zustimmung, aber das Lächeln reichte nicht sehr weit, und er musterte Gunnar mit unverhohlenem Misstrauen.

»Ich bin sicher, sie würden das durchaus vergolden«, entgegnete er, und sein Blick fing an zu flackern. »Soll ich vielleicht ausfindig machen, wie groß das Interesse an so etwas wäre?« Dann murmelte er erklärend und eher zu sich selbst: »In Dollar gemessen, meine ich.«

Gunnar lachte wieder, aber diesmal etwas verhaltener. Er spürte, wie ein kalter Schweißtropfen zwischen seinen Schulterblättern hinunterlief.

»Warum nicht? Schaden kann es jedenfalls kaum.«

»Das müssen Sie selber wissen«, entgegnete Navarro nachdenklich. »An Ihrer Stelle würde ich mit den Japanern keine Spielchen veranstalten. Die haben nicht den Humor für so was.«

Beide schwiegen einen Moment. Eine junge holländische Kollegin, die es offensichtlich auf Navarro abgesehen hatte, setzte sich auf den freien Platz neben Gunnar. Als sein Sitznachbar, ein norwegischer Architekt, kurz zuvor aufgestanden und gegangen war, hatte das Mädchen offenbar die Lage gepeilt und blitzschnell zugeschlagen. Navarro bedachte sie mit einem charmanten Lächeln und brachte das Gespräch auf andere Themen; über das Sportanlagen-Projekt fiel kein Wort mehr. Gunnar wartete vergeblich auf eine Gelegenheit, sich wieder in die Unterhaltung einzuklinken. Er fand aber aus irgendeinem Grund nicht die richtigen Worte, sondern warf Navarro nur einen hilfesuchenden Blick zu, als der sich wenig später vom Tisch erhob und, die Holländerin im Schlepptau, die Bar ansteuerte. Gunnar hoffte inständig, er würde sein Zeichen richtig interpretieren, aber der Spanier hatte sich wieder hinter seinem weltmännischen Lächeln verschanzt und blinzelte ihm nur beiläufig zu, während er von dannen zog.

Am nächsten Morgen fand er ein ununterschriebenes Papier vor, einen weißen Zettel, auf dem nichts weiter notiert war als die Zahl 250 000. Er überschlug die Summe im Kopf und kam zu dem Ergebnis, dass das, falls Dollar gemeint waren, etwa achtzehn Millionen isländischer Kronen entsprach. Plötzlich überfielen ihn Zweifel: In was für ein Fahrwasser hatte er sich da eigentlich begeben? Er beschloss, die Sache stillschweigend auf sich beruhen zu lassen, blieb den Rest des Tages wie auch den darauffolgenden auf seinem Hotelzimmer und ging auch nicht ans Telefon.

Zehn Tage später bekam er zu seinem grenzenlosen Entsetzen eine E-Mail mit folgendem Wortlaut: *Your offer is accepted. We pay half now and the rest on delivery.* Als er später sein Handy einschaltete, fand er, wie immer bei größeren Transaktionen, eine SMS von seiner Bank. Die Japaner hatte ihm zehn Millionen auf sein Konto überwiesen. Diesen Betrag hatte die Bank bereits automatisch mit seinen noch ausstehenden Schulden verrechnet, wie Gunnar es mit seinem Kundenberater vereinbart hatte.

»Ach Sunneva«, seufzte Gunnar laut, als er dort in ihrem alten Kinderzimmer auf der Bettkante saß. »Das wird schon gut gehen. Ich bin sicher, das regelt sich. Sag ihnen einfach alles, was sie wissen wollen, mein Schatz. Bitte. Mach das einfach. Ich weiß, dass ich einen Riesenfehler gemacht habe, aber es ist nun mal nicht mehr zu ändern.«

33 Hananda Nau war völlig neben der Spur, mehr als er, wenn er sich recht erinnerte, jemals in seinem Leben gewesen war. Er hatte einen Job zu erledigen und wusste nicht, wie er ihn anpacken sollte, er hatte keinerlei Ideen. Und auch die Gewissheit, dass sich alle Hindernisse überwinden ließen, die ihn von seinen Zielen trennten, verschaffte ihm keinerlei Motivation. Die Sache neulich war ein überaus einschneidendes Erlebnis für ihn gewesen, und nun bereute er es beinahe, den Jungen gerettet zu haben. Das Gefühl, diesen kleinen, schlaffen Körper in seinen Armen zu halten, den er da aus dem Wasser gefischt hatte und der so viel leichter war als die meisten der Waffen, die er im Laufe seiner Karriere mit sich herumgetragen hatte, verfolgte ihn. Auf einmal war der Gedanke in ihm aufgeblitzt, dass er genauso gut der Vater des Jungen sein könnte. Als die Mutter auf ihn zugelaufen war, um ihren Sohn nach seinem Ausflug ins Reich der Toten wieder in Empfang zu nehmen, hatte er einen unwiderstehlichen Drang verspürt, ihn so fest wie möglich zu umklammern und nie mehr herzugeben. Irgendwie kam es ihm so vor, dass der Junge ihm mehr gehörte als ihr, ihm, der ihn den Fängen des Todes entrissen hatte. Die asiatischen Gesichtszüge des Kindes hatten vielleicht dazu beigetragen, diesen Trugschluss noch zu verstärken, aber er hatte allen Ernstes das Gefühl gehabt, einen lange verloren Sohn im Arm zu halten – er, dem die bloße Vorstellung, einmal

Nachkommen zu zeugen, von jeher so unerträglich gewesen war, dass es ihm manchmal fast Ekel bereitete, seinen Schwanz in eine Scheide zu stecken. Er bekam dabei oft ein regelrechtes Beklemmungsgefühl, das er bei anderen sexuellen Praktiken nie erlebte. So genoss er es beispielsweise, eine schöne Frau zwischen seinen Beinen zu haben und ihr direkt ins Gesicht zu schauen. Ein Gesicht mit einem unwiderstehlichen Schmollmund war etwas, wofür er bereit war viel Geld hinzublättern, was er auch ohne zu zögern tat.

Als er dort in seinem Hotelzimmer auf dem ordentlich gemachten Bett saß, versuchte er sich vorzustellen, welche Unmengen von Sperma er im Lauf der Jahre schon verspritzt hatte, und plötzlich fragte er sich, wie viele Kinder er jetzt wohl schon hätte, wenn jeder einzelne dieser Ergüsse auf eine fruchtbare Eizelle getroffen wäre. Ihm wurde schwindlig. Der Schweiß brach ihm aus. Er stellte sich vor, dass er auf einer Frau läge, mit dem Schwanz genau an der richtigen Stelle in ihr und ohne jede Verhütung, und stellte verwundert fest, dass diese Vorstellung gar nicht so unangenehm war. Er legte die Fingerspitzen auf seine Augenlider, wie er es manchmal tat, wenn er einen klaren Gedanken fassen wollte, presste die Fingerkuppen von Zeige- und Mittelfinger fest auf seine Augäpfel, bis seine Augen schmerzten. Dann ließ er los, schlug die Augen auf und versuchte, seinen Blick wieder scharf zu stellen. Den Brennpunkt seiner Gedanken fand er allerdings nicht, er war noch genauso verstört wie vorher. Da beschloss er, einen Gang an der frischen Luft zu machen und zu sehen, ob sich das nicht wieder einrenken ließ.

Diesmal begrüßte das Mädchen am Empfangsschalter ihn mit ihrem breitesten Sonntagslächeln.

»Meinen Glückwunsch, Mister Nau. Sie sind ja der Held des Tages!«, rief sie, als sie die Zimmerschlüssel entgegennahm. Für einen Moment traute der Porzellanjüngling seinen Ohren nicht und starrte sie an, als sei sie nicht ganz zurechnungsfähig.

»Haben Sie denn die Zeitung von heute noch nicht gesehen?«, fragte sie, als ihr klar wurde, dass er nicht wusste, wovon sie sprach. Sie griff nach einer Zeitung, die vor ihr lag. Er brauchte die Headline gar nicht zu verstehen um zu wissen, wovon der Aufmacher handelte. Auf dem Foto stand er neben der Mutter, die das Kind im Arm hielt, das er vor dem Ertrinken gerettet hatte. Die Frau sah ihn mit tränenfeuchten Augen an, während er entgeistert in Richtung Kamera blickte – der Fotograf oder die Redaktion hatte das zweite Foto ausgewählt. Er war so verwirrt, dass er sich nicht einmal über seine eigene höchst unprofessionelle Vorgehensweise ärgerte – sich in eine Situation hineinzulavieren, die ihn mitten in einem Auftrag auf die Titelseite einer Tageszeitung brachte.

Er verließ das Hotel, schlenderte hinunter an den Tjörn und von dort aus weiter. Es war schon spät am Tag, der Abendhimmel strahlte in leuchtendem Blau. Er blickte auf das spiegelglatte, glänzende Meer hinaus und spazierte dann gemütlich den Pfad entlang, der zwischen den hoch aufgetürmten Gesteinsbrocken hindurch der felsigen Uferlinie folgte. Nach einer Weile stieß er auf mehrere riesige, glatt geschliffene Steine, die sich in ihrer Farbe von den übrigen Felsen abhoben; sie waren rötlich und glatt, jeder einzelne von ihnen wog gut und gerne ein paar Tonnen. Hananda Nau strich über ihre weich und unregelmäßig geformte Oberfläche; sie hatten etwas Asiatisches, etwas, das ihn vage an sein Heimatland erinnerte. Auf einem Schild direkt daneben war zu lesen, dass die Steine in China zurechtgeschliffen worden waren und zum Werk eines Künstlers gehörten, der damit etwas ausdrücken wollte, was er nicht verstand. Ein paar Minuten blieb er dort stehen und versuchte, alle anderen Grübeleien aus seinem Kopf zu verbannen.

Er hatte die Fähigkeit, sich stundenlang in absolutem Schweigen einer Art Trancezustand hinzugeben, aber gleichzeitig glasklar wahrzunehmen, was um ihn herum vorging. Einer seiner festen Kunden war einmal von einem russischen

Finanzmagnaten übers Ohr gehauen worden, der einen guten Draht zur dortigen Mafia hatte. Der Kunde hatte Mister Nau um einen Termin gebeten und ihn um Rat gefragt. Bei einer Partie im privaten Billard-Salon des Kunden hatten sie Kriegsrat gehalten, denn dieser war hin- und hergerissen: Sollte er ein Vermögen investieren und die Dienste gewisser russischer Dunkelmänner in Anspruch nehmen, die genügend Geld und Einfluss hatten, dem Finanzmagnaten eine Abreibung zu verpassen, an die er noch lange denken würde, oder sollte er die Sache stillschweigend auf sich beruhen lassen? Von Letzterem riet der Porzellanjüngling von vornherein ab, damit sei der Ärger schon vorprogrammiert. Er bat ihn aber, noch abzuwarten, bevor er die Russen anheuern würde, um die Sache noch einmal zu überdenken. Als die Männer sich am Schluss der Unterredung die Hand schüttelten, hatte der Porzellanjüngling einen seiner kreativen Einfälle, für die er so berühmt war.

Eine Woche später saß er in einer Jagdhütte in einem der nördlichsten Landstriche Russlands, einen Zigarrenschneider im rechten Strickfäustling. Das Haus war abgedunkelt und ungeheizt, obwohl im offenen Kamin ein Stapel Feuerholz bereitlag, den man nur noch in Brand zu stecken brauchte. Seit acht Stunden saß er dort regungslos am Fenster in seinem schneeweißen, daunengefütterten Polaranzug, als sich am Horizont sechs schwarze Punkte abzeichneten, und bald darauf war auch das Summen von Motorschlitten zu hören. Bärenjagd war in diesem Gebiet streng verboten, doch genau das war wohl die Attraktion für die Wirtschaftselite, die Jahr für Jahr anreiste, um sich ebendiesem Sport zu widmen, der als nicht ungefährlich galt; doch gerade deshalb stellte er für die Top Ten aus Wirtschaft und Kommerz eine besondere Herausforderung dar. Diese Jagdexpedition jedoch sollte die gefährlichste aller Zeiten werden. Wie der Porzellanjüngling erwartet hatte, war es einer der beiden Leibwächter, der als Erster den Eingang erreichte. Er selber stand unsichtbar hinter der Tür und schnaubte verächtlich, als er sah, wie der Mann lachend und vollkommen unbewaffnet in die Hütte trat. Während sich der nächste auf dem Treppenabsatz den Schnee von den Schuhen stapfte, tat er zweierlei: Mit der rechten Hand verpasste er dem Leibwächter einen Pfeil in den Oberschenkel, präpariert mit einem Gift, das selbst Großwild innerhalb von Sekunden in den Tiefschlaf versetzte. Der Mann konnte gerade noch erstaunt aufstöhnen, bevor er schlaff in sich zusammensackte. Mit der linken Hand packte der Porzellanjüngling den nächsten am Arm – wie sich später herausstellte, der Bruder des Wirtschaftsbonzen, ohne dass das dabei von Bedeutung gewesen wäre – und hielt ihn im eisernen Klammergriff, während er die Sicherheitskette wieder einhakte, die dafür sorgte, dass sich die Tür nicht weiter als etwa zwanzig Zentimeter öffnen ließ. Dann ließ er blitzschnell eine Handschelle um das Handgelenk des vor Schreck erstarrten Mannes zuschnappen, deren Gegenstück bereits an einem fest in der Wand verschraubten Haken hing, riss ihm den Fäustling herunter und trennte ihm den kleinen Finger ab. Danach stülpte er dem vor Schmerz brüllenden Mann den Handschuh wieder über und steckte den bluttriefenden Finger in ein kleines Etui, das er sorgfältig verschloss und in die Tasche seiner Jeans gleiten ließ. Zwanzig Sekunden darauf hangelte er sich aus dem Fenster an der Rückwand der Hütte, und einen Moment später glitt er auf seinen weißen Langlaufskiern, den Wind im Rücken, in rasender Fahrt davon und verschwand im dichten Schneegestöber. Unterdessen hatten die Jagdgenossen des fingeramputierten Mannes begonnen, mit ihren Jagdflinten auf die Tür zu schießen. Hoffentlich fliegt dem armen Leibwächter jetzt nicht auch noch eine Gewehrkugel um die Ohren, dachte der Porzellanjüngling, dann war er außer Sichtweite. Eine Viertelstunde später sprach er ein paar knappe Sätze in sein Satellitentelefon, bevor er das weiße Tarnsegel von seinem Privathubschrauber zog. Kurz darauf traf beim Direktor einer Start-up-Firma auf dem russischen Mobilfunkmarkt folgende

Nachricht ein: »*Beim nächsten Mal bleibt es nicht bei einem Finger. Das Krankenhaus in Murmansk leistet in solchen Fällen exzellente Arbeit. Zahlen Sie, bevor es zu spät ist.*«

So hatte der Porzellanjüngling dank seiner fantasievollen beruflichen Methoden und seiner anschließenden Kulanz dem Kunden schließlich zu seinem Recht verholfen. Obwohl er im Zweifelsfall auch nicht gezögert hätte, seine Drohung wahr zu machen und dem Finger auch das Zeugungsorgan folgen zu lassen. Aber jetzt hatte er das Gefühl, dass er nicht einmal mehr zu solchen unbedeutenden Kleinigkeiten wie dem Abtrennen von Weichteilen fähig war. Er dachte an den Herzschlag des kleinen Jungen: Wie das Herz eines kleinen Vogels hatte es sich angefühlt, als er ihn ans Ufer trug, so lebendig und kostbar und gleichzeitig so zart und zerbrechlich. Er strich über den spiegelglatten, rundlichen Stein, und auf einmal traf ihn der Gedanke wie ein Blitz, dass er aufhören würde, Menschen zu töten. Aber anstatt dass ihm diese Vorstellung Angst oder Unbehagen verursachte oder einen dröhnenden Lachanfall auslöste, empfand er plötzlich ein tiefes Glücksgefühl, und eine wohlige Wärme breitete sich in ihm aus, als habe sich ein Schwall heißes Wasser über ihn ergossen und ihm das Herz gewärmt.

34 Seine Eltern legten größten Wert darauf, um Punkt sechs Uhr zu Abend zu essen, und zwar wegen der Radionachrichten, die sein Vater auf keinen Fall verpassen wollte. Früher waren die Nachrichten noch eine Stunde später gesendet worden, da hatten sie um sieben gegessen. Ingi hatte einige Versuche unternommen, sich gegen diese Änderung aufzulehnen. Er hatte es albern gefunden, sein Leben nach dem Programm eines Radiosenders auszurichten und sich die Grundelemente des Alltags wie die eigenen Essenszeiten durch die Entscheidungen anderer vorschreiben zu lassen. Er hatte sogar angeboten, die Sechs-Uhr-Nachrichten aufzunehmen und sie um sieben wieder abzuspielen, damit müssten doch eigentlich alle zufrieden sein. Aber die Eltern hatten nur den Kopf geschüttelt und seinen Vorschlag absurd gefunden. Mittlerweile konnte man die Nachrichten jederzeit im Internet abrufen, und er hatte vorgeschlagen, das Abendessen wieder auf sieben Uhr zu verlegen und dabei die Nachrichtensendung zu hören, er würde einfach ein paar Lautsprecher an seinen Computer anschließen und das Kabel bis zum Esstisch in der Küche verlegen, aber auch das fand überhaupt keinen Anklang. »Du denkst mal wieder nicht mit, mein Lieber«, hatte sein Vater gesagt. »Um sieben kommen doch die Fernsehnachrichten.« Wozu eigentlich brauchten sie die Nachrichten zweimal, zuerst im Radio und dann noch mal im Fernsehen? Auf beiden verdammten Sendern? Das hatte Ingi nie verstanden, und immer, wenn er versuchte, diesen Punkt zu diskutieren, kam dieselbe alte Leier: »Du wirst dich wohl damit abfinden müssen, dass unsere Welt sich verändert und wir alle uns an diese Veränderungen anpassen müssen.« Dann sahen sie ihn an, seine Mutter mit besorgtem, sein Vater mit strengem Blick, aber beide so, als warteten sie förmlich darauf, dass im nächsten Moment über seinem Kopf eine Glühbirne aufleuchten und er aufspringen und rufen würde: »Prima Idee! Ab jetzt werde ich mich an alle Veränderungen anpassen!« Und dann würde er sich als zweiten Vornamen auf »Anpassung« taufen lassen und den Familiennamen »Veränderung« annehmen. Er würde sich so perfekt an die Veränderungen der heutigen Zeit anpassen, dass er, sollten die Abendnachrichten einmal um acht Uhr morgens gesendet werden, sofort dazu übergehen würde, sein Abendessen gleich nach dem Aufwachen einzunehmen!

Aber gut, eigentlich hatte er keine Lust, sich weiterhin mit ihnen deswegen anzulegen. Sollten sie es doch halten, wie sie wollten. Um zwei Minuten vor sechs setzte er sich an den runden Kunststofftisch, damit seine Mutter die Portionen auf die Teller verteilt hätte, bevor der Nachrichten-Jingle ertönte. Sonst klapperte sie so laut mit ihren Schöpflöffeln, dass sein Vater kein Wort vom einleitenden Überblick verstand. *How pathetic is that?*

»Ingi-Schatz, du hast dir doch die Hände gewaschen?«, erkundigte sich seine Mutter. Das war eine ihrer Lieblingssorgen.

»Mama. Ich bin dreiundzwanzig. Findest du nicht, dass du mir das allmählich selbst überlassen kannst?«

»Solange du dir noch hier an unserem Tisch den Magen vollschlägst, wäschst du dir die Hände, wenn deine Mutter es dir sagt«, knurrte der Vater.

»Ist ja gut«, beschwichtigte seine Mutter, während sie ihm Frikadellen im Kohlmantel auf den Teller häufte. Der Vater warf ihr einen scharfen Blick zu, er schätzte es gar nicht, wenn sie sich in seine Erziehungsmethoden einmischte, wie er immer sagte, wenn auch diesmal nur mit Blicken. Erziehungsmethoden! Wann würden diese Leute ihn endlich erwachsen werden lassen? »Ich behaupte ja gar nicht, dass du schmuddelig bist oder so was, Ingi!«, sagte seine Mutter mit einem verstohlenen Seitenblick auf seine Hände. Dann ersparte der Jingle ihm weitere Zurechtweisungen. Er wusch sich überhaupt nie die Hände. Er genoss es, ihr Essen mit denselben Fingern anzufassen, mit denen er sich den ganzen Tag über einen runtergeholt hatte. Das geschah ihnen ganz recht – die immer mit ihrer ständigen Nörgelei. Er verabscheute sie genauso wie ihre Nachrichten, die alle nur davon handelten, was irgendwelche Lokalgrößen über irgendwelche politischen Verwicklungen meinten sagen zu müssen, die sie durch ihre Einmischung und ihren dämlichen Kontrollwahn selber herbeigeführt hatten. Sein Vater beugte sich vor und stellte den Ton am Radio lauter. Schweigend lauschten sie dem Nachrichtenüberblick.

»Ach übrigens, Ingi«, meldete sich die Mutter wieder zu Wort, »demnächst fangen die Kurse im Zentrum für Erwachsenenbildung an. Hast du mal in die Broschüre reingeschaut, die ich dir hingelegt hatte?«

Wann würde sie es endlich kapieren? Ingi brummte etwas, was genauso gut ja wie auch nein heißen konnte, bei solchen Themen war es besser, sich nicht allzu eindeutig zu äußern. Aber seine Mutter ließ sich nicht beirren. »Du solltest dir das wirklich mal genau durchlesen, mein Lieber. So ein intelligenter Junge wie du muss doch etwas Anständiges lernen und aus seinem Leben etwas machen. Schließlich kann ich nicht bis in alle Ewigkeiten für dich da sein und dir dein Essen hinstellen. Und wer nichts lernt, kriegt auch keine Arbeit, die ihn befriedigt, das weißt du doch, oder mein Junge?«

»Nun mach doch nicht noch mehr Lärm als das Radio, meine Liebe!«, ermahnte sie sein Vater. Ingi hätte sich jedes Mal totlachen können, wenn sein Vater das sagte, und kam sich immer vor wie in irgendeiner absurden Vorabendserie.

»Papa hat ja auch nichts gelernt«, flüsterte er zögernd vor sich hin, aber offensichtlich nicht leise genug, denn sein Vater donnerte mit der Faust auf den Tisch.

»Ja, ja ich weiß! Die Zeiten ändern sich, und du wärst ja liebend gern aufs Gymnasium gegangen, wenn du die Gelegenheit gehabt hättest«, ratterte Ingi herunter. Sein Vater starrte ihn mit zusammengezogenen Augenbrauen an, aber sein Blick war leer, und mit den Gedanken war er schon wieder ganz bei den Nachrichten. Die Mutter hatte ihm besänftigend die Hand auf den Unterarm gelegt, vermied es aber, in Ingis Richtung zu schauen. »Ich habe bloß keine Lust, im Schuldienst zu enden, so wie du, Mama«, fügte er hinzu. Die Mutter reagierte mit einem verunglückten Lächeln. Ingi Geir war höchst zufrieden mit sich. Es verschaffte ihm Genugtuung, sie mit Bemerkungen zu verletzen, die an der Oberfläche vollkommen harmlos klangen. Schließlich verletzte sie ihn ständig auf jede erdenkliche Weise, schon ihre Existenz allein reichte aus, um ihn zu verletzen. Warum also sollte er ihr nicht auch mal wehtun?

»Hört euch nur mal diesen Vollidioten an«, schnaubte sein Vater, nachdem er mit brennendem Interesse ein Interview mit irgendeinem dieser Politikerclowns verfolgt hatte. Konnte man die nicht gleich alle zum Expremier in die isländische Notenbank versetzen, diese Witzfiguren, die sein Vater als Vollidioten bezeichnete? Das als solches war schon lächerlich genug. Man brauchte sich nur mal die Nase von dem Kerl anzuschauen, da wurde einem doch allein vom Hingucken schon schlecht: dieser großporige, rote, fettglänzende Zinken, der manchmal regelrecht blauschwarz aus seiner Visage herausleuchtete. Und so was ist mein eigenes Genmaterial, dachte er, wahrscheinlich kriege ich auch so eine Nase, wenn ich mal in seinem Alter bin. Wäre er doch bloß auf seinem Fischtrawler geblieben – unser Leben wäre so viel angenehmer!

Und er könnte seine Launen an seinen Matrosen auslassen. Warum hatte der Kerl gewartet, bis er steinalt war, bevor er ihn in die Welt setzte? Eigentlich sollte jeder ein Recht darauf haben, von zu Hause auszuziehen, bevor seine Eltern blauschwarze Nasen bekamen. Natürlich könnte er jederzeit hier ausziehen, wenn er wollte, und in gewisser Hinsicht war er ja auch längst ausgezogen. Er hatte eine eigene, separate Kellerwohnung, bloß war er bisher noch nicht dazu gekommen, sich dort einen anständigen Hausstand zuzulegen, zumal er mit Kochen ziemlich wenig am Hut hatte – schließlich würde er damit auch nur seine Mutter verletzen. Obwohl: war das nicht genau das, was er wollte? Vielleicht sollte er einfach ein paar Packungen Nudeln und ein paar Fertigsoßen kaufen, es dürfte ja nicht allzu schwer sein, das Zeug zurechtzubrutzeln und in sich hineinzustopfen. Immerhin besser als diese gesalzene Hackfleischpampe in ihrem Kohlmantel. Warum konnte die Alte nicht mal einen Kochkurs belegen, so wie andere Frauen auch, und sich zum Beispiel ein paar indische oder thailändische Gerichte aneignen? Stattdessen gab es seit Jahr und Tag genau dasselbe wie bei ihr zu Hause in Hornafjörður, abgesehen vielleicht von der einen oder anderen Pizza.

»O mein Gott!«, rief die Alte plötzlich aus.

»Was ist denn jetzt wieder?«, fragte der Alte.

»Das ist Sunneva! Unsere Sunneva!«

Ingi fuhr zusammen und schaute sie entgeistert an.

»Was meinst du denn? Was ist denn mit Sunneva?«

»Sie fahnden nach ihr. Nach Sunneva. Da, im Radio! Hörst du denn nicht zu, oder was? Sunneva Gunnarsdóttir, hat der Sprecher gerade gesagt.«

»Was ist eigentlich hier los?«, polterte der Vater. Sie starrten auf Ingi Geir, der »Psst« machte, obwohl keiner der beiden etwas gesagt hatte, und wie gebannt zum Radiogerät hinüberstarrte, als ob es dort etwas zu sehen gäbe.

… Sunneva Gunnarsdóttir ist einen Meter fünfundsechzig

groß, hat hellrotes Haar und trug zuletzt ein Paar blaue Jeans und eine weiße Bluse ...

»Gütiger Himmel! Jetzt hoffe ich aber allen Ernstes, dass ihr nichts passiert ist«, rief die Mutter.

»Nein, verflucht noch mal!«

Ingi spie eine Ladung Frikadellen und Kartoffeln zurück auf seinen Teller, wo sie in einer Pfütze schäumender zerlassener Butter landete. Sein Vater klappte den Mund auf und zu und verzog das Gesicht zu einer erstaunten und angewiderten Grimasse.

»Jetzt reg dich doch nicht gleich auf, Ingi-Schatz«, sagte seine Mutter mühsam beherrscht. »Es ist doch gar nicht gesagt, dass ihr überhaupt etwas fehlt. Und da sie sowieso nicht mehr länger zur Familie gehört, ist das ja zum Glück auch nicht unsere Sache.«

»Du dumme Kuh! Du raffst aber auch überhaupt nichts!«, schrie Ingi Geir sie an. Er war so außer sich, dass ihm der Speichel aus dem Mund sprühte.

»Hör mal! Ich verbitte mir diesen Ton hier bei Tisch! Und was fällt dir überhaupt ein, so mit deiner Mutter zu reden?«, brüllte der Vater. Im gleichen Moment sprang er auf und beugte sich quer über den Tisch, um Ingi am Hemdkragen zu packen und hin- und herzuschütteln, wie immer, wenn er wütend war. Aber Ingi ließ sich nicht erwischen. Stattdessen tat er das, wovon er seit mindestens zehn Jahren träumte, wenn nicht schon sein ganzes Leben: Er versetzte seinem Vater einen Boxhieb in die Magengrube und legte seine ganze Körperkraft in diesen Schlag. Einhundertzwanzig Kilo Fleisch sackten auf der Küchenbank zusammen. Aber Ingi nahm sich nicht die Zeit zu genießen, dass er sich seinen Traum erfüllt hatte, oder gar die Strafe abzuwarten, die ihm ohne Zweifel bevorstand. Er eilte aus der Tür und hatte das Auto seiner Mutter angelassen, noch bevor sein Vater auf der Küchenbank wieder zu sich kam.

35 *Er sagte, dass ich unsere Beziehung nicht allzu ernst nehmen dürfe, dass wir keinerlei gemeinsame Zukunft hätten, er und ich würden nie zu einem »Wir«, da spräche einfach alles dagegen. Das müsse ich doch verstehen.*

»Hättest du dir das nicht früher überlegen können, bevor du mich angebaggert hast?«, fragte ich ihn in einem Anflug von Selbstsicherheit. Ich sah ein, dass er im Prinzip recht hatte, aber dass er ausgerechnet jetzt davon anfing, machte mich irgendwie misstrauisch. Ich hatte den Verdacht, dass er dabei war, seinen Mut zusammenzunehmen, um mich zu dumpen. Dabei hätte es genau andersherum laufen müssen, ich hätte ihm den Laufpass geben sollen, aus meinem Mund müssten diese Argumente kommen, kapierte er das nicht? Hielt er sich für so unwiderstehlich, dieser alternde Wichtigtuer? Wusste er nicht, das ich mir jederzeit einen anderen Kerl an Land ziehen konnte, vorausgesetzt, ich wollte das? Wie kam er überhaupt darauf, dass ich die Sache ernster nehmen könnte als er? Aber während mir alle diese Phrasen durch den Kopf gingen, wurde mir klar, dass es nicht so war. Er hatte etwas in mir zum Leben erweckt, und ich wollte, dass es auch zum Blühen kam. Ich wollte weder ihn verlieren noch einfach in den Müll geschmissen werden wie ein benutztes Kondom, nachdem er sich auf mir ausgetobt hatte und bereit war für die nächste Station, für die nächste Entwicklungsstufe oder den nächsten Schritt

ins Verderben. Bei diesen Worten wurde ich so blind vor Eifersucht, dass ich nicht mehr wusste, was ich tat. Ich heulte und schrie und trommelte mit den geballten Fäusten auf seine Brust wie eine hysterische Italienerin in einer alten Komödie. Ob ich mich schämte? Natürlich schämte ich mich. Machte ich damit alles nur noch schlimmer? Natürlich machte ich alles nur noch schlimmer. Ich hätte ihn damit fast endgültig davongejagt und verhinderte, dass er den Mut aufbrachte, ehrlich mit mir zu sein. Mir war es scheißegal, ob unsere Affäre ans Licht kommen würde, damit hätte ich überhaupt kein Problem. Ich wünschte mir sogar, dass endlich Schluss wäre mit dem ganzen Versteckspiel, und wahrscheinlich wünschte er sich das auch, nur, dass sein Weg dorthin ein völlig anderer war als der, den ich mir ausgesucht hätte.

»Na, na, na, mein kleines Raubtierjunges!«, neckte er mich und biss mir sanft in den Hals. Er gab mir alle möglichen Kosenamen. Wir hatten den ganzen Samstagmorgen im Sommerhaus verbracht und waren schon um sechs in Reykjavík aufgebrochen. Zu seiner Frau hatte er gesagt, dass er zum Arbeiten rausfahren müsste, und er hatte auch tatsächlich seinen Laptop dabei, aber ich gab ihm keinerlei Gelegenheit dazu. Es kam selten genug vor, dass ich ihn ganz für mich allein hatte, als dass ich ihn jetzt aus den Klauen gelassen hätte. Ich wollte einfach nur vögeln, vögeln und noch mal vögeln, bis zur Besinnungslosigkeit. Das war so ungefähr das Gefühl, das ich damals hatte, aber gleichzeitig habe ich wohl auch gespürt, dass irgendwas nicht stimmte, dass er schon den Rückwärtsgang eingelegt hatte, dass er da rauswollte, Schluss mit dem Ganzen machen wollte – und doch hatte ich nicht die leiseste Ahnung, was noch bevorstand. Kann es sein, dass er schon damals hinter meinem Rücken was mit dieser Schlampe angefangen hatte? Zutrauen würde ich ihm das, es war schon so unglaublich lang her, dass wir Sex miteinander gehabt hatten. Ich vergrub mein Gesicht in seiner Achselhöhle und sog seinen

Duft ein, diesen maskulinen Duft nach Schweiß und Männerkörper, nach dem ich mittlerweile regelrecht süchtig war, und dann schob ich meine Hand zwischen seine Beine, von hinten, und packte ihn bei den Eiern.

»Glaub bloß nicht, dass du mir entkommst!«, sagte ich.

»Solange du mich in diesem Klammergriff hast, sowieso nicht!«, lachte er, zuckte aber trotzdem zusammen, als ich noch fester zupackte.

»So, und jetzt kommt die gerechte Strafe!«, sagte er mit gespielter Strenge. Ich sah ihn herausfordernd an.

»Nichts da. Ich werde dich bestrafen! Los, runter auf alle viere, du versautes Stück!«, befahl ich und lockerte meinen Griff. Er lachte und kniete sich vor mich hin. Dann leckte er meine Zehen, so dass sein Hintern steil in die Luft ragte – für einen Mann seines Alters von geradezu fahrlässiger Schönheit. Ich ließ meine Hand seinen Körper entlanggleiten, von der Taille über die knackigen Arschbacken und den Oberschenkel hinunter. Die Haare kitzelten meine Handflächen, das Gefühl war immer ein bisschen seltsam, auch wenn es mir mittlerweile wohlvertraut geworden war. Er sah zu mir auf.

»Fick mich«, sagte er. Ich griff ihm in die Nackenhaare, zog seinen Kopf daran nach hinten und küsste ihn auf den Mund.

»Ich liebe dich«, sagte ich. Er stand auf. War er enttäuscht? Ich lehnte meinen Kopf an seine Schulter und brach plötzlich in Tränen aus, wie ein Kind, das nicht mehr weiterweiß. Er strich mir übers Haar, aber umarmte mich nicht.

Montag

36 Hildigunnur steckte sich eine Zigarette an, die erste seit zehn Jahren. Das Päckchen hatte Gunnar dort auf dem Wohnzimmertisch liegenlassen, mit dem Feuerzeug obendrauf. In ihren Gefühlen herrschte Chaos, eine seltsame Mischung aus Angst, Hass, Mitleid und Widerwillen gegen den eigenen Körper: Sie hatte sich diese Zigarette nicht aus Verlangen oder Genuss angezündet, sondern eher, um sich an ihrem Körper zu rächen, ihn zu bestrafen, dass er existierte, dass es ihm jemals gutgegangen war und vor allem dafür, dass er unter Björn gelegen und das genossen hatte. Mit hektischen Zügen inhalierte sie den Rauch tief bis in die Lungen, und stellte sich vor, wie er dort hinunterkroch, sich in ihren Bronchien ausbreitete und sich da zu einem schmierigen, zersetzenden Rußschleier verdichtete. Die Vorstellung verschaffte ihr eine geradezu teuflische Befriedigung.

Es fiel ihr schwer, sich zu erinnern, wie Björns Körper ausgesehen hatte, damals, als ihre Beziehung am engsten war. Während dieser Jahre waren sie zwei oder drei Monate fest zusammen gewesen, ansonsten war es bei beiden in der Liebe ziemlich drunter und drüber gegangen, besonders bei ihm. Sie wusste genau, dass er ihr nicht treu war, er hatte nie auch nur versucht, ihr in diesem Punkt irgendetwas vorzuspielen. Er hatte sich zum Ziel gesetzt, wie er selbst immer sagte, mit so vielen Frauen wie möglich zu schlafen solange er noch jung war. Bevor er irgendwann heiraten und eine Familie gründen würde, wollte er alles auskosten, was die Liebe zu bieten hatte. Das waren so seine Sprüche gewesen. Schon damals war ihr schleierhaft gewesen, wie man nur so denken konnte, und heute verstand sie diese Einstellung noch viel weniger. Aber er hatte sich an sein Programm gehalten, hatte sich die Hörner abgestoßen, wie man so schön sagt, bevor er schließlich Eva begegnet war und mit ihr zwei Kinder bekommen hatte – und aus die Maus. Hildigunnur hätte ihn wahrscheinlich längst vergessen, so wie sie manchen anderen inzwischen vergessen hatte, wenn sie ihn nicht durch Gunnar kennengelernt hätte, ihren Mann, den sie liebte, mit allen seinen Schwächen und seinen Lastern, so wie er war, ein hoffnungsloser Säufer und beruflicher Versager. Aber zumindest war er in gewisser Weise ehrlich und aufrichtig, und das schätzte sie an ihm. Sie wusste, dass sie sich auf ihn verlassen konnte, wenn es hart auf hart kam. Genauer gesagt konnte sie darauf vertrauen, dass er auch meinte, was er tat und was er sagte. Im Moment allerdings schien ihm seine Urteilskraft verlorengegangen zu sein, es sah fast so aus, als ob Sunnevas Verschwinden ihn seiner Vernunft beraubt hätte. Sie war kurz davor gewesen, ihn heim zu seiner Mutter zu schicken, doch dann war er sturzbetrunken hereingestolpert und hatte etwas von einer japanischen Geheimorganisation gefaselt, die aufgrund irgendeiner Geldangelegenheit Sunneva gekidnappt hätte.

Aber das, was nun wirklich passiert war, schien noch viel schlimmer zu sein: Offenbar waren bei Björn, dem alten Lustmolch, die Hörner inzwischen nachgewachsen, und unter allen zur Verfügung stehenden Frauen hatte sich das Arschloch ausgerechnet ihre Tochter Sunneva ausgesucht.

Björn hatte es ihr damals nicht weiter krumm genommen, als sie mit ihm Schluss machte, weil sie sich mit Gunnar zusammengetan hatte. Etwa ein Jahr später hatte er ihr allerdings auf einer dieser Partys unter vier Augen anvertraut, es habe ihn einige Zeit gekostet, darüber hinwegzukommen. Sie sei die erste Frau gewesen, die ihn von sich aus rausgeschmissen habe, davor sei das immer von ihm ausgegangen. Aber er wisse auch, dass er das einzig und allein sich selbst zuzuschreiben habe, nun habe er seine Lektion gelernt und wolle in Zukunft mit seinen Mitmenschen besser umgehen. Hildigunnur war sich damals nicht sicher gewesen, ob er das wirklich so gemeint hatte oder ob er nur die Lage peilen wollte, sich vortasten, um zu sehen, ob er sie von Gunnar weglocken und noch einmal bei ihr landen konnte. Jetzt aber überlegte sie allen Ernstes, ob er ihnen beiden das vielleicht schon die ganze Zeit über nachgetragen und seitdem auf Rache gesonnen hatte.

Aber wie auch immer, nun hatte Björn sich ganz offensichtlich an Sunneva vergriffen. Das zumindest würde sie ihm nie verzeihen, und sich selber noch viel weniger, dass sie nichts unternommen hatte, um das irgendwie zu verhindern. Aber wer hätte auch so etwas geahnt, er, der »seine Jugendsünden nun schon lange hinter sich gelassen hatte, die politischen wie die erotischen«, wie er das vor ein paar Jahren, an seinem vierzigsten Geburtstag, sogar selber einmal auf den Punkt gebracht hatte. Sie hatte ihn die ganzen Jahre über als guten Freund betrachtet, zumindest bis er Gunnar aus der Firma herausgemobbt hatte, und selbst das konnte sie in gewissem Maße verstehen. Eigentlich hatte sie fast schon vergessen, dass sie mal ein Paar gewesen waren. In den ersten Jahren danach war Gunnar geradezu kindisch eifersüchtig auf Björn gewesen, sogar dann noch, als der schon mit Eva liiert war. Hildigunnur wusste genau, dass diese Eifersucht hauptsächlich mit seiner Unsicherheit zu tun hatte. Er hatte eine aberwitzige Angst vor Zurückweisung, das wusste niemand so gut wie sie. Sie hatte vorgeschlagen, um die beiden einfach einen Bogen zu machen, aber das wollte er auch wieder nicht. Mit der Zeit hatte sich das Problem dann von selbst erledigt, nicht zuletzt deshalb, weil von ihrer Seite aus keinerlei Leidenschaft mehr zu erwarten war; jegliche erotische Spannung, die sie jemals für Björn empfunden hatte, war schon vor langer Zeit erloschen.

Und doch war ihr klar, wie sehr Sunneva ihr glich, so wie sie im selben Alter gewesen war. Vielleicht war es ja eine Art paradoxe Nostalgie, die Björn dazu getrieben hatte, sich an sie heranzumachen, vielleicht hoffte er auch nur, sich wieder jung zu fühlen durch diese Frau, die ihn an seine damalige große Liebe erinnern musste, die ihm vor all diesen Jahren entglitten war. Nur, was war dann in Sunneva vorgegangen? Was fiel dem Mädchen eigentlich ein, sich mit einem viel älteren Mann einzulassen, der nicht nur fest verheiratet war, sondern dazu noch ein alter Freund der Familie? Sie hoffte inständig, dass Sunneva diese unglückselige Verbindung aus eigenem Antrieb wieder beendet hatte und dass sie jetzt nur deshalb verschwunden war, weil sie ihm nicht mehr begegnen wollte. Das würde übrigens auch die Niedergeschlagenheit erklären, die ihr in den letzten Wochen aufgefallen war. Vielleicht wollte sie einfach untertauchen und war raus aufs Land gefahren, um Abstand von der ganzen Geschichte zu bekommen. Dieser Gedanke munterte sie schließlich etwas auf.

Sie zündete sich noch eine Zigarette an. Ihr wurde leicht schwindlig vom Rauch, und es war, als hörte sie das Blut in ihren Adern rauschen. Dieses vertraute Gefühl hatte sie lange nicht mehr gehabt. Ihr wurde übel, aber sie rauchte weiter. Obwohl sie versuchte, nicht mehr an Björn und Sunneva zu denken, ging ihr plötzlich eine unbequeme Frage im Kopf herum: Wusste Sunneva eigentlich, dass sie und Björn einmal ein Liebespaar gewesen waren? Obwohl sie bei genauerem Nachdenken fand, dass der Ausdruck »Liebespaar« nicht ganz auf ihre damalige Beziehung passte, eigentlich war sie eher sein Betthäschen gewesen, genau wie auch ihre Tochter jetzt vielleicht sein Betthäschen war. Oder sogar ziemlich sicher. Diesen Verdacht hatte sie der Kripo nicht direkt auf die Nase gebunden, aber strenggenommen hatte sie auch nicht gelogen. Sie war sich ihrer Vermutungen zwar nicht hundertprozentig sicher, doch die Ahnungen, die sie bei der Erwähnung von Sunnevas nächtlichem Anruf beschlichen hatten, verdichteten sich.

Vor ihr auf dem Glastisch lag das schnurlose Telefon. Sie starrte es an, als handele sich um ein Wesen unbekannter Herkunft, vor dem sie sich in Acht nehmen müsse. Dann nahm sie den Apparat in die Hand und tippte eine Nummer ein. Es klingelte ein paarmal, dann wurde abgenommen.

»Hallo?«, meldete sich Eva mit schleppender Stimme.

»Hallo Eva, hier ist Hildigunnur«, ratterte sie atemlos, ohne dass sie etwas dagegen tun konnte. »Ich hab das mit Björn gehört. Wie furchtbar! Wie geht's ihm denn jetzt? Gibt es was Neues?«

»Nein«, antwortete Eva stockend. »Sie halten ihn immer noch im künstlichen Koma.« In der Leitung hörte man ein leises Schniefen.

»Eva, meine Liebe«, fuhr Hildigunnur fort, »ich weiß, wie schrecklich das alles für dich sein muss. Ich wollte dich nur wissen lassen, dass ich an dich denke, Gunnar und ich, wir denken beide an dich. Was auch immer vorgefallen sein mag, in so einem Fall spielt das überhaupt keine Rolle!«

Eva weinte noch immer fast lautlos vor sich hin.

»Eva-Schätzchen, kümmert sich denn wenigstens jemand anständig um dich?«, erkundigte sie sich.

Eva schluchzte etwas Unverständliches ins Telefon. »Hast du von der Sache mit Sunneva gehört?«, fragte Hildigunnur, um ihr unauffällig auf den Zahn zu fühlen.

»Was, wieso? Ist ihr was passiert?«, fragte Eva und klang so undeutlich, dass Hildigunnur kaum ein Wort verstand.

»Das will ich nicht hoffen«, antwortete sie. Diesmal war es Hildigunnur, die einen Kloß im Hals spürte, was sich an ihrer belegten Stimme bemerkbar machte. »Aber sie ist verschwunden«, fuhr sie fort, wobei sich das letzte Wort des Satzes wie eine Art Fiepen anhörte.

»Oh«, entfuhr es Eva, »wie schrecklich!« Allmählich war sie wieder besser zu verstehen. Doch anstatt genauer nachzufragen, wie Hildigunnur erwartet hatte, sagte sie nur düster: »Um uns herum stürzt sowieso alles zusammen.«

Dies war nicht unbedingt die Art von Bemerkung, die Hildigunnur im Moment hören wollte. »Na ja, dann werde ich wohl einfach mal versuchen, daran zu glauben, dass Sunneva wohlauf ist«, sagte sie, aber besonders überzeugt klang sie dabei nicht. Und mit noch weniger Überzeugung fügte sie hinzu: »Du weißt ja, wie die jungen Leute sind. Tja, meine Liebe«, sagte sie dann, »ich wollte mich eigentlich nur mal wieder melden. Ich ruf bald wieder an, um zu hören, wie es Björn geht.«

»Sterben müssen wir alle«, sagte Eva dumpf. »Früher oder später.«

Hildigunnur konnte solche Reden nicht länger ertragen und legte auf, ohne sich zu verabschieden.

37 Valdimar hatte die Vernehmung von Sunnevas Freundin Rúna übernommen. Er wusste, dass sie nebenher als Lastwagenfahrerin arbeitete, und hatte sich auf eine stämmige Truckerlesbe mit tätowierten Oberarmen gefasst gemacht, aber stattdessen war Rúna eine zarte Elfe mit Pferdeschwanzfrisur und, tatsächlich, einer Tätowierung, die sich filigran wie eine Art Höhlenmalerei über ihren Handrücken verzweigte. Rúna maß ihn mit hintergründigen Blicken, während sie ihn bat, in der hellen Küche ihrer Dachwohnung im Hlíðar-Viertel Platz zu nehmen. Ein schwacher Duft nach Duschgel ging von ihr aus, offenbar kam sie gerade aus dem Bad. Auf einmal war er verunsichert, und seine bekannten Beklemmungsgefühle meldeten sich wieder zu Wort.

Sie war genau informiert, Hildigunnur hatte sie angerufen, bevor sie sich an die Polizei gewandt hatte.

»Sind Sie auch der Meinung, dass es nicht zu Sunneva passt, einfach sang- und klanglos zu verschwinden?«, fragte er sie.

»Nein, das sieht ihr eigentlich nicht ähnlich«, antwortete sie. »Und ich bin deswegen auch sehr beunruhigt.« Valdimar spürte ihre Blicke auf sich ruhen, während er völlig unnötigerweise ihre Antwort mitschrieb. Er tastete sich weiter, stellte ein paar Fragen über die Beziehung zwischen den beiden, deren Antworten ihn hauptsächlich darüber informierten, dass sie sich seit ihrer Kindheit kannten und seitdem stets befreundet waren.

»Um Ihnen mal eine ganz direkte Frage zu stellen«, sagte Valdimar betont resolut, um in dem Gespräch wieder festen Boden unter die Füße zu bekommen, »hat Sunneva zurzeit eine feste Beziehung?«

Er staunte über sich selbst, aber andererseits auch wieder nicht, dass er eine Formulierung gewählt hatte, die das Geschlecht von Sunnevas potentieller Beziehung in der Schwebe ließ, obwohl das mit seiner derzeitigen Arbeitshypothese gar nicht zusammenpasste. Hatte er etwa immer noch die Lesbe vor sich, die seine Fantasie ihm vorschnell präsentiert hatte?

»Nein, seit sie nicht mehr mit Ingi Geir zusammen ist, hat sie nichts Festes mehr gehabt.«

Verdammt. Genau da hätte er ansetzen müssen. Er wollte etwas hinzufügen, ließ es dann aber bleiben. Stattdessen fragte er: »Können Sie mir über diese Beziehung etwas Genaueres erzählen?«

Sie zögerte einen Moment. Dann sagte sie: »Ingi Geir ist ein kranker Mann. Leider.«

Ein kranker Mann. Er blieb stumm, machte auch keine Notizen, sondern wartete darauf, dass sie fortfahren würde. Sie schien nicht recht zu wissen, wo sie anfangen sollte, aber er wollte sie nicht unter Druck setzen. Sie presste ihre Fingerspitzen so gegeneinander, dass sich die Nägel ihrer rechten Hand zwischen Nägel und Fingerkuppen an der linken bohrten. Valdimar vermied es, ihr in die Augen zu sehen, und war viel zu sehr damit beschäftigt, sein eigenes Gleichgewicht zu halten, als sich um das ihrige Gedanken zu machen.

»Na ja. Sie waren eben noch sehr jung, damals, als sie was miteinander anfingen. Gerade mal vierzehn.«

Sie sah nachdenklich aus dem Fenster, während sie versuchte, ihre Gefühle in Worte zu kleiden. Hildigunnur hatte von achtzehn Jahren gesprochen, erinnerte sich Valdimar.

»Damals dachten alle, Ingi Geir wäre ein lieber Kerl, aber davon ist er natürlich weit entfernt ... das heißt, nein ...«, korrigierte sie sich hastig, »ich will nicht mal sagen, dass er nicht auch hin und wieder ganz lieb sein kann. Aber es fing schon damit an, dass er glaubte, Sunneva auf Schritt und Tritt herumkommandieren zu müssen. Und sie zu kritisieren, bei allem, was sie tat, weil sie angeblich seine Vorschriften, oder auch nur irgendwelche indirekten Andeutungen, missachtet hätte. Das ging einfach zu weit, und es dauerte schon viel zu lange. Später, als wir aufs Gymnasium kamen, wurde er auch noch krankhaft eifersüchtig.«

Rúna hatte sich in Fahrt geredet.

»Er entschied sich für den naturwissenschaftlichen Zweig, genau wie sie, nur damit er sie besser überwachen konnte. Schon damals lag so einiges im Argen. Sie trat in die Mädchenfußballmannschaft ein, um irgendwo sein zu können, wo er ihr nicht hinterherschnüffeln konnte. Das hat sie mir später mal gestanden. Ich hab damals auch mit dem Kicken angefangen. Und oft hat er sie noch abends angerufen und ihr wegen irgendeiner lächerlichen Kleinigkeit, die er an diesem Tag angeblich bei ihr bemerkt hatte, die Hölle heiß gemacht. Er kriegte ja schon fast einen Wutausbruch, wenn sie im Unterricht zu lange den Lehrer anstarrte, nur um mal ein Beispiel zu nennen und Ihnen eine ungefähre Vorstellung zu geben.«

Sie legte eine Pause ein und starrte wieder aus dem Fenster. Dann fuhr sie mit gedämpfter Stimme fort:

»Was ich Ihnen jetzt sage, wusste damals so gut wie keiner, ich hab ihr auch versprochen, das alles für mich zu behalten. Aber jetzt, wo so viel auf dem Spiel steht, kann ich es wohl vertreten. Also, vielleicht hat Ingi Geir sie sogar eingesperrt. Ich meine das ganz im Ernst, zuzutrauen wäre es ihm. Die Geschichte ist nämlich noch nicht zu Ende. Irgendwann hat sie dann allen Mut zusammengenommen und mit ihm Schluss gemacht, lange wär das sowieso nicht mehr gut gegangen. Und dann hat sie mir auch erzählt, wie es hinter den Kulissen aussah: Nachts konnte sie kaum noch schlafen, ich denke, sie stand damals wohl kurz vor einem Nervenzusammenbruch. Sie wollte einfach nur ihre Haut retten, ihr blankes Leben. Ingi Geir war dabei gewesen, sie nach und nach zugrunde zu richten, auch wenn er zwischendurch manchmal ganz lieb sein konnte. Er reagierte total übertrieben, schmiss sofort die Schule hin und sagte zu jedem, der es hören wollte, es wäre alles ihre Schuld. Ich wüsste auch nicht, dass er seine Ausbildung später noch fertig gemacht hätte. Und seitdem kriegt er sie nicht mehr aus dem Kopf. Er besucht sie zwar nicht mehr, das hat sie ihm inzwischen abgewöhnt, aber er schickt in regelmäßigen Abständen irgendwelche Lebenszeichen. Es ist zum Beispiel schon vorgekommen, dass sie über Wochen jeden einzelnen Tag eine SMS von ihm vorgefunden hat, immer mit demselben Text: Ich liebe dich. Er hat keine Freundin mehr gehabt, seitdem er mit ihr zusammen war, und behauptet, er könnte niemals eine andere Frau lieben. In Wirklichkeit ist es natürlich so, dass keine andere sich jemals so in den Klammergriff nehmen lassen würde. Und auch bei Sunneva funktionierte das nur, weil sie beide noch so jung waren, als sie was miteinander anfingen. Ich sag's Ihnen, wie es ist, ich glaube, er ist einfach krank, ich hab ihm sogar schon mal geraten, sich professionelle Hilfe zu holen.«

»Dann haben Sie mit ihm also über solche Dinge geredet?«

»Ja, das habe ich. Mehr als einmal. Danach war natürlich zunächst mal die Hölle los. Was ihr nur einfalle, ihn dermaßen zu hintergehen, indem sie hinter seinem Rücken mit mir über ihn rede. ›Du trittst mein Vertrauen mit Füßen! Du ziehst alles in den Dreck, was heilig ist!‹, hat er ihr beim nächsten Telefongespräch vorgeworfen. Jetzt im Nachhinein ist mir geradezu unbegreiflich, dass ich Sunneva nicht schon längst dazu gebracht hab, ihn anzuzeigen. Ich hoffe, es ist noch nicht zu spät …«

Sie schluckte, bevor sie weiterredete. »Es war die reinste Hetzjagd. Irgendwann hat er ihr dann anscheinend versprochen, wie sie mir erzählt hat, er würde sie in Ruhe lassen, wenn sie noch ein letztes Mal mit ihm ins Bett ginge. Sie war mittlerweile so entnervt, dass sie sich drauf eingelassen hat, dabei waren sie schon über ein Jahr nicht mehr zusammen.«

Rúna sprach jetzt leiser, und plötzlich hatte ihre Stimme einen heiseren Unterton.

»Und als sie dann bei ihm in der Wohnung war – er wohnt bei seinen Eltern unten im Keller – da war sie plötzlich überzeugt, dass er sie da nie mehr wieder rauslassen würde. Sie hatte das Gefühl, als würden hinter ihr sämtliche Vorhängeschlösser einrasten.«

»Und, hat sie es sich dann anders überlegt?«, erkundigte sich Valdimar, nachdem Rúna eine Weile geschwiegen hatte.

Sie schwieg weiter, die Antwort erübrigte sich im Grunde sowieso, aber schließlich sagte sie:

»Nein. Sie zog es eisern durch. Natürlich dachte er nicht daran, sich an die Abmachung zu halten, im Gegenteil, er wurde nur noch wilder.«

»Hat er auch Gewalt angewendet?«

»Nicht, dass ich wüsste.«

»Und Sunneva?«, fragte Valdimar. Er musste unbedingt mit diesem Jungen reden, dachte er, mit den Gedanken schon ein paar Schritte weiter, was die Formulierung seiner Fragen durcheinanderbrachte.

»Wie meinen Sie das denn?«, fragte Rúna misstrauisch. Klar, sie musste denken, er habe nach Sunnevas Gefühlen für ihren Exfreund gefragt oder ob Sunneva etwa ihm gegenüber gewalttätig gewesen sei. Er hatte sich aber auch wieder mal extrem dämlich angestellt!

»Entschuldigen Sie, aber meine Frage bezog sich auf ... ich meine, weil sie doch vorhin gesagt haben, dass Ingi Geir seit der Trennung von Sunneva keine Freundin mehr hatte, und dass auch Sunneva seitdem nicht mehr fest liiert war. Aber was ist mit ... kürzeren Beziehungen?«

Er war dabei, es endgültig zu vermasseln.

»Doch doch, mit ein paar Männern hat sie seitdem schon geschlafen, falls Sie das meinen.«

»Und gibt es zurzeit jemand Bestimmten, mit dem sie vielleicht eine lockere Beziehung hat?«

»Nein«, antwortete Rúna mit einer winzigen Verzögerung, aus der Valdimar mit ziemlicher Sicherheit schloss, dass sie nicht die Wahrheit sagte.

»Angenommen, ich würde Ihnen jetzt sagen, dass Sunneva in der Nacht, bevor sie vermutlich verschwunden ist, mit einem Mann telefoniert hat, an wen würden Sie spontan denken?«, fragte er in leicht ironischem Ton und hatte plötzlich den Eindruck, langsam wieder die Oberhand zu gewinnen. Auch wenn es in gewisser Weise paradox schien: Sobald jemand log, wusste er zumindest, woran er war. Er versuchte, ihr in die Augen zu sehen, aber sie wich seinen Blicken aus.

»Hmm, schwer zu sagen …«, murmelte sie zögernd. Er konnte ein spöttisches Grinsen kaum verbergen.

»Und angenommen, ich würde Ihnen jetzt sagen, dass der Mann, den sie angerufen hat, Björn Einarsson heißt, käme Ihnen das dann bekannt vor?«

»Ja, ich weiß natürlich, wer das ist. Sunneva arbeitet für ihn.«

»Irgendeine Idee, weshalb Sunneva ihn um zwei Uhr nachts angerufen haben könnte?«

»Jetzt wollen Sie von mir wissen, ob die beiden was miteinander haben, stimmt's?«, fragte sie provokativ.

»Ist das denn der Fall?«

»Ja, aber sie sind dabei, sich zu trennen«, erklärte sie, wohl um ihre vorausgegangene Antwort zu rechtfertigen. »Ich hab ihr auch versprochen, davon niemandem was zu erzählen, und ich hoffe, sie verzeiht mir, wenn ich …«

»Wann hat sie ihre Beziehung zu Björn Einarsson zum ersten Mal erwähnt?«

»Vor ein paar Monaten oder so.«

»Und was hat sie damals darüber erzählt?«

»Also ... sie fand die Situation, in die sie da geraten war, ziemlich heikel.«

»Die Liebesbeziehung zu einem viel älteren Mann?«

»Genau. Außerdem ist er ja ein alter Freund ihrer Eltern.«

»Hat sie das Ihnen gegenüber so dargestellt? Als ›heikle Situation‹?«

»Ja. Wenn das vielleicht auch nicht gerade das Allererste war, was ihr dazu einfiel. Ich denke, dass sie die Geschichte insgesamt als eine Art reizvolles Abenteuer aufgefasst hat. Als Guthaben auf dem Erfahrungskonto sozusagen. Spannend, geheim und so weiter. Romantische Schäferstündchen im Sommerhaus und so was.«

»Im Sommerhaus?«

»Ja, er hat wohl irgendwo ein Ferienhaus. Sie war nicht allzu scharf darauf, dass er dauernd bei ihr zu Hause herumhing. Da konnte schließlich jederzeit die Familie vor der Tür stehen, und schon wäre die Hölle los gewesen. Und dann wohnt da nebenan so ein neugieriges Weib, das den ganzen Tag nichts anderes zu tun hat, als den Nachbarn hinterherzuspionieren.«

»Aha.«

»Außerdem hatte sie Angst, er würde das alles viel zu ernst nehmen. Für sie war das keine Beziehung mit Zukunft. Sie hatte nicht vor, zu Hause bei ihren Eltern auf der Matte zu stehen und ihnen einen alten Freund des Hauses als ihren neuen Lebensgefährten zu präsentieren. Und selbst wenn die ihn nicht gekannt hätten, auch dann hätte sie kein Interesse daran gehabt, sich mit einem Mann zusammenzutun, der schon um die fünfzig ist, wenn sie dann irgendwann hätte Kinder haben wollen, und der einen Sohn hat, der ihr vom Alter her näher steht als er selbst.«

»Verstehe«, sagte Valdimar, ohne weiter darauf einzugehen. Gegenüber solchen Argumenten hatte er eine äußerst zwiespältige Einstellung: Einerseits konnte er sie durchaus nachvollziehen, aber andererseits regte es ihn immer furchtbar auf, wenn Gefühle auf die Waagschale rein pragmatischer Erwägungen gelegt wurden.

38 »Verdammte, elende Kacke!«
»Was ist hier eigentlich los?«
»Ach, halt die Klappe, Mama.«
»Schon gut!«, sagte Hallgrímur laut. Er hatte sich schließlich bereit erklärt, Marteinn bei seinem Leichentransport zu helfen, aber die Sache lag ihm ungeheuer schwer im Magen. Was war das Schlimmste, das passieren konnte? Diese Frage benutzte er oft, um sich zu beruhigen, denn die Antwort war im Allgemeinen etwas, dem er zumindest ins Auge blicken konnte oder das sich als Anhaltspunkt verwenden ließ. Aber diesmal konnte er die Antwort nicht mal zu Ende denken. Immer wieder verlor er mittendrin den Faden, während vor seinem inneren Auge irgendwelche grausigen Ereignisketten abliefen, die er sich zu seinem grenzenlosen Entsetzen auch noch selbst zurechtfantasiert hatte. Und jedes Mal, wenn diese Fantasien im Desaster endeten, machte er sich mit ein paar deftigen Flüchen Luft, wie um eine geheimnisvolle innere Logik außer Kraft zu setzen, die ihn in diese imaginäre Notlage gebracht hatte. Seine Mutter saß bei ihm am Computer, er hatte ihr erlaubt, ihre E-Mails zu lesen, bereute das aber bereits, weil er eigentlich keinen Wert darauf legte, sie bei sich im Zimmer herumhocken zu haben. Die Frau konnte ja nicht eine Minute den Mund halten.

»Gibt's Neuigkeiten von Marteinns Vater?«

»Keine Ahnung.«

»Du musst doch gefragt haben! Hast du nicht erst vorhin mit Marteinn telefoniert?«

»Doch.«

»Und du hast dich nicht nach seinem Vater erkundigt?«

»Ich hab einfach angenommen, es geht ihm unverändert.«

»Du könntest wirklich ein kleines bisschen mehr Anteilnahme zeigen. Wo er doch immer so nett zu dir war.«

»Warum sollte Marteinn auch nicht nett zu mir sein?«

»Lass den Unsinn, Grímur. Ich rede von Marteinns Vater, das weißt du ganz genau.«

Dabei ließ er es bewenden, er wollte seiner Mutter keine Gelegenheit geben, ihre Spitzfindigkeiten noch weiter auszuwalzen, aber sie gab so schnell nicht auf.

»Hat er dir nicht damals diesen Anzug geschenkt?«, fuhr sie fort, als ob sie die Antwort nicht selber genau wüsste. Musste sie denn immer wieder von diesem Anzug anfangen?

»Doch. Den Anzug, den er selber nicht mehr wollte.«

»Der war immerhin noch fast wie neu.«

»Ja, aber er hat ihn sowieso nicht mehr getragen. Hat er zumindest behauptet.«

»Und jetzt wird er vielleicht nie mehr einen Anzug brauchen. Ach Gott, die arme Witwe!«

»Moment mal, noch ist er nicht tot!«, brummte er gereizt. Seine Mutter war verliebt in das Unglück anderer Leute und kannte nichts Schöneres, als sich genüsslich in fremden Schicksalen zu suhlen.

»Aber es fehlt auch nicht mehr viel. Solche Hirnverletzungen sind doch das Entsetzlichste, was man sich überhaupt vorstellen kann, nicht zuletzt für die Angehörigen. Also wenn du mich fragst ist es doch besser, man überlebt so etwas gar nicht erst. Meinem guten Þorgeir zum Beispiel hätte ich nicht gewünscht, zu überleben und danach als Gemüse sein Dasein fristen zu müssen.«

Damit hatte sie eine elegante Überleitung zu ihrem eigenen Schicksal gefunden, zu ihrem Mann, den sie, wie sie es selber gern umschrieb, »in der Blüte seiner Jugend« verloren hatte. Das war ihre Ausrede für alles, was in ihrem Leben schief gegangen war: Sie konnte nichts dafür, und sie war nur ein Opfer trauriger Umstände. Die gesamte Tragik ihres Lebens hatte an jenem Frühlingsmorgen begonnen, als ihr Freund und Kindsvater, der auf einer Baustelle als Einweiser arbeitete, so unglücklich hinter einem Lastwagen landete, dass dieser ihm beim Zurückstoßen mit dem Hinterreifen den Oberschenkel abtrennte. Wie man damals vermutete, hatte er bloß versucht einen Stein loszutreten, der sich zwischen die Reifen geklemmt hatte. Das Hosenbein platzte über dem zerquetschten Fleisch wie eine Wurstpelle: Dieses Detail konnte seine Mutter in endlosen Variationen wiedergeben, wenn sie einmal angefangen hatte, das tragische Ende von Hallgrímurs Vater zu erörtern, wozu sie nach ein paar Drinks ganz besonders neigte. So gesehen fand Hallgrímur es immer noch besser, wenn sie mit irgendwelchen Typen herumzog, die sie in den Singlebörsen im Internet aufgabelte – in letzter Zeit war sie jedoch anscheinend dazu übergegangen, sich in Lokalitäten aufzuhalten, wo Handwerker ihre Mittagspause machten. Dort setzte sie sich dazu, flirtete nach allen Seiten und schleppte dann irgendwelche geschiedenen Rohrverleger, Maurer oder was auch immer mit nach Hause – einmal war sogar ein Kammerjäger dabei gewesen. Auch wenn diese Männer sie vielleicht eine Spur besser behandelten als die Typen, die sie im Internet auftat, hatte sie trotzdem meist verschiedene Eisen gleichzeitig im Feuer, weil die Liebschaften sowieso nie lange hielten. Natürlich führte das oft zu hochdramatischen Szenen, wenn der Kerl dann dahinterkam, dass er nur einer unter vielen war. Jedenfalls hatte Hallgrímur vom Privatleben seiner Mutter die Schnauze gestrichen voll.

Unten klingelte das Telefon.

»Geh doch mal eben dran, Grímur-Schatz!«, sagte sie, vollkommen versunken in etwas, das sie gerade in die Tastatur hämmerte.

»Geh doch selber dran«, gab er geistesabwesend zurück. »Das ist dein Anschluss, nicht meiner.«

Seine Mutter seufzte auf ihre unverkennbare Art, er sah es förmlich vor sich, wie sie dabei die Augen verdrehte, auch wenn er ihr den Rücken zukehrte. Sie ging hinunter und hob ab, gleich darauf kam sie mit einem ärgerlichen Schnauben wieder die Treppe hoch und reichte ihm mit vorwurfsvoller und zugleich triumphierender Miene das schnurlose Telefon: »Für *dich*, Grímur!«

Dann verzog sie bedeutungsvoll das Gesicht, um anzudeuten, dass es sich um einen irgendwie außergewöhnlichen Anruf handelte. Er nahm ihr den Apparat aus der Hand. *Nummer unbekannt* verkündete das Display. Rufnummernunterdrückung. Oder ein Firmenanschluss. Vielleicht ein Vertreter?

»Ja bitte?«, meldete er sich kurzangebunden und fest entschlossen, den Anrufer mit knappen Worten abzufertigen, was auch immer der von ihm wollte.

»Creep«, sagte eine Männerstimme halblaut. »Wo ist Sunneva?«

Hallgrímurs Herz setzte einen Schlag aus.

»Wer ist da, bitte?«, fragte er zitternd.

»Wo ist sie?«, wiederholte die Stimme. Hallgrímur hielt es für klüger, zu schweigen.

»Wenn ihr was passiert ist, dann bring ich dich um«, zischte die Stimme. Hallgrímur lauschte auf seinen rasenden Herzschlag. »Dann mach ich dich kalt. Dann hack ich dir den Pimmel ab und stopf ihn dir in dein gottverfluchtes Maul. Ich mach mir'n Spaß draus, dir jeden einzelnen Knochen im Leib zu Kleinholz zu zersplittern.«

Hallgrímur sah keinen Anlass für einen Abschiedsgruß, bevor er die Verbindung trennte.

»Wer war's denn?«, erkundigte sich seine Mutter im bläulichen Schimmer des Computerbildschirms.

Er räusperte sich, und sein Mund fühlte sich von innen ganz verklebt an, als er antwortete: »Ach, irgend so ein Vertreter.«

39

»Finally I meet you. I have come for the information.«

Sein Akzent war schwer einzuordnen, aber das Äußere des Mannes ließ an seiner asiatischen Herkunft keinen Zweifel. Er sah aus wie eine Art langer, sehniger Sumo-Ringer, falls eine solche Kombination überhaupt denkbar war, mindestens einen Meter neunzig groß, schätzte Gunnar, mit massigem Brustkorb, der wie eine anzugverpackte Walze auf den etwas schmaleren Hüften saß, und überdimensionalen Füßen in blankpolierten, sicherlich spezialangefertigten Riesenschuhen, die aber immerhin zu den ebenso riesigen Beinen passten. Trotz seiner gewaltigen Ausmaße bewegte er sich geschmeidig wie eine Katze.

Vor einer halben Stunde hatte Gunnar einen Anruf bekommen: »You have one chance. Step outside NOW«, hatte die Stimme am Telefon befohlen. Er war versucht gewesen, die Polizei anzurufen, hatte sich aber nicht getraut. Unter gar keinen Umständen wollte er Sunneva einer noch größeren Gefahr aussetzen als der, in der sie ohnehin schon schwebte.

Der Riese hatte draußen in einem Toyota-Jeep mit dem Schriftzug *Autoverleih Akureyri* auf ihn gewartet. Er hatte Gunnars Begrüßung erwidert, aber keinerlei Fragen beantwortet, bevor sie den Wagen am unteren Ende der Bragagata abgestellt hatten und ein paar Schritte gegangen waren, bis sie sich zu Gunnars Verblüffung im Park am Hljómskáli-Türmchen wiederfanden. Sie setzten sich auf eine Bank in der künstlichen Felsenlandschaft. Hier war Gunnar seit fünfundzwanzig Jahren nicht mehr gewesen, obwohl er dort jeden Tag vorbeifuhr. Er konnte sich nicht erinnern, hier jemals Sitzbänke gesehen zu haben, und auch das große Klettergerüst ein paar Schritte weiter weg war ihm noch nie aufgefallen. Es fing schon an zu dämmern, und auf der Wiese vor ihnen kickten ein paar Jugendliche einen Ball vor sich her. Der asiatische Riese schien sich für Jugendliche nicht weiter zu interessieren, er steckte sich eine Zigarette an und bot Gunnar an, mitzurauchen. Gunnar lehnte ab.

»Nice place. Sometimes there are airplanes«, bemerkte er und zog gierig an seiner Zigarette, so dass die Glut in der Dämmerung aufleuchtete, dann spitzte er die Lippen und stieß eine feine Rauchsäule in die Luft.

»Das hier ist ein großes Missverständnis. Ich werde das Geld vollständig zurückzahlen, ich habe noch nichts davon ausgegeben«, log Gunnar auf Englisch, dann setzte er mit zitternder Stimme hinzu: »Bringt mich um, wenn ihr wollt, aber ich flehe euch an: Lasst meine Tochter frei!«

Der Mann musterte ihn, ohne dass sein glattrasiertes Gesicht die geringste Gefühlsregung verriet.

»Ich habe keine Anordnung, über Geld zu verhandeln. Die, die ich vertrete, hätten nur gern die Informationen, die man ihnen versprochen hat.«

»Darauf habe ich keinen Zugriff«, sagte Gunnar und schluckte trocken.

Der Riese senkte die schwarzen Augenbrauen.

»Soll das heißen, Sie haben uns etwas verkauft, das Sie in Wirklichkeit gar nicht besitzen? Halten Sie das für vernünftig?«

»Nein, nein, überhaupt nicht«, pflichtete Gunnar ihm bei. »Ich habe damals nach bestem Wissen und Gewissen gesprochen. Aber nun haben sich die Umstände geändert. Geben Sie mir in Gottes Namen meine Tochter zurück, dann lässt sich über alles Weitere reden! Wenn Sie ihr nur ein einziges Haar krümmen, dann ...«

»Ich habe meine Anweisungen. Die unter anderem daraus bestehen, dass ich mich auf keinerlei Diskussionen einlasse. Entweder Sie haben Zugang zu den besagten Informationen oder nicht«, sagte der Asiat. In diesem Moment hätte Gunnar fast die Kontrolle über sich verloren und war drauf und dran, auf ihn loszugehen. Der asiatische Riese ließ ihn an der flachen Hand abprallen und hielt ihn ohne die geringste Anstrengung auf Abstand.

»Lassen Sie meine Tochter frei, Sie Unmensch! Wo ist sie? Was habt ihr mit ihr gemacht?«

»Überhaupt nichts«, sagte der Riese, und ein belustigtes Lächeln zuckte über seine versteinerten Züge. »Würden Sie bitte wieder Platz nehmen?«, wies er ihn an. Gunnar gehorchte. »Man hat mich hierher geschickt, um Sie zu töten«, erklärte er. »Die, für die ich arbeite, sind ziemlich sensibel und finden es gar nicht lustig, wenn man sie zum Narren hält. Und ihrer Meinung nach haben Sie sie zum Narren gehalten. In Wirklichkeit öffne ich Ihnen hiermit eine Hintertür, durch die Sie entkommen können, obwohl mein Job so etwas nicht vorsieht. Ich riskiere also mein eigenes Leben, um Ihnen zu helfen, und zwar aus gewissen persönlichen Gründen. An Ihrer Stelle würde ich also keine Ablenkungsmanöver versuchen. Kommen Sie nun an die Informationen ran oder nicht?«

»Nein. Ich kann nicht«, antwortete Gunnar mit belegter Stimme. Der Mann zog kräftig an seiner Zigarette und blies den Rauch weit von sich.

»O doch, Sie können.«

»Was ist mit meiner Tochter?«, fragte Gunnar.

Sein Gegenüber machte eine unbestimmte, ausholende Handbewegung, so als wolle er seinen Gesprächspartner entweder auf die Schönheit des Himmels hinweisen oder damit sagen, dass er auf dessen Frage keine Antwort wusste.

»Im Moment läuft sie Gefahr, ihren Vater zu verlieren.«

»Um Himmels Willen, lasst sie frei!«, schluchzte Gunnar.

»Das liegt nicht in meiner Gewalt«, sagte der Japaner dumpf und starrte vor sich ins Leere. Gunnar saß neben ihm auf der Bank, legte die Hände vors Gesicht und weinte lautlos vor sich hin.

»Sie lieben Ihre Tochter?«, fragte der Mann leise und warf die Zigarettenkippe weg.

»Ich liebe meine Kinder mehr als alles andere auf der Welt.«

»Würden Sie für sie alles aufs Spiel setzen?«

»Ja.«

»Sogar Ihr eigenes Leben?«

»Mehr als einmal, wenn ich könnte.«

Als Gunnar die Hände vom Gesicht nahm und aufsah, war der Mann verschwunden.

40 Nachdem die Fahndung angelaufen war, hatten sich sechs Zeugen gemeldet, die Sunneva am Freitagnachmittag noch gesehen haben wollten. Das klang vielversprechend, aber letztlich ließ sich mit den Informationen als solchen nicht allzu viel anfangen. Der erste Hinweis hatte noch am meisten hergegeben, ein Gleichaltriger und ehemaliger Schulkamerad von ihr hatte sie am Freitagabend im *Grand Rokk* getroffen. Er hatte am Eingang ein paar Worte mit ihr gewechselt und erinnerte sich, dass sie einen schwarz-weißen Pulli mit Dreiecksmuster getragen hatte. Hildigunnur hatte später bestätigt, dass sie einen solchen Pulli besaß. Hafliði und Valdimar hockten zu zweit zusammen und tauschten sich aus, wobei Letzterer von seinem Gespräch mit Rúna berichtete, und was dabei herausgekommen war.

»Gut, dann hätten wir also wenigstens geklärt, dass zwischen Björn und Sunneva tatsächlich was am Laufen war«, sagte Hafliði.

»Bekommen wir Fingerabdrücke von ihr?«

»Ja, das läuft.«

»Sehr schön. Wir haben auch im Sommerhaus jede Menge Fingerabdrücke genommen. Würde mich mal interessieren, ob da welche dabei sind, die mit ihren zusammenpassen.«

»Glaubst du im Ernst, sie war dort? Wenn ja, mit welchem Auto? Und wo ist sie dann überhaupt hingekommen? Also ich wäre ja eher dafür, sich demnächst mal diesen Ingi Geir vorzuknöpfen. Immerhin gibt es ein paar handfeste Anhaltspunkte, die uns auf seine Spur führen.«

»Dieser Anruf von ihr war sicher kein Zufall, und wir wissen, dass Björn danach umgehend das Haus verlassen hat und in Richtung Þingvellir aufgebrochen ist. Weshalb sonst hätte er das tun sollen, wenn sie ihn von irgendwo anders aus angerufen hätte?«

Dafür könnte es verschiedene Gründe geben. Vielleicht war es ein Versehen. Sie hat einfach die falsche Nummer erwischt, und dieser Anruf hat Eva dann so in Rage gebracht, dass er irgendwann die Schnauze voll hatte und gegangen ist.«

»Hältst du das für wahrscheinlich?«

»Nein, aber auszuschließen ist es nicht. Oder aber sie hat ihn angerufen, um sich an ihm zu rächen, um ihn absichtlich zu Hause in Schwierigkeiten zu bringen, indem sie mitten in der Nacht seine Privatnummer wählt. Um ihm irgendwas heimzuzahlen, das er ihr ihrer Meinung nach angetan hat. Da kann alles Mögliche dahinterstecken.«

»Du versuchst immer noch, in der Geschichte zwei getrennte Fälle zu sehen, aber sag selbst: Wenn jemand verschwindet, und jemand anderes in der gleichen Nacht schwer verunglückt, und diese beiden kurz zuvor miteinander telefoniert haben, ohne dass einer von ihnen außerdem noch andere Gespräche geführt hat – liegt es dann nicht auf der Hand, dass diese Ereignisse irgendwas miteinander zu tun haben?«

»Und was, glaubst du, ist genau passiert?«

»Also: Die Beziehung ist kurz vor dem Aus, sie ruft ihn an, um mit ihm Schluss zu machen, vielleicht hat sie auch mit irgendwelchen Extremreaktionen gedroht, was wiederum ihn dazu veranlasst haben könnte, sie als ›komplett übergeschnappt‹ zu bezeichnen und ihr mit der Polizei zu drohen.«

»Du darfst nicht vergessen, dass die beiden nicht nur ein Liebespaar sind, sondern auch Kollegen, die gemeinsam an einem Projekt arbeiten, bei dem ein Haufen Geld auf dem Spiel steht. Das ist ein Aspekt, den wir unbedingt noch näher untersuchen müssen. Und die Polizei könnte er erwähnt haben, weil sie in dieser Hinsicht irgendwas Illegales vorhatte.«

»Schon möglich. Aber wie auch immer, trotzdem könnten die beiden am Telefon beschlossen haben, zusammen nach Þingvellir rauszufahren. Er hat sie auf dem Weg aufgegabelt, immerhin stand nur ein Auto dort, und schließlich endet das Schäferstündchen damit, dass er sie tötet. Wahrscheinlich, ohne das von vornherein geplant zu haben, von vorsätzlichem Mord will ich erst mal gar nicht reden. Und da sieht er keinen anderen Ausweg, als die Leiche irgendwie loszuwerden. Vielleicht an einem völlig unzugänglichen Ort dort in der Nähe, du kennst ja die Gegend mit ihren Höhlen und Lavaspalten. Falls er sie nicht sogar im See versenkt hat. Hat er ein Boot? Keine Ahnung. Vielleicht hat er sie auch ganz einfach irgendwo am Ufer versteckt, dort, wo wir ihn gefunden haben. Ist ja eine ziemlich abgelegene Stelle, wo selten jemand vorbeikommt, deshalb wird er gedacht haben, er kann die Leiche unbehelligt dort irgendwo verscharren und das Übrige Mutter Natur überlassen.«

»So dämlich wird er kaum sein.«

»Gut, vielleicht nicht. Trotzdem darfst du eins nicht vergessen: Was auch immer er beschlossen und getan hat, ist unter Zeitdruck und größter Aufregung geschehen. Er hat nicht viel Auswahl, irgend ein Risiko muss er in Kauf nehmen. Auf jeden Fall streut er in der Dämmerung draußen am See herum, und dann stürzt er einfach und verletzt sich schwer, so wie es jedem passieren kann. Ich befürchte, wir kommen nicht drumherum, das ganze Gelände genau abzusuchen, mit Hunden und Suchtrupps und so weiter, um zu sehen, ob sie dort nicht irgendwo auftaucht.«

»Ja, das können wir natürlich machen«, stimmte Hafliði zu, »was aber nicht ausschließt, auch anderen Spuren nachzugehen. Ich bin zum Beispiel nach wie vor dafür, dass wir diesen Ingi Geir gründlich unter die Lupe nehmen.«

»Unbedingt«, pflichtete Valdimar ihm bei, zufrieden, dass er seinen Willen schließlich durchgesetzt hatte.

»Und wir dürfen auch nicht von vornherein davon ausgehen, dass Sunneva tot ist. Es ist überhaupt nicht auszuschließen, dass sie noch am Leben ist und in höchster Gefahr schwebt. Wenn wir schon davon ausgehen, dass es sich um ein Verbrechen handelt, dann ist es doch durchaus denkbar, dass es da noch eine dritte Person gibt, die für beides verantwortlich ist: für Sunnevas Verschwinden und für Björns Unfall.«

Valdimar musste daran denken, was Rúna über Ingi Geir gesagt hatte. Aber dass dieser Junge Sunneva etwas angetan haben sollte, schien ihm schwer vorstellbar, weder vorsätzlich noch aus Versehen. Für ihn deutete alles darauf hin, dass Björn sie auf dem Gewissen hatte. Die Frage war nur, ob es ihnen gelingen würde, die wahren Zusammenhänge jemals aufzudecken.

41 Im matten Schein der Taschenlampe sah sie aus wie eine Schaufensterpuppe, wie die leicht verkleinerte Ausgabe eines lebenden Menschen, nur, dass wohl niemand auf die Idee käme, eine Schaufensterpuppe mit derart grausigen Gesichtszügen auszustatten. Ihre Lippen waren leicht geöffnet, schwarz verkrustete Rinnsale klebten in den Mundwinkeln, und die Zungenspitze steckte starr und matt schimmernd zwischen den Zahnreihen. Gedanken und Gefühle, Verzweiflung und Angst der vergangenen Tage schlugen über Marteinn zusammen und rissen ihn in einem ungeordneten Strom von Hilflosigkeit mit sich fort. Für einen Moment hatte er nur noch Sternchen gesehen, ein paar Lichtpunkte, die im Dunkeln herumwirbelten wie in einem Comic, also eigentlich zum Lachen, wie er sich mit einem Rest absurder Logik eingeredet hatte. Aber in seinem Inneren herrschte nichts als abgrundtiefes Grauen. Gott sei Dank hat sie wenigstens die Augen zu, dachte er im Stillen. Dann biss er die Zähne zusammen und sagte tadelnd zu sich selbst, wie zu einem kleinen Jungen: »Jetzt lass bloß Gott aus dem Spiel, du Blödmann!« Doch gleichzeitig fand er das Ganze völlig absurd. Hatte er etwa Angst, Gottes Aufmerksamkeit auf sich zu ziehen und dann besonders hart von ihm bestraft zu werden? So als könne man Gott, falls er tatsächlich existierte, an der Nase herumführen, indem man sich möglichst unauffällig verhielt und hoffte, dass er einen einfach übersah. »Verzeih mir, lieber Gott, für das, was ich hier tue«, murmelte er dann. Aber auch das war nur ein kläglicher Versuch, der Strafe zu entkommen, die er seiner Meinung nach verdient hatte, nur ein weiterer Schachzug, um Gott zu hintergehen, diesen Gott, der über ihm wachte und der das, was er hier vorhatte, niemals gutheißen würde.

Er hatte versucht, sie überall zu bedecken, als er sie dort zurückgelassen hatte, aber nun ragten ihre nackten Beine unter dem Laken hervor und leuchteten ihnen im Lichtkegel der Taschenlampe kalkweiß entgegen. Marteinn fühlte einen stechenden Schmerz in der Brust, als sein Blick auf ihre Zehen fiel, die so herzergreifend menschlich aussahen und diesen hellen Fleck, der sich unscharf in der Dämmerung abzeichnete, zu einer Person machten. Zu einer misshandelten, übelriechenden Person. Neben ihm rang Hallgrímur nach Luft. Eine Weile hockten sie dort unter dem Sommerhaus wie gelähmt. Die Zeit schien stillzustehen. Schließlich war es Hallgrímur, der die Verzweiflung der beiden in Worte fasste.

»Hey, Marteinn, ist das nicht total bescheuert, was wir hier machen?«

Marteinn zitterte mittlerweile am ganzen Leib und fühlte sich hundsmiserabel. Er versuchte aber trotzdem, abgeklärt und besonnen nachzudenken und alle Möglichkeiten abzuwägen, genau wie sein Vater es in einer solchen Situation getan hätte. »Wenn's hart auf hart kommt, sind deine Gefühle dein größter Feind«, hatte der immer gesagt. Marteinn versuchte, Angst und Verzweiflung so gut wie möglich in Schach zu halten.

»Im Auto liegt 'ne Rolle Plastikmüllsäcke«, sagte er. »Kannst du die eben holen?«

»Wozu brauchst du denn Müllsäcke?«, wollte Hallgrímur wissen.

»Macht man das nicht so?«

»Weißt du was? Ich mach nicht mehr mit«, antwortete Hallgrímur und kroch auf die Öffnung im Bretterverschlag zu. Marteinn schaute ihm nach und spürte, wie der Ärger in ihm aufstieg. Er konnte nicht zulassen, dass Hallgrímur das eigenmächtig entschied.

»Dann mach ich's eben alleine«, sagte er, während Hallgrímur sich durch die Luke quetschte. »Holst du mir wenigstens die Müllbeutel?«

Von draußen hörte man einen ärgerlichen Laut.

»Ach, verpiss dich.«

Die Stimme klang heiser, beinahe tonlos, als er sich an der Hauswand entlang entfernte. Marteinn saß zusammengekauert im Bretterverschlag und blinzelte durch die Querlatten nach draußen. Der Mond war fast voll, die riesige, gelbe Scheibe hing tief über dem See und brachte das Wasser zum Leuchten. Dann schloss er die Augen und wünschte sich irgendwo weit fort, wünschte, er könnte die Zeit zurückdrehen, und sei es nur für einen einzigen Tag oder eine Woche, einen Monat, ein Jahr. Über ihm knarrten Hallgrímurs Schritte auf dem Holzfußboden. Was machte er da? Aber irgendwie war es, als ob ihn das alles überhaupt nicht interessierte. War er etwa eingeschlafen, in der Hocke neben der toten Geliebten seines Vaters? Oder vor lauter Erschöpfung und Resignation in eine Art Trance gefallen? Jedenfalls fuhr er zusammen, als Hallgrímur ihn anstieß.

»Hier sind die Säcke. Was hast du vor?«

Marteinn öffnete die Augen und war plötzlich unglaublich müde, obwohl es gerade erst neun Uhr war.

»Was ist, hilfst du mir jetzt, sie hier rauszuzerren?«

Anstatt auf eine Antwort zu warten, packte er das Bettlaken am Knoten über ihren Füßen und machte sich daran, das Bündel in Richtung Lukenöffnung zu schleifen. Das war allerdings schwieriger als erwartet. Am Tag zuvor, als er die Leiche aus dem Haus transportiert hatte, hatten ihn Angst und Aufregung vorangetrieben, und dieser Faktor fiel jetzt weg. Nicht dass ihm etwas gefehlt hätte, aber nun kam es ihm vor, die Leiche hätte inzwischen Wurzeln geschlagen, und er bekam sie kaum vom Fleck. Außerdem war ihm vom Leichengeruch so kotzübel, dass er immer wieder die Luft anhielt und versuchte, so wenig wie möglich zu atmen.

Da verpasste Hallgrímur ihm einen Fausthieb ins Gesicht.

Der Schlag war nicht fest, traf ihn aber so unerwartet, dass er das Gleichgewicht verlor und hintenüber fiel. Hallgrímur kniete vor ihm und keuchte atemlos.

»Du verdammter Hohlkopf! Kapierst du denn immer noch nicht, in was für eine verdammte Scheiße du mich da reingeritten hast? Bildest du dir allen Ernstes ein, dass du damit durchkommst?«

»Jetzt hör auf damit! Ich hab dir doch alles erklärt.«

»Du hast den letzten Schwachsinn gelabert, und ich hab dir zugehört, weil du mir leid getan hast, wegen deinem Vater. Diesem Oberaffenarschgesicht.«

»Jetzt hör mir mal gut zu ...«, rief Marteinn in hilfloser Wut.

»Ich hör dich ausgezeichnet. Soll ich deinem Vater vielleicht hinterherräumen, wenn er tote Tussis in Sommerhäusern rumliegen lässt? Kannst du mir das vielleicht mal erklären?«

»Ich hab doch gesagt, du brauchst nicht ...«

»Ja ja, mal sagst du dies, mal sagst du das. Du hast mich doch in die totale Zwangslage gebracht: Entweder ich helf dir, oder ich verpfeif dich bei den Bullen. Oder ich lass dich einfach hier sitzen, aber selbst dann bin ich in Schwierigkeiten, wenn du dann hier allein nur Scheiße baust. Sag mal, bist du eigentlich nie auf die Idee gekommen, es wäre besser gewesen, du hättest von vornherein die Klappe gehalten? Hättest mir nie was davon erzählt, dass dein Vater seine Geliebte ermordet hat?«

»Er hat überhaupt niemand ermordet!«, widersprach Marteinn, aber Hallgrímur hörte gar nicht mehr hin.

»Das muss dir doch auch selber einleuchten. Oder hältst du's für Zufall, dass dieses Mädchen genau dort tot herumliegt, wo dein Vater mit ihr rumgeturtelt hat?«

»Aber warum sollte er sie denn umbringen?«

»Was weiß denn ich? Vielleicht hat sie gedroht, die ganze Sache auffliegen zu lassen. Ihrem Vater zu stecken, dass sein guter alter Schulfreund sich an ihr vergriffen hat. Wie hätte er da wohl reagiert? Hätte der nicht alles versucht, um der Sache einen Riegel vorzuschieben? Und wär ihm da nicht jedes Mittel recht gewesen, ich meine *jedes*, verstehst du?«

»Ich hätte dir nie vertrauen sollen«, sagte Marteinn zu seinem Freund.

»Ganz genau!«, schrie der, plötzlich völlig außer sich.

Marteinn starrte ihn an und verkniff sich, ihm irgendwelche Beleidigungen an den Kopf zu werfen. Hallgrímur war kreidebleich, sein Mund war wutverzerrt, und über seinen Hals zogen sich rote Flecken. Er hatte vollkommen recht, dachte Marteinn. Er hätte ihn niemals in diesen Albtraum mit hineinziehen sollen. Bloß war es jetzt ein bisschen zu spät, das noch zu ändern.

»Es tut mir leid«, sagte er zu ihm. »Fahr einfach nach Hause. Ich krieg das hier schon geregelt.«

»Ach, halt die Klappe«, antwortete Hallgrímur.

Mit größter Anstrengung hatten sie schließlich das Bettlaken samt Inhalt auf das Rasenstück hinausbugsiert. Der keuchende Atem der beiden erfüllte die Stille. Nun lag Sunneva vor ihnen im Gras, Marteinn löste die Knoten und zog das Laken unter ihr weg. Das Bettzeug aus dem Sommerhaus war mit ihren Kleidern zu einem dicken Haufen verknäuelt, der an den Seiten unter ihr hervorquoll. Marteinn zerrte auch das Deckbett hervor, aber um an ihre Jeans zu kommen, musste er ihren Hintern ein Stück anheben. Er hatte die vage Vorstellung gehabt, dass die Leiche sich steif und hart anfühlen würde, stattdessen war sie schlaff, kalt und schlaff. Er musste immer wieder würgen, ein leeres Würgen, das nichts zutage förderte. Ihr Bauch war aufgebläht, die Haut schimmerte graugrünlich, und an den Seiten sah man ein paar große, dunkle Flecken. Plötzlich spürte Marteinn ein so schmerzhaftes Ziehen in der Brust, dass er sich am liebsten ins Gras gelegt hätte, um dort, an der Seite des toten Mädchens, einfach zu sterben. Aber dann stieg ihm der Leichengeruch wieder in die Nase und machte ihm bewusst, dass sie und er verschiedenen Welten angehörten.

»Sollten wir ihr nicht die Klamotten wieder anziehen?«, fragte Hallgrímur dumpf. Marteinn starrte ihn geistesabwesend an.

»Ich bring das Laken und die Decke zurück ins Schlafzimmer«, antwortete er, als gäbe es im Moment nichts Wichtigeres zu erledigen.

Er ging hinein und legte alles ordentlich aufs Bett. Dann sah er sich im Schlafzimmer um. Wie konnte man hier stehen und nicht sofort sehen, was sich an diesem Ort abgespielt hatte? Das war ihm unbegreiflich. Er riss das Bettzeug wieder runter, ohne nachzudenken, jenseits aller Vernunft. Auf dem Weg durchs Wohnzimmer fiel sein Blick auf den Strickpullover. Das erste Anzeichen von Sunneva, das er entdeckt hatte. Er nahm den Pulli, um ihn mitsamt der Bettwäsche nach draußen zu bringen, schloss die Vordertür ab und legte den Schlüssel an seinen Platz zurück. Als er hinaus auf den Rasenvorplatz kam, hatte Hallgrímur ihr bereits Slip und T-Shirt angezogen und versuchte gerade, sie in ihre Jeans zu zwängen.

»Hilf mir doch mal!«, rief er Marteinn zu. Marteinn versuchte sich zusammenzureißen, aber er hatte das Gefühl, als ob ihm ein großer, spitzer Gegenstand in der Kehle steckte.

Es schien ein nahezu hoffnungsloses Unterfangen, der Leiche die Jeans über die Hüften zu ziehen, aber letztendlich gelang es ihnen. Das Oberteil war dagegen einfach, aber umso grausiger war es, Sunneva dabei ins Gesicht zu blicken. Unter ihren

Augenlidern glitzerte es gespenstisch, und ihr Arm fiel immer wieder störrisch auf die Erde, so als sperrte sie sich gegen diese Prozedur. Marteinn kämpfte gegen einen pochenden Schmerz im ganzen Brustkorb.

Bei den Schuhen gaben sie nach ein paar Versuchen schließlich auf, Socken waren nirgends zu finden, sonst hätten sie es vielleicht geschafft. Dann würden sie die Schuhe eben einfach danebenlegen, etwas anders kam wohl nicht in Frage.

Marteinn riss einen Plastiksack von der Rolle, kniete sich neben sie, stülpte den Sack über die nackten Beine und zog ihn hoch bis unter die Taille. Dann nahm er noch einen und zog ihn über den ersten, aber plötzlich verließen ihn die Kräfte. Hallgrímur kam ihm zu Hilfe, stülpte einen Sack über Sunnevas Kopf und zog ihn nach unten bis über den Rand des anderen, dann rollte er einen zweiten ab und wiederholte den Vorgang, so wie er es bei Marteinn gesehen hatte. Marteinn starrte mit leerem Blick vor sich hin, und Hallgrímur war kalkweiß im Gesicht, doch er arbeitete mit höchster Konzentration und schien fest entschlossen, die Angelegenheit durchzuziehen. Nun umwickelte er alles fest mit einer Rolle Klebeband, die sie eigens zu diesem Zweck mitgebracht hatten; dann bedeutete er Marteinn mit einer schnellen Kopfbewegung, ihm zu helfen.

Marteinn packte das Mädchen unter den Kniekehlen, und Hallgrímur schob die Hände in ihre Achselhöhlen, soweit der Plastiksack das zuließ. Dann trugen sie das Bündel am Haus entlang und nahmen die Böschung in Angriff, diese endlose Reihe atemberaubend steiler Treppenstufen, von Marteinns Großvater gezimmert und von drei Generationen Kindern heiß geliebt. Hallgrímur, der das obere Ende der Leiche trug, stapfte voran, Marteinn tappte hinterher und stemmte dabei das Fußende in die Luft. Was für eine gottverdammte Plackerei.

Sie hatten es beinahe geschafft, da trat Hallgrímur auf die lose Treppenstufe, die Stufe, die schon im letzten Sommer hätte repariert werden sollen, wenn nicht schon im vorletzten.

»Autsch!«, hörte man ihn brüllen, als das Brett nach oben schnellte, so dass er das Gleichgewicht verlor und gegen das Geländer stürzte, das an dieser Stelle ebenfalls schon ziemlich morsch war; durch den Aufprall löste sich der Pfosten aus seiner Verankerung und riss den nächsten gleich mit. In einer unwillkürlichen Schreckreaktion schlug sich Hallgrímur die Hände vors Gesicht und ließ dabei die Leiche los, dann riss ihn das Geländer mit sich bergab, wo er schließlich zwischen Birkenzweigen und Heidekraut am Fuß des Abhangs landete. Die Leiche, die in ihrer glatten Plastikfolie vom fallenden Geländer nicht aufgehalten wurde, nahm denselben Weg. Nach einem verzweifelten Versuch, Sunnevas Füße festzuhalten, kippte auch Marteinn aus dem Gleichgewicht. Er war gezwungen loszulassen, und das plastikumhüllte Leichenpaket verschwand mit einem knirschenden Geräusch in der Tiefe. Auf der Straße hörte man ein Auto heranfahren, das mussten die Bullen sein. Die beiden wechselten einen kurzen Blick, bereit, jeden Moment die Flucht zu ergreifen und sich durchs Gebüsch davonzumachen.

In diesem Moment erschien Marteinn alles, was er bisher getan und beschlossen hatte, nicht nur falsch, sondern vollkommen absurd. Was für eine Erleichterung, wenn die Wahrheit endlich ans Licht käme.

Hallgrímur ließ ein paar deftige Flüche hören, als sich das Motorengeräusch wieder entfernte. Er hatte sich ziemlich böse an der Hüfte verletzt, humpelte aber trotzdem zur Böschung zurück, warf sich die Leiche über die Schulter und kletterte, an der defekten Stufe vorbei, die restlichen Stufen zum Parkplatz hinauf. Inzwischen hatte Marteinn auch das Bettzeug in einem Plastiksack verstaut, so konnte er es unterwegs einfach in einem Müllcontainer verschwinden lassen.

Während der Fahrt mit Sunneva im Kofferraum waren sie beide ziemlich schweigsam.

»Und wo willst du jetzt mit ihr hin?«, hatte Hallgrímur gefragt.

»Ich dachte, am besten, wir verstecken sie irgendwo am Ufer«, antwortete Marteinn mit dünner Stimme.

»Kannst du vergessen«, brummte Hallgrímur. »Da sieht uns garantiert jemand. Die einzige Möglichkeit ist irgendeine Stelle mit vielen Bäumen und wo gerade niemand in der Nähe ist. Ich kenn da eine …«, fügte er hinzu. Marteinn protestierte nicht, fragte nicht einmal, wo sie hinfuhren. Er wusste, was auch immer geschah, nie wieder würde er Hallgrímur herumkommandieren und ihn ausnutzen können, auch wenn es ihn noch so sehr danach drängte. Endlich waren sie quitt.

42 »Hallo. Kann ich reinkommen?«
»Ingi? Was machst du denn hier noch so spät?«, fragte Hildigunnur durch den Türspalt.

»Entschuldigung. Ich hatte nicht damit gerechnet, dass ihr schon im Bett seid.«

»Nein ...«, sagte sie reserviert, und nach kurzem Zögern öffnete sie die Tür einen Spalt und ließ ihn herein.

»Ich weiß, dass ich mich da eigentlich nicht einmischen sollte«, sagte er, als er ihr in die Küche folgte. »Aber ich kann nichts dafür, ich mach mir einfach so furchtbare Sorgen wegen Sunneva. Deshalb wollte ich auch bloß ...«

Er wusste nicht, wie er den Satz beenden sollte. In der Küchentür traf ihn eine Duftwolke aus der vor sich hin blubbernden Kaffeemaschine. Ihm war leicht übel.

»Willst du dich nicht für einen Augenblick setzen, wo du schon mal hier bist? Tasse Kaffee?«

Hildigunnur war vollständig angezogen, obwohl es ein Uhr nachts war. Sie sah zehn Jahre älter aus als bei ihrer letzten Begegnung, war bleich, hatte dunkle Ringe unter den Augen, und von ihrer ruhigen, gelassenen Ausstrahlung war nichts mehr zu spüren. In der Ecke saß Gunnar, eine Flasche Whisky und ein leeres Schnapsglas vor sich auf dem Küchentisch, doch im Moment schien er noch nicht allzu viel intus zu haben.

»Gibt's was Neues?«, fragte Ingi schüchtern und blieb im

Türrahmen stehen, ohne dass er sich entschließen konnte, der Einladung zu folgen.

»Was hast du denn hier zu suchen?«, knurrte Gunnar unfreundlich. »Findest du nicht, dass man eine Familie, die in so einer Situation ist, lieber in Ruhe lassen sollte?«

»Ich geh ja schon. Ich wusste einfach nicht mehr, wohin mit mir. Ich wollte bloß …«

Wieder hatte er Schwierigkeiten, seinen Satz zu Ende zu bringen.

»Jetzt lass ihn in Ruhe, Gunnar«, sagte Hildigunnur. »Er meint es doch nur gut. Na, meine Kleinen, was macht ihr denn hier noch?«, sagte sie plötzlich. Zwei Blondschöpfchen, das eine etwas rötlicher als das andere, waren hinter Ingi aufgetaucht. Er wuschelte dem Jungen durch das Haar, der offenbar nichts dagegen hatte, während das Mädchen ihn erstaunt und neugierig anstarrte. »Los, zurück ins Bett mit euch, meine Süßen. Ihr solltet eigentlich längst schlafen!« Hildigunnur schob die beiden hinaus in Richtung Kinderzimmer.

Ingi blieb ziemlich irritiert im Türrahmen stehen. Obwohl er ständig an Sunneva dachte, hatte er an ihre Geschwister schon lange keinen Gedanken mehr verschwendet. Diese Kinder, die einmal zu seinem täglichen Leben gehört hatten, waren vollkommen aus seinem Bewusstsein verschwunden, und obwohl sie in der Nachbarschaft wohnten, hatte er sie seit Ewigkeiten nicht mehr gesehen. Warum ging das Leben so mit einem um?, grübelte er. Du tust dich mit jemand zusammen, und von einem Tag auf den anderen wird alles auseinandergerissen, ohne dass du was dagegen tun kannst. Du wirst nicht mal gefragt, bleibst einfach zurück mit dieser fremden Entscheidung, die dein Leben von Grund auf verändert und es so viel ärmer macht, so wie bei mir. Er spürte die alte Verbitterung wieder in sich hochsteigen, spürte, wie die Wut anfing, in ihm zu brodeln, aber nichts davon durfte jemals an die Oberfläche kommen, er musste sich unbedingt beherrschen.

»Na, mein Junge, willst du hier Wurzeln schlagen, oder was?«, riss Gunnar ihn aus seinen Gedanken. Ingi erschrak und ging ein paar Schritte in Richtung Küchentisch. Auf einmal war er nicht mehr sicher, ob es eine gute Idee gewesen war, ausgerechnet jetzt hierherzukommen. »Tasse Kaffee?«, fragte Gunnar. Ingi schüttelte den Kopf. »Whisky?« Ingi zögerte so lange, bis Gunnar aufstand und ein zweites Schnapsglas auf den Tisch stellte. Ingi setzte sich seinem Ex-Schwiegervater gegenüber. Die beiden hatten sich immer gut verstanden, Gunnar hatte seinerzeit ausdrücklich bedauert, dass Ingi nun nicht mehr zur Familie gehörte. Doch obwohl sie sich jahrelang mehrmals pro Woche gesehen hatten, konnte sich Ingi nicht erinnern, dass sie sich jemals unter vier Augen unterhalten hatten. Und erst recht nicht zusammen getrunken. Er kippte den Whisky hinunter, aber da er solche starken, unverdünnten Drinks nicht gewöhnt war, brannte das Zeug auf seiner Zunge wie Feuer. Er schüttelte sich. Gunnar sah ihn aufmerksam an.

»Es gibt Leute, die sich wie Aasgeier oder Vampire auf das Unglück anderer stürzen. Bist du auch so einer?«, wollte er wissen und sah ihn forschend an. Ingi fühlte sich unbehaglich, aber er hielt seinem Blick stand und schüttelte den Kopf. »Ich weiß, mein Lieber. Entschuldige, dass ich davon angefangen habe. Ich weiß, du hast sie nun mal gern. Genau wie ich. Der Unterschied zwischen uns beiden ist nur, dass ich nicht drum herumkomme. Manchmal denk ich, dass man so wenige Menschen gernhaben sollte, wie es nur irgend geht. Sobald du jemand gernhast, bist du verletzlich, dann lädst du das Unglück zu dir nach Hause ein.«

»Ich komm auch nicht drum herum, Sunneva gernzuhaben«, warf Ingi dazwischen, aber Gunnar tat so, als hatte er nichts gehört.

»Aber das größte Unglück, das einem zustoßen kann, ist, über den Menschen Unglück zu bringen, den man am liebsten hat. Verstehst du, was ich meine?«

»Nein, ich hab keine Ahnung, was du meinst. Hast du denn Sunneva Unglück gebracht?«

Gunnar antwortete mit einem leisen Schluchzen, das in einen asthmaartigen Hustenanfall überging.

»Natürlich hast du keine Ahnung. Aber ich weiß, wovon ich rede, und das reicht.«

»Ich würd es aber auch gern verstehen«, sagte Ingi Geir. »Weißt du vielleicht was, das ich nicht weiß? Von was für einem Unglück redest du überhaupt?«

»Geh jetzt nach Hause, Ingi. Du gehörst nicht mehr zu uns.«

»Ach, und deshalb soll mir Sunneva scheißegal sein?«, fauchte er Gunnar entgegen. Dieser machte Anstalten, sich von der Küchenbank zu erheben, aber Ingi drückte ihn unsanft wieder auf seinen Sitz, dann beugte er sich über den Tisch und packte Gunnar am Hemdkragen. Seinerzeit hätte er sich nie träumen lassen, dass er Gunnar gegenüber jemals handgreiflich werden würde, hätte es vor zwei Jahren ohnehin nicht mit ihm aufnehmen können, aber mittlerweile hatten regelmäßiges Krafttraining in Verbindung mit Anabolika das Ihrige getan. »Sag mir endlich, wovon du redest, wenn ich nicht sofort erfahre, was mit ihr los ist, weiß ich nicht mehr, was ich tue«, sagte er und nahm Gunnars Kragen noch fester in den Klammergriff, so dass der fast in der Luft schwebte.

»Hör auf!«, schrie Gunnar wütend. »Wenn du nicht sofort aufhörst, ruf ich Hildigunnur, und die holt die Polizei.«

Ingi Geir warf Gunnar einen vernichtenden Blick zu, beruhigte sich aber etwas und ließ Gunnars Hemdkragen los. »Glaubst du im Ernst, mir wär das alles egal? Und ist das vielleicht verboten, sich Sorgen um eine Frau zu machen, die man gernhat? Auch wenn sie mich vielleicht nicht mehr unbedingt genauso gernhat, aber spielt das irgendeine Rolle? Stell dir mal vor, du hättest dich mit Sunneva gestritten, und danach wär sie verschwunden. Würdest du dir dann noch groß über diesen

Streit den Kopf zerbrechen, anstatt daran zu denken, worauf es wirklich ankommt?«

»Das ist ja wohl nicht ganz dasselbe. Ich bin immerhin ihr Vater.«

»Und ich hab einen größeren Anteil meines Lebens mit Sunneva verbracht als du. Denk mal drüber nach.«

Bei dieser Art von Logik knurrte Gunnar verächtlich, erwiderte aber nichts. »Ich weiß nicht, wo Sunneva ist«, sagte er dann. »Aber ich fürchte, man hat sie entführt, um mich zu zwingen, etwas abzuliefern, was ich nicht habe.«

»Wovon redest du überhaupt? Entführt?«

»Sie haben gedroht, meiner Familie was anzutun. Japanische Finanzinvestoren, die anscheinend mit der japanischen Mafia in Verbindung stehen. Ich hab bloß die Ausschreibungen für das Sportanlagen-Projekt erwähnt, und dass meine Tochter damit was zu tun hat. Sofort haben sie eine Wahnsinnssumme auf mein Konto überwiesen, und jetzt wollen sie dafür irgendwelche Informationen aus mir rauspressen, die ich einfach nicht habe. Sie haben sie entführt, ich weiß es genau. Ich hab mit einem von ihnen geredet.«

»Und warum hast du nicht gleich die Kripo verständigt?«

»Weil das Sunneva in Gefahr bringen könnte. Außerdem war Hildigunnur dagegen. Sie denkt, dass ich mir das alles nur im Suff zusammenfantasiert habe, um mir dann schließlich selbst die Schuld an ihrem Verschwinden aufzuladen. Sie glaubt nicht an diese Japaner.«

»Aber da irrt sie sich, oder was?«

»Genau. Ich schwör dir, dass ...«, sagte er, dann musste er schlucken und brach ab. »Ich hab solche Angst«, flüsterte er und sank in sich zusammen. Ingi rutschte auf seinem Stuhl hin und her. Gunnars Schultern zitterten in lautlosem Schluchzen, als Ingi die Küche verließ und sich aus dem Haus schlich.

43 *Ich hatte erwartet, er würde wegen Marteinn mit mir Schluss machen. Auch wegen Björg, aber hauptsächlich wegen Marteinn. Verständlicherweise. Und hätte mich damit abfinden können. Die Beziehung zu seinen Kindern war ihm immer sehr wichtig gewesen, auch wenn ich nicht sicher bin, ob ihnen selbst das überhaupt bewusst war. Mir fällt es nicht leicht, das auszusprechen, aber vielleicht war die Beziehung doch nicht ganz so wichtig, wie er das gerne darstellte. Überhaupt schien er viel durchtriebener zu sein, als ich zunächst vermutet hatte. Ich wusste ja, dass er kompliziert und schwierig war, aber mit dieser Durchtriebenheit hatte ich nicht gerechnet. Nun, im Nachhinein weiß ich genau, wann er angefangen hat, mich zu hintergehen. Wir hatten uns verabredet, hatten ein Date, und als ich mich in seinen Haaren vergrub, stieg mir dieser Parfümduft in die Nase. Irgendwie schien mir dieser Duft nicht zu seiner Frau zu passen. War das wirklich ihr Parfüm? Und mischte sich da nicht noch ein anderer, sehr physischer Geruch hinein, ein Geruch von Lust und Körpersäften? Und seine Nase war so rot, als ob er sie irgendwo hineingesteckt hätte, wo sie nichts zu suchen hatte.*

»*Na, hat deine Frau sich ein neues Parfüm zugelegt?*«, *fragte ich in neckischem Ton.*

»*Was? Ja ja, schon möglich. Auf diese Dinge achte ich meist nicht besonders*«, *antwortete er und versuchte so zu klingen, als sei nichts gewesen. Aber das kurze Flackern in seinen Augen war mir nicht entgangen, dieses angstvolle Flimmern in den Augen des Lügners, der dabei ist, sich in seinem eigenen Lügengewebe zu verstricken. All das kenne ich nur zu gut aus eigener Erfahrung. Mein ganzes Leben ist auf einem Lügengerüst gebaut, nur bin ich etwas geschickter als er, wenn es darum geht, die feinen Risse in diesem Lügengebäude zu kaschieren, dort, wo die Wahrheit droht, hindurchzuschimmern. Dabei hätte er es sich so leichtmachen können, wenn er einfach behauptet hätte, er habe eine Frau geküsst. Dann hätte er mich provozierend angeschaut, um Zeit zu gewinnen, während ich erst mal nach einer Antwort gesucht hätte. Und schließlich hätte er irgendeine alte Schulkameradin zur Sprache gebracht oder meinetwegen eine verflossene Geliebte, die plötzlich aus dem Nichts auf ihn zugestürzt war und ihn einfach geküsst hatte. Und er hätte den Kuss eben erwidert, warum auch nicht? Bildete ich mir denn ein, ich hätte das Monopol auf seine Küsse? So hätte er sich leicht aus der Affäre ziehen können, zumindest ich hätte das an seiner Stelle getan. Aber er konnte das nicht, er schaffte es nicht, seine plötzliche Unsicherheit zu verbergen. Und wäre ich mir meiner Sache nicht sowieso von Anfang an sicher gewesen, dann hätte ihn spätestens sein Verhalten danach mehr als verraten. Er war plötzlich so unglaublich witzig und redete wie ein Wasserfall, dass die Hälfte auch gereicht hätte. Ach, was war er froh, noch mal mit dem Schrecken davongekommen zu sein! Und wie er tunlichst darauf achtete, sein Haar von meinem Gesicht fernzuhalten, der elende Heuchler! Er war so leicht zu durchschauen, so billig, dass ich ihn regelrecht dafür hasste. Ich wusste, ich würde ihn nicht noch mal bei so was erwischen. Beim nächsten Mal würde er mit frischgewaschenem Haar und in einer männlichmarkanten Duftwolke erscheinen. Wenn er mir wenigstens so viel Respekt entgegengebracht hätte, mir die Wahrheit zu sagen, damals, als ich ihm zum ersten Mal auf die Schliche kam.*

Dann wäre alles viel, viel leichter zu ertragen gewesen. Sowieso hatte ich bei jedem einzelnen unserer heimlichen Treffen das Gefühl, dass es das letzte sein könnte. Wenn er eines Tages zu mir gesagt hätte: »Hör zu, ich muss dir was sagen: Ich hab eine wunderschöne Frau kennen gelernt und mit ihr geschlafen. Ich erwarte nicht, dass du das verstehst oder mir verzeihst, aber so ist es nun mal.« Dann wäre ich über ihn hergefallen, und schließlich wären wir im Bett gelandet und hätten Sex gehabt, aufrichtigen, fairen Sex, es wäre vielleicht das letzte Mal gewesen, aber immer noch so unendlich viel besser als die erbärmlichen Lügen, die er mir ständig aufzutischen versuchte. In jeder anderen Situation konnte er meinetwegen lügen, was das Zeug hielt, aber dass er mich hinterging, das war einfach zu viel für mich. Ich musste mich an ihm rächen, und zwar so, dass er es so schnell nicht vergessen würde.

DIENSTAG

44 »Und was genau wollen Sie von mir wissen?«
Der stechende Blick war das Erste, das Valdimar an ihm auffiel. Seine Augen glänzten wie bei hohem Fieber, und die Schärfe, mit der sie ihr Gegenüber durchbohrten, passte nicht recht zu seiner kratzigen Teenagerstimme.

»Alles über die Beziehung zwischen Ihnen und Sunneva«, antwortete Valdimar.

»Alles?«, fragte er, und seine Stimme schien sich fast zu überschlagen. Dann verzog er den Mund zu einem spöttischen Lachen, um anzudeuten, wie abwegig er diese Forderung fand.

Valdimar hatte ihn gleich morgens auf seinem Handy angerufen und ihn gebeten, entweder auf der Wache vorbeizukommen oder sich mit ihm irgendwo zu treffen, wo sie ungestört reden konnten. Daraufhin hatte Ingi Geir ihn zu sich nach Hause eingeladen, was Valdimar ebenso recht war.

Schon an der Tür schien er nervös, geradezu aufgekratzt, als er Valdimar öffnete und ihn hastig hereinbat, ohne ihn nach seinen Namen zu fragen. Valdimar selbst war sich der unbequemen Tatsache bewusst, dass der Eingang genau im Blickfeld von Sunnevas Elternhaus lag und vom Wohnzimmerfenster aus gut einzusehen war. Ingi Geir bewohnte eines dieser Kellerappartements im Untergeschoss vieler Einfamilienhäuser, in denen die Kinder der Hausbesitzer gerne Zwischenstation machen, bevor sie endgültig ausziehen.

»Glauben Sie, dass sie tot ist?«, war das Erste, was er gefragt hatte. Valdimar ging darauf nicht ein, sondern sagte nur, dass er ihm gerne ein paar Fragen stellen würde. Er schlug vor, die Unterhaltung in der Küche durchzuführen, um einem Foto von Sunneva zu entgehen, das im Wohnzimmer die Atmosphäre beherrschte. Sie setzten sich einander gegenüber an den Küchentisch. Ingi Geir hatte ihm keinen Kaffee angeboten, doch Valdimar hätte ohnehin keinen gewollt. Er zückte seinen Block und verlangte, die ganze Geschichte zu hören. Und damit meinte er die ganze Wahrheit.

»Wann haben Sie sich kennengelernt?«

»Wir sind beide hier in der Straße aufgewachsen. Kennen uns, seit wir Kleinkinder sind. Unsere Mütter sind Freundinnen. Ich war ernsthaft in sie verliebt, seit ich zehn war. Mit zwölf hab ich den ersten Kuss von ihr bekommen. Sie war vierzehn und ich fünfzehn, als wir anfingen, miteinander zu gehen, und wir waren beide zweiundzwanzig, als es in die Brüche ging.«

Ingi Geir trug die Punkte schnell und flüssig vor, so als hätte er diese Zeittabelle schon mehr als einmal heruntergeleiert. Valdimar stellte sich vor, wie er sich alles genau zurechtgelegt und es dann auswendig gelernt hatte.

»Wie würden Sie Ihre Beziehung beschreiben?«

»Sehr schön. Die meiste Zeit. Zum Schluss hab ich's dann vermasselt.«

»Und wie?«

»Ach, das ist schwer zu … begreifen. Sie fand, ich würde sie ständig herumkommandieren, würde versuchen, ihr meinen Willen aufzuzwingen. Und vielleicht war da auch was dran. Aber ich hatte einfach das Gefühl, dass sie sich … von mir entfernt, immer mehr. Und dagegen musste ich was tun. Vielleicht hab ich's nicht auf die richtige Art und Weise getan, vielleicht sogar auf eine vollkommen verkehrte Art und Weise, aber irgendwas musste ich unternehmen, ich konnte nicht einfach so tun, als wär alles in Ordnung, und zusehen, wie sie allmählich ... alles, was zwischen uns war, zerstörte. So, als ob unsere Beziehung ihr völlig gleichgültig wäre. Sie ...«

Er stockte und wusste nicht mehr weiter. Mittlerweile sah er Valdimar nicht mehr ins Gesicht, sondern starrte auf seine Hände, aber er hatte sich auch etwas beruhigt und schien jetzt ganz versunken in seine eigene Welt. Doch dann brach auf einmal Bitterkeit, beinahe Zorn aus ihm heraus.

»Ich dachte immer, wir hätten was gemeinsam, etwas, das niemand zerstören konnte, dachte immer, wir wären so was wie Auserwählte, und ich versuchte, alles von ihr fernzuhalten, was sie unglücklich machen konnte, versuchte, sie vor allem Hässlichen und Bösen in der Welt zu schützen, aber irgendwie war es, als ob sie ausgerechnet von dem angezogen wurde, vor dem ich sie bewahren wollte. Ich dachte an uns, aber sie dachte nur an sich selbst. Sie ist unglaublich egoistisch, krankhaft egoistisch. Alle finden sie so wunderbar, so perfekt, dabei ist sie egoistisch bis ins Letzte. Ihr ist doch alles scheißegal, außer sie selbst. Alles, was uns mal heilig war, hat sie zerstört, weil es ihr so scheißegal war, weil sie es in den Schmutz treten wollte, um sich nicht binden zu müssen.«

Valdimar hörte schweigend zu. Ingi Geir sah auf, seine Augen glänzten, und im Mundwinkel sah man ein nervöses Zucken.

»Als sie mit mir Schluss gemacht hat ...« Er schluckte. »Als sie mit mir Schluss gemacht hat, da war sie schwanger. Sie hatte sich ziemlichen Stress gemacht, weil sie längst überfällig war ... schon zwanzig Tage. Dann hat sie sich so einen Test aus der Apotheke geholt, und der war so positiv, wie er nur sein konnte. Und als sie mir dann gesagt hat, dass sie nicht mehr mit mir zusammen sein will, da hab ich sie gefragt, was jetzt aus dem Kind wird, und sie hat gesagt, es gibt kein Kind, sie hätte am Abend zuvor ihre Tage gekriegt. Und in dem Moment sei ihr klargeworden, dass ... und so weiter, blablabla ... Und später war dann ihre Freundin Rúna bei mir, um mich dazu zu bringen, Sunneva in Ruhe zu lassen, und ihr ist es dann rausgerutscht ... oder vielleicht wusste sie auch gar nicht, dass sie nichts davon erzählen sollte. Jedenfalls ist ihr rausgerutscht, dass Sunneva abgetrieben hat, und zwar *nachdem* zwischen uns Schluss war. Ohne mich zu fragen! Kein Wort hat sie mir davon gesagt, das elende Miststück!« Das Wort »Miststück« untermalte er mit einem verächtlichen Schnauben. »Haben Sie schon mal erlebt, dass man Ihnen Ihr Kind abgetrieben hat?«

Valdimar fing seinen Blick auf, blieb aber stumm und schüttelte fast unmerklich den Kopf.

»Immer heißt es, den Jungs wär es scheißegal, die wären sogar froh, wenn ihre Alte abtreiben lässt, weil sie dann nicht mit dem Balg zu Hause hocken müssen. Aber mir war es überhaupt nicht scheißegal! Das war mein Kind, genauso wie ihrs! Und sie hatte kein Recht, dieses Kind einfach wegzumachen, zu entsorgen wie 'ne verdammte Mülltüte, noch dazu, ohne mir was davon zu sagen!«

»Sie haben das mit ihr diskutiert?«

»Natürlich hab ich das.«

»Und was hat sie gesagt?«

»Zuerst hat sie es abgestritten. Und dann zugegeben.«

»Und?«

»Sie hat mich um Verzeihung gebeten. Dann hat sie gesagt, sie hätte sich einfach nicht vorstellen können, mit mir ein Kind zu haben. Na prima. Schöner Trost!«

»Aber an Ihren Gefühlen für Sunneva hat das nichts geändert?«

»Ich hatte 'ne Stinkwut auf sie«, sagte Ingi Geir leise. »Aber dann hab ich gedacht ... als mir klar wurde, dass sie das Ganze ehrlich und aufrichtig bereut, da hab ich plötzlich gedacht, dass wir vielleicht doch noch 'ne Chance hätten, dass wir doch eigentlich ganz nah dran wären ... und dass sie, wenn sie nur einen Tag länger drüber nachgedacht hätte, vielleicht ...«

Schweigen.
»Und dann, was haben Sie dann gemacht?«
»Ich hab versucht, sie zu überreden, dass wir es noch mal miteinander probieren sollten.«
Schweigen.
»Wie kam das bei ihr an?«
»Nicht gut.«
Schweigen.
»Hatten Sie ... nachdem die Beziehung beendet war, noch ... engeren Kontakt?«, fragte Valdimar.

Ingi Geir warf ihm einen kurzen Blick zu, sein Gesicht verzog sich fast unmerklich, doch er gab keinen Ton von sich.
»Einmal. Da hab ich sie dazu gebracht. Ich dachte, wenn ich sie erst so weit hätte, dann würde sie sich schon erinnern, wie schön es zwischen uns war. Dann würde sie begreifen, was sie getan hat ... was sie da zerstört hat ... und dann würde sie vielleicht ...«
»Und was kam dabei heraus?«
Schweigen.
»Die Sache ist also schiefgegangen?«
Schweigen.
»Und wie war Ihr Kontakt danach?«
»Ich fand, nachdem sie einmal bereit gewesen war, mit mir zu schlafen, könnte sie das ja eigentlich öfters tun. Dieses ... billige Flittchen ...«
»Und wie hat sie darauf reagiert?«
»Ziemlich extrem. Zum Schluss ist sie regelrecht hysterisch geworden und hat gedroht, sich umzubringen, wenn ich sie weiterhin belästigen würde.«
»Und haben Sie dann aufgehört, sie zu ›belästigen‹?«
»Ja. Oder so gut wie.«
»So gut wie?«
»Ja, ab und zu hab ich ihr noch E-Mails und SMS geschickt und so.«

»Wozu das?«

»Einfach, weil ich immer noch gehofft hab, dass sie bald über diese Phase weg wäre, dass sie irgendwann genug hätte von niveaulosem Sex mit irgendwelchen Arschlöchern, und sich wieder nach einem festen Freund sehnt. Ich hätte einfach alles für sie getan, aber sie hat mich ja nur von vorne bis hinten betrogen. Trampelte auf allem herum, was uns mal heilig war.«

»Was meinen Sie denn mit ›niveaulosem Sex mit irgendwelchen Arschlöchern‹?«

Schweigen.

»Was soll das heißen?«

»Ein paar Mal hab ich sie mit so einem verdammten Kerl aus ihrer Wohnung kommen sehen.«

»Haben Sie ihr in der Fjólugata nachspioniert? Antworten Sie!«

»Nicht direkt nachspioniert. Ich komm da sowieso ab und zu vorbei.«

»Sie kommen da vorbei? Die Fjólugata ist nun nicht gerade für ihren Durchgangsverkehr bekannt!«

»Ist ja wohl nicht verboten, durch die Straßen unserer Stadt zu spazieren, oder?«

»Wann haben Sie Sunneva zuletzt gesehen?«

»Das ist lange her.«

»War das vor ihrer Wohnung?«

»Kann sein.«

»Was meinen Sie mit lange? Eine Woche? Zwei? Einen Monat?«

»Vielleicht ... vielleicht 'ne Woche, zehn Tage.«

»Und in den letzten Tagen, da haben Sie sie nicht mehr gesehen?«

»Nein.«

»Sind Sie da ganz sicher?«

»Todsicher.«

Er sah Valdimar direkt und geradlinig in die Augen, sein Blick war der eines Mannes, der möchte, dass man ihm glaubt.

»Und was ist mit dem Mann, mit dem sie zusammen war? Wann haben Sie den zuletzt gesehen?«

»Auch lange her«, antwortete er ungehalten.

»Sie haben Sunneva nicht rein zufällig letzten Freitagabend nachspioniert?«

»Nein, rein zufällig nicht.«

»Wo waren Sie Freitagnacht?«

»Zu Hause.«

»Vielleicht wissen Sie noch nicht, dass dieser Mann, sein Name ist Björn Einarsson, in der Nacht zum Samstag verunglückt ist und seitdem bewusstlos mit schwersten Kopfverletzungen im Krankenhaus liegt?«

»Nein, wusste ich nicht, und das ist mir auch scheißegal, weil es ihm nämlich recht geschieht. Hoffentlich krepiert er dran.«

»Warum?«

»Warum? Weil er seine Finger nicht von Sunneva lassen konnte, darum. Sie darf ihre Zeit nicht mit solchen Typen verschwenden, sie hat was Besseres verdient.«

»Ihrer Meinung nach hat also jeder, der sich mit Sunneva trifft, den Tod verdient?«

»Und wenn?«

Valdimar sah ihn scharf an, und Ingi Geir schaute betont dreist zurück, in seinem stechenden Blick flackerte unterdrückter Hass und grenzenloses Unglück.

»Und wo waren Sie dann am Freitagmorgen?«, fragte Valdimar etwas milder.

»Was? Warum wollen Sie das wissen?«

»Antworten Sie auf meine Frage.«

»Zu Hause, nehm ich an. Wo hätte ich sonst sein sollen?«

»Sie hätten zum Beispiel bei Sunneva einbrechen können. Irgendjemand hat das nämlich getan.«

Ingi Geir wurde dunkelrot vor Zorn.

»Das muss dieser Schuljunge gewesen sein!«

»Von wem reden Sie?«

»Ach, so ein Pickelgesicht, das ihr ein paar Mal hinterhergestiegen ist. Keine Ahnung, was der wollte. Sicher 'n Bekloppter oder so.«

»Und wie sah der aus?«

»So 'n mickriger, schwarzhaariger Zwerg.«

Valdimar fiel sofort Marteinn ein. Nachdem das Gespräch mit Ingi Geir beendet war, machte er einen Anruf. Es ging um ein Detail, das ihm plötzlich eingefallen war und das er sich nun bestätigen lassen wollte.

45 Marteinn war erst gegen Morgen eingeschlafen, betäubt und ausgelaugt an Körper und Seele. Doch schon kurz darauf wurde er wieder aus dem Schlaf gerissen, als jemand ziemlich unverschämt bei ihm Sturm klingelte. Sofort befürchtete er das Schlimmste. Für einen Moment überlegte er, sich aus der Hintertür zu schleichen und einfach abzuhauen. Aber was würde das bringen? Sicher war mittlerweile längst alles aufgeflogen, und er könnte schließlich nicht für alle Ewigkeiten untertauchen. Also musste er nun den Konsequenzen seiner Taten ins Auge sehen. Er sprang aus dem Bett und stürzte zur Tür, um seine Mutter und seine Schwester möglichst erst gar nicht ins Geschehen hineinzuziehen. Als er öffnete, stand Valdimar von der Kriminalpolizei draußen und machte ein ziemlich finsteres Gesicht.

»Zieh dich an. Auf der Stelle.«

Valdimar wartete vor der Zimmertür, während Marteinn hastig seine Kleider überzog und plötzlich daran dachte, sich umzubringen. Es musste hier drinnen doch irgendwas aufzutreiben sein, um sich ins Jenseits zu befördern, und wann sonst, wenn nicht jetzt? Er blickte sich im Zimmer um. Aber außer der Glasscheibe über einem Bild von seinem Großvater konnte er nichts entdecken, und im Laufe dieser wenigen Sekunden, die ihm für die Suche blieben, wurde ihm klar, dass er nicht sterben wollte. Am Abend zuvor, im Angesicht des

Todes, hatte ihn plötzlich ein solcher Lebenshunger ergriffen, dass er sich fast dafür schämte. Er war so glücklich, am Leben zu sein, so dankbar dafür, seinen Körper zu spüren und bewegen zu können, ganz im Gegensatz zu dieser schönen Frau, mit der sie so entwürdigend umgegangen waren: Zuerst hatten sie ihre Leiche fünfzig Kilometer durch die Gegend kutschiert und dann an einem Ort versteckt, wo sie womöglich schon von Tieren angefressen war, wenn man sie fand.

Aber nun hatten die Bullen sie offenbar entdeckt, und deshalb war dieser Valdimar jetzt hier. Die Frage war nur, wie hatte die Kripo ihn mit Sunneva in Verbindung gebracht? Irgendwas musste er übersehen haben, irgendein peinlicher Anfängerfehler war ihm wohl unterlaufen … Die Frage war nur, ob sie auch über Hallgrímur Bescheid wussten. Während er sich darüber den Kopf zerbrach, erwachte plötzlich etwas wie Kampfgeist in ihm: So schnell würde er nicht aufgeben!

Valdimar ließ ihn auf dem Beifahrersitz Platz nehmen, und zu Marteinns großer Verwunderung fuhren sie nicht direkt aufs Revier.

»Ich werde dich nur einmal fragen, mein Freund«, sagte Valdimar und maß ihn mit einem scharfen Blick. »Wenn die Antwort nein ist, muss ich dich leider vorläufig festnehmen. In diesem Fall sehen wir uns vor dem Haftrichter wieder, dann giltst du nämlich als Beschuldigter. Überleg dir also gut, was du sagst, bevor du mir irgendwelche Lügen auftischst.«

Marteinn zitterte und bebte auf seinem Autositz, und sein eigener Angstschweiß stieg ihm in die Nase.

»Und jetzt die Frage: Bist du am Freitag in die Wohnung von Sunneva Gunnarsdóttir eingebrochen?«

Die Frage traf Marteinn aus heiterem Himmel. Darum ging es also. Fieberhaft dachte er alle Möglichkeiten durch. Abstreiten war wohl tatsächlich zwecklos.

»Ja«, sagte er, und im selben Moment fühlte er sich unendlich erleichtert.

»Und warum hast du das getan?«

»Ach, Sie wissen schon«, murmelte er. »Sunneva und mein Vater ...« Der Kommissar nickte. Er schien, was diesen Sachverhalt betraf, bereits im Bilde. »Ich war bloß neugierig.«

»Soso. Bist du schon öfter bei jemand aus Neugier eingebrochen?«

»Nein! Nie! Ich bin im ganzen Leben noch nie irgendwo eingebrochen.«

Marteinn spürte Valdimars Blick auf sich ruhen, aber er sah nicht auf.

»Für diesen Einbruch wirst du wohl auch geradestehen müssen. Aber in Anbetracht der Umstände können wir die Vernehmung wohl erst mal vertagen. Solltest du übrigens auf die Idee kommen, beim nächsten Mal etwas anderes zu behaupten, dann denk dran, dass ich zumindest einen Beweis gegen dich in der Hand habe. Du hättest nicht vorher dort anrufen sollen. Und jetzt werde ich dir noch eine zweite Frage stellen, und wenn du mich anlügst, wirst du das für den Rest deines Lebens bereuen. Schau mich an!«

Erschöpft vom eigenen Zittern, sah Marteinn ihn an. Der ganze Horror der vergangenen Stunden brach plötzlich über ihn herein, viel schlimmer als in der Nacht selbst. Die Schuld schien ihn von innen zu verbrennen, und er war bereit, alles zu gestehen und ihnen zu sagen, wo die Leiche versteckt war. Er wollte, dass man sie fand und endlich alles vorbei war, und zwar sofort.

»Sunneva Gunnarsdóttir ist tot. Hast du irgendeine Idee, wie das passiert sein könnte?«

»Was ... ich? Nein ...«, stammelte Marteinn verwirrt. »Aber ich ...«, fügte er hinzu, dann verhaspelte er sich und wusste nicht mehr weiter. Valdimar sah ihn ungeduldig an. »Ich ...«, versuchte er es erneut, aber auf einmal hatte er einen so riesigen Kloß im Hals, dass er kein Wort mehr herausbrachte. Valdimar lehnte sich über ihn, öffnete die Autotür auf der Beifahrerseite und bedeutete ihm mit einem kurzen Kopfnicken, auszusteigen.

»Los, raus mit dir, mein Junge«, sagte er. »Ich weiß, wie du dich jetzt fühlst.«

»Aber ich ...«, stotterte Marteinn.

»Ich hab jetzt keine Zeit für ein Schwätzchen. Du kannst mich später anrufen. Hier ist meine Telefonnummer.« Er nahm eine Visitenkarte aus seiner Brieftasche und reichte sie ihm. Als Marteinn zitternd und verwirrt aus dem Auto stieg, unternahm er noch einen letzten Versuch, sein Gewissen zu erleichtern. »Ich hab sie versteckt«, stieß er hervor, doch im selben Moment schlug Valdimar die Autotür zu, trat aufs Gas und fuhr davon.

46 Ein etwa Achtzigjähriger hatte Sunneva bei seiner frühmorgendlichen Nordic-Walking-Runde unter einem Baum am Wegesrand entdeckt, knapp fünfzig Meter von der Autostraße durch die Heiðmörk und nur ein paar Schritte vom Ufer des Elliðavatn entfernt. Als der Mann den grausigen Fund meldete, wurde er beinahe selbst zum Notfall, so gründlich hatte ihm der Schock zugesetzt. Die Leiche war barfuß, was einige Verwunderung hervorrief, und ihre Schuhe lagen direkt neben den nackten Füßen.

Einar, der Gerichtsmediziner, ein großgewachsener Mann um die fünfzig mit unreiner Gesichtshaut, auf der die Pubertätsakne seiner Jugendjahre eindeutige Spuren hinterlassen hatte, konnte nach der ersten Untersuchung der Leiche bereits einiges berichten.

»Der Todeszeitpunkt liegt nach meinen vorläufigen Vermutungen zwischen Freitagabend und Samstagmorgen«, teilte er seinen Kollegen Hafliði und Valdimar mit, die rastlos und schweigend auf dem Gang vor seinem Zimmer auf seine Ergebnisse gewartet hatten. »Aber im Obduktionsbericht werde ich das noch genauer spezifizieren.«

»Bist du sicher?«, entfuhr es Valdimar.

»Hundert Prozent. Das sieht man ihr doch auch an, oder?«

»Ich hab sie nicht gesehen«, murmelte Valdimar, der sich glücklich schätzte, dass er noch mit den Vernehmungen von

Ingi Geir und Marteinn beschäftigt gewesen war, während man die Leiche abtransportiert hatte. Mit Toten wollte er so wenig wie möglich zu tun zu haben.

»Ich kann es kaum glauben, dass sie die ganze Zeit da gelegen hat, ohne dass jemand über sie gestolpert ist. Soweit ich weiß, ist das doch eine ziemlich belebte Gegend.«

»Kannst du schon etwas zur Todesursache sagen?«, wollte Hafliði wissen.

»Ich hab zumindest ein paar Vermutungen«, antwortete Einar. »Es würde mich zum Beispiel nicht wundern, wenn sie an ihrem eigenen Erbrochenen erstickt wäre.«

»Drogen?«, fragte Hafliði.

»Das kann ich noch nicht sagen. Würde mich aber auch nicht wundern.«

»Irgendwelche Anzeichen von Gewalt?«

»Nicht auf den ersten Blick, nein.«

»Konnte man erkennen, ob sie kurz vor ihrem Tod noch Geschlechtsverkehr hatte?«

»Hm ja, nicht direkt«, sagte Einar zögernd.

»Aber?«

»Aus gegebenem Anlass habe ich beschlossen, ihren Enddarm auf biologische Spuren zu untersuchen.«

»Verdammt!«, entfuhr es Valdimar. »Dieses verdammte Arschloch! Und«, fragte er dann, »hast du was gefunden?«

»Na ja …«, sagte der Arzt. »Meinen vorläufigen Untersuchungen zufolge zumindest kein Sperma, jedenfalls nicht in einer Menge, die auf … nun ja … einen Samenerguss schließen ließe. Aber ich hab ein … ähem, eine Art Gleitmittel im Enddarm gefunden, was darauf hindeuten könnte, dass … Nun, ich hab natürlich eine Probe entnommen, demnächst werden wir also mehr wissen.«

»Noch irgendwas anderes, das du uns gerne mitteilen möchtest?«, fragte Hafliði und musterte Einar mit forschendem Blick.

»Ja, es gibt da noch eine merkwürdige Kleinigkeit, die ich gerne erwähnt hätte«, sagte er und räusperte sich. »Sie hatte ihren Slip verkehrt herum an. Vielleicht nur ein Versehen, das jedem mal passieren kann, vielleicht aber auch ein Hinweis darauf, dass sie irgendwie nicht ganz bei sich war, als sie sich anzog. Übrigens, hier sind ihre Kleider und ihre sonstigen Sachen«, sagte er und reichte ihnen eine verschlossene Tüte. »Hattet ihr nicht gesagt, ihr wolltet das Zeug so schnell wie möglich haben?«

»Ja, richtig«, sagte Hafliði. »Unsere Leute werden das gleich untersuchen.«

»Und, sind wir jetzt schlauer?«, fragte Hafliði etwas später auf dem Weg nach draußen.

»Nicht wesentlich, so viel steht fest«, antwortete Valdimar. »Im Gegenteil: jede Menge offene Fragen. Alles, was wir bisher wissen, ist: Sunneva wird Freitagnacht um elf in einer Bar gesehen. Um zwei ruft sie bei Björn an, der anschließend nach Þingvellir rausfährt. Was bedeuten könnte, dass sie ihn von dort aus angerufen hat. Aber er kann sie genauso gut irgendwo anders abgeholt haben und dann mit ihr zusammen rausgefahren sein. Und am nächsten Morgen liegt er bewusstlos am Seeufer und sie tot in der Heiðmörk. Theoretisch könnte er die Leiche natürlich selbst dorthin gebracht haben, aber wieso zum Teufel hätte er dann gleich wieder umkehren und zurück ins Sommerhaus fahren sollen?«

»Vielleicht wähnte er sie auch schon längst dort, während sie sich in Wirklichkeit mit irgendwelchen Drogen zugeknallt hat, in der Heiðmörk oder wo auch immer, die ihr dann letztendlich das Leben gekostet haben.«

»Und was hältst du von der Sache mit dem Slip? Glaubst du, das hat was zu bedeuten?«

»Hm, ist die wahrscheinlichste Erklärung nicht, worauf auch schon Einar getippt hat? Dass sie irgendwie verwirrt gewesen sein muss, als sie ihre Unterwäsche anzog?«

»Kann sein«, sagte Valdimar nachdenklich. »Es könnte aber auch sein, dass ihr die jemand anders übergezogen hat. Sie war nackt, ziemlich weggetreten, vielleicht sogar vergewaltigt, nach dem, was Einar angedeutet hat, und dann hat jemand ihr den Slip übergezogen und ist mit ihr in die Heiðmörk gefahren.«

»Oder aber sie war bereits tot, als dieser Jemand ihr die Klamotten angezogen hat«, warf Haflidi ein.

»Ist das nicht reichlich absurd? Warum sollte jemand so was tun?«

»Um eine Vergewaltigung zu vertuschen, zum Beispiel. Ich werde auf alle Fälle beantragen, dass auch bei Björn eine Gewebeprobe entnommen wird, dann werden wir ja sehen, ob es da Übereinstimmungen gibt mit dem, was Einar eventuell noch findet.«

»Gute Idee«, sagte Valdimar. »Ach übrigens, Haflidi …«, murmelte er dann, als sie in den Wagen einstiegen. Haflidi schaute ihn an. Er hatte schon damit gerechnet, dass Valdimar versuchen würde, sich vor dem zu drücken, was ihm am allerschwersten fiel.

»Schon gut, ich kümmere mich drum«, sagte er. »Dann redest du aber mit der Presse.«

47 Hafliði hätte sich jedes Wort sparen können. Es war immer dasselbe. Die Leute wussten sofort Bescheid. Hildigunnurs Zusammenbruch kam für ihn wenig überraschend, er stützte sie, als sie dort in der Diele kreidebleich wurde und ihre Knie nachgaben. Dann führte er sie zu einem Stuhl, wo sie schluchzend die Hände vors Gesicht schlug und am ganzen Körper bebend in sich zusammensank.

Gunnar dagegen reagierte unerwartet.

»Was ist passiert?«, donnerte er, zornrot im Gesicht, die Stimme heiser und versoffen. Er stand in der Küchentür und war ganz offensichtlich nicht mehr allzu sicher auf den Beinen. Hafliði sagte seinen Spruch auf.

»Ich habe Ihnen leider eine traurige Mitteilung zu machen. Ihre Tochter ist tot.«

»Diese Verbrecher! Ich bring sie um!«, brüllte Gunnar undeutlich. »Ich mach sie kalt, die Bestie!«

»Hör auf«, schrie Hildigunnur, ihr Gesicht vom Schmerz entstellt. »Aufhören! Aufhören! Aufhören!«

Hafliði stand fassungslos daneben.

»Wissen Sie etwas Genaueres über …?«

»Diese japanischen Gangster waren das, die haben sie entführt! Und ich bin schuld! Ich hab meine eigene Tochter verkauft, nur um mich an diesem gottverfluchten Björn zu rächen, diesem Scheißkerl!«

Hildigunnur hielt sich schreiend die Ohren zu. Die Szene war schrecklicher als in Hafliðis schlimmsten Albträumen. Und außerdem blickte er inzwischen überhaupt nicht mehr durch.

»Alles wegen mir!«, jammerte Gunnar. »Aber Björn ... eigentlich ist Björn der Hauptschuldige! Ich bring ihn um! Soll nur einer versuchen, mich davon abzuhalten! Ich hätte ihn auf der Stelle kaltmachen sollen, gleich nachdem mir klar wurde, wo er seine Dreckspfoten überall drin hat.«

»Wussten Sie von seiner Affäre mit Sunneva?«, fragte Hafliði, um wenigstens ansatzweise etwas Klarheit in dieses Chaos zu bringen.

»Der Japaner! Der darf auf keinen Fall das Land verlassen!«

»Affäre zwischen Björn und Sunneva?«, schrie Hildigunnur und sprang auf. »Dann stimmt das also doch! Und du hast es die ganze Zeit gewusst!« Sie stolperte zu Gunnar hinüber und begann, mit beiden Fäusten auf seinen Brustkorb einzuhämmern, so als ob sie an eine verschlossene Tür trommelte. »Warum hast du denn nichts unternommen? Warum hast du *mir* kein Wort gesagt? Und wenn du nicht sofort von diesem Japaner aufhörst, dann red ich ab jetzt kein Wort mehr mit dir, ich schwör's!«

Gunnar versuchte, die Schläge abzuwehren, aber ob er Hildigunnurs Drohung wahrgenommen hatte, konnte Hafliði nicht mit Sicherheit sagen.

»Er hat gesagt, es steht nicht in seiner Macht, sie zu befreien. Aber da hatten sie sie sowieso schon längst umgebracht«, fügte er hinzu und holte tief Luft. Sein Brustkorb bebte. »Wann ist sie gestorben?«, fragte er. Hildigunnur versank wieder in ihrem Stuhl und vergrub das Gesicht in den Händen.

»Der Todeszeitpunkt liegt offenbar zwischen Freitagnacht und Samstagmorgen«, gab Hafliði Auskunft.

»Dann war sie schon tot, als ich mit ihm geredet hab.« Seine

Raserei war zum größten Teil verflogen, stattdessen begann sich eine Abgestumpftheit in ihm auszubreiten, die Haflidi gut kannte. Und seine Erfahrung sagte ihm, dass es wenig Sinn hatte, mit Leuten zu reden, die dieses Stadium erreicht hatten. Trotzdem versuchte er, zu ihm durchzudringen, bevor es zu spät war.

»Wie haben Sie von der Beziehung zwischen Sunneva und Björn erfahren?«, fragte er ihn.

»Ich hab's ihr angehört«, sagte er geistesabwesend. »Jedes Mal, wenn sie Björn erwähnt hat, klang sie plötzlich ganz weich. Ich wollte sie immer drauf ansprechen, aber ich hab mich nie getraut. Also hab ich eben Björn gefragt. Der hat mich zuerst versucht anzulügen, aber dazu kenne ich ihn viel zu gut. Dann hat er zugegeben, dass zwischen den beiden was lief, aber dass es nichts weiter zu bedeuten hätte. Für mich hat das sehr wohl was zu bedeuten, hab ich ihm geantwortet. Und hab gedroht, ihn umzubringen. Aber er hat versichert, es wäre wirklich überhaupt nichts dahinter, nichts außer einem harmlosen kleinen Flirt, und er hat hoch und heilig versprochen, auch nie mehr draus werden zu lassen. Gelogen hat er, der Sack! Der elende Drecksack! Ich dreh ihm den Hals um!«

»Na, na, na«, beschwichtigte Haflidi. »Ich bin sicher, Sie beide haben irgendwann die Gelegenheit, die Sache auf eine andere Weise zu bereinigen. Was ist das eigentlich für ein Japaner, von dem Sie da immer reden?«

»Der elende Sack! Ich hasse ihn. Erst ekelt er mich aus der Firma raus, dann verbreitet er in der ganzen Stadt, ich wäre Alkoholiker und ein armer Trottel. Kein Mensch hat mir mehr vertraut«, sagte Gunnar bitter und war dabei, sich erneut in Fahrt zu reden. »Und dann vergreift er sich auch noch an meiner Tochter. Und ich Arsch hab ihm immer wieder vertraut. Ich hätte sie dazu bringen sollen, sich einen anderen Sommerjob zu suchen, nachdem ich dort ausgeschieden war. Aber wer hätte auch ahnen können, dass er sich so mies entpuppen würde.

Mir wird regelrecht übel, wenn ich nur an ihn denke, an diesen Creep. Hoffentlich kratzt er ab wie ein Hund.«

»Sie wollten mir das mit dem Japaner erklären«, erinnerte Hafliði, der allmählich genug von Gunnars Hasstiraden hatte. Hildigunnur saß noch immer auf ihrem Stuhl und weinte leise vor sich hin, ohne sich in seine Schilderung einzublenden.

»Mir sind da neulich im Ausland ein paar Sachen über die Entwürfe für das *SportWorld*-Projekt rausgerutscht, an dem die beiden beteiligt waren«, sagte Gunnar mit einem kurzen, grimmigen Seitenblick auf Hildigunnur. Sie blieb stumm. »Und der japanische Bewerber musste das natürlich unbedingt gesteckt kriegen. Das sind doch allesamt Schwerverbrecher! Ich hab's gleich gewusst. Seitdem Sunneva verschwunden ist, hab ich's gewusst, dass sie sie entführt haben. Und jetzt haben sie sie auch noch umgebracht.«

»Haben Sie konkreten Grund zu der Annahme, dass sich jemand im Auftrag dieser japanischen Mafia hier im Land aufhält?«, wollte Hafliði wissen und konnte den ungläubigen Ton in seiner Stimme nicht ganz verbergen.

»Genau das sag ich doch die ganze Zeit!«, rief Gunnar ungehalten.

»Verdammt noch mal, halt doch endlich die Klappe!«, rief Hildigunnur dazwischen. »Wirklich unglaublich, was für ein egoistischer Kindskopf dieser Mann sein kann!«, sagte sie erklärend zu Hafliði. »Und ein Vollidiot noch dazu.«

»Glaub es oder lass es bleiben«, sagte Gunnar. »Ich sag nur, was ich weiß und erlebt habe. Sie haben einen Kontaktmann hier in Island. Der, mit dem ich gesprochen habe.«

»Ach ja?«, sagte Hafliði. »Und wie hieß der Mann?«

»Er hat sich nicht namentlich vorgestellt«, knurrte Gunnar. »Er hat mich in einem Leihwagen abgeholt. Und später wieder hierher zurückgebracht.«

»Und hat er Sunneva erwähnt?«

»Er hat gesagt, sie würde Gefahr laufen, ihren Vater zu verlieren. Ich wünschte nur, er hätte recht behalten!«

»Wie sah er aus? Wissen Sie noch mehr über ihn?«

»Ich weiß überhaupt nichts über ihn, außer dass es sich um einen baumlangen Japsen mit Pferdeschwanz und einem Toyota-Jeep von irgendeinem Autoverleih handelt.«

»Idiot!«, entfuhr es Hildigunnur.

»Das müsste eigentlich ausreichen, um den Mann zu identifizieren, falls er noch hier ist«, sagte Hafliði nachdenklich.

48

»Was gibt's? Ist was schiefgelaufen? Hast du ihn nicht erledigt?«, quakte die japanische Männerstimme am anderen Ende der Leitung.

»Ich hab's mir anders überlegt.«

»Wie, anders überlegt?«

»Er hatte eine Tochter.«

»Ja, und?«

»Jetzt hat er keine mehr.«

»Willst du damit sagen …?«

»Die Polizei hat heute Morgen ihre Leiche gefunden.«

»Aha. Und warum hast du dich nicht an unsere Abmachung gehalten?«

»Es war ein spontaner Einfall. Der Job hier war ja nicht gerade spannend. Ich hab tagelang rumgehangen und gewartet, bis dieser Mann aus dem Ausland zurückkam. Wahrscheinlich wäre er immer noch nicht wieder da, wenn ich mir nicht inzwischen mit seiner Tochter die Zeit vertrieben hätte.«

»Ich hätte dich von vornherein überhaupt nicht einsetzen sollen. Du kennst einfach keine Grenzen. Hat dir vielleicht irgendjemand was von der Tochter gesagt?«

»Spielt das denn eine Rolle? Das ist doch ein super Ergebnis, oder?«

»Wär ich mir nicht so sicher, Mann. Zumindest nicht das, was wir uns vorgestellt hatten. Wir sind mit dem Verlauf insgesamt alles andere als zufrieden. Du wirst einiges erklären müssen, wenn du nach Hause kommst. Was, wenn er die Bullen auf dich ansetzt?«

»Niemand kann mir was nachweisen.«

»Bist du sicher, dass du weißt, was du tust?«

»Ich weiß immer, was ich tue.«

Hananda Nau legte auf und setzte sich mit gekreuzten Beinen auf den Boden, gegen die Wand des Hotelzimmers gelehnt. Der graue Himmel vor dem Fenster weckte in ihm düstere Gedanken. Es sah nach Regen aus. Er hatte ein Flugticket für denselben Abend und hoffte, dass nichts dazwischenkam.

49 Hallgrímur hatte einen solchen Schwall Benzin ins Gesicht bekommen, dass es wahrscheinlich schon in seiner Lunge gelandet war. Während die Übelkeit in ihm hochstieg, versuchte er sich einen unbeschwerten Sonntag aus seiner Kindheit ins Gedächtnis zu rufen. Er war etwa elf gewesen und hatte mit ein paar Gleichaltrigen das Experiment veranstaltet, sich mit Hilfe von Benzin in einen Rausch zu versetzen. Einer der Freunde, ein Junge mit weißblonden Engelslocken namens Freyr, hatte irgendwo gehört, dass man von Benzin tatsächlich angetörnt werden könne. Aber obwohl sie im Verhältnis eins zu zehn mit Saft verdünnten, hatten sie größte Schwierigkeiten gehabt, das Zeug überhaupt runterzukriegen, und letztendlich hatte keiner von ihnen mehr als ein paar Tropfen geschluckt. Hallgrímur konnte sich auch nicht erinnern, damals irgendeine Wirkung bemerkt zu haben, und so kamen sie einvernehmlich zu dem Schluss, dass, wer immer Freyr diesen Bären aufgebunden hatte, ein Volltrottel oder ein Lügner sein musste. Schließlich hatten sie per Selbstversuch bewiesen, dass das Unterfangen vollkommen sinnlos war.

Hallgrímur hatte eigentlich keinen Grund, den Kanister völlig auszuleeren, trotzdem ließ er den Rest des Benzins in einen Eimer laufen, den er neben dem Wagen aufgestellt hatte. Dasselbe Gefäß hatte er kurz davor schon einmal mit Benzin gefüllt und dann mit Hilfe eines Trichters in einen von zwei leeren Schmieröl-Behältern umgegossen, die er eigens dafür besorgt hatte. Den vollen hatte er bereits im Kofferraum verstaut.

Er hatte fest damit gerechnet, dass seine Mutter sich auch diesmal in seine Angelegenheiten mischen würde, und wieder einmal erfüllte sich seine Erwartung. Plötzlich stand sie hinter ihm.

»Was machst du da eigentlich?«

»Der Wagen muss morgen in die Werkstatt, und die haben zu mir gesagt, es wäre am besten, wenn möglichst wenig Benzin im Tank wäre.«

»Du wirst hoffentlich nicht auf die Idee kommen, den ganzen Krempel in die Wohnung zu schleppen und mir drinnen alles vollzustinken.«

»Ganz recht, auf die Idee würde ich nie kommen.« Sein Handy klingelte. »Marteinn« verkündete das Display.

»Alles in Ordnung?«

»Denke schon. Die von der Kripo waren da.«

»Und?«

»Das ist 'ne längere Geschichte. Soll ich nicht lieber vorbeikommen?«

»Doch, klar. Wann?«

»Jetzt gleich?«

»Okay. Bis dann.«

50 Gunnar war allein zu Hause, so allein, wie er noch niemals zuvor in einem Haus gewesen war, als das Telefon klingelte.

»Wie ich gesehen habe, waren die Bullen bei euch. Gibt's was Neues?«

»Sie ist tot, Ingi. Sie haben sie umgebracht, verstehst du? Es ist zu Ende.«

Gunnar wunderte sich, dass er seine Trauer nicht heftiger spürte, als er es tat. Er schämte sich deswegen, nahm aber an, dass das noch kommen würde. Wäre ihr Tod nicht ganz allein seine eigene Schuld, grübelte er, dann könnte er sich seiner Trauer jetzt wenigstens hemmungslos und von ganzem Herzen hingeben. Hildigunnur hatte ihn beim Identifizieren der Leiche nicht dabeihaben wollen. Er würde sie später noch zu sehen bekommen, wenn er wieder einen klaren Kopf hätte. Er hatte nicht protestiert.

Ingi war in ein herzzerreißendes Jammern ausgebrochen, das innerhalb weniger Sekunden in ein durchdringendes, männliches Gebrüll umschlug.

»Scheiße, verdammte! Ich mach ihn kalt!«

»Gute Idee«, murmelte Gunnar, und sah auf einmal Licht am Ende des Tunnels. »Wir sollten uns zusammentun. Ich hab 'ne Knarre.«

»Wen willst du denn erschießen?«

»Den Japaner. Ich muss ihn bloß noch finden.«

»Japaner? Hä? Sag mal, wovon redest du überhaupt? Das war kein Scheiß-Japaner, ich hab den Mann gesehen, der sie getötet hat, und ich weiß auch genau, wie ich ihn in die Finger kriege. Hör auf, von irgendwelchen Japanern zu faseln, die allerhöchstens in deinem Kopf existieren!«

Dann knallte er den Hörer auf.

Gunnar wurde von einem so unermesslichen Schuldgefühl durchströmt, dass er sich nur mit Mühe ins Wohnzimmer schleppen konnte, um sich einen Schnaps einzugießen.

51 »Was zum Teufel hast du dir dabei gedacht, bei einem alten Freund der Familie ohne Vorwarnung an der Wohnungstür aufzukreuzen und ihm Drohungen und Verleumdungen an den Kopf zu werfen? Schlimm genug, dass du bei den Bullen bist, aber anscheinend bist du jetzt auch noch Faschist!«

Sein Vater war mitten während der Dienstzeit auf dem Revier aufgetaucht und stand plötzlich mit feuerrotem Gesicht bei ihm in der Abteilung. Valdimar hatte zunächst keine Ahnung, wie er Eggerts Forderung nachkommen sollte, mit ihm unter vier Augen zu sprechen, schließlich nahm er ihn einfach mit in den Vernehmungsraum und schloss von innen ab. Sie setzten sich einander gegenüber an den Tisch, Eggert, der an Valdimar vorbei in den Raum gestürmt war, hatte bereits im Sessel des vernehmenden Beamten Platz genommen, so dass Valdimar gezwungen war, auf der anderen Seite mit dem Stuhl des Angeklagten Vorlieb zu nehmen.

»Redest du von Elvar? Hat er mich bei dir verpetzt, das Sackgesicht?«

»Hätte er das mal besser getan, aber nein, deine liebe Schwester musste ihm die Würmer erst aus der Nase ziehen.«

»Anstatt so ein Theater zu machen, solltest du mir eigentlich dankbar sein, dass ich deinen Enkel aus den Klauen von diesem Kinderficker gerettet habe.«

»Kinderficker? Der Elvar? Das musst du gerade sagen, du Faschistensau!«

»Für dich ist doch jeder ein Faschist, der nicht ständig mit 'nem Joint rumrennt. Und über Elvars Neigungen sollte ich wohl selbst am besten Bescheid wissen, immerhin hat er versucht, mir an die Wäsche zu gehen, nachdem Mama tot war.«

»Manchmal glaube ich wirklich, dass du in deinem Hirnkasten nichts als hohle Klischees, Menschenverachtung und Vorurteile mit dir rumschleppst.«

»Was soll das denn heißen? Glaubst du, ich hab vergessen, wie er immer zu mir ins Schlafzimmer geschlichen ist und mir übers Gesicht und die Schultern gestreichelt hat, mit seinen seidenweichen, nach irgendeiner Homo-Pflegeserie stinkenden Grapschfingern? Ich lag fast jede Nacht wach vor Angst, er könnte reinkommen und über mich herfallen.«

»Du solltest dich mal reden hören, du Rotzlöffel! Das war doch nichts als deine eigene Engstirnigkeit, die dir den Schlaf geraubt hat. Dass ausgerechnet ich mir so einen kleinbürgerlichen Spießersohn rangezüchtet hab, der keine drei Meter weit sieht, weil er mit der Nase im eigenen Arschloch steckt! Tja, verehrter Herr von und zu, guck dich um, dann fällt dir vielleicht auf, dass es auf dieser Welt noch mehr gibt als deine eigenen Darmschlingen.«

»Und wo warst du, wenn Elvar mit seinem Schwulenduft bei mir im Zimmer rumgeschlichen ist und mich überall betatscht hat?«

»Hab im Wohnzimmer gehockt und mich zugesoffen und zugekifft, das weißt du selber ganz genau. Hab versucht, meine Trauer wegzusaufen und wegzukiffen, weil meine Frau ihr Leben weggeschmissen hat.«

»Du hast sie doch schon lange nicht mehr geliebt!«

»Ach, erzählst *du mir* jetzt was über meine Gefühle für deine Mutter? Du hast doch nicht den blassesten Schimmer, wovon du redest.«

»Du hast doch nur gesoffen und gekifft, um selber einigermaßen über die Runden zu kommen, und was war mit mir? Ich musste mir so lange diesen Homo vom Leib halten, der mich am liebsten in den Arsch gefickt hätte.«

»Elvar hat versucht, dir zu helfen, und zwar, weil ich ihn darum gebeten hatte. Er ist der warmherzigste Mensch, den man sich nur vorstellen kann. Kinder lieben ihn normalerweise abgöttisch, und eher würde er sich die rechte Hand abhacken, bevor er einem Kind was zuleide tut! So dämlich kann doch keiner sein, das nicht sofort zu spüren. Deine Mutter hat ihm von allen meinen Freunden am meisten vertraut. Schließlich hat er nie irgendwelchen Mist gebaut, und ich hab ihn nicht zuletzt ihr zuliebe gebeten, sich um dich zu kümmern, das Schneckenhaus zu durchbrechen, in das du dich damals verkrochen hattest. Diese lächerlichen Anschuldigungen entspringen einzig und allein deinem eigenen Spießerhirn! Dir war ich doch nie gut genug, bloß weil ich nicht genau so war wie alle andern Väter, so viel ist mir schon lange klar. Aber nicht mal dir hätte ich zugetraut, den armen Elvar so gründlich zu verkennen, diesen bis zur Rührseligkeit herzensguten Menschen. Und du, du machst ihn zu einem Monster, siehst ihn durch deine Zerrbrille, auf der dir eine dicke Dreckschicht aus Vorurteilen und Menschenhass die Sicht versperrt. Deine Mutter würde sich für dich in Grund und Boden schämen, wenn sie das wüsste!«

Valdimar hatte es vollkommen die Sprache verschlagen. Er starrte seinen Vater an und suchte fieberhaft nach überzeugenden Argumenten. Er konnte sich nicht erinnern, ihn jemals so wütend erlebt zu haben.

»Wegen dir hat sie sich doch umgebracht«, sagte er schließlich. »Weil du sie auf Schritt und Tritt betrogen hast. Es war also alles deine Schuld.«

Diese Anklage klang selbst in seinen eigenen Ohren ziemlich erbärmlich. Das war genau das, was er niemals hätte sagen dürfen, was auszusprechen er sein ganzes Leben lang unter allen Umständen hätte vermeiden sollen.

»Soso, das glaubst du also«, sagte sein Vater. »Allmächtiger im Himmel, was bist du doch für ein armer, jämmerlicher Wicht!«

Dann erhob er sich schwerfällig und verließ ohne ein weiteres Wort den Raum.

52

»Und was ist dann die Todesursache?«, fragte Hafliði entnervt. Im selben Moment kam Valdimar zur Tür herein und warf ihm einen scharfen Blick zu.

»Erstickung, so wie ich von Anfang an vermutet hatte«, sagte der Gerichtsmediziner am anderen Ende der Leitung. »Aber ich nehme an, wir können hier nicht mehr von fahrlässiger Tötung sprechen. Jemand hat ihr Buttersäure verabreicht, die wahrscheinlich ins Bier gemischt wurde. Und es sieht ganz danach aus, als ob man ihr danach eine weitere Ladung davon eingeflößt hätte, und es war wohl diese zweite Portion, die zum Erbrechen geführt hat. Sie lag auf dem Rücken, war nur bedingt bei Bewusstsein und ist dann einfach an ihrem Erbrochenen erstickt. Soweit das Ergebnis meiner Untersuchung.

»Und die organischen Substanzen, nach denen du suchen wolltest?«

»Fehlanzeige. Wie ich schon sagte, im Enddarm war bloß Gleitmittel, sonst nichts.«

»Hat man sie nun vergewaltigt oder nicht?«

»Dazu kann ich nichts sagen. Einen eindeutigen Hinweis darauf haben wir nicht, aber du darfst auch nicht vergessen, dass bei einer Bewusstseinstrübung die Muskeln viel schlaffer sind als bei jemand mit klarem Bewusstsein.«

✷

»Wieder mal nicht besonders aufschlussreich«, sagte Valdimar, nachdem sein Kollege ihm die Einzelheiten des Telefongesprächs dargelegt hatte.

»Na ja, das Entscheidende wissen wir doch jetzt«, widersprach Hafliði. »Dass man Sunneva eine Substanz verabreicht hat, die schließlich zu ihrem Tod geführt hat.«

»Aber nicht, wie es genau vor sich gegangen ist und wer beteiligt war.«

»Auch wieder wahr«, musste Hafliði zugeben.

»Das mit der Buttersäure scheint mir irgendwie nicht recht zu Björn zu passen, oder was meinst du?«

»Wieso nicht?«

»Na ja, sie waren doch sowieso zusammen, da brauchte er sie doch nicht erst mit Gift zu betäuben, um mit ihr intim zu werden.«

»Es sei denn, sie hatte bereits vorher mit ihm Schluss gemacht, und er kam damit nicht klar.«

»Wäre das die normale Reaktion eines Mannes, der von einem jungen Mädchen gerade den Laufpass gekriegt hat? Ihr Gift zu verpassen und sie dann zu vergewaltigen? Und auch dieses Telefongespräch am selben Abend darfst du nicht vergessen. Oder willst du mir erzählen, dass sie ihn von der Bar aus anruft und ihn bittet, sie dort zu treffen, woraufhin er eine Ampulle Buttersäure einsteckt, die er rein zufällig bei sich zu Hause rumstehen hat, für den Fall, dass er mal Lust kriegen sollte, jemand zu vergewaltigen. Dann kippt er ihr das Zeug unbemerkt ins Bier, vergewaltigt sie an einem unbekannten Ort, bringt sie in die Heiðmörk und düst von dort weiter nach Þingvellir, wo er kopfüber in die Tiefe stürzt und sich den Schädel einschlägt. Ist das nicht ein bisschen viel für eine einzige Nacht?«

»Du hast recht, so gesehen klingt das nicht gerade plausibel. Demnach wäre also davon auszugehen, dass mindestens eine weitere Person mit im Spiel ist.«

»So weit waren wir schon«, sagte Valdimar mit düsterer Miene. »Was ist mit Gunnars angeblichem Japaner?«

»Ja, der. Zufälligerweise gibt es tatsächlich einen Japaner, auf den die Beschreibung passt. Und rein zufälligerweise ist das derselbe, der vorgestern auf der Titelseite von *Fréttablaðið* abgebildet war.«

»Meinst du den, der den kleinen Jungen gerettet hat?«

»Genau den. Ich habe bei ihm im Hotel angerufen. Er hat ein Flugticket und wird heute Abend das Land verlassen. Es sei denn, wir verhindern das und schnappen ihn uns, Anklage wegen Menschenraub beziehungsweise Mord am Freitagabend. Der Tag übrigens, an dem er das Kind gerettet hat.«

»Allmächtiger Gott!«

»Allerdings«, stimmte Hafliði zu.

»Gibt's sonst noch was Neues?«

»Wir haben die Gesprächsübersichten reinbekommen, alle von Björn und Sunneva in der letzten Woche geführten Gespräche, jeweils von den Festnetzanschlüssen und vom Handy. Und den Bericht von den Kollegen aus der Spurensicherung, die die Kleidungsstücke der beiden untersucht haben.«

»Irgendwas dabei, das uns weiterbringt?«

»Ich muss mir diese Telefongespräche noch mal genauer ansehen, besonders die von Sunneva. Ziemlich interessant ist übrigens eine SMS von Björn, vom Freitag. Hier!« Er schob den Stapel zu Valdimar hinüber. Der pfiff leise durch die Zähne. *heute abend um 11 im grand rokk. PS: nicht antworten oder zurueckrufen*. Da haben wir's. Man sollte meinen, dass er bei seiner eigenen Verabredung auch anwesend war?

»Das ist die Frage. Eva zufolge war er den ganzen Tag bis spätabends im Büro, also hätte er zumindest die Gelegenheit gehabt, kurz im *Grand* vorbeizuschauen.«

Valdimar vertiefte sich genauer in die Gesprächslisten.

»Und von wo aus sind diese Anrufe hier gemacht worden, da auf Björns Handy?«

»Das war Eva.«

»Ja, richtig. Zuerst ruft sie von einer Festnetznummer aus an, später dann vom Handy.«

»Das stimmt auch mit ihren eigenen Angaben überein. Sie sagt, sie hätte die ganze Nacht kein Auge zugetan und immer wieder versucht, ihren Mann zu erreichen.«

»Genau. Aber er hat nicht abgenommen, wie man sieht«, sagte Valdimar und seufzte. Dann nahm er sich den Bericht von der Spurensicherung vor.

Ein paar Minuten später sprang er auf und wedelte mit dem Farbausdruck eines Fotos. »Der Pullover!«

»Was ist damit?«

»Den hab ich vorgestern bei Björn im Sommerhaus liegen sehen!«

Hafliði sah ihn an.

»Bist du sicher?«

»Es sei denn, es sind zwei im Spiel, und der hier sieht dem anderen zum Verwechseln ähnlich.«

»Ist das wahrscheinlich?«

»Nicht sonderlich. Habt ihr da draußen Fotos gemacht?«

»Nein, ich hab ehrlich gesagt keinen Grund dazu gesehen.«

»Wenn das wirklich derselbe Pulli ist ...«, murmelte Hafliði gedankenverloren.

»... dann ist oder war die Leiche tatsächlich dort irgendwo in der Nähe!«, ergänzte Valdimar. »Dieser miese kleine Rotzbengel! Zieht der Leiche den Pulli über und schafft sie anschließend beiseite! Und ich hab noch Mitleid mit ihm. Er war übrigens auch der, der in ihre Wohnung eingebrochen ist, er hat es selbst zugegeben. Hatte ich ganz vergessen, dir zu erzählen.«

»Na, umso besser. Dann haben wir ja immerhin einen Grund, ihn festzunehmen.«

»Dieses kleine Scheusal! Los, sehen wir nach, ob er zu Hause ist!«

53 Hallgrímur reagierte unerwartet heftig, als er von Marteinn erfuhr, dass die Kripo über die Sache mit dem Einbruch Bescheid wusste.

»Kapierst du denn nicht, in was für eine Riesensauerei du dich da reingeritten hast? Jetzt hängen sie dir doch die komplette Geschichte an, das schwör ich dir. Logisch: Morgens steigst du bei ihr in die Wohnung ein, und noch in derselben Nacht bringst du sie um. Genau so sehen die das nämlich. Vor allem jetzt, wo sie die Leiche gefunden haben. Wie willst du dich denn da noch rausreden?«

Wie auf Befehl meldete sich das Handy in Marteinns Hosentasche. Die beiden wechselten einen kurzen Blick, bevor Marteinn antwortete.

»Hallo?«

»Guten Tag, Marteinn. Hier ist Valdimar Eggertsson.«

In seiner Stimme klang eine vorsichtige Zurückhaltung, die Marteinn beim letzten Mal nicht aufgefallen war, so als wolle er unter allen Umständen vermeiden, ihn zu verschrecken.

»Wo bist du gerade?«

»Zu Hause«, log er. Sein Interesse, sich jetzt mit diesem Bullen zu unterhalten, ging gegen null.

»Ich müsste dich eigentlich kurz sprechen«, sagte Valdimar ausgesucht höflich.

»Ja, um was geht's?«, antwortete Marteinn nervös.

»Unter vier Augen.«

»Aber wir haben doch gerade erst miteinander geredet«, wandte Marteinn ein.

»Ich muss aber noch ein paar weitere Details von dir wissen«, sagte er mit einem Hauch von Strenge in der Stimme.

»Können Sie mich das nicht hier am Telefon fragen?«

»Sag mir einfach, wo du bist, dann komm ich vorbei und hol dich ab.«

»Ich hab Ihnen doch gerade schon gesagt, ich bin zu Hause.«

Valdimar schwieg, und nach einer kurzen Pause sagte er:

»In deiner momentanen Situation würde ich dir dringend raten, auf jegliche Mätzchen zu verzichten. Du weißt, dass ich dich früher oder später sowieso finde, und du weißt auch, Marteinn, dass es viel besser wäre, wenn du mir eine Verfolgungsjagd ersparst. Ich steh auf deiner Seite. Und das solltest du dir zunutze machen, bevor es zu spät ist.«

»Von was reden Sie überhaupt?«

»Der Pullover, Marteinn. Du hättest ihn dort im Sommerhaus liegenlassen sollen!«

»Ich muss jetzt Schluss machen«, sagte Marteinn, der bemerkte, wie die Stimme in der Leitung nervös zu zittern begann. Dann schaltete er das Handy aus, bevor der Kommissar etwas darauf erwidern konnte.

54

Ingi Geir triumphierte, als die Polizei ihm die Adresse nannte. Es hatte genügt, ihnen etwas von einem Blechschaden an seinem parkend abgestellten Fahrzeug auf die Nase zu binden und einen Zeugen am Fenster zu erfinden, der die Nummer aufgeschrieben hätte. Solchen Geschichten wurde ja meist größtes Verständnis entgegengebracht. Strafanzeige zu erstatten sei auf diesem Weg allerdings nicht möglich, hieß es, es bliebe ihm wohl nichts anderes übrig, als persönlich aufzutreten und dafür zu sorgen, dass Recht und Ordnung walteten. Und genau das hatte er auch vor.

Das Auto stand vor dem Haus, ein Nissan Sunny. Er erkannte den Wagen wieder von dem Abend, an dem er beobachtet hatte, wie dieser Typ mit Sunneva weggefahren war – der Abend, an dem sie dann später verschwand. Er klingelte an der Haustür, das Jagdgewehr seines Vaters ließ er vorerst in der Sporttasche liegen. Die Frau, die in der Tür erschien, musterte ihn mit gespitzten Lippen, so dass sich die Haut um ihren breiten, dünnlippigen Mund in senkrechte Falten legte. Drinnen in der Wohnung dröhnten die Heimkino-Boxen. Ingi lächelte ihr zuckersüß ins Gesicht, während er den Reißverschluss der Tasche aufzog, in der die geladene, aber gesicherte Waffe verstaut war. Obwohl er versuchte, seine Bewegung so unauffällig wie möglich zu halten, starrte die Frau gebannt auf seine Hand am Reißverschluss, als ob sie erwartete, er werde dort gleich den Hauptpreis des neuesten Leser-Gewinnspiels für sie hervorzuzaubern.

»Ist Hallgrímur zu Hause?«, fragte er, und strahlte sie unvermindert an, was ihm nicht sonderlich schwerfiel, solange er seine finsteren, siegessicheren Rachegelüste vertuschte, die sonst zweifellos von seinen Gesichtszügen ebenso gnadenlos Besitz ergriffen hätten wie von seinen Gedanken. Einen Moment lang hatte er die aberwitzige Anwandlung, eigentlich froh sein zu können über Sunnevas Tod. Schließlich hatte sie ihn sowieso längst abserviert, und so könnte er sie wenigstens rächen und hätte dann ihretwegen sein Leben verspielt. Er machte sich keinerlei Illusionen, dass er bei dem, was er nun plante, ungeschoren davonkommen würde.

»Sie sind oben«, sagte die Frau, während sich ein Anflug von Enttäuschung auf ihrem Gesicht ausbreitete, weil er nicht, wie erhofft, ihretwegen gekommen war. Mit einer kurzen Kopfbewegung zeigte sie auf den Treppenaufgang links neben der Diele und verschwand dann, mit knochigem Hüftschwung unter knallengen Jeans, wieder im Wohnzimmer. Ingi ging nach oben, doch erst auf halber Treppe nahm er das Gewehr aus der Tasche.

Er wusste, dass Hallgrímur nicht allein war, aber was ihn daran irritierte war, dass der Gast sich als dieser miese kleine Bengel herausstellte, der ein paar Mal hinter Sunneva hergeschlichen war. Sie hockten einander gegenüber auf dem Boden wie zwei Schulmädchen auf einer Pyjama-Party, schienen ganz offensichtlich in ein wichtiges Gespräch vertieft und machten entgeisterte Gesichter, als Ingi jetzt mit der entsicherten Schrotflinte ins Zimmer stürmte.

»*End of private party*«, sagte er, ein Zitat aus irgendeinem Kinofilm, das er mit einem leichten Schwarzenegger-Akzent aussprach. Doch schon einen Moment später bereute er seine Angebertour, vielleicht nahmen sie ihn jetzt überhaupt nicht mehr ernst.

»Was ...«, stieß Hallgrímur hervor und starrte ihn an, wie von einem Felsblock getroffen. Ingi kostete diesen Augenblick gründlich aus und ließ sich viel Zeit, auf dieses lächerliche Gestammel zu reagieren. Er musste sich immer wieder daran erinnern, weshalb er gekommen war, musste sich Sunnevas Bild vor Augen rufen, Sunneva, mit der dieser Creep in den Tod gefahren war. Er ging auf ihn zu, rammte ihm den Lauf des Gewehrs unters Kinn und zwang ihn, ihm in die Augen zu schauen. Die Szene war fast zu perfekt, um wahr zu sein.

»Und du da, mach keine Dummheiten«, sagte er zu dem anderen Jungen, diesem schwarzhaarigen, erbärmlichen Schnüffler, der wie ein Ausländer aussah. Der nickte gehorsam, vor Entsetzen offenbar völlig verstört. Ingi lachte und trat ein paar Schritte zurück, um sie beide gleichzeitig ins Visier zu nehmen, dann schwenkte er den Gewehrlauf hin und her und richtete ihn abwechselnd mal auf den einen, mal den anderen der Jungen.

»Haben Sie nicht vielleicht an der falschen Tür geklingelt ...?«, stotterte Hallgrímur. Ingi grinste großspurig.

»An der falschen Tür? Ob eure Türen falsch oder richtig sind, das musst du schon selber wissen, mein Lieber. Aber ob ich hier falsch oder richtig bin, das kann ich dir sagen: Ich jedenfalls bin hier goldrichtig. Und nicht nur das: Ich hab sogar das unverschämte Glück, deinen kleinen Komplizen gleich mit zu erwischen. Ich bin der Freund von Sunneva, die, die ihr umgebracht habt, ihr kleinen Monster.«

»Wir haben sie überhaupt nicht umgebracht!«, rief Marteinn ängstlich, aber bestimmt.

»Soso, du kleiner Wichser. Und warum bist du ihr dann nachgeschlichen, hast sie durch die ganze Stadt verfolgt wie irgendein mieser Serienkiller? Doch, doch, ich hab dich beobachtet. Und dann hast du deinen Kumpel hier zur Verstärkung geholt. Ja, genau, dich meine ich!«, sagte er zu Hallgrímur, dessen Hände hochgeschnellt waren. »Ich hab's genau gesehen, wie du mit ihr weggefahren bist. Und jetzt werd ich euch die Birne wegpusten, ihr Kleingangster!«

Um seine Drohung zu unterstreichen, feuerte er den ersten Schuss in die Deckenleuchte ab, die über den Köpfen der Jungen hing und sich nun in einem Scherbenregen über sie ergoss. Der Knall war gewaltig und der Schreckensschrei der beiden der pure Ohrenschmaus. Er hatte noch vier Schuss im Magazin, und die wollte er allesamt verballern. Den zweiten, um sie einzuschüchtern, dann Nummer drei und vier, um sie ihnen jeweils in den Schädel zu jagen, und noch einen zur Sicherheit. Er rechnete damit, dass Hallgrímurs Mutter die Polizei rufen würde, machte sich aber keine Gedanken, dass ihm die Zeit weglaufen könnte. Jemand erschossen hatte man schließlich in Nullkommanix. Oder sollte er ihnen vielleicht lieber in den Bauch schießen? Im Kino kam das ja dauernd vor, dass der Bauchschuss die schmerzhafteste Art war zu sterben. Aber das würde zu lange dauern, bis sie verreckten ... Nein, es war sicherer, sie einfach mit einem Kopfschuss zu erledigen oder mit einem in die Brust. Er hatte wenig Lust, sich hinterher einen misslungenen Mord nachsagen zu lassen und sich der Lächerlichkeit preiszugeben.

»Tja, ihr beiden, Mörder zu sein ist heutzutage auch kein rechter Spaß mehr, was?«, höhnte er. Er wollte das Entsetzen der beiden so lange wie möglich auskosten, wollte sehen, ob sie sich vor Angst in die Hose pinkelten oder kackten, und überlegte fieberhaft, wie er sie noch weiter erniedrigen konnte, aber es fiel ihm nichts Geeignetes mehr ein. Sollte er sie auf Knien um Gnade flehen lassen, bevor er sie abknallte?

Er hörte, wie die Alte ärgerlich brummelnd die Treppe hochstapfte. Dämliche Kuh, dachte sie vielleicht, sie spielten hier Cowboy und Indianer? Er hatte wenig Interesse daran, der Frau etwas anzutun, schließlich war es nicht besonders cool, ein angejahrtes Klappergestell abzuknallen. Er nahm das Gewehr von der rechten in die linke Hand, so dass er damit freies

Spiel hatte und der Frau damit jederzeit vor der Nase herumfuchteln konnte, damit sie endlich kapierte, wer hier den Ton angab, und sich verpisste. Andernfalls wäre er gezwungen, einen seiner Schüsse in ihre Beine zu investieren.

Doch er hatte die Situation gründlich unterschätzt. In dem Moment, als die Frau ins Zimmer gerannt kam und er sich kurz mit erhobener Schrotflinte zu ihr umdrehte, um Blickkontakt mit ihr herzustellen, schwappte ihm plötzlich der schwarzbraune, nach Ajax stinkende Inhalt ihres Putzeimers entgegen.

»Hast du etwa vor, mein Kind umzubringen, du mieses kleines Dreckstück?«, kreischte die Alte.

Ingi schnappte nach Luft, als das eiskalte Wasser sich über ihn ergoss. Die Seifenlauge brannte in seinen Augen und nahm ihm die Sicht, im selben Moment löste sich ein Schuss, und der Putzeimer traf ihn mit voller Wucht im Gesicht. Er taumelte zurück, ließ die Waffe fallen und spürte einen bohrenden Schmerz im linken Daumen. Dann wurde er im Genick gepackt und jemand, wahrscheinlich die Xanthippe mit dem Putzzeug, biss sich in seiner Hand fest. Halb blind stolperte er in Richtung Treppenabsatz. Er musste schleunigst verschwinden und war überzeugt, hier seines Lebens nicht mehr sicher zu sein. Nun verpasste ihm jemand noch einen kräftigen Tritt in den Hintern, so dass er sich am Geländer festklammern musste, um nicht in hohem Bogen die Stufen hinunterzusegeln. Im Wohnzimmer dröhnten schnelle, wummernde Bassrhythmen aus bis zum Anschlag aufgedrehten Boxen.

»Hau bloß ab, du verdammter Geldeintreiber«, kreischte die Xanthippe. »Und lass dich hier bloß nie wieder blicken, sonst ... kriegst du's mit mir zu tun!«

Ingi Geir ließ sich das nicht zweimal sagen. Er stolperte zum Ausgang, stieß die Haustür auf und machte, dass er wegkam.

55 »Vielen tausend Dank, Mama!«, sagte Hallgrímur, erfüllt von neuerwachtem Respekt für seine Mutter.

»Man kann ja wohl nicht zulassen, dass so welche wie der hier einfach reinmarschieren und auf meine eigenen Leute losgehen!«, sagte sie nicht ohne Stolz. »Und jetzt ruf ich die Polizei, damit er sich nicht noch verdünnisiert.«

»Ach, äh, Mama, könntest du das vielleicht bleibenlassen?«

Sie sah ihn durchdringend an.

»Dann hab ich also richtig geraten?«

»Was?«

»Dass der ein Geldeintreiber war?«

Hallgrímur nickte. »Hab ich's dir nicht immer gesagt?«, sagte sie in strengem Ton. »Finger weg von Drogen!«

»Äh, wir sind clean, Mama«, beeilte er sich zu versichern. »Übrigens war das eben ganz große Klasse. Du kannst für den Rest der Woche das Auto nehmen, wenn du willst.«

»Ach, bietest du jetzt deiner eigenen Mutter Bestechungsgeld an, damit sie auch schön die Klappe hält?«

»Nein, kein bisschen! Ich will nur meine Dankbarkeit zum Ausdruck bringen, in Naturalien sozusagen! Hey, warte mal, Marteinn«, rief er seinem Freund hinterher, der Anstalten machte, sich unauffällig zu verdrücken. »Wir haben noch kurz was zu besprechen, Mama.«

Sie maß ihn mit einem neugierigen Blick, bevor sie sich die Treppe hinunter nach unten zurückzog.

»Kanntest du den Typen?«, wollte Marteinn wissen.

»Nie gesehen. Irgendein Exfreund von Sunneva, nehm ich an. Durchgeknallter Idiot. Vor dem muss man sich echt in Acht nehmen.«

Marteinn war immer noch vom Schreck wie betäubt, doch inmitten der Nebelschwaden wurde ihm allmählich so einiges klar. »Was hat der denn da eigentlich gebrabbelt? ›Mit Sunneva weggefahren‹? So, wann war das denn?«, erkundigte er sich.

»Das wollte ich dir gerade alles erklären. Kleinen Moment, ich hol mir nur schnell ein Bier. Hatte ich selten so bitter nötig wie jetzt. Ich bring dir auch eins mit, ja?«

Hallgrímur verschwand nach unten und kam nach ein paar Minuten mit zwei großen Biergläsern zurück. Hallgrímur hatte sein Glas in wenigen Zügen leergetrunken, und auch Marteinn nahm einen großen Schluck.

»Sag mal, Grímur, was geht hier eigentlich ab?«, fragte er und zog die Augenbrauen zusammen. Plötzlich spürte er ein gewisses Misstrauen seinem Freund gegenüber. Hallgrímur sagte ihm ganz offensichtlich nicht die ganze Wahrheit. »Ich glaube, ich geh dann mal«, sagte er und stand auf.

»Nein, wart doch mal, Marteinn! Es stimmt, ich bin mit ihr weggefahren, aber ich kann dir das genau erklären. Ich hab nur versucht, dir zu helfen.«

»Mir zu helfen? Was soll das denn heißen?«, fragte Marteinn mit einer seltsamen Mischung aus Angst und Wut.

»Hattest du nicht gesagt, du wolltest Sunneva nie mehr sehen?«

»Aber nicht, indem sie umgebracht wird.«

»Sag mal spinnst du? Ich hab sie nicht umgebracht, verdammt! Was ist eigentlich mit dir los?«

»Und was hast du also gemacht?«

»Ich bin bloß mit ihr ins Sommerhaus rausgefahren. Um sie zu ficken.«

»Ich hau ab.«

»Jetzt hör mir doch mal einen Moment zu. Dann kannst du meinetwegen gehen.«

»Und warum zum Teufel hast du sie dazu ins Sommerhaus gebracht?«

»Um dort Nacktfotos von ihr zu machen und die dann deinem Vater zu schicken. Oder sie ins Internet zu stellen. Damit er sie in Ruhe lässt.«

»Und sie hat dir einfach so erlaubt, sie zu fotografieren?«

»Na ja, ich hab mit ein bisschen Buttersäure nachgeholfen. Dann kriegen die Mädels solche Kleinigkeiten nicht so genau mit.«

»Jetzt geh ich aber.«

»Warte. Ich hab's für dich getan.«

»Und was war dann? Warum ist Papa dort aufgetaucht, und warum ist er verunglückt, und wieso ist sie jetzt tot?«

»Weiß ich nicht, Mann! Ich hab sie einfach dort zurückgelassen. Sie muss deinen Vater angerufen haben, damit er sie abholt. Und dann ist die Sache anscheinend außer Kontrolle geraten. Wahrscheinlich ist er wütend geworden und hat irgendwas mit ihr gemacht. Dafür wird er dann wohl geradestehen müssen, wenn er wieder zu sich kommt.«

»Wenn du glaubst, dass ich meinem Vater ein Verbrechen anhängen lasse, das von vorne bis hinten auf deine Rechnung geht, dann bist du aber schief gewickelt!«

»Dein Vater ist nicht ganz so unschuldig, wie du denkst.«

»Wie meinst du das denn?«

»Bloß so. Willst du die Sache nicht einfach mal laufenlassen? Wenn dein Vater wieder zu sich kommt, geh ich zur Polizei und erzähl denen mal meine Seite der Geschichte. Die kapieren das doch sonst nie.«

»Die kapieren das sehr wohl! Es gibt schließlich Zeugen,

du bist doch gesehen worden, wie du mit ihr weggefahren bist und alles! Und ich werde, was das betrifft, meine Klappe wohl auch nicht halten können.«

»Ich hab meine Klappe immerhin gehalten, als ich dir helfen sollte, sie wegzuschaffen.«

»Das war doch was ganz anderes ...«, murmelte Marteinn. Vor seinen Augen drehte sich alles.

»Ja, klar«, sagte Hallgrímur ironisch. »Wenn du mich bittest, mit dir zusammen eine Leiche verschwinden zu lassen, dann ist das natürlich eine Selbstverständlichkeit. Aber wenn ich dich bitte, über dieses kleine Versehen, das mir unterlaufen ist und das mir mein Leben versauen könnte, den Mund zu halten, tja, dann ist das leider nicht möglich. Und wenn ich dir einen noch so großen Gefallen getan habe.«

»Du spinnst doch total.«

»Und, rennst du zu nun den Bullen?«

»Mir bleibt nichts anderes übrig.«

»Ich hab's gewusst. Arschloch.«

Als Marteinn versuchte aufzustehen, war ihm so schwindlig, dass er kaum auf den Beinen stehen konnte und vor seinen Augen alles zu verschwimmen schien.

»Soll ich dir helfen?«, fragte eine Stimme irgendwo aus dem Nebel, dann packte ihn eine Hand und zog ihn mit festem Griff aus seinem Stuhl.

56 Hafliði und Valdimar saßen schweigend draußen vor Marteinns Wohnung und warteten darauf, dass er nach Hause kam. Das würde er früher oder später wohl tun, und Valdimar hoffte, hauptsächlich ihm zuliebe, dass das eher früher als später sein würde. Plötzlich passten alle losen Enden zusammen. Da sich der Pullover im Sommerhaus gefunden hatte, war höchstwahrscheinlich auch Sunnevas Leiche dort in der Nähe gewesen. Dann hatte der Bengel sie weggebracht und an einem neutraleren Ort versteckt, um seinem Vater die Schwierigkeiten zu ersparen, in die er unausweichlich geraten wäre, hätte man die Leiche mit ihm in Verbindung gebracht. Valdimar war außer sich vor Zorn über so viel Dreistigkeit, und unter normalen Umständen hätte er nicht gezögert, den Jungen gründlich in die Mangel zu nehmen, so lange, bis er alles zugab. Ihn, den er um ein Haar noch mit dem Wohnungseinbruch hatte laufenlassen wollen! Aber nach dem Treffen mit seinem Vater hatte er nicht das geringste Bedürfnis, jemand zu schlagen. Der wahre Hintergrund der ganzen Misere war natürlich, das hatte er im Grunde schon immer gewusst, die Verzweiflung eines Mannes, der schon seit frühester Kindheit Halt und Geborgenheit vermisst und sich später mit den Scherben seiner eigenen Ehe und Familie konfrontiert sieht. Aber Buttersäure! Was hatte sich der Kerl bloß dabei gedacht?

In Hafliðis Jackentasche meldete sich das Handy.

»Ja, hier Hafliði«, meldete er sich. »Wie bitte? Ingi Geir?«, sagte er und sah Valdimar fragend an.

★

»So so, da sind Sie also!«, sagte die Frau und schob die Unterlippe vor, nachdem sie sich vorgestellt und ihr Anliegen vorgetragen hatten. »Ich weiß nicht, ob die Jungs da oben in irgendwelchen Drogengeschäften drinhängen, aber ich kann Ihnen hiermit versichern, ich habe mit so was nichts zu tun!«

Valdimar und Hafliði schauten die Frau ungläubig an. Schließlich war es Hafliði, der nachfragte.

»Entschuldigen Sie, aber wovon reden Sie?«

»Kommen Sie nicht wegen diesem Scharfschützen? Ich sitze im Wohnzimmer, hock vor der Glotze und denk an nichts Böses, da kreuzt hier so ein Jüngling auf mit 'ner Schrotflinte in seiner Sporttasche, was ich natürlich nicht sehen konnte. Also lass ich ihn rein und zeig ihm den Weg nach oben zu den Jungs, Hallgrímur hatte gerade Besuch von seinem Freund Marteinn, und ein paar Minuten später hör ich diesen krachenden Gewehrschuss aus seinem Zimmer. Sie sollten mal sehen, was da jetzt für ein Riesenloch im Putz ist, wenigstens scheint es nicht bis nach außen durchgegangen zu sein. Ich bin natürlich zu Tode erschrocken, aber dann hab ich den Mann mit meinem Putzwasser in die Flucht geschlagen, das ich – Gott im Himmel sei Dank! – vergessen hatte wegzuschütten.«

»Ist Marteinn bei Ihnen?«, fragte Valdimar dazwischen.

»Weswegen sind Sie überhaupt hier?«, fragte die Frau argwöhnisch.

»Wir haben Grund zu der Annahme, dass Hallgrímur eventuell mit einem Fall in Verbindung steht, in dem wir gerade ermitteln. Eine Angelegenheit, mit der auch Marteinn zu tun hat. Sind die beiden oben?«

»Nein«, sagte die Frau. »Marteinn war ein bisschen mitgenommen nach diesem Schuss, Hallgrímur fährt ihn eben nach Hause.«

»Dürften wir mal kurz oben nachschauen?«

»Klar, warum nicht«, antwortete sie. »Das heißt ...«, unterbrach sie sich, »brauchen Sie dazu nicht einen Durchsuchungsbefehl oder so was?«

»Nicht, wenn Sie uns die Erlaubnis erteilen, uns ein bisschen umzusehen. Sollten wir uns nicht auch um die Sache mit diesem Schuss kümmern?«, fragte Hafliði.

»Ja, da haben Sie auch wieder recht«, lenkte sie ein. »Wenn Sie schon mal da sind.«

Das obere Stockwerk war ein einziger großer Raum, auf der einen Seite waren die Wände ziemlich hoch, gegenüber war die Decke umso niedriger. In einer Ecke flimmerte ein Monitor, und Valdimar ging hinüber, um nachzusehen. Der Bildschirmschoner hatte sich eingeschaltet, er bestand aus einer langsam hin und her taumelnden Schriftzeile und warnte: »Pfoten weg!« Eine Mischung aus kindlichem Trotz und purer Neugier veranlasste Valdimar dazu, sich diesem Befehl zu widersetzen, er tippte mit dem Finger an die Maus, so dass der Desktop sichtbar wurde. Wie er es von seinen Ermittlungen an den Computern unzähliger Straftäter gewohnt war, die so unglaublich viel mehr über ihre Besitzer aussagten, als diese es sich jemals träumen ließen, bewegte er den Cursor sofort in die linke untere Bildschirmecke, öffnete das Startmenü und klickte auf »Zuletzt verwendete Dokumente«. Sofort wurde sein Blick von einem Dateinamen gefesselt, der seine gesamte Aufmerksamkeit in Anspruch nahm.

»Aha, da oben haben wir ja das Loch. Hat ganz schön reingehauen, der Schuss. Was machst du denn da?«, fragte er dann, als er von Valdimar keinerlei Reaktion bekam.

Dieser hatte gerade festgestellt, dass die betreffende Datei gelöscht worden war. Er war aber sicher, dass seine Computerjungs, wenn es darauf ankam, die Daten in Nullkommanix wieder hervorzaubern könnten. Und er war sich ebenfalls sicher, dass er den Rechner beschlagnahmen würde, um herauszufinden, was auf diesem Bild zu sehen war, das jemand, höchstwahrscheinlich Hallgrímur, beschlossen hatte, zu löschen. Am liebsten hätte er sich das Foto natürlich sofort angesehen, hätte gewusst, ob es irgendeine Bedeutung hatte, ob es sie irgendwie weiterbrachte. Dann klickte er den Papierkorb an, für den Fall, dass er versehentlich nicht geleert worden war. Tatsächlich erschienen ein paar hundert Dateinamen.

»Lassen Sie das! Er hat streng verboten, dass jemand an seinem Computer rumfuhrwerkt!«, tönte es schrill von der obersten Treppenstufe. »Brauchen Sie nicht sowieso eine Extraerlaubnis, wenn Sie hier in unseren Sachen rumstöbern wollen? Ist ja mal wieder typisch! Erst kommt so ein Schwerverbrecher und versetzt einen in Angst und Schrecken, und hinterher kommen die Bullen und wühlen einem alles durch.«

Valdimar hatte gefunden, wonach er gesucht hatte. Er öffnete die Datei. Ihm stockte der Atem. Die Frau schaute ihm über die Schulter und stieß einen hysterischen Schrei aus.

57 Der Geruch war das Erste, was Marteinn in die Wirklichkeit zurückholte. Ein vertrauter Geruch, nach Familie, nach süßen, endlosen Sommertagen, nach Ausflügen und Heidekraut. Der gute, alte feuchtmuffige Sommerhausgeruch. Trotzdem war irgendwas nicht so, wie es sein sollte. Oder eigentlich so ziemlich alles. Ihm war kotzübel, es war dunkel und er konnte sich nicht bewegen. Allenfalls die Beine, aber auch die nur ein paar Millimeter, und seine Arme fühlten sich an wie mit Klebeband umwickelt. Halt, seine Arme *waren* mit Klebeband umwickelt. Er zitterte vor Kälte. Er lag im Bett, im Schlafzimmer des Sommerhauses. Die Tür zum Wohnraum stand offen. Drüben rauchte jemand. *Kool*-Mentholzigaretten. Hallgrímur. Verschwommen erinnerte er sich daran, dass Hallgrímur ihn angelogen hatte, kam aber nicht darauf, was es genau gewesen war.

»Hey, was geht hier überhaupt ab?«, murmelte er versuchsweise vor sich hin, aber das verwaschene Gebrabbel, das er hervorspuckte, klang eher wie ein wüster Fluch in einer unbekannten Fremdsprache. Niemand außer ihm selbst hätte je erraten, was er meinte. Dann begann er sich wieder vom Planeten Erde zu entfernen.

»Tja, Marteinn, kannst du mir vielleicht sagen, was ich jetzt mit dir machen soll?«, hörte er Hallgrímurs Stimme ein paar Sekunden später, oder auch ein paar Stunden später, dicht an seinem Ohr. Marteinn riss angestrengt die Augen auf und sah das Gesicht seines Freundes direkt vor sich.

»Vergewaltiger. Du hast Sunneva vergewaltigt.«

»Sorry, dafür gibt's leider nur einen Punkt von zwei möglichen. Stimmt, ich hab hin und wieder eine flachgelegt. Technisch gesehen. Aber die haben mich eigentlich alle mehr oder weniger freiwillig rangelassen. Nur hab ich für diese Morning-after-Romantik nun mal nicht sonderlich viel übrig. Ist ja letztendlich auch für die Mädels besser, nicht so viel Wirbel zu machen. Aber Sunneva, nein, die nicht. Und das ist auch gut so, stell dir doch mal das Feeling vor, die Leiche von einer Frau durch die Gegend zu zerren, mit der du kurz vorher noch 'ne Nummer geschoben hast.«

»Das glaub ich dir nicht. Ich glaub dir sowieso kein Wort mehr. Du frisierst doch alles so zurecht, damit ich's dir abkaufe.«

»Du bist verdammt ungerecht. Aber okay, meinetwegen sei ungerecht zu mir. Du hast das vollste Recht dazu.«

»Warum bist du mit mir hergefahren?«

»Ich wollte dich zu 'nem kleinen Lagerfeuer einladen. Ich könnt mir vorstellen, dass die Hütte hier beim Abfackeln ganz schön was hermacht. Altes, morsches Holz, kaum Feuchtigkeit, ziemlich gut in Schuss, das muss man deinem Vater lassen«, sagte er mit gespielter Munterkeit.

»Willst du die Bude in Brand stecken? Bist du jetzt komplett durchgeknallt? Und dann? Soll ich vielleicht gleich mit abfackeln? Lieg ich deshalb hier gefesselt rum?«

Hallgrímur verharrte einen Moment schweigend in der Dunkelheit. Als er sich wieder zu Wort meldete, klang er, als müsse er die Tränen unterdrücken.

»Das hast du dir alles selbst zuzuschreiben. Was glaubst du denn, wie ich dann dastehe, wenn du erst anfängst, die Geschichte rumzuerzählen. Dann kommt doch alles raus, dass ich es war, der sie hergebracht hat, und zwar, als sie noch am Leben war, und dass ich dir geholfen habe, sie wegzuschaffen, als sie tot war. Glaubst du, danach hat noch irgendjemand Lust, meine Version überhaupt anzuhören? Klar, wenn überhaupt jemand mit so einer Mitleidstour durchkommt, dann du. Der arme Junge! Der Vater schwer verletzt im Krankenhaus, und er hat doch nur versucht, ihm eine Mordanklage zu ersparen! Ich seh's schon richtig vor mir, wie dir die Geschworenen den Unfug abkaufen und dir regelrecht aus der Hand fressen.«

»Geschworene, Schwachsinn. So was gibt's im isländischen Rechtssystem doch gar nicht. Du guckst wohl zu viele amerikanische Spielfilme.«

»Ach ja? Bei uns zu Hause geht's nun mal nicht so gebildet zu wie bei euch«, antwortete er bitter. »Okay, ich find amerikanische Spielfilme gut, na und?«

Er steckte sich noch eine *Kool* an. Der Schein des Feuerzeugs flackerte über sein tränennasses Gesicht. Die Zigarette brachte Marteinn zum Husten. Die Abendkälte tat seinem Asthma nicht gerade gut. Neben ihm saß Hallgrímur und weinte.

»Was ist los?« Seltsamerweise machten ihm Hallgrímurs Tränen mehr Angst als seine Wut und seine Verbitterung.

»Verzeih mir!«, schluchzte Hallgrímur.

»Und was soll ich dir verzeihen?«, fragte Marteinn leise.

»Ich sollte mehr an mich selber denken«, erklärte er. »Wer sonst, außer mir? So wie du immer nur an dich und deine Familie denkst, nie daran, was für mich am besten wäre. Du hast mich ausgenutzt. Aber ich hab nicht vor, mich endlos ausnutzen zu lassen. Ausgenutzt hast du mich, du bist ganz genau wie dein Vater, du kriegst immer, was du willst. Das mit der Leiche zum Beispiel. Ich war dagegen, ich wollte nicht, dass wir sie verschwinden lassen, dann würde ich nämlich jetzt ganz anders dastehen, und zwar vollkommen anders. Warum konntest du die Situation nicht einfach sich selbst überlassen? Aber nein, du musstest ja unbedingt irgendwelche oberschlauen Tricks erfinden. Damit hast du dir dein eigenes Grab geschaufelt, aber wie immer krieg ich dabei die meiste Drecksarbeit aufgeladen! Glaubst du etwa, das ist einfach für mich? Glaubst du vielleicht, ich finde die Situation, in die ihr mich gebracht habt, besonders witzig? Du und dein Vater mit seinem dämlichen Betthäschen? Bleibt nur noch die Frage: du oder ich. Und meine Antwort lautet: du. Dein Vater und du, ihr habt das hier doch hauptsächlich angezettelt, viel mehr als ich.«

»Was soll denn das wieder heißen? Wie kannst du uns die Schuld zuschieben für etwas, was du getan hast? Hab ich dich vielleicht darum gebeten, Sunneva flachzulegen? Und Papa schon gar nicht!«

»Mann«, seufzte Hallgrímur und stand auf. Er ließ die halb gerauchte Zigarette auf den Boden fallen und trat sie mit dem Fuß aus. »Es ist absolut zwecklos, dir das erklären zu wollen. Du würdest es sowieso nie kapieren.«

»Was würde ich sowieso nie kapieren?«

Hallgrímur verschwand in der Dunkelheit und schien sich jetzt draußen vor dem Eingang zu schaffen zu machen. Marteinn hörte das Gluckern einer Flüssigkeit, und zu seinem Entsetzen roch es plötzlich nach Benzin.

»Was würde ich sowieso nie kapieren?«, brüllte er seinen Freund an, als ob sein Leben davon abhinge. Hallgrímur lief im Wohnzimmer herum und spritzte das Benzin wild durch den Raum. Dann kam er wieder zu Marteinn hinein.

»Ich weiß, ich kann nicht erwarten, dass mir irgendjemand verzeiht«, sagte er mit zitternder Stimme. Marteinn wünschte, sein Gesicht besser erkennen zu können. Wenn er ihm jetzt einfach fest in die Augen sehen und ihn bitten könnte, endlich mit diesem Unsinn aufzuhören! Stattdessen musste er mühsam nach Luft schnappen, der Benzingestank setzte ihm ziemlich zu. Er bekam einen Hustenanfall und verstand kaum, was Hallgrímur sagte, dem das aber gar nicht weiter auffiel, er schien eher in ein Selbstgespräch vertieft, als Marteinn anzusprechen. »Verstehst du das denn nicht? Was bleibt mir denn anderes übrig? Ich muss dieses Sommerhaus vom Erdboden verschwinden lassen, mit allem, was drin ist. Sobald die kommen und hier rumschnüffeln, bin ich erledigt. Sollte man nicht versuchen, wenigstens die eigene Haut zu retten? Schließlich hast du mir ja schon angedroht, mich bei der Polizei zu verpetzen, weißt du noch? Womit du auch kein Problem hättest, so viel ist mir klar. Aber keine Angst, das hier ist ruck, zuck erledigt. Für dich mit deinem Asthma sowieso, die Bude hier ist doch sofort voller Qualm, noch bevor es so richtig heiß wird. Einfach tief einatmen, dann kriegst du kaum was mit.«

»Los, antworte, du mieses Schwein! Sag mir endlich was du dich nicht traust zuzugeben!«, hustete Marteinn schließlich mühsam hervor. »Was würde ich sowieso nie kapieren?!«

Hallgrímur setzte sich neben ihn auf die Bettkante.

»Glaubst du etwa, für mich ist das hier ein Spaß? Wenn ich mich jetzt stattdessen einfach selber umbringen könnte, hätte ich das längst gemacht.«

Marteinn hustete einen Schleimfetzen hoch, der, mehr oder weniger aus Versehen, in Hallgrímurs Gesicht landete, als er versuchte, ihm einen Tritt zu versetzen.

»Du mieses Arschloch! Drecksau! Verräter!«, heulte er, zitternd vor Angst und Verzweiflung.

Hallgrímurs Gesicht schien im Zimmer umherzuschweben, der helle Fleck war in der pechschwarzen Dunkelheit nur gerade so zu erahnen. Marteinn konnte die Wut, die in seinem Schweigen mitschwang, förmlich hören. Und als sich Hallgrímur wieder zu Wort meldete, klang auch seine Stimme schärfer und schien voller Bitterkeit.

»Ich hätte dich wirklich besser festbinden sollen, damit du mit dem Gezappel aufhörst. Und hier ist das, was du nie kapieren wirst: Ich bin in deinen verdammten Vater verknallt.«

Er verschwand nach draußen. Eine Sekunde später wurde es plötzlich taghell, und greller Feuerschein erleuchtete den Raum.

58 *Ich hatte noch nie was mit einem Mann gehabt, er dagegen schon, für ihn war es mit mir natürlich nicht das erste Mal. Aber immerhin war ich der Erste für ihn nach zwanzig Jahren, hatte er mir mal gestanden, und dementsprechend hatte sich bei ihm auch so einiges angestaut, hatte er mit seinem spöttischen Grinsen hinzugefügt. Das zu hören, fand ich irgendwie schmeichelhaft. Dann hatte er also, seit er in meinem Alter gewesen war, keinen männlichen Lover mehr gehabt, rechnete ich nach und stellte mir dabei vor, wie es wäre, mit einer jüngeren Version von ihm was zu haben, und da fiel mir natürlich sofort Marteinn ein. Aber Marteinn habe ich, so merkwürdig das klingt, nie unter diesen Vorzeichen gesehen, ich war nie auch nur eine Spur verschossen in ihn. Klar, auch ich habe die ganzen Grübeleien durchgemacht, ob ich jetzt schwul bin oder was, aber irgendwie war es mir dann auch wieder scheißegal. Aber eins war mir klar, ich hatte schon immer darauf geachtet, mich bei den Mädels, mit denen ich was hatte, bloß nicht zu sehr festzulegen. Sobald es mit einer zu gut lief, wenn wir zusammen gelacht und gefeiert haben, ist es mir mulmig geworden, und ich habe das immer auf meine übertriebene Bindungsangst geschoben und einfach weiterhin versucht, den Frauenhelden raushängen zu lassen und mein ganzes Leben lang so viele Weiber flachzulegen, wie ich kriegen konnte. Die Affäre mit Björn war eigentlich erst mal nur* *aus Spaß, ich meine, immerhin ist er der Vater meines besten Freundes. Die Sache mit ihm war so richtig schön pervers. Auf einmal habe ich mich total sicher gefühlt und war endlich die Beklemmungsgefühle los, die mich bei den Frauengeschichten immer verfolgt hatten. Deshalb machte ich mir erst mal keine weiteren Gedanken. Ich betrachtete das Ganze einfach als spannendes neues Terrain meiner Persönlichkeit, das ich später, falls ich das wollte, noch genauer erforschen konnte oder eben auch nicht – und auf dieser Forschungsreise fühlte ich mich gelassen und frei und vollkommen im Hier und Jetzt. Ich weiß noch, wie ich zum ersten Mal »Ich liebe dich« zu ihm sagte. Das war ein Gefühl, als ob so eine Art Knoten in meiner Brust geplatzt wäre und ich auf einmal sozusagen ein neuer, besserer Mensch geworden wäre – irgendwie normaler, auch wenn das ziemlich absurd klingt, aber ich hatte so was noch nie zu jemandem gesagt, deshalb war ich jetzt endlich so wie alle anderen. Es war so unglaublich erleichternd, sich einfach hinzugeben, endlich loszulassen und im Strudel der eigenen Gefühle unterzutauchen, die man sowieso nicht mehr steuern kann.*

Vielleicht hätte ich mal mit ihm über alles reden sollen. Aber in meiner Blindheit habe ich mir natürlich eingebildet, ihm ginge es genauso wie mir, dass ich, sein erster Lover nach zwanzig Jahren, ihn wachgeküsst und in ihm dieselben Kräfte in Gang gesetzt hätte, die auch mich mitrissen. Aber das war natürlich alles ein riesengroßer Irrtum, das wurde mir auch selbst ziemlich schnell klar. Ausgerechnet Marteinn war es, Ironie des Schicksals, der mir steckte, dass Björn was mit einem Mädchen angefangen hatte. Da war mir schon aufgefallen, dass er angefangen hatte, von mir wegzudriften, ganz zu schweigen von dem Frauenduft, der mir einmal an ihm aufgefallen war. Er hatte immer seltener Zeit für Verabredungen, musste immer bloß arbeiten – mit ihr, wie sich rausstellte –, und wenn wir uns dann endlich mal trafen, konnte ich nur einen winzigen Bruchteil meiner Sehnsucht befriedigen, die in der Zwischenzeit in mir brodelte. Er hatte es ja oft selbst gesagt, dass wir nicht für immer und ewig zusammenbleiben würden, und dieser Gedanke lag auf mir wie ein Albtraum und machte unsere Liebestreffen schwer und drückend. Ich wusste genau, jedes Mal konnte das letzte Mal gewesen sein, deshalb hatte es überhaupt nichts Unbeschwertes und Entspanntes mehr, wenn wir miteinander schliefen. Aber als ich das mit Sunneva hörte, spätestens da wurde mir klar, dass er innerlich mit mir schon lange abgeschlossen hatte, dass ich ihm eigentlich nur noch als bessere Nutte diente und für den gelegentlichen Arschfick gut war, und zwar im miesesten Sinne des Wortes. Während ich bis zum Wahnsinn in ihn verknallt war, dass ich dachte, es nicht zu überleben. Wenn er mich bloß ehrlich behandelt hätte, wäre alles so viel erträglicher gewesen, dann hätte dieser pechschwarze, vernichtende Hass mir nicht die Seele zerfressen.

Die Beschreibung passte, ich wusste sofort, dass es um diese rothaarige Tussi ging, mit der ich Björn einmal in der Stadt gesehen hatte. Eine Arbeitskollegin, hatte er mir weisgemacht, als wir das nächste Mal miteinander im Bett waren. Damals war mein Misstrauen noch nicht erwacht, aber eigentlich hätte ich schon da den falschen Unterton in seiner Stimme raushören müssen, der mir später aufgefallen war.

Vielleicht hätte ich mich ja sogar allmählich damit abgefunden, vielleicht hätte ich ihm eins in die Fresse gegeben oder das Ganze schlichtweg vergessen, wenn dieser Zwischenfall nicht ausgerechnet an dem Tag passiert wäre, als Marteinn mit seiner Einbruchsgeschichte kam. Ich war ungefähr zur Abendessenszeit bei ihm reingeschneit, und kurz darauf musste er mal aufs Klo. Björn war natürlich nicht zu Hause, aber plötzlich sah ich sein Handy auf dem Esstisch liegen. Er hatte es wohl vergessen, als er zur Arbeit ging, es steckte im Ladegerät mit eingegebener PIN. Und ich hatte es natürlich sofort in den Fingern. Zuerst suchte ich meine eigene Nummer, aha, er war tatsächlich so unverfroren, mich unter den Initialen HE abzuspeichern. Dann gab ich diese Sunneva ein, und plötzlich kam ich auf die Idee, mich mit ihr unter seinem Namen zu verabreden und ihn selber dann auch zu dem Treffen zu zitieren. Ich würde währenddessen hinter dem Tresen Stellung beziehen, würde ihnen seelenruhig ihr Bier zapfen und mich dabei an seinem saudummen Gesicht aufgeilen. Ich beeilte mich mit der SMS, und als Marteinn vom Klo kam, saß ich wieder an meinem Platz und schlürfte meinen Kaffee, als sei nichts gewesen. Aber dann kriegte ich doch so meine Zweifel. Björn wusste doch genau, dass ich im Grand Rokk arbeitete, und dass er sich ausgerechnet dort mit Sunneva sehen lassen würde, war eher unwahrscheinlich. Außerdem müsste ich die SMS an ihn ja eigentlich von ihrem Handy aus schicken. Ich sah ein, dass dieser Plan ziemlich idiotisch war. Da beschloss ich, noch einen Schritt weiter zu gehen.

Bevor die Sache mit Björn lief, habe ich natürlich immer nach scharfen Miezen Ausschau gehalten, und wenn dann so eine allein an der Bar saß, habe ich meine Schicht für den Rest des Abends einfach an meinen Kollegen Sindri abgegeben, habe ein Glas Bier oder einen Drink heimlich mit einem Schuss Buttersäure versetzt und ihr das Glas mit dem Hinweis »von einem unbekannten Verehrer« vor die Nase gestellt. Wenn die Mädels blöd genug waren, einen Drink von jemand anzunehmen, der es nicht mal fertigbringt, sich vorzustellen, dann hatten sie es, wie ich fand, wirklich nicht besser verdient. Ich achtete darauf, mit ihnen von der Bildfläche zu verschwinden, solange sie noch einigermaßen gerade stehen konnten, tat so, als wollte ich sie nach Hause fahren, brachte sie aber stattdessen zu mir in die Wohnung. Von dieser Methode kam ich allerdings schon bald wieder ab, da ich es auf Dauer nicht besonders antörnend fand, auf irgendwelchen weggetretenen oder halb bewusstlosen Weibern rumzuturnen. Später ging ich dazu über, die Dosis zu erhöhen und sie dann tatsächlich nach

Hause zu bringen, ich schielte einfach auf irgendeinem Ausweis nach der Adresse, schleppte sie dann bis vor ihre Haustür, klingelte, und haute ab. Bis bei einer mal der Freund rausgeschossen kam und partout meinen Ausweis sehen wollte, damit die Polizei sich im Falle einer Zeugenaussage an mich wenden könnte. Obwohl da nie was kam, hörte ich danach sofort damit auf. Als ich dann Björn kennengelernt hatte und ein neuer, besserer Mensch geworden war, dachte ich manchmal mit Grausen daran, wie ich mit diesen armen Mädels umgesprungen war. Und jetzt kam diese gemeine Seite in mir wieder durch. Noch war ich unschlüssig, ob ich sie vergewaltigen sollte oder nicht, ich wollte das spontan entscheiden, je nachdem, wie ich aufgelegt war.

Ich gab Sunneva keine Chance, mit ihrem Drink allzu wählerisch zu sein, ich hatte mir eine Auswahl an verschiedenen Gläsern bereitgestellt und sie alle im Voraus schon mit einer Dosis Buttersäure präpariert, und als sie kam, brauchte ich mir nur noch das Passende zu schnappen und ihr das Gewünschte in die Hand zu drücken. Sie setzte sich an einen der Tische bei den Toiletten. Nach einer Weile wuselte ich vorbei, um leere Gläser einzusammeln und sah, dass sie mit ihrem Bier schon ziemlich weit gekommen war. Kurz darauf kam Sindri, um mich abzulösen. Ich hatte Sunneva nicht aus den Augen gelassen und beobachtete, wie sie immer schlaffer auf ihrem Stuhl hing. Ihren Pulli hatte sie auch schon ausgezogen.

Dann ging ich zu ihr rüber.

»Entschuldige, ist dir vielleicht schlecht?«, fragte ich.

»Ja, ziemlich«, antwortete sie. »Sieht man das? Mir ist plötzlich so schwindlig, und außerdem furchtbar heiß.«

Ich lächelte fürsorglich.

»Soll ich dir ein Taxi rufen?«

»Ja, das wär super, danke«, sagte sie mit leicht vernebeltem Blick, aber, wie ich fand, immer noch eine Spur zu munter. »Wie es aussieht hat der, den ich hier treffen wollte, mich versetzt.«

»Tja, das kann bei solchen Dates mit verheirateten Männern schon mal vorkommen«, gab ich augenzwinkernd zurück. Sie konnte sich vor Lachen kaum beherrschen, dachte wohl, ich hätte einen harmlosen Witz gemacht und dabei zufällig den Nagel auf den Kopf getroffen. Ich ließ fünf Minuten verstreichen, dann ging ich wieder an ihren Tisch, um ihr zu sagen, das Taxi wäre jetzt da.

»Okay«, murmelte sie mit schwerer Zunge, und ich half ihr beim Aufstehen und stützte sie auf dem Weg nach draußen. Fast hätte ich ihren Pulli übersehen, der über dem Stuhl hing, und als ich ihn im letzten Moment schnappte, kam darunter ihre Brieftasche zum Vorschein. So ein verdammtes Glück aber auch, dachte ich. Mein Wagen stand direkt gegenüber auf der anderen Straßenseite, und sie hatte überhaupt nichts dagegen, zu einem völlig Unbekannten ins Auto zu steigen und mit ihm irgendwohin in die Dunkelheit zu fahren, anstatt sich vom Taxi zu sich nach Hause bringen zu lassen. Ein bisschen tat sie mir leid, aber ich hatte ja nicht vor, ihr Schaden zuzufügen. Sie war bloß eine Marke auf meinem Spielfeld und würde die Zusammenhänge sowieso nie durchschauen.

Wir waren gerade in die Straße nach Mosfellsbær eingebogen, da schlief sie schon wie ein Stein.

Inzwischen war ich nämlich zu dem Schluss gekommen, dass der einzig wahre Ort für ein Treffen zu dritt natürlich das Sommerhaus war, da, wo Björn mit uns beiden zum Vögeln hingefahren war, und zwar im selben Zeitraum. Vielleicht kindisch, der Hütte so viel Bedeutung zuzumessen, aber immerhin war das unser geheimer Ort gewesen, der Ort, wo ich sozusagen zu mir selbst gefunden hatte. Ich konnte deshalb den Gedanken kaum ertragen, dass er auch mit ihr dort zugange gewesen war.

Es war nicht gerade ein Kinderspiel, sie die steile Treppe zum Eingang runterzukriegen, aber ich hatte im Voraus alles genau durchdacht, und als wir aus dem Auto stiegen, warf *ich sie mir über die Schulter und rannte einfach los, in der Hoffnung, unten anzukommen, bevor mich meine Kräfte verließen.*

Dort stolperte ich mit ihr durch die Eingangstür, die schon weit offen stand, schleppte sie ins Schlafzimmer und ließ sie aufs Bett fallen. Sie war bis auf die Haut nassgeschwitzt, und es war nicht gerade angenehm, sie aus ihren Klamotten zu pellen. Ab und zu murmelte sie irgendwas Unverständliches vor sich hin, so dass ich überlegte, ob ich ihr nicht zur Sicherheit gleich noch eine Dosis Buttersäure reinkippen sollte. Ich hatte keine Ahnung, wie lange die Wirkung von dem Zeug überhaupt anhalten würde, und war nicht unbedingt scharf darauf, eine Szene zu riskieren.

Sie trug ein paar enge blaue Jeans und ein weißes T-Shirt mit dem roten Schriftzug »Fuck me while I'm young«. Ich hatte mich schon oft gefragt, was die Mädels mit solchen Botschaften eigentlich sagen wollten. Jeder zweite Teenie rennt mit so einem Porn-Star-Shirt durch die Gegend, bei den über Zwanzigjährigen ist es sowieso fast Standard, aber sobald du sie beim Wort nimmst, fallen sie aus allen Wolken.

Ich brauchte dringend eine Pause, setzte mich hin und rauchte. Es war kurz vor eins, also hatte ich noch etwas Zeit, die ich mir mit ein paar Handy-Spielen vertrieb. Aber dabei musste ich immer wieder an Björn denken und daran, wie er wohl reagieren würde, und außerdem fragte ich mich langsam selbst, ob mir überhaupt klar war, was ich hier trieb. Sunneva lag auf der Seite, ihre Beine hingen schlaff über der Bettkante, nicht gerade ein antörnender Anblick, ganz im Gegenteil, plötzlich entwickelte ich fast eine Art Sex-Phobie und ekelte mich sogar vor meinem eigenen Körper. Ich breitete die Bettdecke über sie, um sie nicht mehr anschauen zu müssen.

Sobald ich Björn brav zu Hause neben seiner Frau im Ehebett wähnte, deckte ich Sunneva wieder auf und drehte sie auf den Bauch, so dass ihre Knie auf dem Boden aufkamen und ihr

Hintern steil in die Luft stand. Dann tippte ich seine private Festnetznummer ein, da ich wusste, das Telefon stand direkt neben dem Ehebett. Sollte Eva drangehen, würde ich einfach auflegen und ihn auf dem Handy anrufen. Doch dann war er es, der antwortete, und ich sah förmlich vor mir, wie er auf das Display schaute um zu sehen, wer um diese Zeit noch anrief.

»Hallo?«, kam es halblaut in fragendem Ton.

»Lover!«, raunte ich in den Hörer. Auf der anderen Seite blieb es totenstill, also legte ich los. »Hey, Süßer, weißt du, was ich jetzt gleich mit deiner Freundin mache? Dasselbe, was du neulich hier mit mir gemacht hast, hier, auf ›unserem Bett‹. Hör doch mal!«, sagte ich und gab ihr einen Klaps auf die nackte Arschbacke. »Das findet sie doch geil, oder? So ein bisschen vertrimmt zu werden, genau richtig, um den Kreislauf auf Touren zu bringen, was?«

»Bis du jetzt total durchgedreht?«

»Nööö ... nicht direkt«, spottete ich. »Bloß total durchgeknallt. Los, hör genau hin!« Ich schlug noch ein paarmal zu, diesmal fester, und hielt gleichzeitig das Handy an ihren Mund. Jetzt schien was zu ihr durchzudringen, und sie stöhnte leise. »Naaa, Björn, hör doch mal, ist das nicht süß? Ist das nicht absolut süß, wie sie rumstöhnt, der Sound dürfte dir ja bekannt vorkommen, oder?«, sagte ich und untermalte mein Gestöhne mit den abscheulichsten Zungengeräuschen. »So, und jetzt braucht sie nur noch etwas Schmiere, damit es nachher auch schön flutscht, ich hab hier diese obergeile Lustcreme, extra heute Morgen noch besorgt ...« Ich drückte einen kleinen Klecks aus der Tube und schmierte ihr das Zeug zwischen die Hinterbacken. »So, das müsste reichen, um in die heiligen Hallen einzudringen. Hab langsam auch 'ne ziemliche Latte«, log ich. Obwohl ich mir in diesem Moment gewünscht hätte, es wäre so. Plötzlich hatte ich diesen fiesen kleinen Teufel in mir, der es einzig und allein darauf abgesehen hatte, anderen zu schaden. Und plötzlich war es mir

scheißegal, ob dieses Mädchen hier mit dem Leben davonkam oder nicht, solange ich nur Björn damit verletzen konnte, je tiefer, desto besser.

»*Willst du sie vergewaltigen oder was? Ich ruf die Bullen, du Verbrecher!*«*, rief er.* »*Wenn du ihr nur ein einziges Haar krümmst, bring ich dich um, du Drecksau.*«

»*Ach, ist Papa Bär jetzt böse? Klar, mach das. Hol die Bullen. Dann erzähl ich denen nämlich mal in Ruhe, wie es wirklich war.*«

»*Gib sie mir mal.*«

»*Das passt ehrlich gesagt im Moment nicht so gut. Die Kleine ist gerade ein bisschen schläfrig.*«

»*Du mieses, widerliches Schwein! Ich bring dich um, das schwör ich dir!*«

»*Warum kommst du nicht einfach vorbei und rettest deine kleine Märchenprinzessin vor dem bösen Onkel, anstatt zu Hause zu hocken und ins Telefon zu zetern? Du bist doch ein echter Kerl, oder? Dann solltest du dein Prinzesschen aber schleunigst aus den Klauen des Drachen befreien und sie zum Altar schleppen, und dann* happily ever after.«

Dann legte ich schnell auf, bevor mir die Tränen kamen. Ich war fix und alle, überlegte, ob ich nicht einfach abhauen sollte, dann würde er sie hier vorfinden, bewusstlos und, wie er denken würde, misshandelt, aber dann kam mir das armselig vor. Nein, ich wollte dazu stehen, was ich getan hatte, und ich wollte die beiden zusammen erleben, wollte sie mit eigenen Augen nebeneinander sehen. Am besten wäre es, wenn sie wieder wach wäre, bevor er hier auftauchte, aber beeinflussen konnte ich das wohl kaum, so gut kannte ich mich mit diesem Chemikalienkram nicht aus. Ich hievte sie aufs Bett, legte sie auf den Rücken und zog ihr die Bettdecke bis unters Kinn. Mein Zorn hatte sich weitgehend in Luft aufgelöst, und jetzt tat sie mir schon wieder leid.

Als er damit drohte, mich umzubringen, wäre mir nicht im Traum eingefallen, er könnte das ernst meinen. Aber er meinte es bitterernst, im wahrsten Sinne des Wortes. Als ich das Auto kommen hörte, lief ich ihm entgegen und wartete auf der untersten Treppenstufe. Jetzt hatte ich wirklich einen Ständer, keine Ahnung, was ich eigentlich erwartete. Bildete ich mir etwa ein, wir würden uns unter Tränen in die Arme fallen und uns gegenseitig um Verzeihung bitten? Eigentlich fand ich, dass wir jetzt quitt waren, ich hatte ihn für seine Betrügereien zur Kasse gebeten, und keiner war dem anderen etwas schuldig geblieben. Er dagegen schien auf einer völlig anderen Schiene zu sein. Ich sah es ihm sofort an, als er die Treppenstufen herunterhastete, mit einem so wutverzerrten Gesicht, dass ich mich auf dem Absatz umdrehte und in Richtung Seeufer davonrannte. Eine echte Mördervisage. Seine schulterlange schwarze Mähne, die ich so oft liebevoll mit den Fingern durchkämmt und ihm dabei das eine oder andere graue Haar herausgezupft hatte, hing ihm wirr und strähnig in die Augen, so dass er aussah wie der Leibhaftige persönlich. Seine Motorradstiefel donnerten wie Gewehrschüsse die Holzstufen herunter, und nun zweifelte ich keinen Moment mehr daran, dass er fähig war, mich auf der Stelle zu töten. Er kannte da unten am See natürlich jeden Quadratzentimeter und schnitt mir den Weg zu dem schmalen Pfad am Ufer ab, den ich angesteuert hatte, auch wenn ich dort nicht besonders weit gekommen wäre, also wich ich nach links aus, wo ich einen Steilhang hinunterrutschte und direkt unten am Wasser landete, viel hätte nicht gefehlt, und ich hätte selber mit gebrochenem Schädel dagelegen, wenn ich nicht gerade noch rechtzeitig den Kopf zwischen die Arme genommen hätte. Und im nächsten Moment war er auch schon neben mir und rammte mir seine Stiefelspitze in die Flanke. Der Schmerz war so durchdringend, dass mir schwarz vor den Augen wurde. Dann tat ich das, was jeder andere in meiner Situation auch getan hätte, ich fegte ihm mit einem kräftigen Tritt die Beine unter dem Körper weg, so dass er das Gleichgewicht verlor und hintenüberfiel.

Die ganze Zeit über war kein einziges Wort zwischen uns gefallen. Den großen verbalen Showdown, auf den ich mich vorbereitet hatte, seitdem mir der Verdacht gekommen war, dass er mich hinterging, hatte ich wohl gerade verbockt. Da er nicht das geringste Anzeichen von Reue zeigte, entschloss ich mich zu dieser verzweifelten Aktion, die dann so verhängnisvoll außer Kontrolle geraten sollte.

Es war ein markerschütterndes Geräusch, als er mit dem Schädel auf den Felsen aufschlug, aber ich war heilfroh, dass er wenigstens sofort bewusstlos war. Trotzdem hatte ich eine Heidenangst, dass er jeden Moment wieder zu sich kommen könnte, und machte, dass ich wegkam. Die Turteltäubchen würden schon irgendwann aufwachen und wieder in Richtung Stadt aufbrechen. Ende gut, alles gut für alle Beteiligten – außer für mich.

Es war alles seine Schuld, die ganze Story war von vorne bis hinten seine Schuld. Ich wäre glücklich und zufrieden gewesen, bis an mein Lebensende Mädels zu vögeln, wenn er nicht mit diesem verführerischen Lächeln angekommen wäre und mich in die Falle gelockt hätte. Ich wäre auch bis an mein Lebensende gerne sein kleiner Zeitvertreib gewesen, sein Schoßhündchen, das sofort freudig japsend angerannt kam, wenn er mal wieder seinen »Druck« loswerden musste. Ich hätte alles getan, was er sich von mir wünschte, und ihn alles tun lassen, was er mit mir anstellen wollte. Und das war nicht wenig. Wenn er es bloß fertiggebracht hätte, sich mir gegenüber wie ein anständiger Mensch zu verhalten, wenn er gesagt hätte, es ist Schluss zwischen uns, oder meinetwegen auch, es ist deswegen noch lange nicht Schluss, aber ich hab auch noch was mit einer Frau, dann hätte ich das sicher anstandslos geschluckt. Ich hätte den Scheißtypen wahrscheinlich noch für seine Aufrichtigkeit bewundert, für die enorme Großzügigkeit, *mir immerhin Platz zwei oder drei auf seiner Favoritenliste einzuräumen. Ich befürchte, es gibt wohl kaum etwas, was ich mir nicht hätte bieten lassen, wenn es um ihn ging. Aber er musste mich ja unbedingt wie das letzte Stück Dreck behandeln, mich belügen und hintergehen wie den Hausdrachen am heimischen Herd.*

Und dann musste er auch noch auf mich losgehen und mich beinahe umbringen.

Und dann musste er sich unbedingt den Schädel anhauen und fast dabei draufgehen und mich mit meiner Schuld und meinem Schmerz, mit dem Verlust und mit der ganzen Moralscheiße alleine zurücklassen. Und noch dazu mit einer toten Geliebten. Und mit einem Sohn, der ihn angeblich hasste, aber in Wirklichkeit so sehr liebte, dass er das tat, was er getan hatte.

Mit meiner Hilfe. Wie hätte ich nein sagen können? Was hatte mich dazu gebracht, ja zu sagen?

59 Als das Sommerhaus um ihn herum in Flammen aufging, wusste Marteinn sofort, dass er keine Chance hatte. Er war an Händen und Füßen mit Klebeband gefesselt, und Hallgrímur hatte ihm die Schuhe ausgezogen. Innerhalb von Sekunden brannte das Wohnzimmer lichterloh, der alte Teppich, den er noch von damals, als er klein war, aus dem Wohnzimmer seiner Großeltern kannte, hatte sofort Feuer gefangen und kurz darauf auch die Holzdielen darunter. Es war ausgeschlossen, dort hinüberzukommen, noch dazu ohne Schuhe. Wie Hallgrímur vorausgesagt hatte, spielte ihm der Rauch übel mit. Keuchend und mühsam sog er die Luft ein, dabei gurgelte es gefährlich in seinen Lungen. In seiner Atemnot hätte er ohne Zögern mit der Stirn eine Fensterscheibe eingeschlagen, aber die Fensterläden waren verriegelt, das brachte also gar nichts. Seine Augen brannten höllisch, und er vergrub das Gesicht unter der Bettdecke, um den Schmerz etwas zu lindern. Zu allem Überfluss war er auch noch kurz davor, in die Hosen zu pinkeln, aber eine tief sitzende Blockade hinderte ihn daran, seinem dringenden körperlichen Bedürfnis dort in diesem Bett freien Lauf zu lassen, also ließ er sich auf den Boden rollen. Er hätte viel darum gegeben, jetzt den Reißverschluss seiner Hose aufmachen zu können und ein letztes Mal in diesem Leben mit einem Minimum an Würde seine Blase zu entleeren. Aber das kam nicht in Frage. Sein Großvater hatte seinerzeit den

Schlafzimmerboden mit Linoleum ausgelegt, und als Marteinn sich endlich erleichterte, bildete sich eine schmale, glänzende Lache auf den Linoleumfliesen, in der sich die Flammen spiegelten, die aus den benzingetränkten Wohnzimmerwänden schlugen. An der Wand gegenüber hingen zwei Bilder unter Glas. Die Rahmen standen schon in hellen Flammen, aber die Bilder selbst waren hinter ihren Glasscheiben noch unversehrt, schwarze Vierecke auf der weißen Wand. Im Nachhinein erinnerte sich Marteinn genau an diese Details und wunderte sich, wie glasklar er diese Kleinigkeiten wahrgenommen hatte. Er stellte fest, dass er auch keinerlei Angst mehr verspürte, dieses Stadium hatte er offenbar hinter sich gelassen. Stattdessen befand er sich in einem merkwürdigen Unerschrockenheitsrausch, und wie in Trance verfolgte sein Blick, wie die Lache zu einem dünnen Rinnsal wurde, das langsam über den Schlafzimmerboden kroch. Als das Rinnsal sich der Tür zum Wohnzimmer näherte, begann es zu qualmen und war kurz darauf nicht mehr zu sehen, und in kindlicher Neugier fing Marteinn an zu grübeln, wo der Urin wohl hingekommen war. Hier unten war die Luft etwas besser, der Schmerz in seiner Lunge ließ nach, und auch seine Gedanken wurden wieder klarer. Plötzlich fasste er den Entschluss, nicht aufzugeben. So schnell gab man nicht auf, nicht in so einer Situation. Die Zeit verging rasend schnell und zugleich quälend langsam. Sein logischer Verstand sagte ihm, dass die Uhr unweigerlich tickte, aber gleichzeitig nahm er sich alle Zeit der Welt, das Rinnsal aus seiner Harnblase zu beobachten, wie es sich der Wand entlang verteilte und hinter der Fußleiste verschwand, und Überlegungen anzustellen, was damit weiterhin passierte. Er freute sich wie ein Kind, als er die Antwort schließlich hatte, so naheliegend sie auch war: Der Urin sickerte natürlich zwischen die Holzdielen unter dem Linoleum, die dort an der Wand ein Stückchen hervorstanden, und floss von dort aus an der Kellermauer hinunter bis in den Hohlraum unter der

Hütte, den Bretterverschlag, in dem er Sunneva versteckt hatte. Und was kommt dann, sinnierte er weiter, worauf steht ein Haus, das nicht auf festem Grund gebaut ist? Hierauf konnte er so schnell keine Antwort finden. Seine Gedanken waren noch immer mit dem Schicksal seines Urinstrahls beschäftigt, unten im Bretterverschlag würde die Flüssigkeit nicht weiter verdampfen, sondern allmählich abkühlen. Dort hatten Rauch und Qualm schließlich nichts zu suchen, und wenn schon hier dicht über dem Boden so viel weniger Rauch war als oben im Bett, wie viel besser musste die Luft erst unterhalb des Fußbodens sein? Gab es eine Möglichkeit, dorthin zu kommen? Er blieb mit der Nase so nahe am Boden, wie er nur konnte. Der Rauch war mittlerweile beißend scharf, die Hitze steigerte sich ins Unerträgliche, und trotz seiner seltsamen Furchtlosigkeit wusste er genau, dass sie früher oder später seinen Tod bedeuten würde und er in dieser lodernden Glut nicht mehr sehr viel länger Luft in die Lungen bekäme. Jetzt war das Rinnsal auf dem Linoleumboden verdampft, von den Flammen verzehrt, die alles verzehrten, was in ihrer Nähe war.

Nebenan im Wohnzimmer, wo Hallgrímur mit dem Benzin besonders großzügig umgegangen war, hatte das Feuer am heftigsten gewütet, der Teppich war bereits vollständig verglüht, und nun stand der ganze Boden in lodernden Flammen, ein eindrucksvolles Schauspiel, atemberaubend, wenn man so wollte.

Im Nachhinein konnte sich Marteinn nicht erinnern, einen bewussten Entschluss gefasst zu haben, aber plötzlich stand er aufrecht auf beiden Füßen. Und als er erst einmal stand, begann er, in Richtung Wohnzimmertür zu hüpfen, auf die glühende Mörderhitze zu, den beißenden Qualm, den lodernden Fußboden, und dann landete er mit einem großen Sprung mitten im Wohnzimmer.

Mitten auf dem brennenden Holzboden. Die Dielen hielten stand. Er spürte einen schneidenden Schmerz. Fiel der Länge nach hin. Seine Kleider fingen sofort Feuer. Seine Haare auch. Es roch nach versengtem Fleisch und er glaubte, am ganzen Körper zu brennen. Auch seine Lungen schienen in hellen Flammen zu stehen. Er versuchte, noch einmal auf die Füße zu kommen. Versuchte dann, sich in Richtung Schlafzimmer zurückrollen zu lassen. Aber besonders weit kam er nicht.

Einen Moment dachte er, jetzt sei das Haus endgültig zusammengestürzt. Die Bodenplatte hatte sich gelöst und war entlang der Trennwand zum Schlafzimmer nach unten abgesackt; die Bodensparren waren an dieser Seite herausgebrochen, so dass eine lichterloh brennende schiefe Ebene entstand, die er jetzt hinunterrutschte, bis er sich gegenüber der Schlafzimmertür, aber eine Etage tiefer, wiederfand.

Erst viel später wurde ihm klar, dass die windigen Heimwerkermethoden, mit denen sich sein Großvater damals beim Bau des Hauses begnügt hatte, in dieser Nacht seine Rettung gewesen waren. Dabei dachte er hauptsächlich an die Zapfen unter diesem Teil des Fußbodens, die zu kurz waren, um die Balken der hölzernen Unterkonstruktion zusammenzuhalten.

Er wälzte sich in der kühlen Dunkelheit auf dem Boden, bis in seinen Kleidern und Haaren auch wirklich nichts mehr schwelte. Beim Versuch, auf die Füße zu kommen, blieb er mit der Schulter an einem Nagel hängen, was sich als wahrer Glücksfall erwies, denn nun brauchte er nur noch mit den Handgelenken dort entlangzuscheuern und sich mit einer schnellen Drehbewegung an der Wand hinunterrutschen zu lassen. Seine Hände waren frei, und er konnte das schwarz verschmorte Klebeband von den Fußgelenken reißen.

Plötzlich flammte blinder Hass in ihm auf, Hass gegen diesen Menschen irgendwo da draußen, der ihm das alles angetan hatte und ihm alles nehmen wollte, was ihm wichtig war.

Eine Weile hockte er reglos in der Dunkelheit; inzwischen hatte sich das Feuer durch das ganze Haus gefressen, das war am Knistern über seinem Kopf deutlich zu hören. Vor ihm lag die brennende Bodenplatte, die ihm gewissermaßen das Leben gerettet hatte und ihm jetzt den Weg nach draußen versperrte, den Weg in den Bretterverschlag vorne unter der Veranda, wo er vor ungefähr tausend Jahren mit Sunnevas Leiche hineingekrochen war. Jetzt füllte sich auch hier unten die Luft mit Rauch.

Wieder reagierte er, ohne nachzudenken oder abzuwägen. Woher kam der Stein, den er plötzlich in der Hand hielt? Er hatte keine Ahnung, aber er wusste, dass sein Großvater vor fünfzig Jahren oben an der Straße ein paar Schubkarren voll Kies geholt hatte, um sie unter dem Haus aufzuschütten, das hatte er, wie er sich später erinnern sollte, auf alten Fotos gesehen. Mittlerweile war von der brennenden Bodenplatte nicht viel mehr übrig als ein paar dünne, schwarz verkohlte Balken, die hier und da aus dem Flammenmeer ragten. Marteinn kroch darauf zu, hielt die Arme schützend vors Gesicht und sprang direkt in die Flammen. Der Aufprall war kaum zu spüren, ohne jeden Widerstand krachte er durch die brennenden Überreste des Holzgerüsts, eine so wackelige Konstruktion, dass sie seinem Gewicht wohl schon ohne den Brand nicht standgehalten hätte.

Als er mit angezogenen Knien neben der Hütte im Gras lag, beschlich ihn das ungute Gefühl, dass da draußen in der Dunkelheit noch jemand war. Noch war er vom grellen Feuerschein geblendet, aber er spürte, dass sich jemand näherte, vielleicht hörte er auch etwas. Als er wieder etwas erkennen konnte, sah er ein paar Schuhe und darüber zwei Knie. Da nahm er seine Waffe, ein Stück von einem rund geschliffenen Felsblock, holte aus und schlug blindlings drauf los. Er hörte ein Geräusch wie von splitternden Knochen und darauf den durchdringenden Schmerzensschrei seines Freundes, oder Feindes. Sah, wie er in sich zusammensackte. Okay. Jetzt war es kein Problem mehr, ihn zu erledigen.

60 Es hätte nicht viel gefehlt, und sie wären Zeugen eines Mordes geworden. Oder eines Totschlags. Valdimar war zwar sicher, dass man den Jungen nach allem, was vorausgegangen war, niemals wegen Mordes verurteilt hätte. Er hatte ihn dort halb blind und völlig verstört auf dem Rasenstück vorgefunden, hartnäckig mit dem Versuch beschäftigt, seinem Freund mit einem Stein den Schädel zu zerschmettern. Hallgrímur zappelte und wand sich unter ihm, aber er kam nicht auf die Füße, da Marteinn es tatsächlich geschafft hatte, ihm beide Kniescheiben zu zertrümmern, und dann hatte er ihm, während sie sich auf ihn geworfen und ihn überwältigt hatten, auch noch den linken Unterarm gebrochen. Auf gewisse Weise, fand Valdimar, hatten sie eher Marteinn gerettet als Hallgrímur, indem sie eine Bluttat verhinderten, die Marteinns Leben zerstört, aber Hallgrímur dafür vor einem Schicksal bewahrt hätte, das für viele schlimmer war als der Tod: abgestempelt zu werden als Vergewaltiger und Mörder, auch wenn er selbst noch so oft beteuerte, weder das eine noch das andere zu sein.

In einem größeren Trupp mit insgesamt vier Streifenwagen waren sie gerade in Richtung Þingvellir ausgerückt, als sie die Nachricht von der Feuersbrunst im Sommerhaus erreichte und bestätigte, was sie bereits wussten: dass die cleveren Leute von der isländischen Telekom die Handys der beiden Jungs am Þingvallavatn geortet hatten.

Selten hatte er sich so hundsmiserabel gefühlt wie jetzt, als sie sich dem brennenden Sommerhaus näherten. Er hätte es sich niemals verziehen, wenn Marteinn nicht mit dem Leben davongekommen wäre, schließlich hatte er in dieser Angelegenheit schon genug verbockt. Was hatte er sich zum Beispiel dabei gedacht, den Jungen nicht umgehend festzunehmen, nachdem er den Einbruch gestanden hatte! Und auch den Pulli hätte er anhand der Beschreibung aus dem *Grand Rokk* sofort wiedererkennen müssen.

Die Dinge lagen mehr oder weniger klar auf der Hand. Hallgrímurs Geständnis ließ ihn in positiverem Licht erscheinen, als die Kripo ihm zugestehen wollte, und das Urteil würde letztlich vom Geschick seines Anwalts abhängen. Das Nacktfoto von Björn, breit grinsend mit steifem Schwanz auf dem Bett im Sommerhaus, das einzige dieser Art auf Hallgrímurs Festplatte, war ursprünglich in einem passwortgesicherten Ordner gespeichert und dann gelöscht worden, konnte aber aus dem Papierkorb wiederhergestellt werden.

Eigentlich war er nur dort, um sich selbst und sein fieberhaftes Kopfzerbrechen zu beruhigen, dort bei Björn zu Hause, im weißen Wohnzimmer.

Eva hatte ihm Tee angeboten und er hatte angenommen, aber als die Tasse vor ihm stand, ließ er ihn unberührt stehen, von Früchtetee wurde ihm regelmäßig schlecht.

»Sie glauben gar nicht, wie unendlich dankbar ich Ihnen bin, dass sie unserem Marteinn das Leben gerettet haben.«

»Das hat er eigentlich größtenteils selber erledigt«, antwortete Valdimar bescheiden. »Wie geht's denn Vater und Sohn mittlerweile?«

»Marteinn geht es schon viel besser. Obwohl, auf dem rechten Auge wird er wohl blind werden, und natürlich bleibt auch abzuwarten, wie er aussehen wird, wenn er die plastische Chirurgie hinter sich hat. Und Björn kommt ganz allmählich wieder zu sich. Vor ein paar Tagen hat er zum ersten Mal was gesagt. Ein Wort ...«, sagte Eva und bekam einen entschlossenen Zug um den Mund.

»So?«, fragte Valdimar neugierig. »Was war denn das für ein Wort?«

»›Schlamassel‹«, soweit ich weiß. Ich war nicht dabei, Marteinn war dort.

»Kann man wohl sagen«, brummte Valdimar. »Übrigens, wo steht hier im Haus eigentlich Ihr Telefonapparat?«, fragte er dann höflich. Eva sah ihn erstaunt an.

»Wir haben ein Telefon hier unten, und dann noch eins oben im Schlafzimmer. Beide schnurlos. Warum fragen Sie?«

»Es gibt da noch ein paar Kleinigkeiten, die mir im Nachhinein keine Ruhe lassen. Zum Beispiel, warum Sie in der Nacht, in der Björn nach Þingvellir verschwunden ist, unterschiedliche Telefonapparate und unterschiedliche Anrufhäufigkeiten verwendet haben. Eine Stunde, nachdem er weg war, haben Sie aufgehört, ihn im Fünfminutentakt von Ihrem Festnetzapparat aus anzurufen. Ab da haben Sie es nur noch zweimal versucht, mit einer Viertelstunde Abstand, und zwar vom Handy aus.«

»Ich bin ganz einfach ins Bett gegangen«, sagte Eva mit sichtlichem Unbehagen.

»Sagten Sie nicht, Sie hätten im Schlafzimmer noch einen zweiten Apparat?«

Eva schwieg.

»Sie wissen, dass sich der Standort Ihres Handys ohne weiteres ermitteln lässt, als Sie kurz nach drei damit telefoniert haben?«

Sie knetete nervös ihre Hände.

»Sie sind ihm hinterhergefahren, stimmt's?«

»Was hätten Sie denn getan?«

»Und dann?«

»Nichts. Es war niemand da. Das Haus war abgeschlossen, als ich kam.«

»Sind Sie sicher, dass Sie die Tür nicht selbst abgeschlossen haben?«

»Wieso hätte ich das tun sollen?«

»Sie haben Björn also nirgends gesehen?«

»Glauben Sie allen Ernstes, ich hätte ihn einfach so in seinem Blut liegen lassen?«, sagte sie und sah ihm fest in die Augen.

»Nein ... natürlich nicht ...«, antwortete er verunsichert.

»War das alles? Oder wollen Sie mich wegen irgendwas verklagen?«

Valdimar musterte sie stumm.

»Nein«, sagte er dann. »Ich wüsste nicht, wegen was.«

Åke Edwardson
Winterland

www.list-taschenbuch.de
ISBN 978-3-548-60685-9

Spannende Stories zur kalten Jahreszeit: Åke Edwardsons Geschichten haben entweder den bekannten Kommissar Erik Winter zum Helden oder spielen in Eis und Schnee und den Tagen der langen Dunkelheit. Der schwedische Bestsellerautor beherrscht die Kunst, einen guten Krimi zu schreiben, auch auf kleinstem Raum perfekt.

»Edwardson erzählt von den Abgründen der menschlichen Seele.« *Frankfurter Neue Presse*

»Wen es an kalten Wintertagen nach Blut gelüstet, der kommt um diese Krimisammlung nicht herum.« *WDR*

List Taschenbuch

Jo Nesbø
Kakerlaken
Kriminalroman
Deutsche Erstausgabe

ISBN 978-3-548-26646-6
www.ullstein-buchverlage.de

Harry Holes zweiter Fall: In Bangkok wurde der norwegische Botschafter ermordet. Hole soll die thailändische Polizei unterstützen und taucht tief ein in die Unterwelt einer Stadt, in der Moral und Gesetz keine Rolle spielen. Dabei findet er mehr über den Ermordeten heraus, als seinen Vorgesetzten lieb ist …

»Unglaublich spannend, eine originelle Story und meisterhaft geschrieben.« *Berlingske Tidene*

»Nesbø ist einer der absolut interessantesten Krimischriftsteller Skandinaviens.« *Skånska Dagbladet*

UB405

Gisa Klönne
Der Wald ist Schweigen
Kriminalroman

ISBN 978-3-548-26334-2
www.ullstein-buchverlage.de

Ein Mädchen verschwindet. Eine entstellte Leiche wird gefunden. Eine Försterin fühlt sich bedroht. Eine große Liebe geht zu Ende. Und eine Kommissarin bekommt ihre letzte Chance.

Gisa Klönne hat einen außergewöhnlichen Kriminalroman geschrieben und drei starke, eindringliche Frauenfiguren geschaffen, die in ihrer Komplexität den Leser tief berühren.

»Großartig geschrieben, ein Debüt mit Paukenschlag.«
Celebrity

»Ein Thriller, der Sie noch lange berühren wird.«
Welt am Sonntag

»Bitte mehr von dieser Autorin.« *Für Sie*